ACTES NOIRS
série dirigée par Manuel Tricoteaux

JE RESTE ROI D'ESPAGNE

DU MÊME AUTEUR

ALLER SIMPLE, Moisson Rouge, 2009 ; Babel noir n° 38.
NAGER SANS SE MOUILLER, Actes Sud, 2010 ; Babel noir n° 48.

Titre original :
Pero sigo siendo el rey

ISBN 978-2-7427-9750-9

A mes enfants África et Nahuel.

A Claude Mesplède, parce qu'il est lui aussi un fou de rancheras.

A la petite chatte Mia qui m'a rappelé combien je me sens des affinités avec les créatures de son espèce.

Et à sa mascotte Marta.

I

Yo sé bien que estoy afuera
pero el día que yo me muera
sé que tendrás que llorar.
Llorar y llorar.
Llorar y llorar.
Dirás que no me quisiste
pero vas a estar muy triste
y así te vas a quedar.

JOSÉ ALFREDO JIMÉNEZ, *El Rey.*

Je sais bien que je suis loin,
Mais le jour où je mourrai
Je sais que tu devras pleurer
Pleurer et pleurer
Pleurer et pleurer.
Tu diras que tu ne m'as pas aimé
Mais tu seras très triste
Et triste tu demeureras.

JOSÉ ALFREDO JIMÉNEZ, *Le Roi.*

LE FOOTBALL NE M'A JAMAIS INTÉRESSÉ

Le type de la photo a la tête de celui qui n'a jamais marqué un but de toute sa vie. Je jette le courrier sur mon bureau et je me déteste le temps d'une demicigarette. Il y a deux ans que j'ai quitté le métier et je continue à penser comme un flic. Je continue à calibrer les gens sur leur apparence. Je continue à juger les autres pour éviter de me juger moi-même.

Depuis la grande tempête, dans mon dos, le soleil indécis de décembre essaie d'éclairer le bureau. Dans quelques minutes, quand il se déclarera vaincu, l'éclairage automatique s'allumera graduellement. Je ne m'habitue pas à tout ça. "Un bureau intelligent, Txema", m'avait dit Legrand, mon associé, quand il m'eut convaincu. Tout ce luxe de lampes halogènes, de tapis de première qualité et de tableaux indéchiffrables d'artistes prometteurs me met mal à l'aise. "Claudia aurait aimé", remarqua Legrand. Il avait raison : Claudia aurait aimé.

Et moi j'aimais Claudia. Quand Claudia était vivante.

Mais je ne veux pas penser à Claudia quand il ne manque qu'un peu plus d'une heure pour mon rendez-vous érotique avec Olivia. Je résoudrai le cas du type avec une tête à n'avoir jamais marqué un but de toute sa vie et puis j'irai chercher entre les cuisses d'Olivia quelque chose que j'ai perdu il y a longtemps entre d'autres cuisses.

Mais avant je dois aller rendre une petite visite à une amie.

J'augmente l'intensité de l'éclairage à l'aide de la télécommande, j'ouvre le tiroir de mon bureau et j'en sors un minuscule Tupperware. J'enlève le couvercle et je me dirige vers l'autre côté de la pièce. Près du coin je laisse tomber de toutes petites miettes de pain trempé dans de l'eau et du miel. Et j'attends.

Elle apparaît. Elle est petite et noiraude. Elle est sortie de la jonction presque invisible des plinthes de bois précieux. Elle avance avec détermination jusqu'à mon offrande, puis après plusieurs essais, elle la charge sur son dos. Elle entreprend la traversée du bureau vers un autre coin. Je n'ai jamais compris pourquoi elle ne rentrait pas par le même endroit au lieu de parcourir une distance qui doit lui paraître énorme. Mais qui sait ce que pense une fourmi ? Elle est arrivée alors qu'il y avait des mois que je semais des miettes dans les coins de la pièce et elle m'aide à supporter cette décoration d'avant-garde, cette vie installée et aseptisée. Je jurerais que c'est la même fourmi. Toujours la même. Les experts diraient que ce n'est pas possible. Mais qu'en savent-ils, les experts ?

Je retourne à mon bureau. Sur la photo du dossier envoyé par Garrod Internationale, le type a toujours la tête de celui qui n'a jamais marqué un but de toute sa vie. Il a l'air rabougri, comme s'il savait ce qui allait lui tomber dessus. Il s'appelle comme moi, José Maria. Et dans nos noms de famille seule l'inversion d'une syllabe empêche que nous soyons complètement homonymes.

José Maria Aguirre.

Il a mon âge, nous partageons le même signe du zodiaque et une vague ressemblance physique. Mais il a la tête du type qui n'a jamais marqué un but de toute sa vie et moi… Moi, le foot ne m'a jamais intéressé. Il est marié depuis vingt ans, a un fils de dix ans, il habite à Vallecas et a mis du temps à mener ses études à terme, quoique avec de bonnes mentions. Il a participé à quantité de séminaires et des stages de réactualisation lui ont permis d'entrer à Garrod Internationale et de jouir de ses horaires tyranniques. Je regarde sur Internet les autres dossiers de l'entreprise. Comme je m'en doutais, Aguirre est bien plus qualifié que ses chefs pour le négoce d'import-export, mais il a été relégué au poste de sous-directeur des Fournitures Internes. Traduction : il est chargé de fournir les succursales en stylos-billes, rames de papier, encre pour imprimantes et tout article de bureau.

Ils l'ont eu, oui. Mais ça ne me fait pas pitié. Personne ne l'a obligé à voler.

Et notre contrat avec Garrod stipule qu'ils nous verseront une somme mensuelle presque scandaleuse pour figurer comme entreprise collaboratrice, plus une rallonge démesurée pour chaque cas que nous traiterons. Aguirre est le premier.

— Tu n'as pas de chance, camarade, dis-je en murmurant. Et je continue à lire.

Un chefaillon quelconque a détecté un trou de 0,3 % dans les dépenses courantes. Du matériel remplacé avant la date prévue, des choses de ce genre. Il se trouve que la femme d'Aguirre a une petite papeterie à Vallecas, probablement asphyxiée par la proximité des grands centres commerciaux. Une de ces papeteries de quartier dans lesquelles les clients invitent le commerçant à la communion de leurs enfants et paient leurs achats à crédit. Il reste encore des papeteries de ce genre. Pas beaucoup, mais il en reste.

Je calcule qu'il doit bénéficier d'un supplément mensuel de cent ou cent cinquante euros en vendant à ses voisins ce qu'il ramène de l'entreprise. Juste ce qu'il faut pour payer la note d'électricité du local ou les cours d'anglais du petit, "parce que de nos jours si tu n'apprends pas tout jeune, tu n'arriveras à rien, sans quoi, regarde papa".

Cent cinquante euros par mois. La minute qu'il aura fallu à Arregui Investigations pour le démasquer et en faire un exemple coûtera à l'entreprise plus de trois ans de fauche de mon homonyme. Lui le paiera encore plus cher. Beaucoup plus. Le monde est plein d'imbéciles prêts à se pourrir la vie pour cent cinquante euros.

Mon amie la fourmi n'a parcouru qu'un mètre de moquette. Je cherche un numéro dans mon agenda et je parle à Blanes, peut-être le seul client de l'agence avec lequel je peux traiter sans avoir l'impression de caresser un serpent. La plupart de nos autres clients sont du type Garrod, des entreprises voraces que n'intéressent que mes supposés *contacts et relations*. Foutus contacts. Foutues relations. Foutue médaille que je n'ai jamais demandée.

Je raccroche après avoir promis à Blanes que j'irai bientôt dîner chez lui. Il a une famille charmante qui me traite comme si j'en faisais partie. Mais je n'en fais pas partie. Et les familles me dépriment. Surtout les familles heureuses.

Je trouve le numéro du portable sur le dossier. Il doit être en ce moment dans un bar, se composant un sourire acceptable pour rentrer à la maison. Il décroche après trois sonneries. Un type rapide, José Maria Aguirre. Ou un type inquiet :

— Oui.

— Prenez un papier et un crayon. Vite.

— Comment ? Qui est à l'appareil ?

— Quelqu'un qui pourrait être vous, à une syllabe près. Par hasard ce n'est pas le cas. Et je ne sais pas lequel de nous est le plus chanceux.

— C'est une blague ?

— Non, Aguirre, ce n'est pas une blague. Et si vous ne faites pas ce que je vous demande, vous allez le regretter très vite. Papier et crayon. Vite. Et discrètement.

Je me déteste quand je prends ce ton de flic, mais on ne peut pas nier que c'est efficace.

— Voilà. Mais je ne comprends pas...

— Vous comprendrez. Notez.

Je lui dicte une adresse. Je lui fais répéter à haute voix.

— Parfait. Maintenant vous allez finir votre verre, fumer une petite cigarette et...

— J'ai arrêté de fumer depuis un an, s'excuse-t-il.

— Tant mieux. En prison le tabac se vend à prix d'or...

— Pr-prison ?

— Oui. Là où vous allez finir si vous ne faites pas ce que je vous dis. Dans dix minutes, vous sortez du bistrot avec une excuse quelconque et vous allez à la papeterie. Vous embrassez votre femme. Puis vous fermez la boutique, vous baissez le rideau métallique, vous vous procurez trois grands sacs-poubelles et vous mettez dedans tout le matériel piqué à l'entreprise...

— Mais qu'est-ce que vous dites ?

— Qu'ils ont découvert vos petits trafics, Aguirre. Et sachez que Garrod ne va pas se contenter de vous foutre à la porte. Si vous laissez la moindre preuve, vous vous retrouverez en taule ou marqué à vie. Mettez les sacs dans le coffre de votre voiture, rentrez chez vous et ramassez tout ce qu'il peut y avoir, jusqu'au moindre trombone. Ne donnez aucune explication et ne vous montrez pas nerveux. Faites pareil avec ce que vous avez pu offrir à vos neveux ou à vos amis et même à votre petite belle-sœur, la plus jeune, qui est si mignonne...

— Comment vous savez pour ma belle-sœur ?

— N'importe quel Espagnol marié a droit à une belle-sœur si mignonne à convoiter à distance, surtout en été. C'est dans la Constitution. Ou ça devrait l'être. Mais ne me distrayez pas, Aguirre. Quand vous aurez tout ramassé, vous sortirez faire un tour en voiture à l'autre bout de Madrid et vous jetez les sacs au fur et à mesure dans différents conteneurs. Avec naturel.

— Et après ?

— Demain vous allez au travail et ne soyez pas affolé, même si on vous interroge. Ne faites pas non plus l'offensé : personne ne se plaint plus qu'un coupable. On est mercredi aujourd'hui, n'est-ce pas ? Vendredi, dites que vous êtes malade et présentez-vous à l'adresse que je vous ai dictée. A onze heures. Demandez Monsieur Blanes. Il vous donnera du travail. C'est le chef d'une d'entreprise moyenne d'import-export. Quelqu'un qui ne vous emmerdera pas.

— Je… merci. Si je peux faire quelque chose pour vous…

— Oui. Travailler là-bas, faire ce que vous savez faire et cesser de piquer des conneries. S'il manque un seul stylo-bille à cet homme, je vous mets au cul toute la production nationale de Bic. Quelle couleur d'encre vous préférez, bleue ou noire ?

Il ébauche une protestation, s'arrête. Il n'essaie pas non plus de me raconter sa vie.

— Vous pouvez me faire confiance. Si un jour je peux vous rendre ce que je vous dois…

— Vous pouvez m'enlever un doute. Quand vous étiez jeune, avez-vous joué au foot ?

Sa voix retrouve du brio et perd des années grises à répéter "Oui monsieur".

— Et comment ! Ça, ça me connaît ! Oui, j'ai joué en deuxième division, au Rayo. On disait que j'avais de l'avenir et les découvreurs de talents de Madrid ne loupaient aucun de mes matchs. Je possède même un ballon avec la signature de Butragueño...

— Est-ce que vous avez marqué beaucoup de buts ?

— Des buts ? Vous ne vous souvenez pas ? J'étais gardien... Mais je faisais partie des bons. Et puis j'ai été sérieusement blessé à la jambe et j'ai dû abandonner au moment où j'allais signer en première division. Comme Júlio Iglesias.

— Au moins, vous ne vous êtes pas mis à chanter, lui dis-je et je raccroche.

La fourmi a dépassé les trente centimètres de son colossal parcours. Je la vois avancer, petite, décidée et vive, et je pense à lui donner un nom. Mais j'ai assez joué au démiurge pour aujourd'hui. Je l'observe traverser le bureau avec la lenteur des minutes qui me manquent pour rejoindre Olivia.

C'est à ce moment que la porte s'ouvre et qu'entre le type bien fringué.

Trop bien fringué.

Il me regarde avec un air de défi et déclare :

— Je sais tout sur vous.

UN ÉTRON PLAQUÉ OR

Tout chez lui crie : "J'ai une montagne de blé, j'ai plus de blé que toi." Sur son poignet gauche brille une montre en or grosse comme un cendrier, les montures de ses lunettes sont aussi en or, comme ses boutons de manchette, la boucle de sa ceinture, sa pince à cravate et la gourmette qui scintille sur son autre poignet. Son costume noir est piqueté de fils d'or. C'est comme si le roi Midas en personne se tripotait. Il me déplaît au premier coup d'œil.

— Je sais tout sur vous, répète-t-il. Vous savez qui je suis ?

— Le bureau de l'astrologue est à l'étage au-dessous. Mais maintenant il se consacre à faire des placements en Bourse. Ce n'est pas très différent…

— Alors c'est sûr qu'il doit me connaître. Vous ne lisez pas les pages économiques des journaux ? Je suis Iñaki Zuruaga.

Il attend ma réaction. Sa tête me dit quelque chose, mais je ne me rappelle pas quoi. Dans tous les cas, elle ne me revient pas.

— LE Zuruaga, dit le type. Je paye bien et je suis ici parce que je connais votre parcours. Vous me convenez comme la bague que je porte au doigt.

— Moi, je ne porte pas de bague. Si je dois casser la gueule à quelqu'un, ça risque de laisser des marques qui pourraient me faire identifier. Vous ne regardez pas *Les Experts* à la télé ?

— Ne faites pas le malin avec moi, Arregui. Je sais tout sur vous. L'information est chère mais elle est sur le marché. Je sais où l'acheter et j'ai de quoi payer.

Je crois que je fronce les sourcils. La voix de Zuruaga m'agace, l'expression de Zuruaga m'agace, l'impression que la tête de Zuruaga me dit quelque chose m'agace. Je me flatte de ne jamais oublier la tête de quelqu'un. Je me suis entraîné des années pour ça.

Le type sort de sa poche un de ces téléphones portables de dernière génération qui ont Internet, la vidéo et qui te préparent ton dîner si tu le demandes. L'étonnant c'est que ce téléphone est noir et pas en or. Personne n'est parfait.

— José Maria Aguirre, lit-il à voix haute. Quarante-quatre ans. Policier à la retraite, brillante carrière, plusieurs fois décoré pour avoir mis sa vie en danger dans l'exercice de ses fonctions. Un drôle d'animal, au dire de ses anciens collègues. D'après ce que je vois, vous étiez un crack et on disait que vous iriez très haut, Arregui. A la fin des années 1980, quand vous étiez un tout jeune flic, vous avez été infiltré à la faculté de lettres et sciences humaines pour y détecter les éléments subversifs, mais vous avez fini par vous laisser contaminer par le virus que vous étiez censé combattre.

— La subversion ? je demande en essayant de prendre l'air amusé.

— Non. Les lettres, la pensée. Et c'est comme ça que l'agent infiltré s'est mis à transmettre des informations inintéressantes sur ses nouveaux amis et a continué de suivre les cours à la faculté lorsqu'on lui a retiré sa mission, jusqu'à obtenir sa licence avec mention. Félicitations.

— Ecoutez, monsieur… Zuruaga, je me fous que vous connaissiez la date de mon baptême et le menu du repas. Qu'est-ce que vous voulez de moi ?

— Des réponses. Des réponses que vous êtes le seul à pouvoir me donner.

Je ferme la main gauche. C'est une grande main. J'ai envie de frapper Zuruaga. *Cette tête me dit quelque chose, une impression lointaine, mais avec quelque chose de différent qui n'a rien à voir avec l'usure due au temps.* Zuruaga est un homme ordinaire, en milieu de cinquantaine, obsédé par le besoin de paraître élégant et prospère. Le sentiment de sa puissance n'est pas ordinaire, il s'y adonne avec une ardeur juvénile. Alors ? Pas les mêmes cheveux ? Il ne porte pas de perruque, je m'y connais trop en travestissements pour qu'on puisse me tromper. C'est autre chose.

— Pourquoi avez-vous quitté la police, Arregui ? Il y a deux ans quand vous avez renoncé, des tas de bruits ont couru sur vos motivations. Et puis, pourquoi vous êtes-vous installé à votre compte, pourquoi cette agence coquette mais modeste, au lieu de vous servir de vos relations pour obtenir un bon poste dans une entreprise privée ?

Je me lève et m'appuie des deux mains sur la table.

— Ecoutez-moi, Zuruaga, je compte jusqu'à dix et si à la fin vous êtes toujours là, vous vous souviendrez, trop tard, que j'ai aussi été champion de boxe dans la police.

Zuruaga tente un regard dur et il y arrive presque :

— A votre place, j'y réfléchirais à deux fois…

Il claque des doigts et je me demande combien de temps il lui a fallu s'entraîner pour réussir ce geste. Moi je n'y arrive pas. La porte en verre opaque de mon bureau est obscurcie par la silhouette d'un homme de plus de deux mètres de haut et presque autant de large.

— Mon assistant. Un peu fruste mais efficace. Vous pensez que vous pourriez vous mesurer à lui ?

— Je pense que non, mais avant qu'il n'ouvre cette porte, vous n'auriez plus de dents, Zuruaga. A commencer par celles en or...

— Vous n'êtes pas préoccupé par ce qui pourrait vous arriver après ?

— Je ne pense jamais à après.

Il soutient mon regard pendant quelques secondes. Un autre claquement de doigts et l'ombre gigantesque disparaît. Je me rassieds. Zuruaga range son portable et se met à arpenter le bureau les mains derrière le dos.

— Vous avez une petite boutique bien installée. Quoique un peu austère à mon goût. Vous devriez mettre une paire de grandes sculptures de chaque côté de la porte, quelque chose qui évoque la force et l'agilité. Deux tigres assis ou un truc dans le genre...

— Recouverts d'or, j'imagine.

Il me regarde comme si j'avais dit une blague.

— En or massif. Travaillez pour moi et vous pourrez vous en payer des douzaines.

Ma petite fourmi est arrivée à la moitié de son trajet et tout d'un coup je ressens l'urgence de lui donner un nom. Mais aucun ne me vient à l'esprit.

— On dit beaucoup de choses sur vous, Arregui. A voix basse, mais on les dit. On dit, par exemple, qu'il y a cinq ans, quand vous étiez encore policier, un indic vous a vendu une information de premier ordre et qu'au lieu de demander du renfort vous vous êtes débrouillé seul. On dit que le roi était tombé dans une embuscade, qu'on l'avait drogué et que les *etarras**, ou qui que ce soit, étaient sur le point de le garder en otage ou de l'assassiner, quand vous avez surgi et avez liquidé les trois bandits. Vous avez embarqué le roi dans votre voiture, vous l'avez conduit à la Zarzuela et vous l'avez laissé à la porte.

— Des commérages de vieilles.

* Membres de l'ETA, mouvement séparatiste basque.

— On dit aussi que le roi a fait faire une médaille à votre intention, une monnaie d'or, unique, avec un numéro de téléphone et un code pour le joindre si par hasard vous aviez besoin de lui. Que c'est grâce à cette médaille que vous n'avez pas été viré de la police jusqu'à ce vous décidiez vous-même de partir et d'ouvrir cette agence avec un carnet d'adresses impressionnant…

Il s'arrête à deux pas de ma fourmi, celle que je viens de décider de baptiser du nom de Regina. Il se tourne, s'approche de mon bureau et sort de sa poche un paquet de billets de cent. Il le pose sur la table et me regarde :

— Voilà six mille euros. De la ferraille.

— Si vous le dites.

Il se met à sortir des paquets identiques de toutes ses poches qu'il entasse les uns sur les autres. Quand il arrive à dix, il s'arrête :

— Ce n'est qu'une avance. Soixante petits mille euros. Ils sont à vous si vous répondez à une question. Après, et selon votre réponse, vous saurez quelle est votre véritable mission et je ne vous dis pas combien elle vous rapportera, parce que je ne voudrais pas que vous me fassiez un infarctus…

Même Regina la fourmi s'est arrêtée.

— Et quelle est cette question, Zuruaga ?

— C'est vrai ? Cette histoire du roi, c'est vrai que vous l'avez sauvé ? Si vous me laissez voir la médaille, cet argent est à vous. Après nous parlerons de la suite.

Je le regarde pendant quelques secondes. Intensément, pour éloigner mon regard de la pile de billets flambant neufs. Je me penche en arrière sur mon fauteuil et j'allume une cigarette. Zuruaga se frotte les mains, avec impatience.

— Je vais vous répondre : je ne sais foutrement pas ce que vous cherchez ni pour qui vous travaillez…

— Je ne travaille pour personne, c'est moi le chef ! s'énerve-t-il. J'ai plus d'argent que vous ne pourrez jamais l'imaginer et des milliers de personnes travaillent pour moi !

— Des milliers mais pas moi. Je ne vends pas de scoops comme les fouille-merde de la presse people, Zuruaga ou qui que vous soyez. Et en plus je ne traite pas avec les coursiers. Si votre chef veut quelque chose de moi, il n'a qu'à venir me voir.

Zuruaga devient blême, violet puis vert. Il s'étouffe et fait des petits bonds :

— Je vous ai dit que j'étais le chef !

— D'accord. Et moi je suis Dick Tracy. Voyez mon profil.

— Je pourrais appeler mon homme et il vous mettrait en morceaux en un clin d'œil !

— Vous pourriez. Mais auparavant il vous faudrait consulter vos chefs, Zuruaga.

Il ramasse l'argent et le brandit comme une matraque.

— Je suis le chef ! On se reverra !

Il fait demi-tour et sort du bureau d'un pas martial. Je me penche à la fenêtre et j'attends jusqu'à le voir sortir. Le géant qui l'accompagne aurait fait peur à Hulk en personne.

Je retourne à mon bureau. Je ne comprends rien à ce qui vient de se produire, mais je peux percevoir l'odeur du danger. J'appelle Nemo qui décroche tout de suite. Ce garçon vit collé à son ordinateur.

— Qu'est-ce qui se passe, poulet ? me provoque-t-il.

— Le type qui vient de sortir. Pas le géant, l'autre. Sors-moi quelques photos de l'enregistrement de la vidéosurveillance de la salle d'attente et envoie-les à mon beau-frère.

— Et qu'est-ce que je mets sur le message : "Poulet à la retraite à poulet en activité" ?

— Ne me fais pas chier, petit gars. Ne me fais pas chier.

Quelque chose dans le ton de ma voix stoppe les velléités de moquerie de Nemo.

— Excuse-moi. Dans dix minutes ton beau-frère aura les photos. Quelque chose à lui dire ?

— Oui. Que j'ai besoin de savoir qui est ce bonhomme. Signe de mon nom.

Je raccroche. Je viens de découvrir quelque chose qui me remplit de rage et de tristesse.

Je marche jusqu'au centre du tapis et je la vois. Immobile. Regina la fourmi n'est plus qu'une petite tache écrasée, la première victime de ma rencontre avec Zuruaga. Et je crains bien que ce ne soit pas la dernière. Je la ramasse et la dépose dans le Tupperware. Je m'imagine enterrant une fourmi dans la jardinière de mon balcon et je me sens ridicule et un peu plus seul.

Pourvu que Zuruaga ait raison.

Pourvu que nous nous retrouvions très vite.

L'ESPAGNE A BESOIN DE MOI

J'ai un peu tardé à sortir de l'agence parce que j'ai dû consoler Mariana, notre secrétaire. La pauvre fille était toute tremblante. Il a suffi d'un geste du garde du corps de Zuruaga pour l'immobiliser. Je l'ai ramenée chez elle en calculant mon temps pour ne pas arriver en retard à mon rendez-vous avec Olivia et je lui ai ordonné de ne rien dire de ce qui s'était passé à Legrand. Précaution inutile : elle le lui racontera dès qu'elle arrêtera de bégayer. Mariana et mon associé complotent pour me protéger de moi-même.

Je brûle deux feux rouges.

J'ai peu de temps et une impatience débridée.

J'accélère en priant qu'il ne soit pas trop tard.

Elle arrive en marchant depuis la station de métro et chacun de ses pas me fait souffrir.

Presque autant que Claudia. Elle ne lui ressemble pas. Je ne suis pas si obsessionnel.

Olivia a son style à elle et c'est pour cela qu'elle me plaît. Toutes les femmes qui m'ont attiré ces dernières années étaient presque des clones de mon cher fantôme, des femmes avec le corps de Claudia, les cheveux de la même couleur, ou une façon de marcher, de bouger les hanches qui me faisaient penser à elle. Mais elles n'étaient pas Claudia.

Olivia est si différente de Claudia qu'elle lui ressemble plus que toutes ses copies.

Claudia était provocante, entêtée et viscérale. Dans l'intimité, elle était pleine de doutes, se révélait timide et se laissait diriger. Mais je l'ai compris trop tard.

Olivia est prudente, raisonnable et elle contrôle ses impulsions. Quand personne ne la voit, elle est audacieuse, ferme dans ses convictions et capable de fureurs saines et dévastatrices. Mais je l'ai su trop tôt.

Depuis ma voiture, je la vois ouvrir la porte de son immeuble et se diriger vers cet appartement qu'elle croit être une forteresse de solitude, mais qui a pourtant déjà subi l'invasion d'un intrus. Amoureux mais intrus. Je branche le diffuseur et le pousse au maximum. Une odeur de roses envahit la voiture et encore une fois je me demande pourquoi je fais ça.

Je fume une cigarette et j'attends.

Olivia doit être sur le point de rentrer sous sa douche, mais auparavant elle s'étudie nue dans le grand miroir de sa salle de bains, elle caresse lentement ses seins et baisse les paumes de ses mains vers son ventre, caressant ce corps qu'elle m'offrira dans quelques minutes. Elle se tourne pour tenter de son cul l'énorme œil sans paupières du miroir et tourne la tête pour se contempler, pour se voir comme je la vois moi : debout, au meilleur moment de sa peau, celui qui renferme la mémoire d'anciennes caresses mais qui s'ouvre de tous ses pores afin d'accueillir la surprise des nouvelles. En cela elle ressemble à Claudia. Mais je ne dois pas penser à Claudia, encore moins quand Olivia se savonne, le rideau ouvert, pour que le miroir qui commence à s'embuer la contemple comme je la contemple, les yeux mi-clos, pendant que de ses mains elle parcourt de secrètes concavités afin de les laver et de les préparer pour moi.

Assis dans la voiture, je fume une autre cigarette, tout en feuilletant l'*ABC*. La crise économique avance, Rajoy refuse d'accepter qu'il a perdu les élections et Zapatero n'arrive pas à se faire à l'idée qu'il les a gagnées. En Irak des gens meurent et en Israël un kamikaze est parti en goguette vers d'autres cieux, emmenant avec lui ses compagnons de voyage. Le roi a suspendu les activités de son agenda à cause d'une légère grippe et la mairie de Madrid commence à installer les illuminations de Noël. C'est presque le printemps au Corte Inglés et un joueur du Real Madrid se plaint de ne pas se sentir aimé de son club.

Dix minutes sont passées et j'ouvre mon ordinateur portable. Un imbécile passe sur le trottoir et me regarde avec étonnement, mais je l'éloigne d'un grognement muet. Il doit se dire que je suis un cadre stagiaire, de ceux qui travaillent sur leur ordinateur même aux toilettes. Excité comme un ado par ce qui est sur le point de commencer, je me connecte sur Internet. Olivia sera-t-elle là ?

Elle l'est. Comme d'habitude, le chat érotique tourne autour d'elle. Olivia fait tout avec élégance, cultivant ce ton ambigu qui a amené plusieurs internautes à écrire qu'ils ont la certitude qu'elle est un homme. Les crétins et les pierres n'en finissent pas de proliférer.

Je tape mon pseudo (Coriolis), je salue et j'attends. Le message perso d'Olivia arrive à l'instant :

OLIVIA : il était temps, je pensais que tu étais parti sans moi…

CORIOLIS : je ne "pars" jamais sans toi…

OLIVIA : et moi rien qu'avec toi, chéri.

CORIOLIS : ne m'appelle pas chéri, on dirait une obligation de pute.

OLIVIA : je croyais que ça te plaisait que je sois ta pute.

CORIOLIS : tu es la pute du chat, ne l'oublie pas.

OLIVIA : avant de commencer, je sais pourquoi tu t'appelles Coriolis.

CORIOLIS : donc tu enquêtes...

OLIVIA : c'est facile. C'est juste que je ne me décidais pas à te déchiffrer.

CORIOLIS : alors allez-y, madame le professeur.

En tapant *enter*, je me rends compte que j'ai commis une erreur. Théoriquement je ne suis pas censé savoir qu'Olivia est enseignante. Mais elle le prend comme un compliment en plus dans le jeu que nous jouons.

OLIVIA : avec toi je me sens toujours une élève. Mais bon, tu t'appelles comme ça à cause de l'effet Coriolis, qui fait que l'eau s'écoule dans le sens contraire d'un hémisphère à l'autre. Ici, elle s'écoule dans le sens contraire des aiguilles d'une montre, et dans l'hémisphère Sud elle s'écoule à la poursuite des heures qui fuient.

CORIOLIS : bravo, tu mérites une bonne note.

OLIVIA : un doute seulement : ce qui tourne à l'envers c'est les autres ou c'est toi ?

CORIOLIS : ça dépend de comment on voit les choses, Olivia. Ça dépend.

Soupir.

Un soupir ne signifie rien. De l'air qui s'échappe. C'est tout.

On passe sur le chat public et je me demande pourquoi je ne l'ai pas encore abordée en personne. Olivia ne s'appelle pas Olivia, mais Alicia. Tant que je n'aurai pas réuni assez de courage pour lui parler, elle continuera d'être Olivia. Je connais son adresse, le numéro d'immatriculation de sa voiture et même ses dessous.

Ça n'a pas été compliqué. Trouver ce que les gens préfèrent dissimuler fait partie de mon boulot. Il a suffi de quelques courriers interceptés, un peu d'argent bien employé auprès de cet emmerdeur de Nemo, mon *hacker* personnel, et l'enquête routinière à travers les numéros de téléphone, les portails Internet, suivre le fil de la toile jusqu'à arriver à une adresse, une identité, un visage épié depuis la voiture, la vision d'une paire de jambes plus belles en réalité que dans l'atmosphère érotique du chat. Je me souviens comme je me suis senti mal la première fois que je suis entré dans son appartement, soigné mais suggestif, pendant qu'à l'autre bout de la ville, elle essayait en vain d'enthousiasmer un groupe d'élèves plus occupés par leurs propres hormones que par les raisons d'une Guerre civile qui leur paraît toujours un conte chiant de grand-père imbibé d'anisette.

La nuit tombe sur Madrid et Olivia commence à se dénuder, avec des phrases précises et à chaque fois nouvelles pendant que les internautes présents essayent d'intervenir, hululent, halètent. En vain. Elle se dénude pour moi, rien que pour moi, ses messages sont clairs. Malgré l'insistance lourde et grossière, les propositions glissent sur sa peau décrite ; elle ne reçoit que les messages de Coriolis, elle répond à mes stimulations, elle me déshabille en paroles et descend lentement jusqu'à effleurer ma braguette de ses doigts sur le clavier, mes mains de Coriolis glissent vers le bas de son ventre, en pressentent l'humidité, cent vingt-huit visiteurs sur le chat (leur nombre augmente, ils se communiquent les heures et les jours préférés pour les rencontres entre Olivia et Coriolis), témoins de l'exhibitionnisme cybernétique des deux amants qui font monter la température sur la toile. Et tandis que les doigts d'Olivia font glisser ma fermeture Eclair, les miens ouvrent son sexe comme une huître délicate, à la recherche de la perle, nos corps se lovent sans avoir besoin d'autres descriptions que celles du désir, et la bouche gourmande d'Olivia enveloppe de son haleine le pénis en expansion de Coriolis, le prend entre ses lèvres, en éprouve le durcissement qu'elle fait aller et venir dans la caverne humide et chaude de sa bouche.

Comme tant d'autres nuits sur ce coin de rue depuis lequel j'épie le salon éclairé de son appartement, je me promets de lui dire la vérité sur le chat, devant tout le monde. Que je suis là, de l'autre côté de la rue, dans ma voiture et que si elle veut bien m'ouvrir sa porte nous pourrons faire pour de bon ce que nous tissons sur le Web depuis que nous nous sommes rencontrés par hasard, dans notre solitude fébrile. Il y a des mois que je rôde autour de chez elle, l'observant de loin, sans jamais oser l'aborder. Je sais qu'elle me plaît et je sais pourquoi. Est-ce que je lui plairais ? Le fantasme si réel du sexe et de la séduction sur Internet où je sais que je me montre plus subtil que je ne le suis d'habitude est une chose, la virtualité du face-à-face, dans lequel je crains que chaque phrase que je prononce ne soit une erreur qui l'éloigne de moi, en est une autre.

Il n'y a qu'une seule façon de le savoir. L'approcher et voir dans ses yeux si j'ai une chance. Que verra-t-elle dans les miens lorsque ce moment arrivera ? Peut-être la souffrance sans fond dans laquelle je nage avec le désir de m'y noyer, ou peut-être la honte du mateur lâche, du voyeur lascif qui connaît l'odeur de ses culottes mais pas encore le timbre de sa voix. Demain. Demain sans faute, je lui parlerai, me dis-je. Sur l'écran, elle s'étonne de ma passivité et réclame plus d'action. C'est la seule chose que je peux lui donner cette nuit et je commence à taper sur mon clavier.

Le téléphone vibre dans la poche de ma veste, faisant bouger le petit cercueil en plastique dans lequel gît Regina la fourmi. Je crains que ce ne soit Legrand, inquiet de l'épisode Zuruaga et son homme de main à l'agence. Mais non. C'est Paco. Depuis son portable personnel. Je réponds, sans quitter mon écran des yeux.

— Qu'est-ce que tu fous, Txema ? me demande-t-il sans me saluer.

— Bonne nuit, commissaire. Comment va la lutte contre le crime ?

— Ne m'emmerde pas, mon vieux. Qu'est-ce que tu as encore fait ? Tu veux me faire couler ?

Je ne réponds pas tout de suite, distrait par les sollicitations de plus en plus pressantes d'Olivia. Sur la fenêtre de côté de l'écran, Coriolis est toujours présent sur le chat, mais il ne peut répondre à la sensualité débridée de son amante qui reçoit de plus en plus de propositions pour occuper la place de celui qui ne parle plus.

— Il n'y a pas de quoi s'énerver, Paco. Je t'ai seulement demandé des informations sur un client potentiel. Je ne vois pas pourquoi tu te ferais virer pour ça...

— Client ? Ah, le promoteur immobilier ! Ça n'a rien à voir. Dis-moi ce que tu as fait cette fois-ci pour qu'on fasse appel à toi depuis là-haut !

— Là-haut là-haut ?

— Le ministre.

— Putain. Et qu'est-ce qu'il veut savoir, si sa femme le fait cocu ou si sa bonne couche avec le jardinier ?

— Te voir. Voilà ce qu'il veut. Au plus vite. Et discrètement.

Je maudis le ministre et la putain de sa mère, parce que Olivia, la méchante, a invité trois visiteurs à parcourir le territoire que j'ai laissé libre.

— Attends que je consulte mon agenda, Paco. Voyons... Aujourd'hui je suis complet, demain aussi, ensuite je pars en vacances... Après Noël ça irait ?

— Ne fais pas le con, Txema, ma tête est en jeu !

— D'accord. Excuse-moi. J'irai dès que possible. J'irai… j'irai le… voir.

J'essaie de ne pas penser à Olivia enrobée d'hommes, entourée de tous les côtés sauf un, ainsi qu'elle les a installés pour punir Coriolis le fuyard qui peut voir mais pas toucher. J'éteins l'ordinateur et le ferme d'un coup sec. Mon beau-frère s'impatiente.

— Je ne comprends rien. Je dirai que je n'ai pas réussi à te joindre et que je t'ai laissé un message. Mais s'il te plaît, ne le fais pas attendre.

— Promis, Paco. Il t'a dit pourquoi il voulait me voir ?

— Oui. Il m'a dit que la sécurité du pays dépendait de toi. Que l'Espagne avait besoin de toi.

Je raccroche et démarre. Je pars sans regarder vers la fenêtre éclairée.

L'Espagne a besoin de moi.

Que l'Espagne aille se faire foutre.

SYSTÈME D'ENCOURAGEMENTS

Malgré l'heure matinale, le *Malone* est comme le verre d'un optimiste : à moitié plein. En ce qui concerne la qualité du liquide qui circule, c'est différent. Au comptoir central, derrière lequel trône Beto, le propriétaire, deux couples et un poivrot triste. Beto me plaît, malgré son mauvais caractère. En plus du *Malone*, il possède cinq autres lieux gérés par des délinquants plus ou moins rééduqués qu'il a ramassés dans la rue. Et malgré cette curieuse sélection de personnel, les affaires marchent bien. Peut-être grâce à son système d'encouragements particulier. L'année dernière, il découvrit que Sisa*, le gérant du *Mac Arra* précédemment voleur minable à la gare de Chamartin, faisait honneur à son surnom et chapardait chaque soir de petites quantités dans la caisse. Beto eut avec lui une discussion amicale à la suite de laquelle le voleur minable se retrouva avec trois côtes cassées dans la meilleure clinique de Madrid, tous frais payés par la boîte. Quand il put sortir de la clinique, Beto l'attendait avec une limousine, et je suppose que Sisa dut craindre une "promenade" finale style Al Capone. Mais Beto le conduisit au *Mac Arra* et l'informa qu'il l'avait augmenté et qu'il devrait en plus superviser un

* De *sisar*, "chaparder". *(Toutes les notes sont de la traductrice).*

nouveau bar ouvert pendant sa convalescence. Sisa ne posa plus jamais de problèmes.

Beto me sert mon Four Roses avec deux glaçons et s'éloigne parce qu'il devine que j'ai besoin de réfléchir. Je me demande ce que peut bien me vouloir le ministre. En fait, ça m'est un peu égal. Je lève silencieusement mon verre à Regina la fourmi, l'infatigable voyageuse.

Dans quelques heures, Paco me transmettra toutes les infos dont j'ai besoin sur Zuruaga. C'est un des avantages d'avoir un beau-frère commissaire, même s'il ne supporte pas de me voir rôder du côté de la préfecture de police. Mais ce n'est pas Zuruaga qui m'intéresse, c'est l'individu de mon souvenir vague. Je suis sûr que je ne l'ai jamais vu auparavant en personne, je veux dire que cette impression de déjà-vu familière mais différente vient d'une photo. En noir et blanc. D'un journal qui doit à présent jaunir dans les rayons d'une hémérothèque. Je pourrais trouver le Zuruaga plaqué or sur n'importe quel site Internet consacré aux affaires. Je crois que si j'ai demandé ce service à Paco c'est plutôt pour le désarçonner. Il m'arrive parfois d'être un salaud. C'est l'inconvénient de la solitude. Quand on en a assez de se faire chier, on se met à faire chier les autres.

Il est possible que je me trompe. Il est possible que Zuruaga ne soit rien d'autre qu'un nouveau riche excité par cette foutue histoire de la médaille du roi. Mais il me doit une fourmi.

Je touche la médaille dans ma poche. J'ai pensé des centaines de fois à la jeter à la poubelle ou à la donner à un mendiant, mais pour des raisons que je préfère oublier elle me fait penser à Claudia.

L'agence marche toute seule et je ressens le manque de quelque chose que je ne peux ni acheter ni écrabouiller à coups de poing. Je passe de plus en plus de temps à baiser virtuellement avec Olivia ou dans une cabine de sex-shop, le seul endroit où j'arrive à me concentrer.

Mon téléphone sonne, c'est Legrand. Je me demandais à quel moment il appellerait :

— Allô, Txema ? C'est Máximo. Excuse-moi, je n'ai pas pu arriver à l'heure à l'agence. L'affaire que j'avais entre les mains s'est prolongée plus que je ne croyais, et en plus… il y a un problème.

Mon associé ne sait rien de la visite de Zuruaga. Mariana a obéi à mes ordres. Ou alors, elle est toujours planquée chez elle. Je choisis la seconde option.

— Quel problème, Máximo ?

— Escobar. Felipe Escobar.

Felipe Escobar est un des collaborateurs de l'agence. Un brave type.

— Il lui est arrivé quelque chose ?

— Ça dépend de quel côté on se place, Txema. Tu te souviens qu'il était divorcé ? Bon, il y a quelque temps il est tombé amoureux et aujourd'hui la fille et lui vont vivre ensemble.

— C'est bien.

— Ce n'est pas que je sois particulièrement méfiant, tu me connais. Mais j'ai effectué quelques petits contrôles. Il enquête sur les assurances, comme tu sais. Le problème c'est que… je crains qu'il ait manigancé un accord en douce, pour se faire un peu de pognon.

— Auprès des victimes d'accident ?

— Non. Auprès des entreprises. Faire peur aux victimes en évoquant de prétendues petites magouilles pour que l'assurance paie le moins possible, ce genre de choses. Je le vire ?

— Non. Je m'en charge. On se voit demain. Et repose-toi, parce que je pars bientôt en vacances et il faut que tu sois d'attaque.

Je raccroche avant qu'il ne puisse dire quoi que ce soit. Je cherche sur mon portable le numéro de Felipe.

Il semble content de m'entendre. Il a la voix d'un homme amoureux. Une voix que j'ai eue jadis. Je l'invite à boire un verre un peu plus tard, pour parler de son avenir dans la boîte. Il accepte avec enthousiasme.

Je paie ma consommation, je salue Beto et je sors.

Felipe n'est pas un mauvais bougre. Ça me coûtera une discussion avec Legrand, mais je vais l'augmenter.

Quand il sortira de l'hôpital.

LES MOUCHES NE FUMENT PAS

On me suit. Depuis que je suis sorti de chez moi ce matin. Deux voitures.

Je m'en suis aperçu très vite et j'ai été étonné qu'ils soient si maladroits. Dans l'intense circulation de décembre à Madrid, quelqu'un qui sait s'y prendre peut te suivre pendant des heures sans que tu t'en rendes compte. Je l'ai souvent fait.

On dirait que Zuruaga est en colère. Pourquoi ? Quand je l'ai traité de coursier, hier, c'était pour le faire sortir de ses gonds et parce que sa tête me disait quelque chose. En réalité je ne sais pas qui il est, mais je sens qu'il y a quelque chose de trouble dans son passé. Peut-être que cette photo floue qui trotte dans ma mémoire, celle où Zuruaga est un autre, a pour l'homme recouvert d'or plus d'importance que je ne le pensais.

J'improvise une manœuvre soudaine avec la voiture, comme si je m'étais souvenu au dernier moment que je devais tourner au coin de la rue, mais mes poursuivants ne bronchent pas ni ne freinent au milieu de l'asphalte. Ils continuent à rouler et une moto que je n'avais pas vue tourne derrière moi avec naturel.

Ils ne sont pas idiots. Ils sont malins.

Je ne les ai pas repérés. Ils voulaient que je les repère.

Zuruaga n'est pas nerveux. Il veut que je le sois.

Il y est arrivé.

Je dois aller dans un sex-shop et m'enfermer dans une cabine pour essayer de me rappeler d'où me vient la mémoire de cette photo dans laquelle, j'en suis sûr, il ne s'appelait pas Zuruaga.

Les informations qui sont arrivées sur mon courrier électronique tôt ce matin ne m'ont pas servi à grand-chose. Paco a été efficace, peut-être par crainte que je débarque à la préfecture et que j'attire par ma présence l'ire de Super, que tous les deux nous connaissons depuis qu'il n'était que super, mais également un Salopard avec majuscule.

Je conduis au hasard tout en repassant mentalement ce que j'ai appris. Iñaki Zuruaga est né en Argentine il y a cinquante-cinq ans. Il tient de ses parents basques la double nationalité et il est arrivé en Espagne pour la première fois à l'âge de vingt ans. Avec un capital considérable, qu'il a multiplié par cent mille dans une progression géométrique et apparemment légale. *Apparemment.* Il possède plusieurs grosses affaires, mais son point fort est la construction immobilière ; c'est le promoteur immobilier le plus important du pays, après les grands consortiums. Plus d'une fois le nom de son entreprise s'est trouvé associé à de gigantesques opérations spéculatives pour requalifier des terrains à Murcie et à Valence, mais rien n'a été prouvé. Il était déjà veuf en arrivant ici et il ne s'est jamais remarié.

Zuruaga est veuf. Comme moi.

Et dans l'histoire qui clignote dans ma tête à partir d'une photo dont je n'arrive pas à me souvenir, quand Zuruaga n'était pas Zuruaga, il était veuf là aussi. Ou quelque chose comme ça.

Je me sens bêtement gêné à l'idée de rentrer dans un sex-shop avec mes anges gardiens sur les talons.

Mais il n'y a que de cette façon que j'arriverai à me souvenir.

Mon portable sonne et j'espère que ce n'est pas Legrand, je n'ai pas envie de donner d'explications. Ni à propos de la visite d'hier soir, ni à propos du licenciement de Felipe Escobar qui sourit, tout heureux de son augmentation, malgré son nez cassé, dans une clinique privée du centre.

C'est Paco. Depuis son portable personnel. Je m'arrête en double file et je décroche :

— Es-tu allé voir le ministre ? me demande-t-il sans me saluer.

— Tu ne m'as pas dit de quel ministre il s'agissait...

— Ne fais pas le con, Txema, tu veux ma ruine !

— D'accord. Pardonne-moi. J'y vais le plus vite possible. Mais d'abord je dois régler un problème d'insectes...

— D'insectes ? Mais quels insectes ?

— Des mouches à merde, je réponds en regardant dans le rétroviseur la moto qui fait semblant d'attendre quelqu'un devant une porte. Je raccroche. Le sex-shop, ce sera pour plus tard. Il faut que je me débarrasse des anges gardiens que Zuruaga m'a mis au cul. Sauf si ça ne vient pas de lui, mais du ministre.

Pour le moment ça m'est égal.

Je vais savoir très vite s'ils sont aussi bons qu'ils ont l'air de le croire. Si les renseignements qu'ils ont sur moi sont complets. Quand on suit quelqu'un, il faut tout connaître de ses habitudes. Et de ses faiblesses. Je suis sur le point de céder à l'une d'elles, qui doit être connue de beaucoup de mes anciens collègues, mais dont seuls Paco et Legrand osent parler devant moi.

Je laisse la voiture dans un parking, je prends un des sacs que je laisse toujours dans le coffre et je sors dans la rue en sifflotant un air de Sinatra. L'idée de ce qui m'attend me met de bonne humeur. Je ne sais pas pourquoi je fais ça et j'ai perdu l'occasion de le savoir il y a quelques mois quand j'ai abandonné ma thérapie. J'ai toujours eu l'impression que mon analyste se retenait de rire quand nous parlions de ce pauvre penchant et de l'effet qu'avaient les cabines de sex-shop sur ma mémoire. J'ai cessé d'aller le voir pour ne pas avoir à lui casser la gueule. En plus, il n'était même pas argentin.

J'entre dans le bar et le type de la moto reste devant la porte. Aucun signal d'alarme. Il doit savoir, comme moi, que presque aucun bar de Madrid n'a de sortie de secours donnant sur une de ces ruelles si opportunes qu'on voit dans les films américains.

Je demande un café, je le bois et je vais aux toilettes. Dix minutes plus tard je sors du bar, je passe devant le motard. Je sors une cigarette de mon paquet et je lui demande du feu.

Il refuse en haussant les épaules, l'air scandalisé. Encore un fanatique antitabac. Les hommes de main d'aujourd'hui passent plus de temps dans les gymnases que dans la rue. Ils ne fument pas, n'ont aucun des vices qui pourraient les faire fraterniser avec leurs proies. Seulement des miroirs où compter les tablettes de chocolat de leurs abdominaux.

Je le remercie et m'éloigne. Il surveille toujours la porte du bar.

C'est ce que je pensais : ils ne sont pas si bons.

PETITE SAUTERELLE

A la préfecture, je demande le commissaire Bermúdez et je remets une carte à Medina, qui, en m'entendant tousser comme si j'allais cracher mes poumons devant son comptoir, demande à un agent de m'accompagner jusqu'au bureau. Le commissaire n'est pas là. L'agent me prie de m'asseoir dans le couloir et m'offre un verre d'eau.

— Merci, petit, lui dis-je, mais je ne dois pas trop boire. La vessie, tu vois.

Il me laisse. Je consulte ma montre où, depuis la sphère blanche, le sourire de Corto Maltese se moque de moi. C'est un cadeau de Mariana, la pétulante secrétaire de l'agence. Un cadeau d'anniversaire. Je ne veux pas penser au chiffre de l'anniversaire. Mariana n'est là que depuis six mois, elle a une vingtaine d'années tressées de *dreads* et des causes perdues qu'elle croise dans les rues de Lavapiés. Mariana veut sauver le monde, chaque personne du monde, et cela nous inclut Legrand et moi qui avons l'âge d'être ses pères ou presque.

Je me demande comment elle a pu savoir pour les montres. Je n'en porte en plastique que depuis cinq ans, quand j'ai cassé la dernière, française, chère et en métal, cadeau de Claudia pour un autre anniversaire sans chiffre. Une montre qui a été à l'origine de notre dispute. Elle s'est cassée en même temps que le nez d'un petit malin blindé de hautes protections qui recrutait ses pensionnaires à la sortie des lycées et resterait en prison moins de temps que les promesses d'un programme électoral. J'étais encore policier et Claudia m'aimait encore. Mais quelque chose s'est cassé avec cette montre, peut-être le fil de sa patience.

Et elle m'a quitté. Pour un temps, le temps que je choisisse entre elle et mon boulot de flic.

Un temps qui est devenu l'éternité quand Claudia est morte avant que je puisse lui dire que je l'avais choisie, elle.

Depuis je ne porte que des montres en plastique comme celle de Corto Maltese, ce qui indigne Legrand parce que "Txema, ce n'est pas sérieux que le directeur d'une société de sécurité se promène dans la vie avec une montre de môme". Mais moi, ça me plaît, bien que depuis longtemps je ne casse plus de nez ni de montres. Ne pas penser à Claudia.

La puissante voix de Paco résonne dans les couloirs. Il arrive de l'étage noble, celui du bureau du Super, et au ton martial des ordres et des saluts qu'il distribue à son passage, je comprends qu'il est inquiet. L'agent l'intercepte timidement, me signale et se tire avant que le regard de Bermúdez ne le désintègre. Le commissaire arrive devant la porte de son bureau, me regarde de travers et dit :

— Attendez là. Je vous appellerai.

Il entre. Je compte jusqu'à cent, je me lève d'un pas vacillant, j'ouvre la porte, j'entre et la referme derrière moi.

Paco essaie sans succès d'adopter la position du lotus et respire profondément, les yeux fermés. Ces derniers temps, il s'est mis au yoga pour contrôler sa brutalité. C'est ce que ma sœur m'a raconté mais je n'y croyais pas.

Il ouvre les yeux et me voit :

— Qu'est-ce que vous foutez là, grand-père ? Je ne vous ai pas dit d'attendre dehors ?

— Ne te laisse pas aller à la fulie, Petite Sautelelle, dis-je dans une pauvre imitation du maître de *Kung Fu*. La fulie est comme un caleçon tlop sellé : il te lapelle que tu as des couilles, mais finit pal te les illiter...

Paco souffle, surpris. Il me regarde fixement et dit :

— Ecoutez, vieux débris, je n'en ai rien à branler que vous soyez vieux : si vous ne sortez pas de mon bureau immédiatement, je...

J'enlève la perruque blanche et la moustache assortie, je me redresse et mets mes lunettes dans ma poche :

— C'est comme ça qu'on traite la famille, Paquito ?

— Txema ! Quand est-ce que tu vas laisser tomber ces conneries de déguisements ?

— Tu m'as dit que je devais être discret.

— Je t'ai dit aussi d'aller voir le ministre, pas de rappliquer ici. Tu veux que Super te voie et me chie une pendule ?

Je me laisse tomber dans le fauteuil des invités. Comme toujours après avoir quitté un déguisement, je me sens un peu ridicule.

— Nous irons voir le ministre ensemble, Paco. D'après ce que tu m'as dit, c'est lui qui a besoin de moi et pas le contraire. Si tu viens avec moi, il te sera redevable à toi aussi...

— Et si tu te laisses aller à tes délires, c'est moi qui serais dans la merde jusqu'au cou... Mais merci de penser à moi. Cela dit, on aurait pu en discuter ailleurs qu'ici...

— Je voulais voir comme vivent les vainqueurs. Sacré bureau. On voit bien que tu es le chouchou de Super.

Le nez de boxeur de Bermúdez devient rouge, comme chaque fois qu'il est sur le point d'exploser et quand ça arrive, tout le monde à la préfecture (à part Super, bien sûr) se tient à carreau. Je fais un petit geste imprévu qui le désarme tout de suite. Je me frotte le bout du nez et demande :

— Comment vont Ana et les petites ?

La colère devient douceur. Et même s'il essaie de l'éviter, il se touche le nez :

— Bien, très bien. L'aînée demande toujours ce que devient son parrain, la petite veut savoir si tu vas bientôt venir lui donner des leçons de boxe, et la deuxième est punie parce qu'elle a cassé le nez d'un camarade.

Je souris. De mes trois nièces, Ainhoa est ma préférée même si je ne le montre pas. Et son père est fier de cette enfant intelligente et silencieuse.

— A propos, j'ai quelque chose pour toi – il fouille dans un tiroir et en sort un paquet enveloppé de papier coloré. De la part d'Ainhoa. Elle l'a fait elle-même, pour ton anniversaire, mais comme il y a des mois qu'on ne te voit pas, elle m'a demandé de te le donner…

Je déchire le papier d'emballage, comme le ferait Ainhoa. A l'intérieur il y a un carnet de pages blanches, recouvert de papier mâché. Sur la couverture, un dessin en spirale reproduit le motif de l'affiche de *Sueurs froides,* un de nos films préférés. Et sur la première page, elle a écrit de son écriture anguleuse :

"Si tu as de la peine, note-le sur ces pages, et quand tu fermeras ce carnet, tu auras moins mal. Joyeux anniversaire."

Paco m'observe, ému. A ma façon, j'ai de l'affection pour le commissaire Bermúdez. Nous nous connaissons depuis le lycée. Je suis certain qu'il n'a plus jamais répété les erreurs de jadis lorsque, encore fiancé à Ana et dans un sursaut d'impatience, il l'a frappée. La vision chaque matin, quand il se rase, de son nez cassé, doit lui rappeler que pour aussi têtue que soit ma sœur, "c'est par la parole que se règlent les problèmes". C'est ce que je lui ai dit, il y a quinze ans, après lui avoir cassé la gueule puis invité à boire un verre à sa sortie des urgences.

Le souvenir d'autres nez cassés rallume l'alarme :

— Sérieusement, Txema, si Super sait que tu es là, je vais morfler.

Les naseaux jumeaux de mon beau-frère et de Super ont été redessinés par la même main. Je dois me débarrasser de cette mauvaise habitude.

— Je remets mon déguisement et on y va, Paco. Mais avant je dois te demander un service.

Bermúdez se redresse sur son fauteuil :

— A deux conditions : que tu ne remettes plus les pieds ici, et que tu viennes déjeuner dimanche à la maison. Ana et les filles n'arrêtent pas de te demander et je crois qu'elles me rendent responsable de ton éloignement. Viens avec ta copine, si tu veux. Celle que tu veux.

J'hésite. Si je lui dis que depuis des mois, il n'y a personne dans ma vie, je risque de subir une rencontre surprise avec quelque amie divorcée d'Ana. Et on reparlera de Claudia. Il y a presque cinq ans, déjà. Depuis lors, les trois tentatives de relation amoureuse que m'ont connues Ana et Paco ont échoué. Peut-être ne vais-je pas plus souvent chez l'irascible Paco et sa tribu de femmes saines et vives de peur de l'envier.

— Je ne crois pas qu'Olivia puisse venir, j'improvise. Elle est en voyage pour trois semaines.

— Olivia ? demande Bermúdez. C'est du sérieux ou c'est encore une de ces étudiantes que tu te fais, mon salaud ?

— C'est le plus sérieux que je peux. Ne t'affole pas. Tu me rends ce service ou non ?

— Bien sûr, mon vieux. De quoi as-tu besoin ?

— De la technologie avancée de la police espagnole. Si je te donne la photo actuelle d'un bonhomme, est-ce que vous pouvez lui enlever vingt ans à partir d'un logiciel informatique et vérifier si ça correspond à quelqu'un qui aurait des antécédents ?

Paco éclate d'un rire tonitruant et n'arrive pas à s'arrêter. J'ai peur que le bruit n'attire quelqu'un et je remets ma perruque. Il s'étouffe, je lui donne un verre d'eau et quand il réussit à se calmer, il me dit :

— Tu es vraiment un marrant, Txema ! C'est toi qui regardes trop la télé, mon gars... il reprend son souffle. Il y a deux ans on nous a donné un logiciel de ce genre. Mais nos ordinateurs étaient si vieux qu'il a fallu signer une montagne de papiers pour qu'on nous en fournisse des nouveaux. Ils ont mis un an à nous les livrer. Nous avons découvert alors que le programme était dépassé et il a fallu commander la dernière version. Ça a tardé six mois. Quand nous l'avons reçue, nous avons appris que le FBI et tous les autres organismes internationaux avaient changé de programme et que par conséquent il nous en fallait un autre... Alors Super a interdit qu'on en reparle et maintenant on dispose d'un tas d'ordinateurs qui ne servent à rien, à part pour les jeux vidéo qui fonctionnent du tonnerre, et pour regarder des films porno je te dis pas...

Je m'attends à ce qu'il me prenne le chou avec mon histoire de sex-shops, mais il poursuit :

— Je suis persuadé que ton technicien informatique a un meilleur équipement. A propos – il fouille dans sa paperasse –, pourquoi tu ne dis pas à ton gars qu'il arrête de jouer avec nous, Txema ? Alonso en a plus que marre.

Alonso est le chef de la Brigade d'investigation technologique et il déteste que Nemo le prenne de vitesse. Il y a quelque temps, celui-ci lui a envoyé un fichier avec toutes les informations concernant un pédophile sur lequel la brigade enquêtait depuis des mois. Je feins l'étonnement :

— Nemo ? Il ne s'occupe que d'organiser les fichiers de mes clients et deux ou trois choses en plus.

— Ne te fous pas de moi, Txema. On sait tous qu'il a été ton employé. Ici on travaille sérieusement. Et Alonso était sur le point de coincer le mec.

— Il s'est échappé ? je demande l'air de rien.

— Non, pas de problème. Je doute que quelqu'un puisse s'échapper avec deux côtes et le nez fracassés. Putain de raclée. Le gars a failli pleurer de soulagement quand il a vu que ceux qui arrivaient étaient des flics et pas son agresseur encapuchonné qui revenait pour finir la *faena*...

— Tu ne vas pas me dire que c'est un coup de Nemo... Il a à peine quinze ans...

Bermúdez enfile son veston et un sourire lui échappe :

— Je ne pensais pas précisément à lui. On y va, pépé ?

— On y va, commissaire, dis-je d'une voix chevrotante. Nous devons sauver l'Espagne.

— Que l'Espagne aille se faire foutre.

— C'est bien ce que je pense, gamin, dis-je au milieu d'une quinte de toux pendant que nous nous dirigeons vers la sortie.

QUAND UN RÉVOLUTIONNAIRE SE MET À PRIER

Le temps qu'on examine ma carte d'identité, tout se met en marche. Un officier nous conduit jusqu'à une pièce à l'écart et nous fait entrer dans un ascenseur dont j'ignorais l'existence. Pendant que nous montons, il parle dans son talkie-walkie sur un ton plein de déférence et en phrases codées. Il nous conduit à travers un couloir vide jusqu'à un bureau qui n'est pas celui, officiel, du ministre. Je suis souvent venu ici, soit à l'occasion de ma remise de décoration soit pour une engueulade. Mais je n'ai jamais fréquenté cette partie de l'immeuble. Je regrette que Paco ne m'ait pas laissé venir dans mon déguisement de vieillard. J'aurais aimé voir la tête du responsable du portefeuille de l'Intérieur.

A peine sommes-nous arrivés qu'une porte s'ouvre. Le ministre semble surpris de voir Bermúdez, mais en bon politique il se ressaisit tout de suite :

— Merci d'être venu, Arregui. Et merci à vous aussi, commissaire, de vous être occupé d'organiser ce rendez-vous discret. Une discrétion que, je précise, nous maintiendrons jusqu'au bout.

— Bien entendu, monsieur le ministre, dit Paco au garde-à-vous.

— Si vous voulez bien attendre, j'aimerais parler seul à seul avec M. Arregui…

— Bien entendu, monsieur le ministre, répète Paco.

— Ou mieux encore : retournez à la préfecture, nous nous chargerons de ramener M. Arregui où il le souhaitera. Et s'il vous plaît, commissaire, pas un mot à quiconque, pas même à vos supérieurs.

— Vous êtes mon supérieur, monsieur le ministre, dit Paco, raide comme un marine américain. Il transpire légèrement.

— Merci, Bermúdez. Je me souviendrai de votre bonne volonté.

Il lui tend la main, puis s'écarte pour me laisser passer, et avant que la porte ne se referme j'ai la vision fugace de mon beau-frère en pleine extase.

Le ministre s'assied derrière le grand bureau en chêne et me fait signe de prendre place dans un fauteuil quelque peu usé. Nous nous regardons pendant un moment et il ouvre la bouche :

— Ça fait combien d'années, Gustavo ?

— Beaucoup, Buster, je réponds.

Nous nous sommes connus à la fac, quand j'étais un jeune flic infiltré et lui un redoutable activiste de gauche. La perestroïka faisait bouger les murs et dans les salles de cours la crainte de la répression mêlait à l'espoir d'une révolution non définie. Je détestais ma mission, mais je n'avais pas encore appris à dire non. Lui, de quatre ou cinq ans mon aîné, prenait son engagement très au sérieux. Ce n'était pas un de ces petits malins qui récitaient Lénine par cœur et se nichaient sous les jupes de petites-filles de généraux franquistes. Il ne fumait pas de hasch et ne manquait aucun cours. Il me fit entrer dans son groupe et pendant près d'un an il me passa le journal de son parti. Je ne l'aimais pas beaucoup mais je respectais la cohérence de son action. Il ne souriait jamais. C'est pour cela qu'au cours d'une réunion je proposai qu'il change son nom de guerre trop évident en

“Buster”. Tout le monde vota pour, bien que tous n’en eussent pas saisi l’ironie. Il encaissa la plaisanterie et proposa que mon nom de code soit “Gustavo”.

— A cause de Becquer ? lui demandai-je un après-midi.

— Non, me répondit-il. A cause de la marionnette des Muppets, *Gustavo la rana**. On dit que c’est un reporter culotté, mais moi je crois que c’est un flic. Tu n’as pas remarqué son chapeau et sa gabardine ?

Buster fut le seul à soupçonner que j’étais un flic, mais j’ai toujours su qu’il ne me dénoncerait jamais. Il n’y avait pas grand-chose à dénoncer, au demeurant. Nous ne devînmes jamais amis, parce que nous étions tous les deux trop orgueilleux.

Il n’a jamais été mon ministre, parce qu’il arriva à ce poste après mon départ de la police. Je connais sa trajectoire pendant ces années-là et je crois qu’il a toujours été propre. Il continue à ne pas sourire, c’est tout. Il est peut-être le seul spécimen d’homme politique honnête. Bien que cela ne veuille pas dire grand-chose. L’honnêteté en politique est un état gazeux qui peut se disperser dans le vent de la nécessité, des intérêts du parti ou de la tendresse pour le fauteuil qui aura fini par prendre la forme de son cul.

Il n’a pas beaucoup changé en plus de vingt ans. Sauf que si ses manières austères d’avant lui donnaient l’air plus vieux, aujourd’hui, ce sérieux le rajeunit. La plupart des joyeux noceurs de cette époque que je croise occasionnellement ont l’air de grands-pères prématurés. Buster est toujours le même, avec quelque chose d’un peu usé, comme la statue d’un héros qui aurait supporté immobile trop d’orages et de fientes de pigeons. Sa peau n’exhibe pas le

* En France, Kermit la Grenouille.

bronzage-terrain-de-golf typique de tant d'hommes politiques, ni l'orange plouc des accros aux UV. Il porte le costume comme il porterait l'uniforme ou la salopette de travailleur et ses goûts ne semblent pas non plus avoir changé avec le temps. Ce bureau alternatif a les mêmes dimensions que le bureau officiel, mais la décoration en est spartiate. Seul un cadre avec le portrait du roi sur le mur du fond, à côté du drapeau, rappelle que l'homme assis derrière le bureau représente l'Etat. Je soupçonne qu'ils sont là afin que lui-même ne l'oublie pas. Je remarque un léger désordre dans la pile de papiers et dans les livres entassés sur des rayonnages. C'est ici qu'il travaille. Dans l'autre bureau il joue le rôle qu'on lui a assigné.

Le pouvoir et l'âge n'ont pas changé Buster. Et pourtant j'ai envie de le provoquer. Je ne vois pas de cendrier sur la table, mais je sors quand même une cigarette. Buster ne fumait ni ne buvait à l'époque. Il ouvre un tiroir, en sort un cendrier et deux havanes. Il m'en tend un. C'est un bon havane, mais pas de ceux hors de prix qu'on achète plus pour les exhiber que pour les fumer. Ce n'est pas le genre de havane qu'un type comme Zuruaga offrirait à un ministre en poste.

Il allume le mien puis le sien. Il sort une bouteille de whisky et deux petits verres.

— Garde le secret. Si ma femme l'apprend, elle me tue.

— Ne t'inquiète pas, la prochaine fois que je la rencontre au golf, je ne lui dirai pas que tu fumes des cigares et que tu bois du whisky bon marché.

Ce n'est pas vraiment un sourire, mais chez lui cela peut passer pour un éclat de rire amer :

— Je ne suis sociétaire d'aucun club de golf et tu le sais, sale con. Je n'ai pas grimpé sur la tête de mes camarades pour arriver ici et on m'a confié ce poste parce que c'est une patate chaude. Je suis le même qu'avant, un peu plus vieux et ennuyeux, c'est tout.

— D'accord. Excuse-moi.

Nous fumons en silence.

— Je sais pour ta compagne, me dit-il. J'ai eu de la peine pour toi. Vraiment.

— Merci.

— Et je sais aussi que tu ne t'en es pas encore sorti. Parfois, il faut savoir oublier, Txema.

— Comme toi la révolution ?

Il soupire.

— Tu ne changeras jamais, Arregui. Tu es toujours le même emmerdeur. Tu ne changeras pas et il est bon que quelque chose ne change pas.

Il m'exaspère. Il m'a toujours exaspéré. Lui et sa rectitude sans éclat. Quand nous étions jeunes, j'avais une envie secrète de le coincer pour duplicité, quelque chose qui me donnerait une raison de lui casser la gueule. Mais il est arrivé à la fin de ses études le nez intact. Ce qui va changer très vite si je découvre qu'il est à la solde de Zuruaga. Et je me fous de ce qui pourrait se passer après.

— Si c'est une réunion d'anciens élèves, il manque trop de gens, ministre. Pourquoi voulais-tu me voir ?

Il se tortille sur son fauteuil, hésite.

— Avant tout, il faut qu'il soit bien clair que je n'approuve pas cette idée, mais les ordres viennent d'en haut.

— C'est le problème avec les poulaillers : il y a toujours un perchoir au-dessus du tien…

— Ne plaisante pas, Txema, c'est du sérieux. Numéro Un est parti.

Il fait un signe de tête vers le portrait accroché au mur, celui de l'homme de haute stature, avec le drapeau espagnol à côté.

Je touche instinctivement la médaille dans ma poche et je me demande si ce bonhomme sortira un jour de ma vie.

— Quand ?

— Il y a trois jours. Tu sais qu'il s'échappe de temps en temps, mais jamais plus que quelques heures. Je crois que c'est comme un jeu pour lui. Mais là c'est différent, parce que…

— Arrête un peu, ministre. Ne m'en dis pas plus. Si vous, avec tout l'appareil de l'Etat, vous n'avez pas pu le retrouver, qu'espérez-vous que je puisse faire, moi ?

—- C'est ce que j'ai dit au président. Mais il est au désespoir, Txema. Il dit que tu l'as rencontré un jour…

— Je ne l'ai pas cherché. C'était un hasard. Ou presque.

Il se penche au-dessus de son bureau et me regarde comme jadis :

— C'est grave. C'est très grave. Il n'a jamais disparu aussi longtemps. En plus il a emporté un sac de voyage…

J'ai la gorge sèche et je lui demande de me verser un whisky.

— Quoi d'autre ?

— Il a laissé un mot. Très étrange : "Je vais chercher le petit garçon. Je reviendrai quand je l'aurai retrouvé. Ou pas. Joyeux Noël."

Je réfléchis quelques minutes.

— Il n'y a plus que trois semaines avant Noël, ministre.

— Exact. Ce qui veut dire qu'il n'a pas l'intention de revenir avant… S'il revient.

Je touche légèrement ma tempe :

— Tu crois qu'il… ?

— Non. Ce n'est pas ça. Mais, putain, je ne sais pas ce que c'est !

— Des pistes ?

— Aucune. Nous avons écumé le pays, très discrètement, et nous n'avons trouvé aucune trace de lui. Il a plus de soixante-dix ans et il n'est pas habitué à se débrouiller seul. Il peut lui arriver n'importe quoi, Txema. C'est pour cela que le président m'a demandé de m'adresser à toi. L'Espagne a besoin de toi.

La dernière phrase est de trop mais je lui pardonne. Je serais moi aussi très inquiet si j'étais assis à sa place et si le roi avait disparu.

“Chercher le petit garçon.”

Cette phrase écarte dans mon esprit la photo de Zuruaga et même, pour un instant, le fantôme nu de Claudia. Je revois un homme d'un certain âge, délirant sur le siège avant de ma voiture, je revois mes vêtements tachés d'un sang étranger, je revois le ruban de la route et mes mains sur le point de briser le volant à cause de l'adrénaline. Je revois cet après-midi d'il y a presque cinq ans. Et je me souviens d'une berceuse bredouillée d'une voix pâteuse, et un nom qui ne me dit rien mais qui résonne comme de la nostalgie.

Le ministre attend. Malgré son scepticisme, il pense lui aussi que je pourrais faire un miracle. Il attend, les paumes des mains jointes, il ne se rend pas compte qu'il a l'air de prier. Quand un révolutionnaire, même domestiqué, se met à prier, il est l'heure de changer de quartier.

— Tu sais bien qu'il est impossible que je puisse le retrouver tout seul, ministre. Si je me lance là-dedans et que je n'y arrive pas, les chiens feront la queue pour venir me mordre.

— Par ailleurs, Txema, si tu ne le retrouves pas et que tu n'aies même pas essayé, tes prérogatives pourront aller à la poubelle et les chiens dont tu parles te boufferont, l'un après l'autre.

— L'un après l'autre, ça ne m'inquiète pas. Je ne suis pas si important. Il faut que j'y pense. Et puis, bon Dieu, qu'est-ce que ça peut te foutre à toi ? Que je sache, à la fac, tu étais assez républicain.

Il soupire :

— Fais ce que tu veux. J'ai dit au président que c'était une folie. Prend cette carte, c'est mon numéro de téléphone mobile personnel. Quand tu auras pris une décision, tu m'appelles. A n'importe quelle heure.

Il se lève pour m'accompagner à la porte mais je le retiens d'une mimique. Une mimique inexpressive. Je sors dans le couloir, je ne suis plus au ministère de l'Intérieur mais dans ma voiture, cet après-midi-là, cherchant l'écho d'un nom qui ne me dit rien, mais qu'un homme âgé et drogué répétait comme un mantra ou une plainte.

LES DEUX SOURIRES DE CLAUDIA

La tête ahurie du chauffeur de la voiture officielle quand je lui ai demandé de me laisser devant le sex-shop d'Atocha aurait mérité une photo. Bien que je n'aie aucune envie de rigoler, je n'ai pas pu me retenir et je lui ai dit sur un ton confidentiel :

— C'est une commande pour le ministre.

Le type court partager l'info avec ses collègues et je me sens tout d'un coup un salopard.

Je n'ai jamais compris comment fonctionne la relation entre les cabines de sex-shop et mes souvenirs flous. Mais je sais quand ça a commencé.

C'était quelques mois après la mort de Claudia.

Un matin en me réveillant, j'avais oublié le goût de son sexe. Je pouvais le décrire, fabriquer des métaphores, mais je l'avais perdu. Il n'était plus là. Quelques jours après j'avais perdu le goût de sa bouche. Et une nuit de dimanche, j'ai oublié la forme de son sexe et de ses lèvres. J'aimais les deux sourires de Claudia, et bien qu'ils soient fixés sur des photos et des films que nous avions faits dans l'intimité de l'amour comme tant de couples qui se croient seuls au monde, ces succédanés ne compensaient en rien son absence.

Mon travail s'en est aussi trouvé affecté. Des déductions qui auparavant m'auraient paru évidentes m'échappaient, j'avais du mal à rapprocher des faits qui prouvaient des relations flagrantes. J'étais préoccupé par un cas que je savais simple mais qui me paraissait incompréhensible : un assassinat qui semblait n'intéresser personne. Je savais que j'avais la réponse sous les yeux, mais je n'arrivais pas à m'en souvenir. Comme le goût du con de Claudia.

Mes camarades, les quelques qui avaient encore envie de me fréquenter, me disaient que j'exagérais, qu'on ne peut pas toujours gagner. Je les envoyais chier.

J'imagine que ce fut une vengeance puérile contre Claudia pour la punir de son absence. Ou un traitement de choc. Mais un après-midi, je rentrai dans un sex-shop et je passai des heures à introduire des pièces de monnaie pour voir défiler devant mes yeux des cons de toutes formes, des sourires forcés et des gémissements de location.

Et cela se produisit.

Tout m'apparut clairement : le lieu, le mobile et même les moyens employés. Sans le moindre doute.

Je sortis, je me rendis au domicile du coupable, je lui cassai la gueule, le chargeai sur mon dos et le déposai au commissariat le plus proche.

Cette nuit-là je m'endormis en savourant les deux sourires de Claudia.

Plusieurs années ont passé et ça fonctionne toujours. J'essaie de l'éviter mais parfois je n'ai pas d'autre solution. Je traverse la petite entrée illuminée du sex-shop. L'employé me salue familièrement mais sans sourire. Je crois que je lui fais un peu peur : un homme grand, bien habillé et sombre, qui s'enferme dans une cabine pendant des heures. La femme de ménage lui aura dit que je ne fais rien d'autre que regarder les films, ou tout au moins que je ne laisse pas les traces d'une autre activité. Je glisse des pièces dans la fente et je laisse mes yeux se reposer sur l'écran vidéo. Une femme aux seins énormes et rigides se savonne lentement sous la douche. Je cherche à retrouver les mots que prononçaient le vieil homme qui délirait assis sur le siège avant de ma voiture, mais une photo en noir et blanc se superpose, *peut-être le regard de Zuruaga, un geste de ses mains,* l'eau tiède coule entre ses jambes et les doigts font leur boulot avec ennui ; *peut-être si je l'imagine avec moins de cheveux, moins d'or.* D'où sortent ces deux types, cette douche est en pleine rue ou quoi ? *C'est Zuruaga pas seulement plus jeune mais à l'opposé de celui d'aujourd'hui ;* les acteurs porno ne portent jamais de caleçons, les actrices presque jamais de culottes, tout le monde est mouillé et prêt à l'action ; *moins d'or* ; elle a encore un trou disponible, le plombier arrive ; *plus pauvre et avec les pauvres, mais pas Zuruaga, quelqu'un qui me le rappelle ;* elle prend la queue de l'un dans sa bouche et non, ce n'est pas possible de la confondre avec Olivia, ni avec Claudia, mais l'actrice aux gros nichons rigides a le rare pouvoir de rentrer tout ça dans sa bouche, et tout ça c'est beaucoup ; l'autre acteur, qui a l'air complexé par la taille normale et même plus de sa queue, réclame l'attention ; le plombier travaille comme si de rien n'était, réglant les robinets des cabinets, elle tourne la tête et on voit bien que son boulot ne lui plaît pas, elle lèche et engloutit avec soulagement le pénis presque normal de l'autre acteur pendant que de sa main libre elle fouille dans la salopette du plombier, en sort sa queue et la malaxe ; *une photo ni grande ni de premier plan, des nouvelles régionales,* elle a déshabillé le plombier qui la met à quatre pattes la tête sur la cuvette ouverte des W.-C. et qui la pénètre par derrière, *action violente,* plombier, W.-C., *j'espère que ce n'est pas un de ces films de coprophagie, je ne les supporte pas,* le plombier pousse si fort qu'on dirait qu'il va faire plonger la fille dans la cuvette et tomber avec elle, pour poursuivre la fête dans les égouts.

Ègouts.

Non, égouts, non. Des puits noirs. Des fosses septiques.

Je sais presque maintenant d'où me vient le souvenir de la tête de Zuruaga. Qui ne s'appelait pas comme ça alors. Même si je ne me rappelle pas comment il s'appelait. Je n'ai retrouvé qu'un surnom. Mais je peux m'en servir pour dérouler le fil de la mémoire. Je quitte la cabine et l'employé du sex-shop me regarde, s'attendant à ce que je me plaigne de la mauvaise qualité des vidéos. Je le salue d'un geste et je sors.

Je cherche la voiture, je vérifie que personne ne me suit et je décide qu'avant de rentrer chez moi je ferai trois tours autour de l'immeuble d'Olivia. Je ne suis pas pressé de retourner à l'agence et il faut que je réfléchisse. Avec un peu d'effort, peut-être arriverai-je à me souvenir du vrai nom, des dates, à accéder aux archives de cette histoire.

Mais quelque chose ne colle pas.

Je sais maintenant que Zuruaga n'est pas Zuruaga.

Mais je sais aussi qu'il est mort il y a vingt ans.

PIRE QU'UNE BANDE DE MOTARDS

La mère de Nemo se réjouit de me voir et ça m'inquiète. C'est une femme dure, charnelle, qui vit sa trentaine avec la même énergie que lorsqu'elle était une gamine rebelle qui se jetait dans tout ce qui ressemblait de près ou de loin à une révolte. Elle est petite, très sensuelle, peut-être parce qu'elle essaie de ne pas l'être, surtout avec moi. Je suis le patron de son fils, celui qui l'a sauvé des verrous et le reste, mais je suis aussi un ancien flic. L'attraction des contraires. Chaque fois que je la regarde, je sens que je suis infidèle à Claudia. Et à Olivia.

C'est pour cette raison que je viens peu à Vallecas, bien que j'aime ce quartier et son effort pour maintenir des solidarités qui se diluent dans un marais de sans-grades qui ont laissé leur peau pour payer l'hypothèque de l'appartement et commencent maintenant à regarder d'un sale œil les immigrants qui ne sont que locataires alors qu'eux-mêmes se définissent pompeusement comme "propriétaires".

En chemin, je suis passé par la papeterie de la femme d'Aguirre, l'homme qui n'a jamais marqué un but de sa vie. C'est comme je l'imaginais : une petite boutique proprette, encaissée à côté du parking de l'immeuble et loin de la grande rue qui mène aux supermarchés et autres grands magasins de la consommation. Je suis entré sans trop réfléchir et la femme de mon homonyme est aussi comme je l'imaginais. Affairée et sérieuse, avec cette authentique dignité qui l'empêche de montrer la joie qu'elle éprouve à voir arriver un client inespéré. J'ai acheté deux rames de papier, de l'encre pour imprimante, du papier photographique et un petit agenda de bonne qualité recouvert de cuir, un des points forts de la boutique, à en juger par le prix et par l'expression de la femme d'Aguirre quand je le lui ai demandé. Pendant qu'elle fait mon compte, je me promets de ne pas céder à mes penchants policiers. Je ne vérifierai pas les numéros de série pour savoir si Aguirre a tenu compte de mes ordres concernant le matériel de Garrod Internationale. J'ai payé avec ma carte parce que je n'avais pas assez d'argent sur moi et elle a réalisé l'opération avec un sérieux de chirurgien réparant un cœur avarié. En sortant chargé de paquets je me suis senti un peu meilleur et un peu plus idiot.

Moins idiot que maintenant, quand je donne l'agenda à la mère de Nemo et que je lui dis :

— Tiens. Pour que tu t'organises et que tu n'oublies aucune manif.

Au lieu de me répondre par une vacherie, elle baisse les yeux et me dit :

— Merci. Je l'inaugurerai en notant ton adresse.

Danger. Je demande où est Nemo et pendant que je me dirige vers sa chambre, je sens son regard sur moi. Elle regarde mon cul ! J'ouvre la porte et bondis dans la chambre :

— Tu as une bande de motards aux fesses ou quoi ? demande le garçon.

— Pire que ça, Nemo, je murmure. Pire que ça.

Nemo ne s'appelle pas Nemo mais il vaut mieux ne pas l'appeler par son nom s'il ne veut pas que son ordinateur soit infesté de virus ou d'autres choses dans ce genre. Il s'appelle Germinal. Une lubie de son père, un anarchiste instable qui devait se tirer comme le père marseillais de Legrand. Ce genre d'hommes qu'on juge sévèrement pour leur incapacité à se fixer, mais je crains bien que ceux qui comme moi ne savent que rester ne soient pas meilleurs.

J'ai connu Nemo peu de temps après avoir quitté la police, au moment où je finissais de monter l'agence. J'avais débarqué chez lui, m'attendant à trouver un trentenaire bobo, mou et branleur, tripatouillant le serveur d'une banque. Et je me suis trouvé face à un adolescent aux faux airs de loubard qui me démontra que la banque en question détournait de petites sommes des comptes de ses clients. Sa mère était l'une de ces clientes. Je n'ai pas dénoncé le gamin, mais j'ai donné les banquiers. Et j'ai conclu un accord avec sa mère et lui : Nemo travaillerait pour moi, contre un bon petit salaire et il arrêterait d'emmerder le monde sur le Web. Parfois, il m'écoute.

— Qu'est-ce que tu cherches ?

— Un mec, Nemo. Un mec d'il y a vingt ans.

— Je regrette, vieux. Mais aujourd'hui ce n'est pas possible. Tu ne me dis pas tout le temps de ne pas négliger mes études ? Eh bien…

Ce petit salaud fait le difficile et ça veut dire qu'il veut m'extorquer quelque chose. Je lui montre les achats de la papeterie. Mais ça ne suffit pas :

— Tu veux quoi ? Pas un nouvel ordinateur, je ne vois pas où tu pourrais le mettre.

Il baisse les yeux. Il hésite. Nemo ne se lâche jamais, mais là oui :

— Un crétin du syndicat tourne autour de ma mère. Ne me dis rien, poulet, je ne suis pas né d'hier. Je sais bien qu'elle est encore jeune et que tous les mecs la matent, à commencer par toi. Et c'est sûr que quand elle sort avec ses copines elle doit bien s'en taper un de temps en temps. J'aime pas y penser, mais j'ai rien contre. Mais avec ce minable, c'est pas pareil, ok ? Il veut faire copain copain avec moi, il lui monte la tête, tu vois le genre…

— Nemo, c'est ta mère et je comprends que…

— Tu comprends que dalle, Arregui. Je suis rentré dans son ordinateur et j'ai vu que c'était un putain de salopard. Il se fait un tas de filles du syndicat à la fois et en plus, regarde.

Il tapote sur son clavier et un document de la police apparaît sur l'écran. C'est une plainte. Puis une autre et encore une autre.

— Mauvais traitements, mon vieux. On ne l'a pas condamné parce que les filles ont retiré leurs plaintes. Par peur. Je ne veux pas d'un mec comme ça dans la vie de ma mère, OK ? Et ça n'a servi à rien que je le lui montre. Elle pense que j'ai tout inventé. Comme je l'ai fait avec un autre vautour, l'année dernière…

— Alors tu voudrais que je…

— Non. Si tu lui casses la gueule ça sera pire, parce que tu en feras un martyr. J'ai un meilleur plan.

— Et c'est ?

— Voilà… Que tu viennes passer le réveillon de fin d'année avec nous, susurre-t-il.

— Quoi ?

— C'est ça. Tu viens dîner avec nous et comme ça on ne passera pas le réveillon seuls ma mère et moi. Et puis, tu n'as personne en ce moment, qu'est-ce que ça te coûte ?

— Et tu crois que ça suffira pour éloigner ton mec ?

— C'est que… j'ai dit à ma mère que tu en pinçais pour elle, que tu me posais des questions, des conneries de ce genre. Et elle a marché. Elle ne sort plus avec ce débile et quand je lui ai dit que tu voulais venir passer le réveillon avec nous elle a failli se pisser dessus de joie. Elle est folle de toi, poulet.

Et je viens de lui offrir un agenda en cuir qu'elle va étrenner avec mon numéro de téléphone.

Je voudrais partir en courant, mais le regard de Nemo m'arrête.

— C'est bon. Je ne te promets rien, mais j'essaierai. Maintenant revenons au boulot.

Je lui explique ce que je veux en me demandant à quel moment il va se mettre à rire comme mon beau-frère.

— Tu regardes beaucoup la télé, se moque-t-il. Il existe un logiciel avec lequel je pourrais rajeunir le bonhomme de ta photo, mais ça me prendra deux ou trois jours au moins.

— Tu as le logiciel ou tu vas le… ?

— Tu veux vraiment le savoir, Arregui ?

— Peut-être pas. Et quand tu auras le résultat, envoie-le moi par mail, lui dis-je d'un ton comminatoire en sortant, histoire de me persuader que j'ai un peu d'autorité.

— Attends un peu, poulet !

J'ai la moitié du corps dans le couloir, sans défense, et le cul dans la chambre. Des yeux me brûlent pendant que le garçon me regarde et, contenant son rire :

— Pour le réveillon, ça ira ou tu veux que je trouve du Viagra sur Internet ?

Le bruit de sa porte que je claque en la refermant résonne dans le couloir pendant que je cherche la porte de sortie et que je descends les escaliers de l'immeuble en courant.

TERREUR

On n'y est jamais préparé.

Même si on sait que ça doit arriver.

Qu'il arrivera un jour et qu'il te dévorera d'un seul coup de dent.

Pire que la mort, parce que la mort t'emmène, au moins.

Lui, il te laisse là. Tremblant.

Parce que tu sais qu'il reviendra toujours.

Terreur.

Il m'attendait dans un couloir vaste et sombre. Celui du Latina, l'immeuble où j'habite depuis toujours, même si j'ai acheté dans les alentours de Madrid la maison dont Claudia avait rêvé pour nous deux. Je vais peu dans cette maison entourée d'un jardin et avec le ciel au-dessus de la tête. Je ne la loue pas. Je ne la vends pas. Je la fais nettoyer une fois par semaine et la décoration est, exactement, celle que me décrivait Claudia quand elle construisait notre foyer avec des mots et des soupirs. C'est ce que je crois. Parce que après tant d'années, j'ai peur d'avoir ajouté des phrases à nos dialogues, des détails qui ne figuraient pas sur les plans tracés sur des serviettes en papier de bars ou sur la peau de mon ventre, des rideaux là où elle voulait des stores, peut-être n'aimerait-elle pas le jardin rempli de rosiers soignés comme ses enfants par un Equatorien muet qui ne parle qu'aux plantes. Claudia – il a fallu que je reçoive la visite de Terreur pour m'en souvenir – n'aimait pas les rosiers.

Que Claudia aille au diable.

Elle n'avait qu'à me laisser des instructions précises avant de se faire tuer pour défendre un sac qui ne contenait que trente-sept euros et un portefeuille d'où elle avait enlevé les photos du temps de notre bonheur.

Je ne vais pas beaucoup dans cette maison parce que ce n'est pas une maison. C'est une église vide. Elevée par un prêtre dont la foi se nourrit de la culpabilité et qui préfère célébrer la messe au comptoir du *Malone* ou d'autres antres de ce genre. Ses prêches ne s'adressent pas aux croyants mais aux mécréants. C'est pour ça que, malgré la tentation d'aller m'y réfugier pendant quelques heures, là où ni Legrand ni personne n'auraient l'idée de m'y chercher, pour réfléchir aux paroles d'un vieux monsieur affalé sur le siège avant de ma voiture et à l'identité de Zuruaga avant qu'il ne soit Zuruaga, je me dirigeais vers mon appartement de toujours. C'était l'heure du déjeuner et je pouvais compter sur un moment de tranquillité avant que tout ne recommence. J'ai grimpé les étages à pied pour compenser les cinq jours où je n'avais pas été au gymnase, et en arrivant en haut je me sentais fort pour mon âge, prêt à résoudre n'importe quelle énigme qui ne m'inclurait pas dans son équation, presque heureux, après tant de temps. J'ai appuyé sur l'interrupteur mais la lumière ne s'est pas allumée. Le couloir était une masse informe et noire. Silencieuse.

Avant de le voir j'ai su qu'il était là.

Terreur.

C'était une autre masse informe et noire, mais mouvante. Il a fait un pas puis un autre. C'était comme un autobus roulant au ralenti. Vers moi. Il s'arrêta à deux mètres et j'ai pu alors distinguer sa silhouette. Le garde du corps de Zuruaga est plus grand vu de près et il a de petits yeux, très petits. Il a l'air lent. Et pas très malin. Personne ne le proposerait pour le Nobel.

Mais j'ai su qu'il était arrivé.

Que c'était Terreur.

On est mal habitué.

Et à mesure que passent les années et qu'il n'arrive pas, on croit que ça ne nous concerne pas.

Qu'il ne s'attaque qu'aux autres.

Qu'on est invulnérable.

On est mal habitué.

On sait qu'ils tombent.

Qu'on frappe et qu'ils tombent.

Qu'on reçoit aussi notre part mais c'est juste, un échange, un commerce loyal dans lequel chacune des parties perd mais il y en a toujours une qui croit avoir gagné quelque chose. Peu importe que ce soit sur un ring ou dans une bagarre de rue, ou pendant une détention où le gardien a vu trop de films de karaté ; on sait qu'on perdra quelques bagarres et qu'on en gagnera d'autres, on se souvient peu de celles qu'on perd et on a honte de celles qu'on gagne.

S'ils tombent, on se sent vide.

Si on tombe, on se relève et on recommence.

Même si c'est un autre jour, contre un autre adversaire. Ou le même.

On a toujours une chance.

Jusqu'à ce qu'arrive Terreur.

Contre lui, il n'y a rien à faire on le sait depuis le début.

Mais on se bat comme d'habitude, parce qu'on est mal habitué.

Ça a été mon meilleur coup. Le meilleur de ma vie. Au foie. J'avais la force suffisante, mais je crois qu'il m'a manqué la conviction. Les karatékas cassent des troncs parce qu'ils croient qu'ils peuvent le faire.

Avant de le frapper, je savais que je ne le ferais pas tomber.

Que c'était ma peur à moi et chaque homme a la sienne qui l'attend dans un couloir obscur à trois heures de l'après-midi pendant que les voisins s'abrutissent devant le journal télévisé et mâchent des tranches de peur digestes.

Il n'est pas tombé.

Il est resté là, me fixant de ses petits yeux.

Je l'ai frappé à nouveau, cette fois au plexus. Le plexus, c'est sûr.

Mais les autobus n'ont pas de plexus.

J'ai renoncé à mes prurits de boxeur amateur et je lui ai envoyé un coup de genou dans les couilles. Ça n'est pas très douloureux dans l'intensité d'une bagarre, mais ça déconcerte. Il n'a pas bronché.

Je me suis mis à trembler. A l'intérieur.

On ne nous prévient pas, mais on le sent.

La peur commence à nous tabasser à l'intérieur de nous.

Et continue à l'extérieur.

Il m'a attrapé et m'a secoué en l'air, il me frappait avec sa main ouverte et sans émotion. J'ai su qu'il pouvait me tuer d'un seul coup, mais il ne l'a pas fait. Peut-être faisait-il durer le plaisir. Peut-être avait-il juste reçu l'ordre de me faire peur. J'ai voulu lui dire qu'il avait réussi, mais j'avais la bouche pleine de sang. Je me suis souvenu que je pouvais hurler, appeler à l'aide, que j'avais des voisins, mais je me suis dit que ce pourrait être pire. Terreur empêche de prendre des décisions, il nous soulève et nous frappe à l'estomac, au visage, aux poumons, au cou, partout, et sur chaque partie de notre corps il laisse un message : je peux te tuer, je vais peut-être le faire, peut-être pas.

J'ai profité de l'impact d'une claque et j'ai reculé.

Il ne faut jamais faire ça. Quand Terreur est là et qu'on l'a vu de près, de loin il semble encore plus grand. Il avança lentement et la lumière de la cage d'escalier éclaira sa tête.

Terreur est un débile mental ou presque.

Qui ne raisonne pas.

Qui ne pense pas.

Qui obéit, c'est tout.

Il m'a soulevé et a continué à me frapper avec des coups précis, contenus, qui me faisaient sentir que chacun de mes os était sur le point de se rompre, qu'il ne voulait pas le faire encore, peut-être ses instructions consistaient-elles seulement à faire naître la panique dans chacune des parties de mon corps, avant de me tuer.

Je suis tombé sur les genoux et j'ai pleuré.

Pour Claudia qui n'était plus et pour Olivia qui ne serait jamais. Pour les quelques personnes que mon absence désolerait, pour un petit chien frisé qu'on m'avait donné enfant et qu'un camion avait écrasé, pour un vieux perdu et que personne ne retrouverait parce que peut-être qu'au fond tout le monde s'en foutait. Pour mes nièces, pour ma sœur et même pour Bermúdez. J'ai pleuré pour ma mère oubliée dans un cimetière du Nord où je ne vais jamais, pour Legrand qui voudrait venger ma mort et qui ne ferait que provoquer la sienne, pour la vieille dame du 5e B, qui trouverait mon corps en rentrant du Bingo du coin de la rue, et pour la femme de ménage qui devrait nettoyer mon sang.

J'ai pleuré parce que j'allais mourir si Terreur me donnait un seul coup de plus.

— Ne pleurez pas, dit Terreur avec une petite voix si ridicule que j'en aurais ri si mon sang n'avait pas fait des bulles dans ma bouche défoncée. J'ai quelque chose pour vous.

Il a farfouillé dans la poche de sa veste, puis dans une autre et je me suis dit qu'il allait me tuer d'un coup de pistolet. Propre et rapide. S'il vous plaît.

Il a fini par trouver une enveloppe, dont il a extrait une feuille qu'il s'est mis à lire péniblement :

— *"Col-la-bo-rez. Ou-il-re-vien-dra."* Je crois qu'il parle de moi, le chef parle de moi, merci, monsieur. Le chef ne parle jamais de moi. *"Vous-a-vez-vingt-quatre-heures-pour-y-ré-flé-chir. La-pro-chai-ne-fois-se-ra-la-der-niè-re."* Ça, ça doit être une question : *"Etes-vous-con-vain-cu-que-je-suis-le-chef ?"*

Il a sorti une carte de visite de l'enveloppe. Il m'a soulevé en l'air d'une main et de l'autre il a glissé la carte dans la poche de poitrine de ma veste.

— Le numéro est là, appelez.

Et il s'en est allé.

Le garde du corps de Zuruaga s'en est allé.

Mais Terreur était toujours à côté de moi. Collé à ma peau, à chaque pore de ma peau.

L'obscurité m'a fait signe et j'ai senti que je n'avais pas de billet de retour, que peut-être Terreur avait dépassé le point de non-retour et que j'étais en train de mourir. L'obscurité luisait à l'intérieur de moi, avec sa promesse de retrouvailles avec Claudia, de voyage vers le passé ou vers le néant.

Je suis entré dans le néant. J'y suis toujours.

Claudia n'est pas là.

Le petit chien non plus.

Il n'y a que moi.

Et Terreur.

LE SOURIRE DE CORTO MALTESE

J'ai peur d'ouvrir les yeux. J'ai peur de les garder fermés. Dans le noir, chaque son qui arrive de dehors paraît une menace. Il me semble que quand j'ouvrirai les yeux je ne serai plus celui d'avant, que je me mettrai à pleurer comme un enfant et que je n'arrêterai pas de pleurer de toute ma vie.

— Allez, Txema, tu peux le faire, répète comme un refrain la voix de Legrand.

J'ouvre les yeux et j'ai l'impression de voir un géant.

Je suis dans mon lit. Celui de mon appartement. Mon corps me fait mal, mais c'est une douleur supportable. Je bouge les bras, les jambes, lentement.

— Tu n'as rien de cassé, Txema, m'informe Legrand. Tu ne voulais pas qu'on t'emmène à l'hôpital, mais j'ai dû le faire. D'après tes radios il n'y a rien de cassé, mais tout est moulu, comme si tu avais été piétiné par un troupeau de taureaux Miura en folie. Ils étaient combien ?

— Un, dis-je et j'ai du mal à bouger les lèvres. Un seul.

Il me regarde, incrédule. Il lui semble impossible d'imaginer qu'un homme seul ait pu me laisser dans cet état. On voit qu'il n'a pas encore été confronté à Terreur. Avec sa propre Peur.

— Pourquoi est-ce que je n'ai pas mal ? je lui demande.

— Parce qu'on t'a bourré de calmants et que tu as dormi douze heures d'affilée. Des sédatifs.

Quelque chose sur son visage me dit qu'il ne me raconte pas tout.

— Qu'est-ce qui s'est passé, Max ? On ne te bourre pas de sédatifs juste pour une raclée, aussi brutale soit-elle…

Il baisse les yeux :

— Une crise de nerfs, Txema. Tu n'arrêtais pas de pleurer et de parler d'un petit chien frisé et de je ne sais qui était le chef, que c'était le chef, qu'il serait toujours le chef.

Je serre ma main gauche, mes articulations me font mal. Il faut que je réfléchisse.

— Ça ne t'ennuie pas que je dorme encore un peu, Legrand ? Une heure seulement.

— D'accord. Il y a une infirmière dans le salon. Je vais déjeuner, il fait bientôt jour, je serai de retour dans une heure.

— Je t'en prie, ne pars pas. Reste ici, près de mon lit, pendant que je dors une heure et que j'essaie de recoller les morceaux. Tu as ton revolver ?

— Bien sûr, mais…

— Si tu vois rentrer un autobus, tire tout de suite, Max. Tire tout de suite.

Je me réveille en sursaut, parce que je ne peux pas perdre de temps. Je dois donner une réponse au chef.

Mon associé sourit quand je lui demande l'heure. Un signe de normalité après le délire qui a précédé. Sur la table de nuit je vois ma montre avec la tête de Corto Maltese. Intacte. Le salaud se moque de moi avec son petit sourire de toujours. Je n'ai même pas frappé Terreur assez fort pour casser une montre en plastique.

— Il est onze heures et demie. Qu'est-ce que tu fais, Txema, tu ne vas pas te lever ? Le docteur a dit...

— Il le faut, Max. Il faut que je me lève.

Il m'oblige à me rasseoir sur mon lit, ce qui prouve mon état de faiblesse. Máximo Legrand est un petit homme. J'ai toujours pensé que son nom était une blague et son prénom une cruauté paternelle. Sa mère était une pute sans vocation et son père un légendaire marin marseillais qui devait se baisser pour passer sous les portes. Il n'est pas parti parce qu'il avait engendré un fils miniature, mais parce que son destin était de s'en aller. Sa mère est morte d'une maladie sans nom et le mini-Máximo est resté seul. Les gens ont tendance à ne pas le prendre au sérieux... jusqu'à ce qu'ils aient la malchance de se battre avec lui. Il est petit mais mortel. Quand on a cette taille et qu'on grandit seul dans les ruelles du Barrio Chino de Barcelone, ou on apprend à être dangereux ou on n'atteint pas la majorité. Legrand y est arrivé, survolant la loi et sans trop se mouiller.

Nous nous connaissons depuis l'époque où j'étais un flic sans illusion et que lui me filait des renseignements sur les délits qui le dégoûtaient. Il suivait un code moral très strict, sauf en ce qui concernait la propriété privée. C'était un fantastique voleur et il ne s'est jamais fait coincer. Mais ça aurait fini par arriver un jour ou l'autre. J'ai donc dû le convaincre, à l'aide de quelques baffes, de laisser tomber cette vie. Avec des baffes aussi, j'ai réussi à lui faire mener jusqu'au bout, et en un temps record, des études de droit. Quand Claudia est morte, c'était le seul type dont je pouvais dire qu'il était mon ami sans que ma bouche se remplisse de salive. C'est lui qui a eu l'idée de l'agence et je n'ai pas eu besoin de le cogner pour qu'il se spécialise en criminologie. C'est le meilleur détective que j'aie jamais connu en dehors de la police. Et bien meilleur que beaucoup de ceux qui y sont. Il ajoute à son nom français une moustache anachronique aux pointes relevées. Il est toujours nerveux. Comme il n'a pas encore été confronté à Terreur, il ne craint que la faim. Enfant, il lui est arrivé une fois de passer trois jours sans manger, et il s'en souvient encore.

— Qu'est-ce qui se passe, Txema ? Ce n'est pas la première fois que tu te fais casser la gueule, mais c'est la première fois que des tueurs gigantesques débarquent à l'agence, que Bermúdez te demande en camouflant sa voix pour qu'on ne le reconnaisse pas, et qu'un certain Buster envoie une voiture officielle avec un agent secret très classe pour nous proposer de mettre l'immeuble sous surveillance.

— Buster... Qu'est-ce que tu lui as dit ?

— Ce que tu aurais dit, toi, quelle blague, mais non. L'agent secret ne savait pas quoi faire et il m'a passé le Buster en question au téléphone, qui a insisté et puis a fini par céder. Il m'a dit qu'il comprenait pourquoi j'étais ton associé. Maintenant dis-moi ce que c'est que ce bordel.

Je lui raconte. Tout. La visite du chef, la photo en blanc et noir qui clignote dans ma mémoire, la disparition de Numéro Un, la mission absurde que me demande Buster, jusqu'à ma rencontre avec Terreur dans le couloir.

— Ne pleure pas, Txema, me console Legrand. Il t'a eu parce que tu n'étais pas en forme ; sinon, tu l'aurais éliminé en moins de deux rounds.

Il n'y a pas de conviction dans sa voix. Legrand sait comme moi que ce n'est que par miracle que mes os ont résisté. Mais qu'apparemment quelque chose en moi s'est brisé.

— Pourquoi tu ne pars pas en vacances comme tu l'avais prévu ? Ils n'ont qu'à le chercher, eux, c'est bien pour ça qu'ils sont payés, non ? Le Zuruaga se contentera de la raclée, ce genre d'individus ne cherche pas d'histoires. Il y a quelque chose qui ne va pas chez toi. L'agence marche bien, on a de plus en plus de clients et on gagne plein d'argent. Tout va superbien, mais depuis des mois tu te trimballes cette tête de dégoûté, comme si tout puait la merde.

Je vais si mal ? Ça se remarque à ce point ?

— Tu as raison, Max. Absolument raison. Ils n'ont qu'à le chercher. Je vais partir une quinzaine de jours, jusqu'à ce que tout ça se calme.

— Qu'est-ce que tu cherches dans ta veste ? Pourquoi tu ne retournes pas dans ton lit ?

— Parce que d'abord je dois donner une réponse au chef.

JE N'AI JAMAIS SU CLAQUER DES DOIGTS

Le *Malone* à trois heures de l'après-midi est comme une église à Carnaval ; peu de paroissiens et tous l'air de s'être trompés d'endroit. A l'une des tables du fond, protégé par la pénombre, un couple se livre avec frénésie à des caresses qui auraient mérité un scénario plus horizontal. A l'autre extrémité, un poivrot triste répète un soliloque dédié à une certaine Laura. Il me fait un peu pitié. J'ai été comme lui pendant des mois : quelqu'un qui ne pouvait échanger qu'avec des verres un dialogue composé d'un mot unique. Le sien est *lauralauralaura,* et le mien était *claudiaclaudiaclaudia.* Les paroles changent mais la musique est la même.

Derrière le comptoir, Beto nettoie tranquillement des bouteilles. Et seul à ma table, je bois un bourbon. D'après la notice des sédatifs qu'on m'a injectés, il est trop tôt pour boire de l'alcool. Mais j'en ai besoin. Je lève mon verre des deux mains et même comme ça il tremble. J'avale une large gorgée et je le repose. J'attends. J'essaie de ne pas trembler. J'y arrive presque.

Malgré l'éclairage ténu du *Malone*, l'entrée de Zuruaga fait naître des douzaines de reflets dorés. Derrière lui, il y a Terreur. Le chef lui fait un signe et il reste debout à mi-chemin. Le chef s'avance vers ma table avec un sourire magnanime. Il s'assied :

— Je me réjouis de votre appel téléphonique, mon cher Arregui. J'ai appris qu'hier vous aviez eu un… accident. J'en suis désolé pour vous.

— Et moi donc.

— Bon, tout passe avec le temps. Et avec l'argent que vous allez gagner avec moi, vous pourrez prendre un repos mérité dans les meilleurs hôtels du monde.

Il se frotte les mains.

— Vous avez apporté ce que je vous ai demandé ?

— Oui, je réponds.

Je mets la main dans ma poche. Terreur sort un pistolet et me met en joue.

— Du calme, lui dit Zuruaga. Monsieur Arregui ne commettra aucune bêtise, n'est-ce pas ? Monsieur Arregui a retenu la leçon.

Je fais signe que oui et je lui montre la médaille. Ma main tremble et j'essaie de ne pas regarder dans la direction de Terreur. Les yeux de Zuruaga brillent de convoitise devant le rond en or. Je l'appuie sur la table et le fais glisser jusqu'à lui. Trop fort. Il poursuit sa course et tombe par terre.

Zuruaga se penche pour l'attraper et je lui dis :

— Poum.

Il lève les yeux et voit sous la table le pistolet tremblant que je tiens dans ma main gauche. Il se redresse et me regarde :

— C'est quoi ça, Arregui, vous n'avez rien compris ? En plus, votre main tremble…

— Mais vous, il me semble que vous avez deux couilles. Et je me fous de tirer dans l'une ou l'autre, Zuruaga.

Il claque des doigts et Terreur arme son flingue.

— Comme vous le voyez, on est à égalité, Arregui.

— Je ne crois pas. Vous voyez ce couple si ardent qu'on dirait qu'ils ne vont pas tarder à forniquer sur la table ? Lui a une main entre les jambes de la fille et dans cette main, il y a un magnum plus grand que votre bras. Il ne rate jamais.

— Et vous, vous voyez ce poivrot qui a l'air sur le point de se mettre à sangloter ? Il n'est pas soûl, Arregui. C'est un de mes hommes et il est armé. Vous ne pensez pas que j'allais venir dans un endroit proposé par vous sans prendre des précautions…

Je n'ai jamais su claquer des doigts.

Je ne peux pas siffler avec ma bouche défoncée.

Donc, je toussote deux fois.

Et Beto se retourne avec un fusil à canon scié dont la seule vue me terrifie.

— Le grand, Beto, dis-je. Vise-le au front, je me charge de l'Etron.

Zuruaga se décompose :

— Qu'est-ce que vous dites ?

— L'Etron, je répète à voix basse, pour que seul lui m'entende. L'Etron. On t'appelait comme ça il y a des années. Je continue ?

Heureusement il ne veut pas que je continue, je n'ai pas réussi à me rappeler autre chose que son surnom.

— Combien tu veux ? Qu'est-ce que tu veux ? murmure-t-il l'air égaré.

— Je veux ma médaille. Je m'en bats les couilles de l'avoir, mais elle est à moi. Je veux que tu disparaisses de ma vie et de celle de mon entourage. Qu'il n'arrive rien au patron de ce bar ni à aucun de ces autres bars. Je veux partir en vacances et que tu me foutes la paix, L'Etron. Que tu m'oublies. Dans le cas contraire, je continuerai à m'en souvenir et peut-être quelqu'un s'intéressera à mes souvenirs.

Il regarde la médaille avec dévotion avant de me la rendre.

— Je veux aussi que tu me dises pourquoi tu t'intéresses tellement à cette médaille.

— Vous êtes déjà au courant, Arregui. Le roi a disparu et j'ai pensé que si c'était vrai ce qu'on dit, vous pourriez le rechercher pour mon compte.

Il claque deux fois des doigts et Terreur range son arme. Le faux poivrot qui pleure une Laura range aussi la sienne et ils se dirigent vers la porte de sortie. Zuruaga se lève avec dignité, tire sur les poignets de sa chemise et arrange sa cravate. Il s'incline au-dessus de la table et me dit :

— Je vous laisse tranquille, Arregui. Mais je ne vous garantis pas que d'autres en fassent autant...

— Tes chefs... lui dis-je dans un murmure ironique.

Il sourit. Un étron plaqué or.

— Pensez ce que vous voulez. Mais vous renoncez à une fortune. Pourquoi, Arregui ?

— A cause d'une fourmi qui s'appelait Regina, je réponds.

Il me regarde comme si j'étais fou et peut-être a-t-il raison.

Puis il s'en va, suivi par Terreur, qui maintenant me fait un peu moins peur.

Un peu seulement.

Rien ne bouge à l'intérieur du *Malone* pendant cinq minutes. Le mobile de Beto sonne et il répond. Il raccroche :

— Ils sont vraiment partis. On a gagné.

Je comprends alors les supporteurs de foot. Tout est euphorie. Beto saute par-dessus le comptoir et me serre dans ses bras. Legrand arrive avec le magnum dans la main qui est, sans exagérer, plus long que son bras. Je n'ai pas exagéré non plus en ce qui concerne ses talents de tireur. Mariana, qui sans rastas, les cheveux blonds et courts, est encore plus jolie, le suit, toute rouge d'émotion sous le maquillage censé lui donner l'air de la fiancée ardente de mon associé. Nous nous prenons dans les bras les uns des autres, nous sommes une masse compacte de joie fugace mais profonde ; je pense vaguement à José Maria Aguirre, l'homme qui n'a jamais marqué un but de sa vie. Parfois, pour gagner, il suffit d'arrêter le but de l'adversaire. Il me vient à l'esprit la phrase que répétait toujours Soldati, un Argentin extravagant que je n'ai pas vu depuis longtemps : "L'important n'est pas de gagner, mais de faire perdre son adversaire."

Aujourd'hui, nous avons gagné, me dis-je.

Mais il y aura d'autres matchs.

Je ne veux pas y penser. J'ai découvert que je ne suis pas si seul que je le croyais, qu'il y a des gens capables de risquer leur vie pour moi. Beto met de la musique, *We are the Champions*, de Queen, et même cette exagération me réconforte. Après avoir bu pour célébrer notre victoire, Legrand s'approche de moi et cherche quelque chose :

— Tu le feras, maintenant, pas vrai ? demande-t-il d'un ton confidentiel.

— Quoi ?

— Les vacances. Tu as besoin de recharger tes batteries, de changer de paysage. Je crois que ce qui t'est arrivé hier ne se guérit pas en un jour. Tu dois partir pour te retrouver…

— C'est pour ça, ou tu veux me tenir éloigné pour continuer ton flirt avec Mariana ?

Je dis ça pour me défendre de ce que ses paroles contiennent de vérité, et parce que, c'est vrai, les caresses qu'ils échangeaient depuis un bon moment étaient trop crédibles. Legrand, malgré, ou à cause, de sa petite taille, je ne suis jamais sûr, a un succès surprenant auprès des femmes. Il rougit :

— Tu es un pourri, Txema. Tu sais qu'avec Mariana, je…

— C'est une gentille fille. Ne déconne pas avec elle, Max.

— Je suis toujours réglo. Et tu le sais.

Nous sortons bras dessus, bras dessous, comme une bande de collégiens. Nous allons dîner ensemble et fêter le fait que nous sommes tous encore en vie. Avant d'arriver au coin de la rue, je me dis que j'ai monté cette représentation pour eux, pour qu'ils croient que je vais bien et qu'ils arrêtent de s'apitoyer sur moi.

Pour qu'ils croient que je suis celui de toujours.

Mais à l'intérieur je me sens celui de jamais.

Une fois à la maison je cherche la carte de Buster et je compose son numéro de téléphone. Il est presque minuit, mais un ministre n'a pas d'horaire. Il répond tout de suite :

— Salut, Gustavo. Tu vas mieux ? J'ai appris ce qui t'était arrivé et j'ai voulu installer une protection, mais ton associé…

— Merci, Buster. En fait je voudrais te demander un service.

— Ce que tu veux.

— Pendant quelques jours, peux-tu mettre mon agence, mon associé et ma secrétaire sous protection ? Plus quelques bars du centre. Je t'envoie les adresses sur le mail qui figure sur ta carte. Une protection qui ne les inquiète pas mais qui se remarque, tu comprends ? Quelque chose qui décourage d'éventuels agresseurs. Tu le feras ?

— Compte sur moi. Est-ce que ça a quelque chose à voir avec notre… mission ?

— Je ne suis pas sûr, Buster. Mais je ne veux pas qu'il arrive quoi que ce soit à mes amis pendant que je serai hors de Madrid.

— Alors, tu acceptes ?

— Non, Buster. Je prends quelques jours de vacances. Je ne me sens pas de taille à réussir ce que vous n'avez pas réussi. Cette ligne est sûre ?

— Je préfère penser que oui.

— Vous n'avez toujours pas de pistes concernant Numéro Un ?

— Rien de rien. Officiellement, il est au lit avec une grosse grippe, mais je ne sais pas combien de temps on pourra continuer comme ça, sans attirer l'attention. Tu ne veux pas essayer, malgré tout ?

— Non. Si pendant toutes ces années nous avions gardé le contact, si nous avions été de vrais amis, je serais venu te voir pour te raconter que je suis un homme brisé, que l'obscurité me fait peur et que cette nuit je dormirai avec toutes les lumières allumées. Si j'arrive à dormir. Il faut que je parte quelque temps, Buster.

— Je comprends, Gustavo, je comprends, dit le ministre avant de raccrocher et au ton de sa voix j'entends qu'il est préoccupé. Pas seulement à cause d'un roi disparu. Mais aussi, un peu, à cause d'un presque ami qui peut-être ne sera plus jamais le même.

UNE DOUBLE GÉLATINE AVEC DEUX GLAÇONS

Terreur est un rigolo.

Il a le sens de l'humour. Un sens de l'humour de merde.

Il ne m'a pas gardé réveillé toute la nuit, comme je le craignais.

Il m'a laissé croire qu'il n'était plus là, pour pouvoir m'attaquer au coin de la rue d'un rêve quelconque.

Terreur n'est pas le garde du corps de Zuruaga.

Ce n'est plus lui.

Lui n'a fait que l'amener.

Terreur maintenant est en moi. Il apparaît, disparaît. Il veut que je m'abandonne et que je croie qu'il n'est qu'un petit chat joueur aux griffes délicates. Mais quand je m'y attendrai le moins il se transformera en tigre et me cassera en deux d'un seul coup de patte. Ce n'est pas une peur née de la raclée brutale et je le sais. C'est la peur de l'impuissance, la peur du temps perdu, de la vieillesse qui arrive si je ne me fais pas tuer avant. Peur de la solitude, qui a été la seule maîtresse auprès de laquelle j'ai pu m'engager sans devoir mentir. La peur de ne pas pouvoir me relever après la prochaine chute, d'attendre la sensation douce de la serviette sur le visage comme un soulagement, de ne perdre par K.-O. que par ennui. Toutes mes peurs. Terreur.

J'ai préparé mon sac et je viens d'envoyer un long mail à Olivia. A l'adresse qu'elle m'a donnée un jour sur le chat. Et depuis une adresse que j'ai créée au nom de Coriolis, pour communiquer avec elle, et dont je ne me suis servi que deux ou trois fois.

Dans mon message je lui dis que je m'absente quelque temps mais que je garderai le contact, que l'exhibitionnisme cybernétique c'est bien, mais que j'aimerais lui écrire directement. Que je ne cherche pas un rendez-vous. Ni à tirer un coup. Pas encore. Que j'aimerais que nous nous connaissions mieux, toujours à travers Internet, en gardant nos identités d'Olivia et Coriolis.

Et que si elle ne me répond pas, je ne l'importunerai plus.

Je mets mon sac dans la voiture et personne ne me suit dans les rues de Madrid qui se préparent, mollement, à la folie des fêtes de Noël. Je prends mon petit-déjeuner dans un bar envahi par des *villancicos** prématurés, pendant que de l'autre côté de la rue ma voiture se fait faire une révision dans un garage qui ressemble à une clinique de chirurgie esthétique.

Avant de partir, j'ouvre le petit carnet offert par Ainhoa et j'écris une phrase.

Je sors de Madrid.

Personne ne me suit.

A part l'écho de la douleur dans mon corps, je me sens plutôt bien.

Dans mon carnet, j'ai écrit :

"Je pars en vacances. Terreur m'accompagne."

Je m'éloigne en me répétant à chaque kilomètre que je ne suis pas en train de fuir. J'ai besoin d'une

* Chants de Noël espagnols.

trêve. Je m'arrête sur une aire de service et j'entre dans le bar. Je ne veux plus penser à Terreur, je ne veux plus penser à Zuruaga. Maintenant, juste Claudia et un double Four Roses au goût de gélatine fade, parce que c'est le goût de la culpabilité. C'est dégueulasse, mais on finit par l'avaler. Je n'en suis pas sorti.

Claudia est morte par ma faute. Je ne suis pas le seul responsable, mais je suis le seul à portée de main. Et je ne peux pas me casser moi-même le nez : ça a déjà été fait, sur un ring, par un robuste *Extremeño** qui boxait comme s'il avait été entraîné par saint Pierre.

Il a fini par tomber.

On tombe tous.

Claudia ne serait pas morte si je n'avais pas été flic. Claudia serait toujours vivante si je n'avais pas été aussi orgueilleux. Et aussi jaloux. Quand elle m'a quitté, j'ai passé mon temps à lui inventer des amants et des liaisons, au lieu de réfléchir aux raisons de notre rupture. J'avais déjà décidé de quitter la police, mais je ne voulais pas laisser croire que je lui avais cédé.

J'étais un imbécile.

Je le suis toujours.

Je l'ai suivie pendant des semaines dans ses promenades innocentes, savourant la tristesse que je pensais voir sur son visage comme un tribut à mon absence. Je me suis méfié de tous les hommes qui lui adressaient la parole. Je l'ai imaginée au lit avec chacun d'eux, tout en sachant que ce n'était pas vrai.

Je demande une autre gélatine double avec deux glaçons et le serveur n'ose pas me corriger. Il se contente de remplir mon verre de bourbon et de s'éloigner rapidement.

* Natif de la province d'Extremadura.

Un jour, enfin, un homme est apparu.

Un certain Juan Pérez Pérez.

Avec qui elle est sortie plusieurs fois.

Qui l'a embrassé devant sa porte avant de rentrer avec elle dans son immeuble.

Je me suis senti si blessé que j'ai cessé de la suivre pendant plusieurs semaines, sans penser que depuis qu'elle était partie j'avais moi-même sauté de lit en lit dans la vaine tentative de la gommer de ma peau.

Quand je me suis remis à l'espionner, elle était toujours avec lui.

Alors j'ai eu peur. J'ai acheté une bague, un costume neuf, rédigé ma démission, j'ai obtenu qu'elle accepte de me retrouver à la sortie de son travail et j'ai rempli le siège arrière de ma voiture de roses rouges. Mon plan était infaillible : je l'attendrais à la porte et quand elle apparaîtrait, je m'agenouillerais en pleine rue et lui tendrais la bague et un double de ma démission. Je devrais sûrement casser la gueule à quelque rigolo qui s'amuserait de mon allure, quoique le mieux serait de ne pas le faire, pour ne pas ruiner le côté romantique de la scène.

Et quand tout a été au point, le jour même, mon boulot de policier est venu tout foutre en l'air.

Juste une vérification de routine, me suis-je dit.

J'arriverai bien à l'heure, me suis-je dit.

C'est la dernière, me suis-je dit.

La dernière fois pour elle.

Les foutus junkies de merde ont été arrêtés le jour suivant, avec leur ridicule petit poignard à rogner l'avenir, et le commissariat a reçu l'ordre de ne pas me laisser les approcher. Ils craignaient que je les tue de mes mains.

Je n'ai pas pensé le faire.

L'assassin de Claudia, c'était moi.

Et chaque fois que je sens l'odeur de roses, j'ai envie de me taper la tête contre les murs, jusqu'à ce que l'une ou l'autre des deux se brise pour toujours.

Je finis mon verre et je paie.

On finit toujours par payer.

UN VIEUX REGARDANT VERS LE PASSÉ

Je conduis depuis des heures, tournant parfois en rond. Je n'ai pas de but précis ou j'évite de croire que j'en ai. Les roues de ma voiture ont tracé un dessin absurde qui déconcerterait n'importe quel suiveur. Mais personne ne me suit. Trois fois, au moins, l'avant de ma Mégane a pointé vers Madrid pour aller peu après dans le sens contraire. Mais nous ne pouvons pas fuir tout le temps. Notre ombre sait où nous allons, même si elle fait semblant de nous suivre. Finalement je suis arrivé presque sans le vouloir à un carrefour qui allait définir le destin de ce voyage.

Si je continue tout droit, j'arriverai à une ville du bord de mer où Claudia et moi avons été heureux. Elle aimait voyager avec moi, parce que en vacances je n'étais plus policier et que je ne me jetais pas dans les embrouilles. Parfois quand l'ombre de cette époque me pèse trop, je retourne dans cette petite ville et je plonge dans la mer, même en hiver, pour laver mes souvenirs et éviter qu'ils se mettent à sentir mauvais.

Si je tourne à droite, j'atteindrai une autre ville de la côte que je ne connais pas et il est possible que je me jette alors dans des embrouilles.

Je n'arrive pas à me décider.

Et je refuse de consulter Terreur qui ronronne, chaton, dans ma tête. Je me gare sur le bas-côté, je mets mes feux de détresse.

Il n'y a pas trente-six solutions. En plus, quoi que je décide, ça n'a pas beaucoup d'importance. Il y a quelque temps, j'ai lu dans un livre qu'il n'y a que des allers simples.

Je fais le vide dans ma tête et je ferme très fort les yeux.

Si la première image qui m'apparaît est celle de Claudia, j'irai tout droit et j'accomplirai le rituel du bain de souvenirs dans la petite ville qui a connu notre amour.

Si c'est Olivia, je tournerai à gauche et advienne que pourra.

Je ferme les yeux très fort jusqu'à la douleur.

J'attends.

Je ne vois qu'un petit chat qui me fixe avec des yeux de tigre.

Il m'est impossible encore de choisir entre un passé qui ne reviendra pas et un futur qui ne sera peut-être jamais le mien. Je tourne à droite, puis après quelque temps je traverse la frontière du Portugal.

Il y a peu de gens sur la plage. Le coucher de soleil a moins d'admirateurs en hiver.

C'est mieux comme ça.

L'océan menace et se replie, et seuls quelques esprits mélancoliques sont là pour admirer le spectacle qui se répète, différent à chaque vague.

Je marche sur le sable, sans me presser.

Je ne cherche rien.

Chercher ne sert pas à grand-chose, et les noms des plages, dans le doux idiome local, se succèdent comme des caresses.

Et puis, je le vois, assis sur un rocher qui surplombe l'eau.

C'est un homme âgé qui regarde la mer.

Il est habillé de couleurs vives, comme un touriste banal, il porte une casquette criarde et des lunettes noires, bien qu'il fasse presque nuit.

Je le regarde attentivement et je comprends qu'en dépit des apparenccs il n'est pas en train de contempler le va-et-vient des vagues. Même si ses yeux sont fixés droit devant lui et que son profil de médaille est tourné vers l'horizon, il regarde derrière lui.

Vers le passé.

A cet instant, il n'est pas une figure historique.

Il n'est pas un chef d'Etat.

Il n'est pas un personnage de dessins de presse.

Il est un vieil homme qui regarde vers le passé.

Je grimpe sur le rocher et je m'assieds à côté de lui, le regard perdu dans l'eau agitée.

Il se rend compte de ma présence, m'observe un moment et me dit :

— Bonsoir, Arregui.

Et je réponds :

— Bonsoir, roi.

Nous regardons les vagues un long moment, chacun perdu dans son propre voyage dans le passé. Lui a l'excuse de l'âge. Moi je vois toujours la même chose, bien qu'à présent Terreur et son ombre teignent de rouge chacun de mes souvenirs. Même ça, il me le prend, même ce que je n'avais pas encore.

Il soupire, descend du rocher et se met à marcher. Quand il s'aperçoit que je ne le suis pas, il se retourne :

— Viens. Je t'invite à boire un *vinho verde* de ceux qu'ils produisent ici. Ils ne guérissent pas les peines et je crois même qu'ils les arrosent pour qu'elles grandissent en force, mais celui-là est un sacré bon vin.

J'hésite, mais je le rejoins. Nous marchons sur la plage et il semble savoir où il va.

— Donc, on m'a retrouvé, commente-t-il. Ils ont mis du temps…

— Ils vous recherchent toujours. C'est moi qui vous ai trouvé. Et ce n'est pas la même chose.

Il ne dit plus rien et me conduit à une cafétéria près de la plage. Nous entrons, il n'enlève ni sa casquette ni ses lunettes noires, mais personne ne le remarque. Entre les Américains et les Allemands qui remplissent la moitié de la salle de couleurs impossibles, son allure est assez discrète. En fait, c'est moi qui détonne avec ma veste et mon pull noirs. Quelques clients portugais boivent mélancoliquement, leur regard passant à travers les touristes. Nous sommes une décoration de mauvais goût mais nécessaire.

Il salue le serveur d'un geste de la main et celui-ci lui répond joyeusement. Apparemment il est devenu un habitué. Nous demandons un verre de *vinho verde* pour lui et un bourbon avec deux glaçons pour moi. Derrière les fenêtres, on devine l'obscurité inquiète de la mer. Un type avec un air et une casquette de vieux matelot arrive jusqu'au comptoir oscillant entre une ivresse triste et une cuite heureuse, bercé par un nom de femme qu'il prononce silencieusement. Il y a des noms de femmes qui ne demandent que de bouger les lèvres et caresser l'air pour les prononcer. Il y a des noms qu'il ne convient pas de profaner à voix haute. Comme celui de Claudia.

— Comment m'avez-vous reconnu ? Vous étiez, à ce moment-là, si…

— … complètement bourré. Sais-tu la quantité de drogues que ces salauds m'avaient injectée ?

Il me regarde par-dessus ses lunettes et ses yeux sont ceux d'un enfant espiègle sur le point de raconter l'intrigue d'un film d'aventures, scène après scène.

— Je ne sais pas. Et ne me le dites pas. Je suis sûr que c'est un secret d'Etat et je ne travaille pas pour l'Etat.

Il boit son vin à petites gorgées et me dit à voix basse :

— Je t'ai vu. Flou, mais je t'ai vu. Je n'avais pas peur, tu sais ? Bon, un peu, bien sûr. Mais peut-être à cause des drogues dont ils m'avaient bourré, j'étais plus triste qu'autre chose. Je me sentais triste parce que je n'allais pas voir grandir mes petits-enfants…

— La préservation de la dynastie, bien sûr.

Mais il ne m'écoute pas :

— … et parce que je ne pourrais plus revenir sur cette plage, chercher l'enfant. Alors tu es arrivé, comme un vent silencieux et mortel. Je me souviens que j'ai vu tes yeux et tu m'as fait plus peur qu'eux. Puis tout s'est mis à tourner et quand ça s'est arrêté de tourner, j'étais dans une voiture, tu conduisais et dans la voiture il y avait une odeur de roses.

Le vieux marin mâchouille encore une fois le nom de femme, vide son verre d'un trait et le pose brutalement. Mais juste avant que le verre ne touche la table, il suspend son geste et le pose en douceur. C'est comme s'il avait été privé du soulagement que procurent les bruits et qu'il n'ait plus que la douleur des paroles muettes.

— Je me rappelle aussi que tu répétais sans cesse que tu allais arriver trop tard, que tu arrivais toujours trop tard et qu'est-ce qui t'avait pris de vouloir être flic et que ta fiancée allait te couper les couilles.

Sous la table, mon poing se serre jusqu'à la douleur. Je l'ouvre et le ferme en même temps que les lèvres du marin soûl, qui continue à bredouiller silencieusement un nom de femme. Il y a longtemps j'ai appris à lire sur les lèvres. C'était utile pour mon travail, mais je ne le fais plus. Je ne supporte pas de percevoir ce que les gens se disent à eux-mêmes quand ils pensent que personne ne les entend. Je fais signe au serveur de nous rapporter à boire. Il continue à égrener ses souvenirs, me racontant ce que j'ai essayé d'oublier tout au long de ces années :

— Comment ne te reconnaîtrais-je pas alors que j'ai fait faire des centaines de photos de toi ? Je connais par cœur ton parcours. Quand quelqu'un te sauve la vie et disparaît sans attendre de récompense, tu veux tout savoir de cette personne.

— Personne ne sait tout sur personne.

Il continue :

— Tu as raison, Txema, je peux t'appeler Txema ?

Je hausse les épaules :

— Si je peux vous appeler Juanito…

Il éclate d'un rire tonitruant et j'ai peur que maintenant on le reconnaisse. Mais les touristes continuent à comparer les photos qui emprisonnent la décadence digne d'Estoril et qui effacent un peu de sa dignité à chaque flash, les Portugais discutent de foot et mon vieux marin boit son cinquième verre. Combien lui en faudra-t-il pour qu'il finisse par crier le nom de femme qu'il ne prononce pas ?

— Quel emmerdeur, me dit Juanito. Tu peux m'appeler comme tu veux, Txema. J'ai sur le dos une demi-douzaine de biographes et une infinité de journalistes qui prétendent savoir combien de fois par jour je vais aux toilettes. J'ai une équipe de surveillance qui doit le savoir. J'ai une famille et des amis qui le sont depuis des années et des années. Mais il n'y a que toi qui as eu l'idée de venir me chercher ici, sur cette plage où tout a commencé, où j'ai perdu l'enfant…

— Ça n'a pas été difficile. Cette fameuse nuit, dans ma voiture, vous n'arrêtiez pas de répéter le nom portugais de cette plage et de chanter une berceuse à tue-tête.

Il sourit doucement :

— La berceuse… Je ne me souvenais pas. Tu vois, je n'ai jamais pu te remercier personnellement pour tout ça. Ils ont insisté pour que cette affaire reste secrète et je ne t'ai pas invité à dîner à la maison parce que je savais que tu n'accepterais pas. Je t'ai dit que je te connais bien…

— Vous ne connaissez personne et vous jouez à vous échapper parce que ça vous amuse…

Il finit son verre et en demande un autre au serveur :

— Non, Txema. Il y a un livre qui m'enchantait quand j'étais enfant. *Les Mille et Une Nuits*, tu as sûrement lu. Il y avait un sultan, Haroun al-Rachid, si je ne me trompe, qui se déguisait pour aller se mêler à son peuple...

— Et c'est pour ça que vous êtes venu au Portugal... Vous pensez annexer le pays à votre royaume ?

Il commence à s'énerver, mais ça lui coûte.

— Ne sois pas désagréable, Txema. C'est un problème personnel. Le passé, il faut aller à sa recherche, sinon il nous échappe. Tu devrais faire la même chose.

Je ne réponds pas et je finis mon verre, tout en faisant signe au serveur de m'en apporter un autre. A ce rythme-là, nous rejoindrons bientôt le vieux marin.

Juanito enlève ses lunettes pour que je voie ses yeux :

— J'ai su, trop tard, pour Claudia. Je suis désolé.

— Ne la nommez pas. Vous n'avez pas le droit.

— Je n'ai pas le droit... ?

Il remet ses lunettes et baisse la visière de sa casquette. Nous parlons trop fort et la tête commence à nous tourner. Je me rappelle que je n'ai rien mangé depuis ce matin, mais la colère me nourrit :

— Vous jouez au sultan des *Mille et Une Nuits* mais il y a des gens qui sont morts à cause de vous. Les trois crétins que j'ai tués étaient malgré tout des êtres humains. Et puis le coup de se déguiser pour aller voir comment vit la plèbe, Caligula le faisait déjà...

Là, il est vraiment fâché. Même le vieux marin soûl le remarque.

— Tu n'es vraiment qu'un con, Txema. Apparemment je ne te plais pas. Mais il y a cinq ans, tu as risqué ta vie et ta carrière pour me sauver. Et aujourd'hui, il a suffi que je disparaisse cinq jours pour que tu me suives à la trace. Mais bordel, pourquoi es-tu venu me chercher si tu me détestes autant ?

— La dernière fois, j'étais un fonctionnaire et je devais le faire. A ma façon, mais je devais le faire. Aujourd'hui je suis venu pour vous rendre ça.

Je sors la médaille de ma poche et je la jette sur la table.

— Je ne vous ai rien demandé, mais je tenais à vous la rendre en personne.

Je me lève et je laisse deux billets pour les consommations. Je cherche des pièces de monnaie pour le pourboire, mais toutes celles que je trouve ont sa tête. J'appuie mes mains sur la table, je m'approche :

— Retournez dans votre palais et auprès de votre cour. Les sultans d'aujourd'hui voyagent en *jet* privé et avec des gardes du corps. Ici, dehors, vous êtes en danger. Et si vous voulez passer inaperçu, je vous conseille de changer de vêtements. A qui avez-vous volé ces fringues ? A votre ex-gendre ?

Il se lève à son tour et enfile avec dignité un blouson de ski auquel il ne manque qu'une couleur pour avoir toutes celles de l'arc-en-ciel.

— Rentrez chez vous, j'insiste à voix basse. Il y a des gens très bizarres qui sont à vos trousses.

— Plus bizarres que toi ? demande-t-il, encore contrarié, mais en souriant. Je regrette, Txema. Je ne sais pas pourquoi, mais je t'ai blessé et c'est la dernière chose que je voulais faire. En plus, je ne vis plus dans un palais mais à la *Pensão Regina*, tout près d'ici. Ce n'est pas très propre et le retraité italien de la chambre à côté de la mienne prétend qu'il y a des punaises. *Pensão Regina*. C'est drôle, non ?

— Pas du tout. C'était le nom d'une de mes amies qui est peut-être morte par votre faute. Et ne vous en faites pas pour les punaises : je ne crois pas qu'elles aiment le sang bleu. Il est trop épais et indigeste.

J'enfile mon blouson et je sors sans lui laisser le temps de me suivre. En passant devant l'ivrogne, je lis sur ses lèvres le nom qui lui bouffe la vie à chaque syllabe qu'il avale. Je retrouve ma voiture devant la plage et bien que je me sente un peu nauséeux, je cherche la sortie d'Estoril, le chemin de retour. Quelque chose me gêne, mais ce n'est pas étonnant : je me suis conduit comme un con avec le vieil homme. Il n'est pas responsable, personne d'autre que moi n'est responsable et vouloir répartir le poids de la culpabilité ne sert à rien.

En attendant que mes nausées se calment, je téléphonerai à Buster pour l'informer de l'endroit où il est. Comme ça, je ferai une faveur à Juanito en même temps qu'un sale coup…

Je conduis lentement. La voiture n'est pas la même que celle de la nuit de jadis, mais le parfum de roses me fait croire que si. Je débranche le diffuseur et le jette par la fenêtre. J'en ai marre de voyager dans une voiture funéraire et de me sentir comme un amant éconduit à qui on renvoie ses bouquets de fleurs.

J'ai roulé pendant dix kilomètres et la sensation de gêne ne me quitte pas, survole les vapeurs de l'alcool. Il y a quelque chose. Un mot. Où trouver un sex-shop dans les alentours d'Estoril ?

Un mot. Une souffrance imprononçable. L'absence d'une femme.

Un nom.

Laura.

Laura !

Un ivrogne dans la pénombre du *Malone*. Je lui ajoute une perruque et une casquette de vieux marin. Une fausse barbe. On peut tout dissimuler, sauf la tristesse. Même les meilleurs peuvent se tromper. Et l'homme de Zuruaga, le faux ivrogne, le faux marin du bar de la plage, est un des meilleurs.

Je tourne sans regarder dans le rétroviseur et j'accélère. Je baisse ma vitre. La fraîcheur me réveille et convoque en même temps un froid qui me glace à l'intérieur. Si le faux ivrogne est là, c'est que Terreur n'est pas loin.

J'essaie de ne pas penser à lui pendant que je gare ma voiture près du bar et je demande au serveur où se trouve une pension au nom de femme.

JUSTICE POÉTIQUE ET ESSENCE

J'ai laissé la voiture dans une rue adjacente et mon blouson à l'intérieur. Tremblant et pas seulement de froid, je me cache derrière le coin de la rue et je jette un coup d'œil. L'enseigne de la *Pensão Regina* clignote : les tubes fluorescents à l'intérieur du rectangle de plastique qui a été blanc sont sur le point de rendre l'âme. Je recule.

Puis je sors de ma cachette, mais je tremble moins. Un géant comme Terreur ne peut pas se cacher dans une encoignure de porte. Le faux marin, oui. En réalité il ne se cache pas, il se contente de fumer sa pipe en attendant que le temps passe. Il ne quitte pas la Pensão de vue.

Il attend. Et j'ai bien peur de savoir qui.

C'est un homme méthodique, malgré son incurable mélancolie, ou peut-être grâce à elle : les hommes tristes ont besoin d'habitudes régulières pour célébrer leur souffrance. Toutes les quinze secondes il regarde à gauche, dans le sens de la circulation, par où arriveront Terreur et autres sbires. Toutes les trente secondes il regarde à droite, vers le coin de la rue derrière lequel je suis caché sans savoir quoi faire.

Je cours jusqu'à ma voiture, j'ouvre le coffre et je prends dans mes sacs de voyage la première perruque qui me tombe sous la main. Je la mets sans regarder. Je n'ai pas le temps de choisir. Je prends aussi dans la boîte à outils mon arme automatique et une bouteille de liquide de freins. J'attrape mon blouson sur le siège du passager et le retourne à l'envers. Je le mets sur mes épaules et je repars en courant jusqu'au coin de la rue. Quand le faux marin regarde à gauche, j'avance sur le trottoir de son côté d'un pas précautionneux et rapide en comptant jusqu'à vingt-neuf. J'arrête à trois mètres de lui. En tournant la tête, il aperçoit un ivrogne titubant qui lève le coude. Dans l'obscurité, le liquide de freins peut passer pour une bouteille à moitié pleine.

Ça marche ou ça ne marche pas ?

Il lève la main vers la poche de sa veste, mais arrête son geste à mi-chemin en m'entendant chanter, faux au bord des larmes, la chanson niaise de Neck :

— *"Laura n'est pas là, Laura est partie, Laura s'est échappée de ma vie."*

Il me regarde avec compassion et sursaute quand je passe à côté de lui et que je lui dis d'une voix ferme :

— Quelle salope, cette Laura.

Et je lui envoie un coup de coude dans l'estomac. Je lâche le récipient en plastique et je bloque le bras dont la main cherchait son arme, le fais tourner et le tords dans son dos. Je cherche dans sa poche et trouve un gros .38. Il essaie de me donner un coup de tête en arrière mais il n'est pas si rapide qu'il le croit et je l'esquive. Un coup sec et pas trop fort sur la tempe avec son propre flingue le calme :

— Le numéro de la chambre, j'exige. Tu dois le savoir.

— Moi… non…

— Tu crois que Laura t'apprécierait avec un nez cassé ?

— Laura est morte, me répond-il avec un désespoir qui ressemble au mien et je le lâche.

Il se retourne et essaie de me frapper, mais sans conviction. Il sait qu'il est perdant dans ce combat de veufs. Je lui donne un coup sur la tête avec le revolver suffisamment fort pour stopper ses velléités et le faire vaciller :

— Le numéro de la chambre, je répète.

Un veuf est un homme qui a approché la mort et en a un peu moins peur. Il la connaît de près et d'une certaine façon il l'attend.

C'est la théorie.

La pratique indique que lorsqu'on te colle un .38 sur le front, tu oublies les théories.

— Salutations à Laura, lui dis-je, le doigt sur la détente.

— Vingt-quatre. Chambre vingt-quatre. La salope était partie avec ma voiture, toutes mes économies et un Cubain de vingt ans qui travaillait dans la station d'essence à côté de chez nous. Elle m'a laissé un mot pour me dire qu'il avait réveillé chez elle un feu que j'avais éteint depuis des années. Ils se sont tués tous les deux sur la route en percutant de front un camion-citerne de Repsol. La voiture a flambé comme une allumette. C'est ce qu'on appelle une justice poétique, n'est-ce pas ?

Il essaie de gagner du temps.

Les autres vont arriver d'un moment à l'autre et il cherche à me distraire. Terreur est sur le chemin et ma main qui appuie le revolver sur son front tremble. Il a peur :

— Je te dis la vérité, chambre vingt-quatre, chambre vingt-quatre !

Je me contrôle parce que je dois prendre une décision :

— Et les autres ?

— Je suis seul – il ment et jette un coup d'œil à gauche. Je devais juste surveiller et avertir s'il sortait, c'est tout…

— Ne raconte pas d'histoire. Qui est derrière Zuruaga, qui est le vrai chef ?

Il pleurniche. Peut-être cette nuit suis-je devenu sa Terreur. Une peur qui possède sa propre peur. Il y a toujours une peur plus grande. Je veux savoir qui fait peur à Zuruaga. Le veuf de Laura est si affolé qu'il ne peut qu'être sincère, tout lâcher :

— Je ne sais pas. Il arrive que le chef parle du Chasseur, et quand le Chasseur l'appelle, il devient nerveux, mais je ne sais rien de plus, je te le jure.

Problème technique : me défaire de lui pendant que je pars à la recherche de Juanito. Dans les films, il suffirait que je lui donne un coup sur la tête, mais ça c'est des conneries. Même si le type s'évanouit, pour peu qu'on tape là où il faut, il se réveillera très vite. Reste un autre classique : un coup avec le canon sur la nuque, mais ça ne marche pas toujours et il y a le risque de se retrouver avec un cadavre sur le dos. S'il faut tuer, il vaut mieux que ce soit voulu. Je n'ai pas non plus le temps de l'emmener dans ma voiture, de l'attacher et de le bâillonner, je fais donc la seule chose possible :

— Casse-toi, lui dis-je.

Il me regarde sans comprendre. Je lui indique avec son arme la direction opposée à celle qui verra apparaître, dans quelques minutes, Terreur et les autres :

— Si tu restes ici, je devrai te tuer, je lui explique. S'ils arrivent et qu'ils constatent que je t'ai surpris, tu sais ce qui t'attend. Cours et ne t'arrête pas, sauf si tu veux aller en enfer boire des *mojitos* avec Laura et son Cubain. Cours ou je te tue. Cours ou ils te tuent.

Il se met à courir si vite qu'il perd en chemin sa casquette de marin et sa perruque. J'enlève la mienne et la mets dans la poche de mon blouson, à côté du .38. Je glisse mon arme dans ma ceinture et j'entre dans la *Pensão Regina* en me disant que depuis quelque temps je rencontre beaucoup de veufs.

Nous devrions former un club.

Ou un parti politique.

Si nous gagnions quelques sièges, nous aurions déjà au moins le costume sombre adéquat pour les cérémonies officielles et nous serions obligés d'intervenir sur le futur pour oublier le passé.

COMME BATMAN MAIS SANS LA CAPE

Le réceptionniste bâille à s'en décrocher la mâchoire, il me regarde avec ennui et signale les escaliers quand je lui demande dans mon portugais hésitant :

— *Habitação vinte e quatro ?*

Tout en montant, je me dis que le veuf de Laura a peut-être menti, que Juanito est peut-être dans une autre chambre, ou peut-être n'a-t-il jamais su dans laquelle. Je pense qu'il se pourrait que le réceptionniste appelle la police parce qu'il a sans doute vu mon pistolet pointant sous mon blouson et que ça serait une bonne chose, parce que j'aurai besoin d'aide quand Terreur arrivera. Je frappe à la porte numéro vingt-quatre. De l'autre côté, Juanito change de voix et demande en italien :

— *Che cosa accade ?*

— Ouvrez, Don Giovanni, ça chauffe ! je réponds dans un murmure qui est presque un cri. C'est moi, Txema.

La porte s'ouvre et il me fait entrer.

Il est vêtu d'un caleçon qui, heureusement, n'est pas à l'image des vêtements qu'il portait tout à l'heure, et il a enfoncé sa casquette sur ses yeux, peut-être pour ne pas se sentir nu. Un roi en caleçon est un peu moins roi, mais je n'ai pas le temps pour des réflexions politiques :

— Habillez-vous. Il faut partir. Venez vite, ils arrivent…

— C'est pareil, Txema. Tu avais raison. Je dois retourner, tôt ou tard, et il est plus sûr que ce soient eux qui me ramènent...

— Eux ce ne sont pas eux, mais les autres ! je crie.

Il commence à s'habiller, en protestant :

— Je ne te comprends pas, tu as l'air bouleversé...

— J'ai peur, roi. Et vous serez mort dans pas longtemps si vous ne faites pas ce que je vous dis. Le nom d'Iñaki Zuruaga vous dit quelque chose ?

— Je crois que c'est un promoteur immobilier ou quelque chose comme ça...

— Quelque chose comme ça. Et il est à vos trousses. Maintenant. Et Terreur est avec lui.

Il veut parler mais il aperçoit l'arme que je tiens dans ma main gauche. Cela le persuade peut-être du danger qu'il court ou alors il se dit que le danger vient de moi. Je ne le saurai pas. Mais il finit de s'habiller à toute vitesse et prend dans l'armoire un sac de voyage. Je lui jette ma perruque :

— Mettez ça et marchez derrière moi. Les clés de votre voiture ? La mienne est probablement surveillée...

— Je... je suis venu en car, confesse-t-il pendant que nous descendons dans le hall. Les sièges sont un peu étroits et il n'y a pas beaucoup de place pour les jambes, mais ils passent de sacrés bons films. Quand je suis venu, il y avait...

— Vous me raconterez après, Giovanni, si nous vivons assez longtemps pour ça.

Nous passons devant le réceptionniste, qui poursuit son bâillement de tout à l'heure. Il doit chercher à entrer dans le livre des records. Je regarde dehors et la rue semble vide. Je me trompe. Au moment où nous mettons le pied sur le trottoir, Terreur se détache de l'obscurité et il avance vers nous. Sans hâte, il avance, c'est tout.

Je me mets à trembler.

J'attrape le bras de Giovanni et je lui donne des instructions :

— Tenez : ce sont les clés de ma voiture. C'est une Mégane noire et elle est garée dans la première rue à droite. S'il y en a une autre, appuyez sur la commande et vous saurez laquelle c'est. Démarrez et comptez jusqu'à vingt. Si je ne suis pas arrivé, partez très vite et ne vous arrêtez pas avant la frontière. Prenez ça, à tout hasard.

Je lui tends le .38.

— Vous saurez vous en servir si besoin ?

— Tu oublies que je suis le commandant en chef des Forces armées espagnoles, me répond-il d'un ton de dignité offensée.

— Oui, oui. Mais est-ce que vous saurez vous en servir ?

Il fait tournoyer le revolver sur son index, comme les cow-boys des westerns. J'ai peur qu'un tir lui échappe et qu'il me tue sans le vouloir avant que Terreur ne le fasse.

— Allez, courez, c'est sérieux ! j'ordonne.

Il court jusqu'au coin de la rue.

Dès qu'il disparaît, je me retourne et Terreur est plus près.

J'arrive à peine à rester debout.

Je prépare mon automatique et je vise, mais mon poignet tremble si fort que je suis sûr de ne pas y arriver. Je tire et la balle passe à deux mètres au-dessus de sa tête. Je baisse un peu l'arme, je vise son poitrail et j'appuie sur la détente. Le projectile arrache des étincelles à un lampadaire derrière lui tandis qu'il continue à avancer.

Je ferme les yeux et je tire jusqu'à ce qu'il ne reste plus de balles.

Quand je les rouvre, Terreur est arrêté à dix mètres et son bras gauche saigne. Je l'ai atteint mais ça ne suffira pas à le stopper.

Je pleure. Je m'appuie au mur parce que mes jambes sont en coton et que je ne pense même pas à courir.

Il était écrit qu'il me retrouverait.

C'est en moi, le petit chat devenu tigre, les griffes prêtes à me tuer avant même qu'il ne me touche.

Il sort un pistolet de sa veste et me vise. Comme s'il ne voulait pas se salir les mains. Il me regarde avec dégoût et je me rends compte que je me suis pissé dessus. Il prend son temps et je sais que le canon de son pistolet cherche un point sur ma tête. Il fait bien : mon cœur a cessé de fonctionner depuis longtemps. Je ferme les yeux. Je ne veux pas voir ma mort arriver.

Un grincement de pneus, surmonté par un bruit plus énorme : la *Marcha Real,* l'hymne de l'Espagne à fond la caisse depuis les haut-parleurs d'une voiture.

POUM PAPOUM !

PAPOUM POUM POUM POUM

POUM PA POUM… !

C'est ma voiture qui arrive de l'autre bout de la rue, derrière Terreur qui se retourne l'arme à la main et vise le conducteur.

PAPOUM POUM POUM !

POUM PAPOUM PAPOUM !

POUM !

— Non ! – je pousse un cri aigu et je lui lance mon automatique qui rebondit sur son crâne. Ça le distrait et déjà ma voiture avance sur lui à toute allure. Il ne s'écarte pas, ne tire pas, n'y croit pas.

PAPOUM POUM PA POUM !

PAPOUM POUM PA POUM !

Il tente de sauter sur le côté mais la Mégane l'atteint et je me dis bêtement que ça va me coûter la réparation de la carrosserie et la peinture. Je réagis, un peu seulement, je le vois tomber mais je sais qu'il va se relever : la voiture n'a fait que le bousculer et je pense que c'est plutôt le volume de la musique qui l'a fait tomber. Pas le véhicule. Juanito s'arrête à côté de moi et crie :

— Monte, Txema, on n'a pas toute la nuit !

Je suis paralysé et il doit descendre et me conduire jusqu'à la porte du passager. Il me pousse dans le fracas de la musique. Je vois dans le rétroviseur que Terreur cherche son arme sur le sol et se redresse en titubant. Le roi est au volant et appuie sur l'accélérateur, mais Terreur pointe son arme sur nous. En tournant dans la rue à droite, j'entends un coup, mais c'est peut-être le *crescendo* de l'hymne.

Il appuie toujours sur l'accélérateur et j'admire son expertise au volant, jusqu'à ce que je me souvienne qu'il lui arrivait d'échapper à son escorte. A la sortie d'Estoril, nous croisons une Mercedes de luxe aux vitres opaques et il me semble détecter à l'intérieur l'éclat de l'or qui recouvre Zuruaga, mais je n'en suis pas sûr.

Je tremble un peu moins, j'arrive à tourner le bouton du volume du lecteur CD. Je baisse le son, mais n'ose pas l'arrêter.

— Pourquoi ? je lui demande. Je vous avais dit de compter jusqu'à vingt et de...

— Je n'allais pas t'abandonner comme ça, Txema. Tu avais l'air absolument terrifié !

— Et la musique à fond ?

— Comme je venais à ton secours et en plus dans une voiture noire, je me suis senti comme Batman. Mais sans la cape. Tous les héros ont leur musique. Celle-là, c'est la mienne, n'est-ce pas ? C'est un CD que j'ai toujours avec moi. Je veux lui écrire de nouvelles paroles. J'en ai écrit plusieurs, elles sont très amusantes, mais à la Moncloa, ils n'ont pas beaucoup aimé. Tu veux que je te les chante ?

— Cette nuit chantez tout ce que vous voulez, roi. Tout ce qui voudra sortir de vos royales couilles.

Et je m'endors ou je m'évanouis lentement, pendant qu'il conduit et me chante, comme une berceuse, les paroles qu'il voudrait pour l'hymne de l'Espagne.

COMME FLORA LA CHATTE

J'ouvre les yeux, persuadé que je me suis endormi à peine cinq minutes. Mais l'horloge du tableau de bord m'informe que ça a duré plus de vingt minutes. Je l'observe entre mes paupières mi-closes, il conduit calmement. Il chantonne. Il a l'air heureux et je n'ai pas la force de m'énerver contre lui. Quand on revient d'une confrontation avec Terreur, le moindre signe de vie est attendrissant. Il n'a pas enlevé la perruque que je lui ai donnée en sortant de la pension, celle que j'ai trouvée à tâtons dans le coffre de la voiture et que je vois pour la première fois. Elle me rappelle l'extravagante coupe de cheveux de Javier Bardem dans *No Country for Old Men,* mais Juanito la porte avec une certaine prestance. Il tourne la tête vers moi :

— Salut, camarade. On a mis un sacré bazar à Estoril, hein ?

— Vous vous êtes amusé ?

— Comme un môme. Mais j'ai quand même eu peur qu'ils nous rattrapent.

— Ils nous rattraperont. On arrive à Lisbonne ?

— Oui. Je ne savais pas où aller, alors je me suis dit : ils auront plus de difficulté à nous trouver dans une grande ville.

Il est fier de son rôle dans notre fuite, c'est pour lui comme un film d'aventures. Sauf que quand Zuruaga et ses sbires nous retrouveront, nous ne pourrons pas appuyer sur le bouton pause de la télécommande.

La vieille ville coloniale a toujours cette grâce qui nous avait jadis frappés, Claudia et moi.

— Vous connaissez bien Lisbonne ?

— Assez bien, même si les voyages officiels sont très emmerdants, parce qu'on ne peut pas sortir comme ça dans la rue : tout est programmé et chronométré. C'est très pesant.

— Donc vous devez savoir où se trouve l'ambassade d'Espagne…

— L'ambassade ? Pourquoi veux-tu aller à l'ambassade ?

Je ne réponds pas, il soupire et continue à conduire à travers la ville. Un panneau indique que nous sommes près du parc Eduardo VII, il contourne en maugréant le rond-point dans l'avenue Marqués de Pombal, se perd mais finit par retrouver la direction du Jardin botanique et cherche la rue du Salitre. Il freine à cent mètres d'un grand immeuble qui dort, comme toute cette partie de la ville. Le drapeau espagnol pend au-dessus de la grande porte.

— L'ambassade, m'informe-t-il.

— C'est bien ce que vous aviez en tête. Si les choses devenaient dangereuses, vous vous précipiteriez frapper à la porte de l'ambassade, c'est ça ?

— Ne recommence pas, Txema. D'abord, tu me dis que tu veux aller à l'ambassade et quand je t'y conduis, tu m'agresses. Tu es comme la chatte Flora, vieux…

— Comme qui ?

Quand il sourit comme ça, j'ai envie de le provoquer ou de me mettre à rire avec lui.

— C'est un dicton que j'ai appris à Buenos Aires. La chatte Flora : quand on la lui met elle crie, et quand on la sort, elle pleure. Des marrants, ces Argentins, hein ?

Là, j'aurais plutôt envie de le provoquer.

— Ça ne vous préoccupe pas, ce qui est arrivé cette nuit ?

— Un peu. Beaucoup. Ils venaient me tuer, c'est ça ?

— Ou vous séquestrer, je ne sais pas encore. Mais ce n'était pas des *etarras,* Juanito…

— Oui. Des républicains ?

— Vous vous moquez de moi ? Les républicains n'ont pas les moyens de payer des tueurs comme ceux-là, ni les infrastructures capables de nous localiser. C'est autre chose. Donc le plus sûr serait que vous entriez tout de suite dans cette foutue ambassade et que vous vous fassiez connaître. Ils pourront vous protéger mieux que moi.

— Mieux que toi, ce n'est pas possible, Txema.

— Mais qu'est-ce que vous racontez, bordel ? Le plus probable, c'est que je les aie conduits jusqu'à vous sans m'en rendre compte ! Et face à eux je me suis pissé dessus de peur…

— Ça doit être la prostate, Txema. Tu n'es plus un gamin. Tu devrais prendre des herbes qu'on m'a recommandées. Tu prends trois infusions par jour…

— Mais, putain ! On nous cherche pour nous tuer et vous me donnez des recettes de tisanes pour la prostate !

Il me pose la main sur l'épaule :

— J'étais dans la merde. Tu m'as sauvé la vie, Txema. Une fois encore. Tu es arrivé juste à temps et tu as fait ce qu'il fallait sans perdre de temps. Sans toi, je serais maintenant mort, criblé de balles. Ne pense pas à l'autre. Je ne sais pas ce qui t'est arrivé avec ce géant, mais tu finiras par oublier. Quant à l'ambassade, tu as raison, mais imagine le bordel que ça va générer. Avant de rentrer, je veux savoir ce qui se passe et il me semble que tu as beaucoup de choses à me raconter. Si tu veux bien le faire…

Le raisonnement est impeccable.
— On commence par où ?
— Par aller dîner. Il est plus de minuit et je suis mort de faim. Pas toi ?
— Oui. Mais… et l'ambassade ?
Il sourit.
— C'est l'ambassade d'Espagne, Txema. Tu crois vraiment qu'il y a quelqu'un de réveillé à cette heure-ci ?
Il prend son sac de voyage et sort de la voiture.
Je me dispose à le suivre comme un robot.
— Il vaudrait mieux que tu changes de pantalon, me dit-il. Ce n'est pas correct d'arriver au *Ritz* en sentant la pisse.

DE L'AVANTAGE DE SE LOGER AU *RITZ*

L'hôtel assoupi s'est réveillé comme par magie quand Juanito a demandé à la réception deux de leurs meilleures chambres et a payé d'avance en extrayant les billets d'un gros paquet sorti de son sac de voyage. Il a dit que nous remplirions les fiches plus tard mais que nous avions besoin de manger quelque chose. L'argent est un antidote efficace contre la curiosité. On ne nous a même pas demandé pourquoi nous étions à pied. Il m'a paru plus prudent de laisser la voiture devant l'ambassade et le *Ritz* n'est pas loin du quartier des ambassades. Il faut que je réfléchisse et il vaut mieux le faire le ventre plein.

Nous montons dans nos chambres et choisissons l'une des deux. Elle est immense et luxueuse.

— Ce n'est pas la *Pensão Regina*, mais nous nous débrouillerons, dit Juanito.

Je prends une douche pour me débarrasser de l'odeur de peur et d'urine, mais je ne peux pas faire grand-chose contre la sensation de fragilité qui me colle à la peau depuis le jour du couloir sombre à Madrid. Pendant que je finis de m'habiller, on apporte le repas. Le maître d'hôtel s'excuse en italien du caractère improvisé du menu, mais Giovanni le rassure d'un geste et quelques billets. Je remarque la façon qu'il a de traiter le personnel : il demande les choses avec la politesse humble de celui qui sait qu'on ne les lui refusera jamais. Je reste caché derrière la porte, le revolver au poing.

— On dirait que tu joues dans un film d'espionnage, se moque-t-il quand nous nous retrouvons seuls, puis il fronce les sourcils. Tu crois qu'ils nous ont suivis jusqu'ici ?

— Peut-être. Alors dépêchons-nous de manger.

Nous dévorons comme si nous étions à jeun depuis des semaines et entre deux bouchées il me demande :

— Raconte-moi. Tout ce que tu peux.

Et je raconte. Je lui parle de Zuruaga, de son intérêt pour la médaille, de Terreur dans le couloir, du guet-apens au *Malone*. Je garde pour moi l'épisode Etron, parce que je ne suis pas certain qu'il ait trahi notre pacte et moi j'aime être en accord avec ce que je promets.

Il m'a bien dit qu'il n'était pas sûr que d'autres me laisseraient en paix.

Je lui ai bien dit qu'il y avait des gens au-dessus de lui. Le Chasseur, ou qui que ce soit.

— Ce Zuruaga a beaucoup d'argent, dit Giovanni. Je sais qui il est, mais je n'ai jamais eu affaire à lui. Tu peux me croire. Et s'il sait que je suis parti de chez moi, c'est qu'il doit compter sur des informateurs très bien placés. Mais comment ont-ils pu me trouver ?

— J'ai une vague idée. Pensez-vous que si nous demandons à la réception un ordinateur portable avec vidéoconférence, ils pourraient nous en trouver un à cette heure-ci ?

— Et même un Japonais pour te fabriquer un ordinateur à ta mesure. C'est le *Ritz*, Txema…

Il règle le problème au téléphone pendant que nous finissons de dîner et cette fois-ci, quand le groom arrive avec l'ordinateur, je reste assis dans mon fauteuil. Le pistolet à portée de main.

Je bricole sur l'ordinateur pendant qu'il prend sa douche. Je ne veux pas que le gamin me prenne le chou parce que je ne sais pas m'en servir. Je consulte le courrier électronique de Coriolis : rien. Je cherche un numéro sur mon agenda et je le compose sur le téléphone de la chambre. Je me réjouis d'avoir cédé au caprice de Nemo en faisant installer une ligne privée dans sa chambre. Si j'appelais maintenant sur le téléphone de la maison, il y a des chances que ce soit sa mère qui réponde, avec cette voix rauque qui me chatouille le bas-ventre et encore plus ce soir, où Olivia n'a toujours pas répondu à mon mail. J'imagine la mère de Nemo se levant de son lit, un T-shirt trop court en guise de pyjama. Et rien d'autre.

Je raccroche et je secoue la tête.

Nous sommes en décembre et elle comme Olivia, deux femmes qui dorment seules, revêtent sûrement, pour aller au lit, des pyjamas en pilou de couleur indéfinie et très douillets. Mais même les imaginer comme ça m'excite. Je vais mal.

— Tu as l'air d'avoir faim, me dit Juanito. Faim de femme.

Il essuie ses cheveux rares et continue à ne pas avoir l'air inquiet.

— Et vous, qu'est-ce que vous y connaissez ? Non, ne me dites rien.

Je refais le numéro et j'attends cinq sonneries avant que la voix de Nemo ne réponde.

— Qu'est-ce qui se passe, poulet, tu ne dors jamais ?

— Et toi, tu dormais ?

— Même pas en rêve. Je suis sur le site d'Interpol et je m'éclate…

— Bon, arrête de t'éclater, j'ai besoin de toi. Vidéoconférence. Dans cinq minutes.

Nous échangeons les informations nécessaires et je raccroche. Un moment plus tard son visage apparaît sur mon écran :

— Qu'est-ce que tu veux ? demande-t-il.

— Que tu me dises comment quelqu'un peut me suivre pendant des centaines de kilomètres sans que je m'en rende compte.

— Facile. Avec un GPS. Tu sais ce que c'est ou je commence avec l'invention de la roue et on avance petit à petit ?

— C'est bon, gamin. Je vois l'écran de l'autre ordinateur derrière toi, et que je sache, il n'y a pas de filles à poil sur le site d'Interpol...

Il rougit et j'en profite :

— Je sais ce que c'est qu'un GPS. Les téléphones mobiles n'y ont-ils pas accès ?

— Les nouveaux, oui, Arregui. Le tien est si vieux que je me demande s'il ne fonctionne pas à pédales. Les mobiles se localisent par triangulation des postes répétiteurs, mais ce n'est pas aussi facile que ça en a l'air dans les séries télévisées. Il n'y a que ta compagnie de téléphone qui puisse le faire, si les flics l'y obligent par mandat judiciaire. C'est beaucoup de paperasse. Les types du FBI ont un système pour passer par-dessus la bureaucratie, mais quand cette technologie arrivera ici, tu seras déjà dans une maison de retraite à regarder le cul des pigeons dans le jardin... De toute façon, après avoir passé un appel depuis ton mobile, enlève la batterie sans l'éteindre et éloigne-toi de l'endroit d'où tu as appelé. C'est le plus sûr. Mais je parierais plutôt pour le GPS. Il doit être ailleurs. Oh putain ! Là derrière toi, c'est pas le... ?

Juanito, sans sa perruque, s'est penché sur mon épaule et adresse un salut à l'écran. Je tourne le portable et lui fais rudement signe de s'écarter. Je me replace devant l'œil de la Webcam :

— Je suis dans une soirée costumée. Je te raconterai. Continue avec le GPS...

— Ils ont dû te le coller sur quelque chose que tu as sous le nez pendant un voyage…

— La voiture – je murmure, et je me rappelle le mécanicien aux allures de chirurgien à qui j'ai confié la voiture pour une révision avant de quitter Madrid. Que je suis con… Merci, Nemo. On garde le contact. Et arrête de perdre ton temps sur des sites cochons ou tu verras des poils te pousser dans les paumes des mains.

— Et toi, n'oublie pas que tu dînes à la maison pour le réveillon. Maman s'est acheté une nouvelle robe, décolletée jusqu'au nombril.

Je raccroche.

— Il est sympa ce petit, dit Juanito.

— Oui, mais très astucieux, surtout. Est-ce que les potentats que nous sommes peuvent demander n'importe quel service ?

— Tu penses à …

— Non, Juanito. Je ne pense pas précisément à ce genre de service.

JE VEUX UNE MOUSTACHE

L'avantage qu'ont les riches, c'est que leurs caprices n'étonnent personne, parce qu'on sait qu'ils peuvent les payer. Le concierge guindé du *Ritz* ne se trouble pas quand nous lui demandons à trois heures du matin d'envoyer un chasseur chercher notre voiture rue du Salitre. Et il hausse à peine un sourcil en nous voyant compter jusqu'à cent et sortir à la suite du garçon. En enfilant son sac de voyage par-dessus sa tête, Juanito a fait bouger sa perruque qui est de travers. Ce n'est qu'au dernier moment qu'il a réussi à me convaincre de le laisser venir avec moi.

— Comment pouvons-nous savoir s'ils nous ont suivis jusqu'ici ? dit-il tandis que marchons cent mètres derrière le chasseur. Avec toi, je me sens plus en sécurité, plus protégé, prêt à tout affronter…

— Vous parlez de moi comme si j'étais un Tampax.

— Excellent, Txema ! Il faudra que je dise ça à mon chef de la sécurité quand je rentrerai à la maison.

— Si vous arrivez à rentrer et si vous avez toujours envie de raconter des blagues…

— Quel foutu rabat-joie. Ça ne te touche pas, tout ça ? Nous sommes comme ces duos désassortis des films policiers. L'été dernier, j'ai vu…

— Chhhut ! Vous me raconterez plus tard, on arrive. Vous restez là.

J'avance pour qu'il ne voie pas la panique sur mon visage. J'enlève la sécurité de mon arme. Si Terreur est là, je ne pourrai pas faire grand-chose. Mais je ne peux pas laisser le chasseur l'affronter seul, simplement parce que je suis devenu un poltron.

Je ne détecte aucun signe de vie pendant que le jeune homme s'approche de ma voiture et ouvre la portière. L'avenue est éclairée et il n'y a pas d'autres voitures dans les parages. Comme je m'en doutais, ils n'ont pas osé installer une planque devant l'ambassade. Ils ne savent pas encore que le roi ne s'y trouve pas. Ou ils le savent, mais comme ils nous ont localisés avec le GPS, ils attendent que nous nous éloignions pour attaquer. Ils n'ont pas besoin d'un contact visuel, tant qu'ils peuvent suivre nos déplacements sur leur écran. Zuruaga doit être ravi.

D'un bond, je rattrape le chasseur, je lui tends un billet en lui disant que nous avons changé d'avis et que nous prenons la voiture. Il me regarde l'air étonné, mais Juanito qui m'a rejoint lui donne un billet de cinquante euros. Le jeune homme l'accepte avec dignité et s'en va en marchant droit comme un piquet.

— Combien lui as-tu donné, Txema, cinq euros ? On voit bien que tu ne connais pas l'échelle des pourboires du *Ritz*.

Je me tais pour ne pas insulter le chef de l'Etat. Je cherche le foutu machin dans les endroits où on pourrait le cacher : les pare-chocs, le dessous de la voiture, les garde-boue. Rien. Je fouille le coffre et je ne trouve rien. En fait, ce serait une connerie de le cacher là : en voyage on transporte sa vie dans le coffre, ce n'est pas une cachette sûre. J'ouvre le capot mais je sais qu'il n'y sera pas : même si ces bidules se sont beaucoup modernisés depuis que j'ai quitté la police, la chaleur du moteur n'est pas ce qu'il y a de plus recommandable pour des circuits. Nous nous installons dans la voiture et je fais signe à Juanito qu'il surveille avec le .38, pendant que je cherche dans la boîte à gants et sous mon siège. Rien. Je me penche entre ses jambes pour regarder sous son siège et je lui dis :

— Pas de blague à ce propos ou je vous en colle une.

Je tâtonne et je trouve. Collé sous le fond du siège avec une bande adhésive. Je l'enlève et le tends au roi. Je démarre et nous nous éloignons :

— C'est si petit ! commente-t-il. Et c'est avec ça qu'on t'a suivi tout ce temps ?

— Laissez-moi voir.

C'est une boîte métallique de la taille d'un paquet de cigarettes et pas plus lourde. Il y a deux boutons, une mini-antenne recouverte de caoutchouc et une petite lumière qui a été recouverte de peinture noire pour ne pas attirer l'attention.

— On la laisse dans la rue et qu'ils se la mettent au cul, propose Juanito.

— Pas question, dis-je d'un ton catégorique en vérifiant dans le rétroviseur que personne ne nous suit. Cette petite machine va devoir se promener encore un moment.

Je me perds deux fois de suite, mais nous finissons par arriver à la station-service que j'ai localisée sur l'ordinateur. Elle est à la sortie de la ville et malgré l'heure tardive, il y a plusieurs voitures et des caravanes. Je me gare près de la zone de lavage, à côté de ce que je suppose être les voitures des employés. Je regarde autour de moi et je me décide.

Je prends dans le coffre l'un de mes sacs de déguisements et je retourne à l'intérieur de la voiture. Le temps presse. Si mes calculs sont bons, ils ont dû démarrer quand ils ont vu sur leur écran que nous avions traversé le pont et que nous quittions Lisbonne. Je me colle sur la tête une perruque châtain, je me mets des lunettes et du coton dans les joues. Juanito me regarde et déclare :

— Je veux une moustache.

— Quoi ?

— Je veux une moustache. Tu n'arrêtes pas de te déguiser et moi je devrais me contenter d'une perruque de Beatles de pacotille ? Nous sommes ensemble dans cette mission, Txema…

— De quelle mission vous parlez ?

— De celle qui consiste à sauver nos fesses. Je veux une moustache.

— Cherchez-la vous-même, lui dis-je en lui tendant le sac.

Il fouille et en sort une perruque rousse, aux cheveux longs :

— Et ça ? On dirait une perruque de femme. Je ne savais pas que tu te déguisais aussi en…

— Est-ce que la mutuelle de la Maison royale rembourse la reconstruction d'un nez ?

Il lève la main dans un geste d'apaisement et colle sur sa lèvre supérieure une grosse moustache noire. C'est sûr qu'on ne le reconnaîtra pas avec cette allure. Je consulte ma montre : ils ne vont pas tarder. Je descends de la voiture et il me suit. A nouveau il enfile en bandoulière son inséparable sac.

— Prêtez-moi votre casquette, lui dis-je, et tâchez de ne pas vous mettre en pleine lumière. Si vous devez parler, faites-le en italien. Mais essayez plutôt de ne pas parler.

Je mets la casquette et je marche vers les pompes. Je n'entends pas ses pas à mes côtés, je me retourne. Il est caché – ou il croit l'être – derrière une voiture, le .38 à la main. Il regarde de tous les côtés, la perruque sur le crâne.

— Mais qu'est-ce que vous foutez ?

— Je te couvre. Ce n'est pas comme ça que vous faites ?

Je ne peux contenir un sourire.

— Vous pouvez venir, Starsky, je lui dis, le chemin est libre.

Il y a un camping-car sur le point de démarrer. Le conducteur a une tête de Hollandais et il attend quelqu'un qui tarde à sortir des toilettes.

— Restez là, d'où vous pouvez le voir. Le GPS ?

— Dans le sac.

Il se tourne pour que je puisse l'atteindre. J'ouvre la fermeture Eclair et je lâche une exclamation, en voyant, entre les vêtements de couleurs vives, des liasses et des liasses de billets. Je fouille et il y en a encore plein au fond du sac.

— Qu'est-ce que vous foutez avec tout cet argent ?

— Tu ne pensais pas que j'allais partir avec ma carte Visa Gold, pour devoir montrer mes papiers d'identité à chaque fois que je paierais un achat ?

Je le laisse et je marche vers le camping-car, cachant mon visage sous la visière de la casquette, le pas chancelant du voyageur aspirant à un lit sans roues. Je passe ma tête à la fenêtre du conducteur et je m'adresse à lui dans un anglais encore pire que celui que je parle d'habitude. L'homme essaie en vain de m'expliquer que si je vais à Coimbra il ne faut pas que je passe par Lisbonne. Il demande de l'aide à son Hollandaise qui croit parler espagnol et qui me raconte qu'ils vont à Cáceres. Derrière elle, de l'autre côté du véhicule, Juanito me fait des signes confus. Ils sont arrivés ? Non. Il veut seulement me faire savoir, à sa façon qu'il croit discrète, qu'il veille, qu'il me couvre. Pendant que les Hollandais me montrent l'itinéraire sur une carte, je prends le GPS et le colle à la carrosserie de la caravane à l'aide de la toile adhésive. Je les remercie de leur aide et me dirige vers une voiture éloignée. Quand je suis certain qu'ils ne peuvent plus me voir, je reviens sur mes pas et rejoins Juanito qui ne m'attendait pas de ce côté et sursaute. Je lui rends la casquette et nous allons à la voiture. La caravane démarre vers l'Espagne. Nous nous cachons et attendons en silence.

Quelques minutes plus tard une voiture arrive de Lisbonne toutes lumières éteintes. C'est une Mercedes de luxe, aux vitres teintées. Je prépare mon pistolet, au cas où mon piège ne fonctionne pas et qu'ils décident de passer le parking au peigne fin. La vitre arrière de la Mercedes se baisse et j'aperçois Zuruaga qui engueule ses hommes et consulte un petit écran portable.

Une énorme main se découpe pour protéger l'appareil et je me mets à trembler.

Terreur.

La vitre remonte, et la voiture tourne pour suivre la route qu'a empruntée la caravane.

— Il n'y a pas de risque qu'ils les attaquent ?

— Je ne crois pas, lui dis-je. Au moins jusqu'à la frontière espagnole. Je suppose qu'ils les suivront pendant quelques heures avant de se rendre compte que nous avons collé le GPS sur leur carrosserie. Nous avons donc peu de temps.

Nous prenons l'autoroute vers Lisbonne. A l'extérieur de la ville, je m'arrête sur un parking rempli de camions, devant un bar de bord de route. Je dissimule la voiture entre deux énormes semi-remorques, je coupe le moteur et je baisse le siège.

— Qu'est-ce qu'on fait maintenant ? demande le roi.

— Vous, je ne sais pas. Moi, je vais dormir quelques heures. Sauf si vous voulez retourner à l'ambassade…

— Non. Pas encore. Mais nous avons des chambres au *Ritz*…

— Vous ne vouliez pas vivre un film policier ? lui dis-je en me retenant de rire. C'est comme si nous étions en planque, donc il est normal de dormir dans la voiture. Et estimez-vous heureux que je ne vous envoie pas chercher des *donuts* au bar en face. Après tout, vous êtes le petit nouveau.

Je cache mon visage derrière la casquette et je me mets à ronfler.

En réalité je ne dors pas. Je cherchais juste à le provoquer, faire qu'il se plaigne, qu'il invoque son rang ou son âge. Parce qu'il est hors de question que je dorme là. J'ai l'épaule en charpie et le lit de la chambre du *Ritz* avait l'air des plus confortables.

Mais Juanito est plus fier que je ne le croyais, il ne dit rien. Je l'épie entre mes cils et je constate qu'il m'observe avec quelque chose qui ressemble à de la tendresse. Mon père ne m'a jamais regardé de cette façon. Je crois aussi que je ne le lui aurais jamais permis.

Il tient fermement le .38 dans sa main et s'installe commodément dans le siège.

— Dors tranquille, camarade, dit-il dans un murmure que je ne pourrais pas percevoir si je dormais vraiment. Dors, je te couvre.

Trente secondes plus tard, il ronfle si fort qu'il fait trembler les vitres de la voiture.

LE FILS DE GUGGENHEIM

Je n'arriverais pas à dormir même si j'essayais.

Il y a trop de câbles en vrac et j'ai trop peur. Le Chasseur, quel qu'il soit, tient Juanito dans son viseur et je ne suis qu'une proie mineure mais embarrassante. Je tomberai le premier.

J'écarte doucement la main du roi qui tient le revolver dangereusement pointé vers son bas-ventre. Il s'agite dans son sommeil et j'aimerais le ramener à peu près entier. Si j'arrive à le ramener. Ce serait le plus raisonnable, mais je crains que tous les deux nous ne traversions une passe dans laquelle le raisonnable n'est pas une priorité.

Je devrais le persuader de se rendre à l'ambassade et je devrais retourner à Madrid. Mais peut-être n'a-t-il pas encore trouvé l'enfant qu'il cherche.

Et le mien, d'enfant ?

Est-il perdu au milieu du vert de Donosti, ce vert aux échos de la mer que mon père ne m'a jamais emmené voir ?

Que dirait l'*aita** si je lui racontais ce qui est arrivé avec Terreur.

Je ne sais pas : je ne lui raconterai jamais.

C'est peut-être pour ça que le vieux petit garçon qui ronfle à côté de moi m'agace et m'attendrit à la

* "Père" en basque.

fois. On dirait qu'il respire doublement à chaque goulée d'air qu'il avale, qu'il célèbre la vie avec l'euphorie d'un bébé, et que la solennité due à son âge et à sa charge n'est rien pour lui.

Pour un roi, s'agit-il de charge ou d'héritage ?

Peu importe : l'*aita* est le roi du hameau, il est son propre pays et sa nation est celle d'un seul homme ; ceux du hameau de l'autre côté de la colline sont toujours pour lui des étrangers, et la moindre marque d'affection rebondit sur sa majesté d'acier.

Ou de titane.

Quand je pense à mon père, je vois le Guggenheim de Bilbao, une structure complexe qu'on apprécie mieux de loin. Ma mère seule traversait chaque jour cette cuirasse avec sa tendresse discrète, elle seule connaissait les passages secrets pour forcer cette forteresse, ouvrir les fenêtres et laisser entrer l'air qui rafraîchirait tant de sévérité.

Peut-être.

Elle est morte quand j'étais trop petit pour me souvenir de ces détails et parfois je me dis que je les ai inventés.

A part elle, seule Claudia a été capable de faire baisser le pont-levis de l'*aita*. En réalité, elle n'avait rien fait de particulier, juste être elle. Je me souviens du jour où je les présentai l'un à l'autre, la première fois que j'amenai Claudia au hameau. Ils formaient un spectacle de contraste, l'homme de pierre et la femme en fleur, mais ils ne cessèrent de parler de toute la journée, de parler et de rire. Mon père, rire ! La mauvaise humeur plomba ma journée jusqu'à ce que je me dise qu'être jaloux de mon père était absurde. Je compris plus tard qu'en réalité j'étais jaloux de Claudia.

Le soir, alors qu'elle était partie se coucher dans la chambre d'en haut, l'*aita* me dit, faussement indifférent :

— Elle est charmante, cette fille. Pour une Madrilène, je veux dire…

Dès lors, il se tissa entre eux une complicité à côté de laquelle je me sentais un trop petit poisson : même si j'essayais de rester à l'intérieur de ce filet de connivence, je passais à travers les mailles. Ils se téléphonaient plusieurs fois par semaine et Claudia me dit même un jour regretter que je n'aie pas hérité du sens de l'humour de mon père.

Quand ils l'assassinèrent, l'*aita* prit l'avion pour Madrid et resta toute la semaine avec moi. Nous parlâmes à peine, comme d'habitude, mais un soir nous sortîmes pour aller boire et après plusieurs verres il posa sa main sur mon épaule et me dit :

— Ce n'est pas de ta faute.

Mais ses yeux disaient le contraire.

Nous nous téléphonons une fois par mois, toujours à la même heure, comme un hommage à cette tradition imposée par Claudia. Nous ne nous disons pas grand-chose et entre les phrases que nous échangeons, nous laissons de grandes plages de silence, comme si nous réservions la place de l'absente dans nos dialogues.

Je crois que l'*aita* ne me pardonne pas d'être devenu policier. Il est toujours convaincu que je ne l'ai fait que pour l'emmerder. Nous n'en parlons jamais. En réalité, je ne suis pas entré dans la police pour lui causer une contrariété quelconque mais pour un motif beaucoup plus bête. Je croyais en la Justice. Oui. Et je continue d'y croire. Et c'est pour cette raison que j'en suis parti, pour ne pas perdre mon âme, si j'en ai une.

Juanito remue dans son sommeil et me dit de m'accroupir, parce que les Comanches arrivent. Il est aussi différent de l'*aita* que Claudia d'Olivia. Et pourtant je donnerais un bras pour voir mon père s'enthousiasmer comme lui pour quelque chose. Pour l'avoir à mes côtés, le .38 à la main, prêt à affronter avec moi les méchants. Pour lui demander si lui aussi a un jour rencontré la Terreur. S'il tremble comme je tremble en m'en souvenant.

J'ouvre la portière et je descends sans faire de bruit. Je fume et la fumée se remplit de questions. Qui a placé le GPS dans ma voiture ? La réponse facile, rassurante, désigne le mécanicien aux airs de chirurgien. Mais ça ne me convainc pas. Ils ne pouvaient pas savoir que je choisirais cet atelier.

Buster. Ça ne me convainc pas non plus, bien qu'il me connaisse suffisamment pour deviner que je serais allé chercher Numéro Un pour mon propre compte, sans demander de l'aide.

Le reste des options m'attriste, parce qu'elles impliquent des gens que j'estime. N'importe lequel d'entre eux : Legrand, Mariana, Nemo ou sa mère, Beto, Bermúdez, sont ma famille éphémère, chacun à sa façon, et je veux croire qu'aucun d'eux ne se laisserait tenter par les tas de billets offerts par un Etron plaqué or.

Legrand tuerait pour moi, mais il vit dans l'angoisse d'avoir à retourner dans les ruelles de la faim. Et puis il avait l'air impatient que je m'en aille.

Que sais-je en réalité de Mariana ? Avec ce qu'ils lui auraient filé comme argent pour coller ce maudit dispositif sur ma voiture elle aurait de quoi parrainer tous les enfants d'un petit pays africain.

Quant à Paco… Non, pas Paco. Il est peut-être à la botte de Super et il a peut-être besoin de triompher à tout prix, mais Paco non.

Et Nemo… il m'a livré un tas de données techniques que je connaissais déjà. C'est tout.

Il faut que j'arrête et je sais comment faire.

J'appuie la braise de ma cigarette dans la paume de ma main droite et je l'y laisse. Je mords et avale mon cri en même temps que mes doutes. Dans la voiture, Juanito se met à chanter la vieille berceuse. J'espère qu'il a trouvé le petit garçon, même si ce n'est qu'en rêve. Le mien est devenu un petit salopard amer et méfiant. En faisant attention à ne pas le réveiller, je prends dans la boîte à gants la carte routière d'Espagne et du Portugal, mon agenda et le carnet d'Ainhoa. Je le couvre avec mon blouson et je referme la portière.

Pendant un moment, j'étudie la carte en me répétant que la meilleure chose à faire serait de le ramener à Lisbonne et de le déposer à l'ambassade avant qu'il ne se réveille. Le livrer vaincu. Le traiter comme un enfant désobéissant et pas comme un homme âgé qui regarde vers son passé.

J'ouvre le carnet d'Ainhoa et j'écris :

"Pourquoi ne m'as-tu jamais tenu dans tes bras, aita ?"

C'est une bêtise, je sais. Mais j'ai besoin de demander au papier ce que je ne demanderai jamais à mon père.

Je relève des données sur la carte routière et je compose le numéro sur mon vétuste mobile. Il décroche au bout de quatre sonneries. Les ministres du Royaume ne dorment jamais.

— Oui ?

— Salut, Buster.

— Gustavo, qu'est-ce qui se passe ? Il se réveille complètement. Tu as des problèmes ? Tu veux que je t'envoie tout de suite...

— Non, ministre. Ce n'est pas ça. J'ai le paquet.

— Quel paquet ?

— Celui que tu m'as demandé de te rapporter. Le paquet Numéro Un.

— Nom de Dieu ! Tu l'as ramené à la maison ? Non, c'est idiot, je serais au courant... Dis-moi où vous êtes et j'envoie un groupe d'élite pour qu'on vous escorte.

— Ça ne va pas être facile, Buster. On a essayé de le tuer. Ou de le séquestrer, je ne suis pas sûr...

— Comment ? Et que fais-tu là au téléphone ? Emmène-le immédiatement au commissariat ou à la caserne de la Garde civile les plus proches !

— Je le ferais, Gustavo, si on était en Espagne…

Je me demande s'il ne va pas faire un infarctus :

— Il est hors du pays ?

— Quelque chose comme ça.

— Tu as bu, Arregui ? Passe-le moi.

— Je ne peux pas. Il dort et je n'ose pas le réveiller.

— Et depuis quand tu es si respectueux des institutions ?

— Depuis que cette institution a un .38 entre les mains et qu'il rêve qu'il est un mélange de Sam Spade et de John Wayne.

— Il est armé ?

— Prends de quoi écrire et arrête de t'énerver, ministre, lui dis-je de mon ton de flic qui suit la procédure habituelle. Je lui dicte le numéro d'une départementale et un kilomètre précis. Et pendant qu'il recherche sur Internet, je lui donne des instructions :

— Je te le remettrai à cet endroit exact, à midi. Avant, je ne pense pas, parce qu'il voudra déjeuner. Et puis, je ne te garantis rien : il ira s'il veut et je ne suis pas très sûr qu'il veuille.

— Mais, mais… le point de rencontre que tu m'as donné est presque à l'entrée de Lepe. C'est une blague ?

— Oui. Une blague de Lepériens. Et tâche d'envoyer des gens de confiance ou nous allons finir par mourir, et ce ne sera pas de rire.

Je raccroche et j'enlève la batterie du mobile.

Je crois que je vais m'allonger à côté de mon compagnon de voyage pour dormir une petite heure.

Quand on est inquiet il n'y a pas plus relaxant que d'inquiéter quelqu'un d'autre.

UN HIPPIE VEUF ET UN AUTRE AVEC DREADS

— Raconte-moi encore ce que tu as dit au ministre, Txema.

— Ça va faire la cinquième fois. Vous voulez apprendre la conversation par cœur ?

Je commence à regretter de ne pas l'avoir laissé à l'ambassade à Lisbonne pendant son sommeil. Nous sommes dans un bar à Ayamonte, près de la route, et je me demande encore comment on nous a laissés passer la frontière, avec cette allure hallucinante. A l'aube, quand il s'est réveillé, Juanito a tenu à se redéguiser et le résultat est ce hippie extravagant que j'ai en face de moi, la tête hérissée de dreadlocks, qui dévore sans discontinuer des portions de jambon ibérique :

— Ça c'est du jambon et pas cette chose qu'on te sert au Portugal, Txema. Tu sais pourquoi ça s'appelle *presunto* là-bas ? Parce qu'on "présume" que c'est du jambon, ha ha ha !

— Je comprends maintenant pourquoi on a essayé de vous tuer : vos blagues sont vraiment très nulles.

— Peut-être... Tu veux encore du jambon ? Je t'invite. C'est génial de pouvoir payer, les gens te regardent différemment...

Il marche vers le comptoir et en le regardant, je pense à l'aspect que je dois avoir. Pour ne pas détonner, je me suis aussi déguisé en hippie, avec perruque. Mais je n'ai pas cédé à l'élan coloriste de Juanito et même si j'ai renforcé le travestissement avec de la bimbeloterie que nous avons achetée à des gitans qui tenaient un petit stand dans les alentours du village, je suis resté habillé de noir. Je suis un hippie veuf.

Dans moins d'une heure, quand je l'aurais remis entre les mains des envoyés du ministre, je retournerai à ma vie normale et je ne sais pas si j'en ai envie. Je pense au GPS dans ma voiture et mon café a un goût amer malgré les deux cuillerées de sucre que j'y ai mises. Les soupçons recommencent à tourner dans ma tête et pour ne pas me laisser aller, j'appuie du bout de mon majeur sur la brûlure au creux de ma main droite.

Je contemple la marque.

— Bon Dieu ! Comment t'es-tu fait ça ? demande Juanito.

— Je ne sais pas si je me le suis fait ou si on me l'a fait.

— Tu sais ce que nous disions quand j'étais enfant à propos des ampoules dans la paume des mains ?

— Si vous me le racontez, je vous ramène à Estoril. Allez, venez, si vous continuez, il n'y aura plus un cochon autour de Huelva. Emportez un sandwich si vous voulez, mais allons-y.

— Attendez que je laisse un pourboire. Foutre ! Tu as vu ce double menton qu'ils m'ont collé sur les pièces, ces salopards ?

Nous roulons sur la nationale 431 vers le point de rencontre, au croisement de la 445, un peu avant d'arriver à Lepe. J'aurais pu choisir un autre chemin, mais hier, quand j'ai étudié la carte, je n'ai pu résister à la tentation de la cohérence : plus qu'à un film de fringants policiers, notre aventure ressemble à une blague de "Lepériens". Mais bientôt tout sera terminé. Je devrais me réjouir, mais je n'y arrive pas. Je n'ai jamais cru aux intuitions et toute cette connerie d'instinct policier m'a toujours paru une invention de mauvais scénaristes. Et pourtant je suis habité par une sensation bizarre. Tout en conduisant, j'ai enlevé le cran de sûreté de mon flingue. J'enlève la montre de Corto Maltese de mon poignet et je la pose sur le tableau de bord. Elle m'oppresse. Mais le malaise ne me quitte pas. C'est quelque chose comme un chatouillis dans le creux de la main. Un avertissement peut-être. Une prémonition. Une brûlure de cigarette dans la paume de la main droite. Quel con.

— Pourquoi souris-tu, Txema ?

— Parce que je suis un con. Vous l'avez retrouvé ?

— Qui ?

— Le petit, sur la plage...

— Ah, ça... Quelle connerie, ce mot.

— C'est ce que je me suis dit.

Il enlève ses lunettes de soleil et regarde devant lui, bien qu'il soit en train de contempler le passé :

— J'avais dix ans. Quand nous étions à Estoril, je m'échappais pour venir sur cette plage. Pour rien. Juste pour voir la mer. Ce n'est pas qu'on ne m'amenait pas à la plage, mais la mer il faut la regarder seul, ou avec quelqu'un qui la regarde de la même façon. Ce jour-là, j'ai su que c'était la dernière fois. Les adultes croient que les enfants ne comprennent pas, mais si, et surtout ce qui a trait à leur avenir. Le mien était scellé loin de là. Et pour toujours. Je crois que c'était en 1948. Oui. Ma famille avait négocié avec Franco de lui confier mon éducation et mon avenir et j'ai su qu'à ce moment, pendant que j'étais sur la plage, tout commençait à changer pour toujours. Une très grande responsabilité m'attendait, disaient-ils. Trop grande pour un enfant devant la mer. C'est pour cela que je l'ai laissé là, pour qu'il puisse continuer à jouer tout le temps qu'il voulait....

— Il vous a manqué ?

— Par moments. Parce que je savais que pendant que je faisais ce que je devais faire, le petit garçon, lui, continuait à faire tout ce dont il avait envie.... Ça n'a pas été une mauvaise affaire. Mais quand j'ai commencé à vieillir j'ai senti que j'avais besoin de le retrouver pour me sentir de nouveau complet, tu comprends ? Tu dois penser que ce sont des bêtises...

— Je ne pense rien. L'avez-vous retrouvé ?

Il me regarde avec sa perruque de dreadlocks, ses lunettes au bout du nez et la fausse moustache de travers sur sa lèvre supérieure :

— Qu'est-ce que tu crois, Txema ? On est loin du croisement ?

— On y est presque. Au bout de cette ligne droite, il y a le rond-point. C'est là que nous sommes attendus.

De nouveau, je sens le gratouillement dans le creux de ma main et ce n'est pas dû à la brûlure. Cent cinquante mètres à peine nous séparent de la sécurité et cependant je me sens de moins en moins rassuré. A gauche, un chemin vicinal bordé d'arbres se détache de la nationale. Sans réfléchir je donne un coup de volant et je m'y engage. Je freine et regarde derrière moi. De l'autre côté de l'asphalte, à l'intersection d'une petite route de campagne, je vois apparaître l'avant d'une Mercedes de luxe aux vitres teintées qui essaie de traverser mais doit s'arrêter pour laisser passer une caravane de poids lourds. J'accélère sur le chemin de terre.

— Qu'y a-t-il, Txema ?

— Il y a que nous sommes des cons, ils nous attendaient avant le rond-point ! Sûr qu'il y avait un autre GPS dans ma voiture et nous nous sommes crus des malins. Accrochez-vous, le rallye commence !

Je roule à cent quarante sur le chemin et je suis rassuré en voyant qu'il va dans le bon sens. Avant qu'ils puissent nous rattraper nous débouchons sur la nationale 445, à peu de mètres du rond-point où nous attendent les envoyés de Buster. Je ne vois pas encore la Mercedes dans mon rétroviseur, mais elle ne va pas tarder. J'aperçois la route et je tourne à droite. Le rond-point est en vue mais nous arriverons du côté opposé à celui par lequel ils nous attendent.

— Enlevez la perruque. Et montrez-vous à la fenêtre quand je vous le dirai.

Au bord du rond-point sont stationnés trois véhicules de la Garde civile. Deux types en uniforme fument à côté des voitures pendant qu'un troisième parle dans son portable. Je klaxonne furieusement pour attirer leur attention et Juanito se penche à la fenêtre, sans sa perruque en criant :

— Youhouou ! C'est moi !

Le garde civil ferme son portable et fait un geste aux deux autres. Assis sur le siège du passager, un type en costume cravate attend impassible. La tête tombée sur l'épaule.

— Au sol, Juanito ! je hurle.

— Quoi ?

— Couchez-vous au sol, putain !

J'accélère sans cesser de tourner, pendant que les balles sifflent autour de la Mégane et que l'une d'elles atteint la portière arrière. La voiture roule toujours à contresens et j'appuie à fond sur l'accélérateur pendant que les types de la Garde civile démarrent sans cesser de nous tirer dessus.

— Mais qu'est-ce qui se passe, bordel ? crie le roi. Pourquoi nous tirent-ils dessus ?

— Vous avez dû leur raconter une mauvaise blague.

Je retourne sur le chemin de terre que nous venons de quitter et, bien que je ne les voie pas, je sais qu'ils sont derrière nous. Juanito penche la tête par la fenêtre, abasourdi.

— Mais c'est là que nous devions retrouver les autres…

— C'est bien de ça qu'il s'agit.

Je quitte le chemin à la sortie du tournant, quand je vois apparaître la Mercedes qui roule à toute vitesse. J'entends un fracas de tôle. Je fonce sur un champ semé pendant cinq cents mètres et je cache la voiture entre des arbres. Depuis le chemin arrivent les bruits de tirs. Mais pas dans notre direction.

— Ils se tirent dessus ? demande Juanito.

— On dirait. Partons vite avant qu'ils ne s'en rendent compte.

LES MÉTHODES POUR SE DÉFAIRE D'UN GPS

Nous repérons un chemin de terre et nous roulons, dépassant des croisements, suivant des traces de tracteurs ou inventant des sentiers là où il n'y en a pas. Pour autant que nous nous éloignions, je n'arrive pas à me calmer. Ils nous retrouveront. Ils tarderont peut-être à se mettre d'accord et à arrêter de s'engueuler, mais ça ne durera pas. Nous débouchons sur l'autoroute du Cinquième Centenaire et je poursuis à la recherche d'une station-service. Nous n'en trouvons pas et je décide de traverser et de passer de l'autre côté. Nous nous enfonçons dans des routes étroites et vides.

— Il faut se défaire de ce GPS. Il y a un autre putain de GPS, un autre putain de GPS…

— Je conduirai pendant que tu le cherches, Txema.

Ça ne paraît pas une mauvaise idée. Nous échangeons nos places presque sans arrêter et quand je ne trouve rien devant je passe sur le siège arrière.

— Surveillez dans le rétroviseur.

— Sois tranquille, camarade, j'ai un plan.

Je suppose que les insultes que je mâchouille pendant que je tâtonne sous les moquettes seraient en d'autres temps une raison suffisante pour m'envoyer en exil ou en prison. Je ne trouve pas de GPS, mais au moins, quand je regarde par la lunette arrière je constate qu'ils ne nous suivent pas. Juanito conduit merveilleusement bien et très vite sur des chemins de terre jusqu'à ce que nous retrouvions la route asphaltée qui défile entre des collines. Je ne repère toujours pas le GPS. La voiture s'arrête et en levant les yeux je découvre la masse d'eau devant nous.

— Où sommes-nous ?

— Le barrage du fleuve Piedras. Je suis venu un jour ici, en visite officielle.

— Sûrement pour l'inaugurer, je marmonne en sortant pour aller fouiller dans le coffre.

— Celui qui inaugurait des barrages, ce n'était pas moi, idiot, murmure Juanito à son tour.

Rien dans le coffre. Rien qu'on puisse voir.

— Nous perdons notre temps, Txema. Pourquoi ne vas-tu pas te poster au croisement pour voir s'ils arrivent pendant que je m'occupe du GPS ?

Ça se tient et colle au plan que je viens d'improviser. Ils sont sûrement sur le point d'arriver et si je les attends dans le chemin, Juanito aura le temps de s'échapper pendant que je les mitraille. Je cours jusqu'au croisement et je grimpe sur une petite colline depuis laquelle je peux voir tous les chemins qui mènent au barrage. Rien. Les types de Zuruaga doivent rôder dans ces parages que les gardes civils connaissent sûrement comme leur poche. Parce qu'il y a une chose dont je suis sûr : ce n'étaient pas des comparses déguisés mais d'authentiques membres de la Garde civile. Corrompus mais authentiques. Buster nous a jetés dans ce piège ? Je ne le crois pas. En tout cas, j'admets que les chefs de Zuruaga ont plus de pouvoir que je ne le croyais : suborner une paire d'officiers n'est pas facile, mais suborner tout un contingent envoyé par le ministre demande beaucoup d'argent et de préparation.

— Affaire réglée. Le GPS. Réglé, déclare Juanito dans mon dos.

Il est debout, les *dreads* au vent et la moustache de travers. Il a l'air tranquille et satisfait. Je regarde vers le barrage et je ne vois pas la voiture. Je commence à deviner ce qu'il a fait mais je ne peux pas le croire. Il sourit :

— Maintenant, s'ils veulent nous retrouver avec le GPS, ils vont avoir besoin de plongeurs.

Alors je la vois. La partie arrière de la Mégane n'a pas encore disparu et je ne sais pas si la profondeur est suffisante.

— Génial. Et maintenant, on fait comment ?

— Bon Dieu, je n'avais pas pensé à ça. Mais tu vas trouver une solution, Txema.

Nous commençons à marcher entre les collines :

— Tu es fâché pour la voiture ? Je t'en donnerai une nouvelle quand on arrivera.

— Si on arrive, Juanito. Nous sommes au milieu de rien, sans voiture, sans personne à qui faire confiance, sans argent...

— Pour l'argent ne t'en fais pas, parce... Oh merde, j'ai oublié de prendre ma sacoche avant de pousser la voiture dans le lac !

Il fait mine de retourner mais je le retiens. Il faut s'éloigner de là. Nous grimpons et descendons des collines sous le soleil de midi qui est un soleil de décembre mais brûle comme si nous étions en août. C'est ridicule, mais je regrette plus la perte de ma montre Corto Maltese que le naufrage de ma voiture. Je remercie le ciel de n'avoir pas enlevé mon blouson et je tâte la bosse que fait mon automatique dans la poche. Il imite mon geste et sort le .38. Il sourit. Je m'arrête près d'un rocher, je sors le carnet d'Ainhoa et j'écris :

"J'ai envie de tuer le roi."

— Un journal ? Excuse-moi, je ne voulais pas être indiscret, dit Juanito au-dessus de mon épaule pendant que je range le carnet ouvert dans ma poche. Ce que je viens d'écrire n'est pas un regret mais un désir et je ne veux pas que ça s'efface en le refermant.

Nous continuons à monter et descendre sans voir de voiture.

— Le sandwich, vous l'avez encore ou vous l'avez fait couler avec la voiture ?

— Je l'ai. Tu en veux ?

Je le lui enlève des mains tout en marchant et je me mets à manger. Le jambon est toujours aussi exquis, mais le pain est caoutchouteux. Il me regarde mâcher. Je soupire, partage le sandwich en deux et lui en donne une des parts :

— Ne mangez pas tout, lui dis-je, la marche sera longue… camarade.

Je ne sais pas de combien nous nous sommes éloignés, les chemins de terre n'ont pas de signalisation. Le jour tombe et je me sens plus tranquille. La trouvaille des bicyclettes a été un coup de chance… pour nous. Pas pour les cyclistes à qui nous les avons piquées pendant qu'ils mangeaient sous un arbre. Juanito voulut leur faire savoir que nous les leur confisquions au nom d'une mission officielle, mais devant mon regard il n'insista pas.

Il y a des heures que nous pédalons sans voir âme qui vive. Heureusement les vélos étaient équipés de bouteilles d'eau, car je commençais à maudire le jambon. Je nous imagine arrivant à la Zarzuela en pédalant et dans cet accoutrement. Je me mets à rire.

— Ecoute, Txema, je me disais…

— Continuez à pédaler jusqu'à ce que ça vous passe…

— Sérieusement : je ne comprends pas l'histoire de deux GPS.

Je sais où il veut en venir. Il y a des heures que je tourne le problème dans ma tête et les conclusions ne m'aident pas à améliorer mon état d'esprit. Il ne lâche pas :

— Je veux dire que s'ils nous avaient collé deux appareils, les deux auraient dû apparaître sur leur écran, non ?

— Je suppose.

— Alors, quand nous en avons placé un sur la caravane à la station-service, ils auraient dû voir que l'un des GPS bougeait et pas l'autre. Pourquoi ont-ils suivi le Hollandais au lieu de chercher sur place ?

— Ils auront déduit que nous en avions trouvé un, que nous l'avions jeté, et que nous poursuivions notre route tranquillement, persuadés que nous les avions bernés. Quand ils ont découvert le truc et qu'ils ont vu bouger celui que nous n'avons pas pu trouver, ils ont recommencé à nous suivre...

— Mais ils ne nous ont pas suivis, Txema. Ils nous attendaient, ce qui n'est pas la même chose. Tu sais ce que je pense ?

— Vous me le raconterez plus tard, j'ai une urgence, je dis en posant ma main sur mon ventre.

Nous quittons le chemin et nous arrêtons sous un bouquet d'arbres, hors de vue des poursuiveurs. Juanito examine la roue arrière de son vélo et je m'éloigne précipitamment, parce que je ne veux pas qu'il me dise ce que je soupçonne déjà : qu'il n'y avait peut-être pas de deuxième GPS, que les mêmes qui ont ordonné aux gardes civils de nous buter ont pu indiquer à ceux de Zuruaga le point de rencontre, que ma peur absurde de Terreur est la cause que nous nous retrouvions sans voiture et au milieu de rien.

J'allume mon mobile. Il y a un bon moment que je pense à la conversation que je vais avoir. Mais avant de composer le numéro, le téléphone sonne et je réponds très vite pour éviter que le roi ne se mêle de tout ça. Je ne connais pas le numéro qui s'affiche mais la voix m'est vaguement familière :

— Monsieur Arregui, José Maria Arregui ?

— C'est moi. Et vous ?

— Presque. Si vous changez la place d'une syllabe…

C'est José Maria Aguirre, l'homme qui n'a jamais marqué un but de toute sa vie.

— Comment m'avez-vous trouvé ?

— Pour un enquêteur, vous laissez beaucoup de pistes. Vous m'avez appelé de votre mobile sans occulter le numéro. Et Blanes, le patron que vous m'avez recommandé, ne cesse de parler de vous. Et enfin, quand vous avez été à la papeterie, vous avez payé avec votre carte de crédit…

— C'est bon, je suis vraiment nul. Que voulez-vous de moi ?

— Vous remercier. Y a-t-il quelque chose que je pourrais faire pour vous ?

— Oui : laissez ma ligne libre. Je dois parler à un ministre, et je coupe la communication.

Buster répond tout de suite :

— Bonjour, Président. Il me salue sur un ton de respect cordial mais affligé. Buster n'est pas habitué à mentir et il le fait très mal. Non, nous n'avons pas encore de nouvelle de Numéro Un, je continue à ne pas m'expliquer ce qui s'est passé… Laissez-moi seul, s'il vous plaît, Fernando. Oui, Président, je crois que… Il change de ton et baisse la voix. Txema ?

— Non. C'est le président. Ça s'adressait à qui ce mensonge ?

— A un homme de confiance en qui je ne peux plus avoir confiance. Vous allez bien ?

— Pas grâce à tes hommes…

— Je sais, Txema… Officiellement, vous n'êtes pas arrivés au rendez-vous et ils ont été attaqués par un groupe de délinquants en fuite, mais comme par hasard, le seul mort a été mon envoyé personnel…

— Je l'ai vu, dans l'une des voitures. Ils l'ont tué avant notre arrivée. Froidement.

— Merde. C'était un brave homme. Je fais comme si je croyais à la version qui m'a été donnée pour pouvoir gagner du temps. Il va bien ?

— Superbien. Je crois qu'il a perdu un ou deux petits kilos. Que s'est-il passé, Buster ?

— Je ne le sais pas encore, mais il est évident qu'il y a des gens pourris et bien en place pour pouvoir organiser quelque chose comme ça et depuis l'intérieur…

— Cherche du côté de Zuruaga. Iñaki Zuruaga.

— Le constructeur ? Il est blindé, mais pour une action de cette ampleur, il faut une très grande et puissante infrastructure…

— Derrière tout grand homme il y a toujours un homme plus grand, Buster. Quand est-ce que tu nous envoies quelqu'un ?

— Je ne sais pas, Txema. Je n'ose envoyer personne avant d'avoir procédé à un grand nettoyage et que nous sachions jusqu'où va la pourriture.

— Que veux-tu dire ?

— Qu'il va falloir que tu t'occupes de lui jusqu'à ce que j'y voie plus clair. Il dépend de toi, Txema. L'Espagne a besoin de toi.

J'enlève la batterie du mobile sans raccrocher. Rien ne pouvait être pire.

— Txema, nous avons un problème, m'informe Juanito désolé. Une roue de mon vélo est crevée et la tienne ne va pas mieux. J'ai cherché des outils pour les réparer, mais rien.

Je pose ma main sur son épaule et nous marchons à travers le rien.

Les choses peuvent toujours aller plus mal, me dis-je.

L'Espagne a besoin de moi.

L'Espagne et moi sommes dans la merde.

II

Una piedra en el camino
Me enseñó que mi destino
Era rodar y rodar.
Rodar y rodar.
Rodar y rodar.
Después me dijo un arriero
Que no hay que llegar primero
Pero hay que saber llegar.

JOSÉ ALFREDO JIMÉNEZ, *El Rey.*

Une pierre sur le chemin
M'a montré que mon destin
était d'errer et errer.
Errer et errer.
Errer et errer.
Puis un muletier m'a dit
Qu'il ne faut pas arriver le premier
Mais qu'il faut savoir arriver.

JOSÉ ALFREDO JIMÉNEZ, *Le Roi.*

LE DEVIN RÉTROVISEUR

Les lumières de Madrid apparaissent après les milliers de courbes que la ville a tracées pour prévenir l'étranger qu'il ne lui sera en rien facile d'arriver jusqu'à elle.

Je reviens et je me demande si je suis bien sorti de cette région fantasmagorique parsemée de villages aux noms inconnus et aux clochers identiques.

Je reviens et je sais qu'à mon arrivée le danger sera là, mais la chaleur de Rosita à côté de moi me rassure.

Je reviens et je ne comprends toujours presque rien à ce qui est arrivé ces derniers jours...

La nuit était tombée et il faisait très froid. Juanito proposa que nous nous postions sur la route poussiéreuse pour faire de l'auto-stop et j'acquiesçai pour oublier ce froid glacial qui pourrait causer notre mort. Il était inutile de lui rappeler que pendant tout le temps que nous avions marché à travers ces sentiers, nous n'avions vu aucune voiture. Il avait besoin de croire que tout irait bien.

— Statistique, Txema. C'est précisément parce que aucune voiture n'est passée depuis tant de temps, qu'il devient maintenant possible qu'il en passe plusieurs. C'est de la pure mathématique...

— Je crois bien que vous avez réussi vos examens de math grâce à votre bonne bouille.

— Rabat-joie, tu n'es qu'un rabat-joie, murmure-t-il, et je ne me suis pas fâché parce qu'il avait raison.

Nous nous postâmes là, nous surveillant comme deux vieux voisins. Lui pour me prouver son absurde théorie, moi pour jouir de son évidente déroute, même si ça devait signifier pour nous deux une mort douce et glacée.

Là-bas, au bout du chemin, deux lumières vacillantes griffaient l'obscurité.

— Qu'est-ce que j'ai dit ? crie Juanito triomphant.

Mon premier réflexe fut de l'attraper par le bras et de l'entraîner pour nous cacher entre les arbres. Ça pouvait être la voiture d'un de nos persécuteurs. Mais les lumières étaient faibles et dépareillées, les phares n'étaient pas alignés et le bruit du moteur qui ahanait péniblement dans la montée était plein de gémissements.

Nous attendîmes.

Plutôt que s'arrêter près de nous, j'eus l'impression que le camion renonçait à rouler. Nous le vîmes, éclairé par la lune. C'était un vieux Avia 3500. Il avait été transformé en fourgonnette et peint en un noir opaque. Sur cette nuit de carrosserie cabossée se dessinaient une constellation d'étoiles de tailles diverses, des signes du zodiaque et des comètes, encadrant deux grands dessins. Un soleil avec une tête de furieux regardait en louchant un peu une demi-lune aux lèvres très rouges et aux cils de fille de joie.

Et au-dessus de tout ça, la légende peinte en vert fluorescent :

"Sosiris Le Ruthilant. Devin rétroviseur."

Je me dis que le *H* intercalé cherchait à donner une touche de sophistication à l'affaire.

Ce dont manquait le type qui était au volant.

Il avait une grosse tête et ses cheveux blancs tombaient de chaque côté d'une calvitie qui commençait sur le front et s'allongeait jusqu'au sommet du crâne. La barbe se voulait méphistophélique, mais n'y arrivait pas. Et malgré le sourire mondain accroché à ses lèvres, son regard disait qu'il était triste, qu'il serait toujours triste.

— Vous êtes en panne ? demanda-t-il.

— Quelque chose comme ça, répondis-je. Vous pourriez nous conduire ?

Sa tête dit oui mais il la retint avec méfiance.

— D'où venez-vous ?

— Est-ce que vous me croirez si je vous dis que je n'en ai pas la moindre idée ?

Ça le rassura.

— Montez.

Le chauffage fonctionnait à peine mais en comparaison avec le froid de dehors je me sentis merveilleusement bien. Juanito avait entrepris une conversation banale et aimable avec Sosiris, à propos des qualités du véhicule qui se déplaçait entre des hoquets d'agonie, et lui assurait qu'"on ne fait plus des machines comme celle-là, aujourd'hui tout est en plastique et en électronique de merde".

Je voulais juste savoir où on était, pour décider où aller. Pour le moment, ces petits chemins oubliés paraissaient plus sûrs que les routes nationales, où le moindre contrôle policier pouvait cacher un piège. Mais ce ne serait pas de trop de savoir où diable se cachaient les routes nationales et les pylônes à haute tension et les stations-service.

— Et vous allez où ? demandai-je.

— Ça dépend, dit Sosiris. Et vous ?

— A Madrid, intervint Juanito. Dans quelques jours, je dois enregistrer mon émission pour la télé.

— Ah. C'est pour ça que votre tête me disait quelque chose. Il y a tellement longtemps que je ne regarde plus la télé. Vous êtes un duo musical ou quelque chose de ce genre ?

— Quelque chose comme ça, interrompis-je, conscient de notre allure de vieux hippies. On nous a volé la voiture et tout notre argent, et nous devons nous rendre à Madrid. Vous pourriez… ?

— Si je savais comment, je serais enchanté de vous y conduire. Mais j'ai oublié. Je sais qu'il faut traverser une rivière, mais je ne me souviens pas laquelle – il se tourna vers moi avec un sourire. Ne vous faites pas de souci. Si vous voulez, je peux vous donner du travail en attendant de voir. Je ne peux pas vous offrir beaucoup, mais le vivre, le couvert et le transport ne vous feront pas défaut. Vous êtes un peu décatis tous les deux, mais vous êtes grands et vous avez l'air costauds. Je crois que vous pouvez m'être utiles…

Je ne demandai pas à quoi.

J'avais déjà décidé que Sosiris était fêlé et que nous le quitterions dès le lever du soleil. Il nous tendit une gourde de vin dont la chaleur nous requinqua après tant de froid, mais qui me monta vite à la tête. Je n'avais rien mangé d'autre qu'une moitié de sandwich depuis le matin.

Une pancarte à moitié effacée signalait une déviation à gauche et à plusieurs kilomètres au bout du sentier, des petites lueurs indiquaient la présence d'un village. Sosiris arrêta le camion, regarda longuement la pancarte :

— Vous pourriez me la lire ? me demanda-t-il. C'est que j'ai perdu mes lunettes dans mon dernier…

Il laissa sa phrase en suspens. J'essayai de déchiffrer les lettres effacées par le temps et au début je ne pus distinguer que la distance : huit kilomètres. Puis, avec effort, je finis par lire :

— Costanilla del Costado. C'est là que vous allez ?

— Je vous dirai ça plus tard.

Sosiris prit un gros cahier noir et commença à feuilleter des pages usées. Après un moment, il abandonna et me le tendit :

— C'est que… sans ces putains de lunettes… Cherchez à la lettre *C*.

Le cahier était un agenda téléphonique avec des sections alphabétiques et quelques-unes des pages étaient agrafées. Il était rempli de noms, de noms de villages aussi absurdes que celui de la pancarte à ma droite : Cabreriza de la Cabras, San Roque de las Rocas, Arroyo del Arroyal… Aucun ne me disait quoi que ce soit et ils avaient l'air inventés, des noms de villages de fables. A côté de chaque nom, il y avait une croix et des annotations au Bic de couleurs différentes. Quelques-unes étaient récentes, d'autres presque effacées. Je lus toute la liste des *C* et je ne trouvai pas de Costanilla del Costado.

— Rien. Il n'est pas marqué.

— Bien ! s'exclama Sosiris. Les gars, on a du boulot.

Et il engagea le camion dans le chemin cahoteux et plein de trous. Une poule caqueta à l'arrière du camion, une brebis bêla et quand je regardai au fond je crus avoir perdu la tête. Dans la pénombre je distinguai des formes qui se mouvaient et une quantité incroyable d'objets : un miroir en pied, un ventilateur, des cageots de légumes, un agneau qui me regardait avec ses grands yeux, un fauteuil à oreilles.

— Vous n'êtes pas devin ? demandai-je.

— Si. Et le meilleur. Ah ! Vous me demandez ça à cause de tout ce que je transporte là-derrière. C'est que les choses vont mal et les gens me paient avec ce qu'ils peuvent…

Un chat maigre et à l'air mauvais sauta du néant et vint se percher sur son épaule, comme le perroquet d'un pirate de dessin animé. Il me regarda et cracha :

— Allez, on dirait que vous plaisez à Marlowe… se réjouit le devin.

— Et si je ne lui avais pas plu, il m'aurait arraché les yeux ?

Le chat sauta sur les genoux de Juanito et se laissa caresser, en me regardant haineusement. Le roi le faisait boire à la gourde. Je la lui pris des mains et avalai une longue gorgée.

— Marlowe, dis-je pour dire quelque chose.

— J'ai trouvé ce nom dans un livre que j'ai lu il y a très longtemps dans une bibliothèque de village. Il voyage avec moi depuis...

Il interrompit sa phrase parce qu'à la sortie d'un tournant le village apparut, baigné de lune. Ce n'était pas grand-chose. Pareil à tant d'autres. Une poignée de maisons entourant l'église et voilà. Sosiris fouilla dans sa poche et en sortit quelque chose qui ressemblait à une photo. Il la regardait et regardait le village, et recommençait. Il baissa la tête et me tendit la photo :

— Vous pouvez... ?

— Je sais : les putains de lunettes. Quoi... ?

A mon tour, je m'arrêtai au milieu de ma phrase. Sur la photo, on voyait Sosiris, avec quelques années en moins, dix ou vingt, qui sait. Il avait le cheveu plus dru et peu de mèches blanches. Il posait dans une rue quelconque et derrière lui se détachait la silhouette pointue d'un clocher d'église.

— Vous pensez que c'est le même clocher ?

— Peut-être. Je ne suis pas sûr, Sosiris. Ces clochers sont tous pareils.

— Dites-moi que oui, répondit-il. Dites-moi que oui.

Et il se mit à cogner son front sur le volant du camion, sous le regard impassible du chat Marlowe.

J'étais sur le point de lui envoyer une beigne quand il respira profondément, se redressa et passa la première. Marlowe sauta à nouveau sur son épaule et nous fîmes notre entrée dans le village. Sosiris ralentissait devant chaque maison, chaque arbre :

— Voyons... Ce serait celle-là ? Non. Celle-là ? Ça se pourrait, mais... je crois que non. C'est celle-là ! Non, non, elle lui ressemble, mais non...

Juanito me regardait intrigué et me fit signe de ne rien dire. Il but une gorgée de vin à la gourde et me la passa. Pour moi, toutes les façades de ces maisons étaient pareilles, mais le devin les regardait fixement, comme si sur une poignée ou sur le rideau d'une fenêtre pouvait se cacher le secret du bonheur. Nous arrivâmes sur une petite place, devant l'église.

— Qui sait. Demain, avec plus de lumière, on verra mieux, mais ne te fais pas d'illusions, marmonna Sosiris et je ne savais pas s'il se parlait à lui-même ou s'il s'adressait à Marlowe.

Il arrêta le moteur et nous regarda :

— Il faut nous reposer, demain nous avons beaucoup à faire.

Il abaissa son siège et passa péniblement à l'arrière. Il se mit à entasser des tissus et nous regarda :

— Qu'est-ce que vous attendez ?

— Vous nous avez dit logis et couvert…

— Bien sûr. Il y a plein de place ici, si on s'arrange. Et pour ce qui est de la nourriture… Si vous avez très faim, on tuera la poule, quoique, comme il est tard, ça risque de déranger le voisinage… Il caressa la petite brebis, qui se frotta contre sa jambe gauche, imitant le chat qui faisait pareil contre la jambe droite. Quant à Rosita, je vous demanderais de ne pas la manger. Elle est encore petite et je me suis attaché à elle…

Nous nous regardâmes et passâmes à l'arrière. Le devin s'assit sur un matelas plié en quatre et sortit des charcuteries, un fromage et du pain de campagne. Je m'assis sur un ballot de laine et Juanito fit de même sur le fauteuil à oreilles.

— Eh, il te va bien le fauteuil, dit Sosiris. On dirait que tu es assis sur un trône…

Le roi et moi éclatâmes de rire sans pouvoir nous arrêter. Il nous imita sans comprendre. Je décidai de me calmer sur le vin et me taillai une bonne tranche de chorizo.

— Cette histoire de devin rétroviseur… c'est quelque chose de nouveau ? demandai-je.

— Non. Je pratique depuis des années, ne me demandez pas combien. Vous savez ce qui se passe ? Il y a trop d'escrocs qui soutirent de l'argent aux gens en prétendant deviner leur avenir. Mais l'avenir n'existe pas, puisqu'il n'est pas encore arrivé !

— Alors vous…

— Je devine le passé, déclara-t-il fièrement et il reprit une lampée à la gourde.

— Le passé, c'est surtout une merde, prononça sentencieusement Juanito, abattu par le vin et la fatigue.

— C'est ça : une merde, appuyai-je et je n'étais pas beaucoup plus sobre.

Sosiris se retourna sur son matelas :

— Vous êtes fous ou quoi ? s'écria-t-il. Le passé est la seule chose qui nous appartienne, le seul trésor d'un homme, c'est tout ce qu'il a été et aussi la graine de ce qu'il sera !

Nous le vîmes si bouleversé que nous lui donnâmes raison. Nous n'avions pas l'intention d'entamer un débat à cette heure de la nuit et dans un village perdu. Le Ruthilant se calma :

— Je sais. Vous me prenez pour un rigolo, de ceux qui vont de village en village pour berner de pauvres ploucs… Mais moi, je dis la vérité : je peux voir le passé de n'importe qui dans les cartes, y compris les choses qu'on a voulu oublier.

Il sortit de sa poche un paquet de cartes graisseuses, repoussa les aliments de la table improvisée sur une caisse de Mirinda*, et le posa devant moi :

— Coupe.

— Ecoute, je… je ne crois pas à ces choses…

— Moi non plus, je n'y croyais pas. Coupe.

J'obéis parce que l'alternative était de lui casser le nez et pour ça il aurait fallu que je ne voie pas double. Il mélangea les cartes et en posa quatre découvertes. Il se gratta une aisselle sans quitter les cartes des yeux et dit :

— Je comprends maintenant. Il y a une peine immense dans ta vie. Une culpabilité qui n'en est pas une. Mais qui te tient le cœur fermé. Une femme.

— Il y a toujours une femme, affirma Juanito en caressant le chat.

— Une femme morte. Tu crois que tu aurais pu la sauver mais tu sais bien que non, parce que ce qui s'est passé devait se passer. A cause de ta bêtise, oui, mais pas celle de ce jour-là.

* Marque de soda.

Je ne lui cassai pas la figure parce que je me sentais vide. Le devin rétroviseur continua :

— Il y a une autre femme. Et elle est belle…

— Voyons ça, voyons ça, demanda Juanito qui faillit tomber du fauteuil.

Sosiris le retint d'un geste théâtral et continua :

— Elle te plaît, mais tu ne peux pas l'approcher, bien que tu aies essayé de le faire. Elle sort dans ton jeu parce que, bien qu'elle fasse partie de ton présent et qu'elle pourrait être ton avenir, tu penses à elle au passé. Tu es un homme bloqué, José Maria…

Je l'attrapai par le col et le soulevai jusqu'à ce que sa tête cogne la tôle du toit :

— Comment sais-tu mon nom, connard ? Tu es l'un d'eux, pas vrai, c'est Zuruaga qui t'envoie ?

Sosiris gesticulait et ma colère fondit devant son regard triste. Rosita la brebis se frottait contre ma jambe et tout était absurde. Je le lâchai.

— Je ne sais pas comment je le sais, expliqua-t-il entre deux quintes de toux. Mais je le sais. Et je ne me trompe jamais. J'ai ce don depuis des années et j'ai décidé de gagner ma vie avec et, au passage, d'aider les gens. C'est mal, ça ?

— Je ne crois pas, dit Juanito, conciliateur.

Je me sentis ridicule, comme lorsque je me débarrassais d'un déguisement. Mais j'étais toujours déguisé en hippie vieillissant. Le plus probable est que Juanito m'ait appelé Txema* à un moment ou à un autre du voyage, que je ne m'en souvenais pas, enveloppé que j'étais dans les brumes du vin, et que ce menteur ait inventé le reste. Une farce. Tout ce que Sosiris avait dit était une farce. Bien que ce fût la vérité.

— Excuse-moi, murmurai-je.

* Txema est le diminutif basque du prénom José Maria.

Le devin remit de l'ordre dans ses vêtements et sourit timidement :

— Ce sont les risques du métier. Je te tire les cartes ? proposa-t-il à Juanito.

— Heu... plus tard. Je crois que je vais descendre pisser un coup.

— Moi aussi, dis-je.

Nous marchâmes dans le village endormi et si petit qu'en quelques minutes nous étions de nouveau devant l'église. Nous nous assîmes sur les marches de l'entrée.

— Ecoute, Txema.

— Oui ?

— Je me disais... Ce téléphone mobile que tu as... Il marche ?

— Je crois qu'il lui reste de la batterie.

— Et le gamin t'a dit qu'on ne pouvait pas le localiser...

— Il a dit que ce n'était pas si facile que ça. Pourquoi vous ne dites pas ce que vous avez en tête ?

— C'est que... j'aimerais appeler à la maison. Ils doivent être inquiets.

Ce n'était pas prudent. J'aurais aimé aussi avoir quelqu'un à qui téléphoner. Quelqu'un que je ne soupçonnerais pas. Je caressai la brûlure dans le creux de ma main et pris le mobile dans ma poche. Je replaçai la batterie et l'allumai. Il n'y avait presque pas de réseau. Je le passai à Juanito. Il se mit à marcher en faisant des *S*, tenant le téléphone à la hauteur de son visage, les yeux fixés sur l'écran.

— Si je bouge, ça s'améliore, mais ça ne suffit pas, on est au milieu de collines...

Nous levâmes les yeux en même temps vers le clocher.

Nous étions passablement soûls et c'est pour cette raison que nous le fîmes.

Je poussai la porte de l'église, elle était ouverte. Nous entrâmes sur la pointe des pieds, trébuchant dans l'obscurité, et au bout d'un moment nous trouvâmes l'escalier qui montait en haut du clocher. Nous l'escaladâmes, étouffant nos rires comme deux collégiens. Une fois que nous fûmes arrivés, je dus retenir Juanito qui voulait faire sonner les cloches. Il tenta à nouveau de téléphoner. A l'extérieur, le réseau était meilleur. Sans hésiter, il sortit sur la corniche qui entourait le clocher et je le suivis. Il commençait à m'inquiéter. Il réussit à appeler et on lui répondit. D'après le ton familier, je me suis dit qu'il devait s'agir de la ligne directe de sa femme, peut-être celle de sa propre chambre.

Juanito parlait à voix basse et tendre tout en marchant sur la corniche. Il posait un pied devant l'autre et tendait le bras pour tenir en équilibre, comme un gamin sur le bord d'un trottoir. Parfois il mentionnait mon nom dans la narration confuse de ce qui nous était arrivé et il dit que j'étais "très sympa, quoique toujours en colère, peut-être après lui-même". Quand il disparut au coin du clocher, je le suivis en avançant comme un crabe, pas à pas, et le dos collé au mur. La distance au sol paraissait énorme et quand je réussissais à tourner un coin, il disparaissait d'un petit saut derrière le suivant. Après trois tours du clocher, j'en eus assez et je m'assis sur la corniche, les pieds dans le vide. Mon cœur battait à tout rompre. J'étais furieux. Il apparut sur ma gauche, envoya un baiser dans le téléphone et raccrocha. Il me le tendit :

— Je crois qu'elle est plus tranquille à présent…

— Quand allez-vous vous décider à grandir ? m'écriai-je.

— Et maintenant, nom de Dieu, dis-moi ce que je t'ai fait, Txema ? Il s'assit à côté de moi et l'envie me prit de le pousser en bas. Par moments, on dirait que tu ne me supportes pas mais en même temps tu fais tout ce qu'il faut pour me sauver la vie. Tu aurais pu m'abandonner dans un champ et t'échapper seul. Mais tu es resté. Explique-toi !

J'allumai une cigarette sans le regarder. Au bout d'un moment, je me surpris en train de lui dire ce que jusqu'alors je ne m'étais même pas dit à moi-même :

— Il y a cinq ans, cet après-midi-là, pendant que je jouais au héros en allant à votre rescousse sans que personne me l'ait demandé, deux crétins de toxicos étaient en train de tuer Claudia. Pour lui voler un putain de sac. Vous comprenez ? A la même heure, à peu de chose près. J'aurais dû être avec elle, essayant de la persuader que nous reprenions notre vie ensemble, mais il a suffi d'une information d'un de mes indics, d'un appel téléphonique, pour que je la laisse là à m'attendre et que je coure monter mon petit numéro de flic rebelle et solitaire. Je suis parti à votre secours comme je l'aurais fait pour n'importe qui, mais toutes ces années, chaque fois que je vous voyais à la télé ou que je touchais la médaille, je ne pouvais m'empêcher de penser que vous étiez vivant parce qu'elle était morte…

Il posa sa main sur mon épaule et je le regardai.

Il était triste. Il regardait vers le passé :

— Je savais que ta compagne était morte et comment ils l'ont tuée, mais je ne savais pas que ça s'était passé au cours du même après-midi. Je suppose qu'un lèche-cul de mon entourage me l'a caché pour m'éviter une contrariété. Ce que je vais te dire ne servira à rien, mais je te demande de me croire, Txema : si je pouvais, je changerais de place avec elle. Je te le jure.

Je le regardai à mon tour :

— Vous avez raison, ça ne me sert à rien.

Il pencha la tête, entra à l'intérieur du clocher et se dirigea vers l'escalier.

Quand il disparut dans l'ombre, je murmurai :

— Mais je vous crois.

UNE RIVIÈRE DONT TOUT LE MONDE A OUBLIÉ LE NOM

La lumière du matin qui se déversait sur la cabine du camion me réveilla. Les pattes de Rosita jouaient du piano sur mon ventre et la première chose que je vis en ouvrant les yeux fut les siens, humides et bienveillants. J'avais dormi sur les sièges avant, roulé en boule, je voulais éviter Juanito. J'avais envie de m'excuser, mais je ne savais pas comment m'y prendre, je n'avais pas l'habitude. Je levai la tête pour voir ce qui se passait dans la partie arrière et je le vis, ronflant, écroulé sur le fauteuil à oreilles, les jambes sur le ballot de laine. Le chat Marlowe montait la garde sur le dossier et me salua en crachant. Sosiris n'était pas dans le camion.

Je sortis et le vis arriver, avec ce sourire qui n'était ni faux ni rien, parce que ce ne serait jamais un vrai sourire. C'était un sourire pour encourager les gens, un sourire extérieur qui à l'intérieur devait ressembler à une cicatrice. Je savais reconnaître un homme triste, j'en côtoyais un depuis des années.

Mais Le Ruthilant dégageait de l'énergie et par moments il chantonnait pour lui-même une petite mélodie qui ressemblait à une musique de cirque :

— Tu es réveillé ? Bien, bien ! Nous avons beaucoup à faire et il faut le faire avant que le soleil ne se couche. Appelle l'autre, vous allez coller des affiches dans la ville. Après, nous déjeunerons et nous organiserons le spectacle…

Juanito se montra à la fenêtre, le sommeil tatoué sur le visage. Il chercha mon regard que je détournai. Quand Sosiris nous donna ses instructions, au lieu de faire ensemble le travail de colleur d'affiches, nous partîmes chacun de notre côté. Mais il était impossible d'inventer des distances dans un village aussi petit que Costanilla del Costado, et nous nous croisions tout le temps. J'avalai ma fierté et je traversai la rue vers lui, qui se battait contre une affiche qui se plissait :

— Passez la brosse et je vais la coller, lui proposai-je.

Il feignit l'indifférence, mais je sentis qu'il était content. La vision des affiches me rappela un souvenir d'enfance, au village de mon père : celle d'un vieil homme maigre qui manipulait une vétuste minerve en fer rouillé, conscient que chaque fois que la presse descendait sur le papier ce pouvait être la dernière. Les affiches de Sosiris étaient comme celles du vieux : typographiques, des lettres noires sur un papier aux couleurs passées, aucune photo, aucun dessin. Seule l'annonce de l'arrivée en ville de Sosiris le Ruthilant, Devin Rétroviseur de réputation mondiale, qui recevrait les *"membres distingués de la communauté"* au bar.

— Comment sait-il qu'il y aura un bar, s'il n'est jamais venu dans ce coin ?

— C'est l'Espagne, Txema. On peut manquer de tout dans les villages, mais il y aura toujours un bar et une église.

Nous terminâmes rapidement, parce qu'il n'y avait pas beaucoup de murs sur lesquels coller, et nous retournâmes au camion. Sosiris nous appela depuis le bar où il était attablé et quand nous rentrâmes, il nous signala une table sur laquelle nous attendaient deux bols de café, du lait, de grosses tranches de pain, du fromage de chèvre et de l'huile d'olive.

— Quand mes collaborateurs auront fini leur collation, je commencerai mes consultations, dit-il au patron du bar avant de sortir. Il entra dans le camion qui, à la lumière du jour, avait perdu son charme et ressemblait à ce qu'il était : un vieux machin tout cabossé, peint à grossiers coups de brosse.

— Qu'en pensez-vous ? demandai-je à Juanito.

— Que c'est un camion couillu... répondit-il. J'ai toujours voulu en avoir un comme ça, mais on ne m'a pas permis. Sais-tu qu'enfant je rêvais d'être chauffeur routier ? Toute la journée sur les routes, sans jamais voir les mêmes paysages...

— ... une femme dans chaque village... ajoutai-je en souriant.

— Toi aussi, Txema ! soupira-t-il. Un type vit plus de soixante-dix ans, occupe un poste important et peut faire mal une quantité de choses, chacun est libre de penser ce qu'il veut. Mais la seule chose qui fait parler, ce sont ces conneries, ces ragots de village. Ça m'emmerde moins pour moi que pour ce que ça révèle de l'Espagne. Mais quel peuple sommes-nous ?

— Quelqu'un a écrit que les peuples ont les gouvernements qu'ils méritent.

— Ça ressemble à une critique.

— Je crois que c'en était une.

J'avais envie de fumer mais il n'y avait aucun distributeur de cigarettes en vue. Sur une antique télévision passait un film de cow-boys en noir et blanc. Je demandai une cigarette à un homme endimanché qui buvait un verre d'anis appuyé au comptoir et je ne reconnus pas la marque du paquet qu'il me tendit : Féten. Je le remerciai et retournai à notre table, où Juanito continuait de se rêver en chauffeur routier.

— Qu'est-ce qu'on fait ? lui demandai-je.
— Ce que tu décideras, Txema. Comme d'habitude.
— Ne boudez pas, roi, vous ne m'arriverez pas à la cheville, je suis le champion du monde dans ce sport. Nous continuons la route avec ce fou ou nous essayons de rentrer par nos propres moyens ?
— Hier soir, quand tu dormais, il m'a dit que s'il arrivait à tenir le programme de sa tournée et s'il retrouvait je ne sais quelle rivière, il pourrait nous laisser à proximité de Madrid...
— Il a dit quand il pensait que ça pourrait se faire ?
— Dans sept ans, à peu près.
Sosiris sortit transformé du camion, et pas seulement à cause de sa tunique noire saupoudrée d'étoiles dorées et de son bonnet pointu, noir lui aussi. Sa démarche était impressionnante. Marlowe portait une courte cape et un petit bonnet rouges. Il était perché sur l'épaule du devin. Il y avait déjà sur la place un bon nombre de curieux qui nous suivaient des yeux.
— Pour le moment nous restons là, dit Juanito. Il faut que je voie ça.
J'allais protester mais la brebis Rosita me lécha la main et je me tus.
Le devin nous appela d'un geste et nous expliqua notre mission pendant qu'il transformait un coin du bar en antre de l'occultisme. Avec l'adresse que seule pouvait donner une pratique prolongée, il disposait des tissus aux couleurs vives sur des toiles sombres, pendant que Juanito et moi sortions de l'Avia un paravent en osier, peint lui aussi en noir et décoré de figures du zodiaque découpées dans du carton. Je comptais seize figures, mais je n'allais pas discuter avec un expert.
Le défilé commença.
L'un de nous recevait le paiement de chaque client, pendant que l'autre s'occupait de la recette. Je me demandai comment le Rétroviseur faisait avant d'avoir

des assistants, mais pendant la pause que nous fîmes à onze heures pour boire l'apéro, il me l'expliqua :

— En réalité, je n'ai pas besoin d'assistants pour ça, j'en ai besoin pour... Mais ça fait plus chic, non ?

Sosiris ne demandait pas un prix fixe, les clients donnaient ce qu'ils voulaient. Et ce qu'ils voulaient était extrêmement varié : depuis des vieux livres jusqu'à des cageots de tomates, des robes de mariées sentant la naphtaline, des vieilles radios, des saucissons et même cinq billets bleus de cinq cents pesetas comme je n'en avais pas vu depuis des années et des années et qu'un petit vieux bien habillé me tendit avec ostentation. Je n'ai pas reçu d'euros, mais des billets périmés de différentes valeurs. Je les montrai au devin et il me fit signe que ça n'avait pas d'importance. Je me dis que dans l'au-delà, ils auraient peut-être encore de la valeur.

Les gens entraient pleins d'espoir dans la petite tente de Sosiris et en sortaient pensifs ou carrément tristes. Un petit couple qui était arrivé la main dans la main repartit en se disputant dix minutes plus tard. Plusieurs veuves institutionnelles, qui étaient passées de l'autre côté du paravent avec les photos de leurs défunts maris dans des cadres en argent, en sortaient en insultant les visages figés dans le sépia avec des gros mots que je n'avais jamais entendus dans la bouche des voleurs les plus grossiers du temps où j'étais policier.

Mais les gens arrivaient toujours.

Ils parlaient à voix basse, formaient une queue disciplinée et attendaient leur tour. Je profitai pour demander à quelques villageois s'ils savaient comment retourner à Madrid, mais chacun m'indiquait une direction différente et quelques-uns me dirent qu'il fallait traverser une rivière dont ils avaient oublié le nom.

A trois heures et demie, Sosiris décida de faire une pause pour le déjeuner et le patron du bar nous servit sur la table même où le devin tirait les cartes. Je donnais des morceaux de légumes à Rosita qui ne me quittait pas d'une semelle.

— Je dis ça comme ça, essaya timidement Juanito pendant que nous prenions le café, je sais que tu es un devin et tout ça, mais... Tu ne pourrais pas leur dire quelque chose de gentil, de temps en temps ? C'est que... ils sont complètement déprimés, après les consultations.

— Qu'est-ce que j'y peux ? C'est leur passé, ce n'est pas le mien. En plus, la plupart le connaissent déjà, leur passé, parce qu'ils l'ont vécu, mais avec les années, ils l'ont maquillé, çà et là, jusqu'à le transformer en autre chose... L'une des veuves de ce matin jurait que son Manolo était mort en héros, en sauvant d'un incendie une nièce qu'ils aimaient comme leur fille. Mais les cartes ont révélé qu'il s'était enfui en France avec la petite. Je le lui ai dit. Tu crois qu'elle a été surprise ? Au début elle a nié, mais une minute plus tard elle disait que la fille était une petite pute et que ce salopard de Manolo pouvait bien brûler en enfer. Tu comprends ? Un autre exemple : le petit couple tout jeune du début. Ils voulaient savoir s'ils auraient des enfants quand ils se marieraient, et quand je leur ai dit que non, à cause des deux avortements mal faits qu'elle a subis avant ses quinze ans et des chaudes-pisses qu'il a attrapées en allant dans un bordel du village d'à côté, ils se sont énervés. Ils ne se souvenaient plus ou ils ne voulaient pas se souvenir ?

— Oui, mais on dirait que ça te plaît, commentai-je. Pourquoi t'es-tu lancé là-dedans ?

— Bon, c'est un don qui se développe au fur et à mesure de ma pratique et... Il mentait très mal. Il baissa la tête, enleva son bonnet et son regard se fixa sur un point indéterminé du paravent. Lui aussi regardait vers son passé. Un jour, il y a des années de ça, je me suis réveillé dans un champ, avec un coup sur la tête et le dos appuyé sur la roue de mon camion. On m'avait piqué mon portefeuille et si les voleurs n'ont pas pris le camion c'est probablement qu'ils n'ont pas réussi à le faire démarrer. Il y a une sécurité. En fouillant dans mes poches, j'ai trouvé ce paquet de cartes. En plus du coup sur la tête, je me sentais bizarre, différent, et je suis resté là, assis à l'ombre du camion. Au bout d'un moment, un vieux à bicyclette est passé et il m'a offert à manger en me demandant en échange de le conduire quelques kilomètres plus loin, parce qu'il était fatigué de pédaler. Après manger, le vieux a vu les cartes et il m'a proposé une partie. Quand j'ai commencé à les distribuer, j'ai compris qu'elles me racontaient le passé du vieux. Je le lui ai dit et il est parti en courant, il criait que j'étais le diable. J'ai essayé plus tard dans un village proche et ça s'est reproduit. Chaque fois. En fin de compte, j'ai décidé de m'y consacrer...

Je le regardai dans ses yeux qui étaient plus tristes que jamais et bien qu'un peu apitoyé, j'insistai :

— Je ne t'ai pas demandé comment tu as commencé mais pourquoi...

Le chat Marlowe me regarda haineusement et se mit à lécher la calvitie du devin :

— Tu es malin, chevelu. Bien sûr, si dans les cartes il était sorti que tu as été flic ou quelque chose comme ça... Ce jour-là, quand je me suis réveillé, avec un coup sur la tête et ce pouvoir, j'ai appris un paradoxe cruel. L'idée d'en faire mon gagne-pain, c'est, quelques semaines plus tard, une fille d'un bordel qui me l'a donnée. Et elle m'a aidé à aménager tout ça, le décor et le reste. C'est elle aussi qui a trouvé mon nom, Sosiris, elle disait que ça faisait égyptien et mystérieux. Et aussi parce qu'elle trouvait qu'au lit j'étais un peu *"sosito"*, un peu fade...

Il demanda trois verres de cognac au patron, la marque ne me disait rien, mais je n'ai jamais été un expert en cognac. Sosiris vida son verre, sortit la photo de sa poche et regarda vers le passé :

— J'ai un pouvoir qui vaudrait des millions dans une grande ville, mais je vais de village en village, tous plus minables et petits les uns que les autres, racontant aux gens ce qu'ils ont tout fait pour oublier. Et tu crois que je fais ça parce que je suis un salaud qui jouit du malheur des autres. Non. Je le fais pour survivre, et pour parcourir l'un après l'autre tous ces trous perdus jusqu'à ce que je trouve celui-là – il nous montra la photo. Chaque fois que j'arrive quelque part je compare le clocher avec celui de la photo, mais ils sont tous pareils. Je monte mon petit bazar et je reçois les gens en espérant que quelqu'un me reconnaisse. Mais ça n'arrive jamais !

Il jeta la photo sur la table, comme je l'avais fait quelques jours auparavant avec le dossier d'un type à la tête de celui qui n'a jamais marqué un but de toute sa vie :

— Je suis Sosiris, le Ruthilant, le Devin Rétroviseur, celui qui peut lire le passé de n'importe qui dans les cartes… N'importe quel passé. N'importe quel passé, sauf le mien. Ce jour-là quand je me suis réveillé avec le pouvoir, j'avais perdu la mémoire.

Il se laissa tomber sur la table et se mit à pleurer presque sans bruit.

Quand je posai ma main sur son épaule pour le consoler, le chat me griffa.

PAS QUESTION DE MOURIR DÉCOIFFÉS

Dans l'après-midi, le nombre de visiteurs augmenta ainsi que les visages fermés à la sortie de la consultation. De temps en temps, Sosiris passait la tête de derrière le paravent et me demandait combien de temps il manquait avant le coucher du soleil. Quand je calculai qu'il manquait à peu près une heure, il nous donna l'ordre de charger le camion.

— C'est agaçant, cette obsession du coucher du soleil, protesta Juanito. J'ai vu un film, un jour, où à la tombée de la nuit, les habitants d'une petite ville devenaient des vampires...

— Vous voyez trop de films, je vous l'ai déjà dit.

Sosiris me pria de lui remettre les paiements en espèces afin de payer le patron du bar. Je les lui tendis sans faire allusion au fait que tous les billets qu'on nous avait donnés étaient hors circulation. Le devin les regarda froidement, en prit quelques-uns et les donna au patron qui les accepta sans rechigner.

Le Ruthilant paraissait impatient de partir, mais une visite de dernière minute le retint. C'était une silhouette enveloppée dans une cape noire, le visage dissimulé sous une capuche. Juanito et moi nous accoudâmes au comptoir et le patron nous offrit un brandy, d'une marque que je ne connaissais pas non plus. L'homme avait envie de bavarder et il nous demanda si c'était vrai que les hippies ne se lavaient jamais.

— A cette heure-ci... lui répondis-je, je me damnerais pour une douche chaude.

— Et l'histoire de l'amour libre, c'est vrai ?

— L'amour n'est jamais vraiment libre. Il y en a toujours un qui s'attache et un autre qui s'en va, parfois si loin qu'on ne peut jamais le rattraper.

— C'est bien dit. Paix, mon frère, ajouta Juanito qui en était à son troisième brandy et ne se rendit pas compte qu'au lieu du V de la victoire il faisait le signe de cornes du *heavy metal.*

— Et je voulais vous demander... Je pensais me renseigner sur la façon de rejoindre la route de Madrid, mais j'eus peur qu'il me raconte encore n'importe quoi, à commencer par l'histoire d'une rivière dont il avait oublié le nom, ce qui fait que je changeai de question. Et que dit votre curé de ce devin ?

Le type se mit à rire aux éclats et quand il se calma, il répondit :

— Nous allons le savoir tout de suite. C'est lui qui est avec votre patron.

A ce moment même, l'encapuchonné sortit, fulminant de colère et criant "Blasphème !" tout en brandissant un bâton. Sosiris le suivait, avec la marque rouge d'un coup sur la figure et le bonnet de travers :

— Pourquoi vous fâchez-vous, hein ? Si vous en aviez tellement envie, vous n'aviez qu'à rester avec votre cousin au lieu de vous faire curé...

Il remit son bonnet d'aplomb et nous dit qu'il fallait partir en vitesse. Le soleil se cachait derrière les collines, à droite du clocher. Le devin allait et venait en ronchonnant et en transportant les décors jusqu'au camion :

— C'est toujours pareil, pourquoi diable veulent-ils savoir si ça ne leur plaît pas ? Qu'est-ce que je voudrais avoir ne serait-ce qu'un souvenir, même un souvenir de merde !

Juanito et moi emportâmes le paravent et dans la précipitation, une image se détacha, je crois que c'était celle du capricorne, mais comme il y en avait tellement, nous ne nous arrêtâmes pas pour la ramasser. Je commençai à soupçonner pourquoi le devin avait besoin de nous et je doutai que nous lui fussions vraiment utiles.

— Allez, allez, ne perdons pas de temps ! protesta-t-il. Avant qu'il ne soit... Trop tard.

Nous suivîmes la direction de son regard. Il y en avait beaucoup. Ils étaient tous là.

Je reconnaissais quelques têtes parce que j'avais parlé avec eux pendant qu'ils attendaient leur tour dans la queue. C'étaient les clients de Sosiris, et ils étaient là, armés de bâtons, de fourches, de faux et même d'une carabine. Le curé était devant, brandissant sa canne. Je pris Rosita dans mes bras, sautai dans l'Avia et fermai les portes arrière. Juanito, Marlowe et Sosiris étaient déjà dans la cabine mais le camion n'arrivait pas à démarrer.

— Dépêchez-vous, ils vont nous lyncher ! criai-je.

— Je t'ai dit qu'il ne démarrait pas comme ça ! Il faut le purger...

— C'est nous qu'ils vont purger s'ils nous attrapent, ajouta Juanito qui avait l'air de s'amuser. Ils sont sacrément en rogne ! Je t'avais conseillé de leur dire quelque chose d'aimable...

Le moteur de l'Avia toussota, geignit et frémit, mais démarra au milieu d'explosions. Nous commençâmes à bouger. Quelques jets de pierres résonnèrent contre la carrosserie et je compris alors l'origine des bosses que j'avais remarquées le matin : souvenirs d'autres visites à des villages comme celui-ci.

La foule en furie se fit plus petite dans le fenestron arrière quand nous réussîmes à sortir du village, mais très vite je vis qu'ils nous suivaient avec des tracteurs et des camions aussi défoncés que celui du devin. Les huit kilomètres me parurent une éternité, mais nous maintenions notre avantage initial sur nos poursuiveurs. Lorsque nous laissâmes derrière nous le panneau indicateur, je crus que nous étions sauvés, parce que même en mauvais état et malgré la côte, la vieille route permettait au camion de rouler plus vite.

Ils se fatigueront, pensai-je.

On va y arriver, pensai-je.

Une Mercedes noire se découpa dans le chemin, derrière nous.

On est foutus, pensai-je.

C'était peut-être un hasard. Une voiture identique, bien que je doutasse qu'il y en eût beaucoup dans ce coin perdu. Elle s'approcha et je pus voir la plaque d'immatriculation.

C'était Zuruaga.

Plus que le reconnaître, je devinai sur le siège du passager la puissante silhouette de Terreur. La Mercedes fit des appels de phares, je criai à Sosiris de ne pas s'arrêter. Une main velue sortit par la fenêtre et nous visa avec un pistolet qui semblait ridiculement petit entre de telles griffes. Je cherchai mon automatique dans mon blouson, mais ne le trouvai pas. J'ouvris la porte arrière du camion et commençai à jeter sur eux tout ce qui me tombait sous la main : tomates, bottes militaires, vieux vêtements. La Mercedes ralentit et avança en zigzaguant pour éviter mes projectiles.

— Que fais-tu ? cria Sosiris. Tu fous la recette en l'air !

— Si on ne les retarde pas, c'est eux qui vont nous foutre grave !

Un fromage noir et lourd s'écrasa sur le pare-brise de la Mercedes qu'il ne brisa pas, mais gêna le conducteur qui fit une embardée et sortit du chemin. Nous avions atteint le haut de la côte et les perdîmes de vue. Pour le moment. Ils reviendraient à la charge.

— Sacré précision, hein ? se rengorgea Juanito.

— Très bonne. Mais on aura besoin de quelque chose de plus contondant quand ils reviendront à la charge. Vous avez toujours le .38 que je vous ai donné ?

— Non. Et c'est étrange, parce que hier soir je l'avais...

— C'est moi qui l'ai pris, cria Sosiris. Pendant que vous dormiez. Vous ne savez pas que c'est le Diable qui charge les armes ?

— Qu'est-ce que vous attendez pour nous le rendre ?

— C'est que je l'ai caché entre... Attendez que je me souvienne. Est-ce que vous avez jeté une boîte à bijoux en marqueterie ?

J'avais jeté tant d'objets sans regarder ce que c'était que je n'étais pas sûr. Nous nous mîmes à fouiller frénétiquement dans le fatras de choses diverses et nous étions si occupés que nous ne nous rendîmes pas compte tout de suite que le camion s'était arrêté en haut de la côte suivante.

— Qu'est-ce qui se passe maintenant ?

— Le moteur est noyé. Je vous avais dit qu'il fallait le purger avant de partir...

La Mercedes s'approchait lentement.

Ils craignaient une embuscade. Mais ils ne tarderaient pas à comprendre que nous étions désarmés. J'imaginai Terreur descendant de la voiture et je me mis à trembler.

La boîte à bijoux n'apparaissait pas, mais Juanito continuait à chercher. La voiture noire s'arrêta à une cinquantaine de mètres du camion. Je comptai quatre silhouettes derrière les vitres teintées, mais seule la plus grande m'inquiétait.

Je me couchai sur le ventre au milieu de la montagne de choses qui tapissaient le plancher de l'Avia. Mourir comme ça, dans un chemin oublié, ce n'était pas si mal, après tout. Je le regrettai pour Juanito, mais lui aussi avait vécu sa vie et au moins avait-il eu le temps de retrouver l'enfant. Le mien était mort quand j'étais devenu un homme amer qui se croyait supérieur et n'était rien d'autre qu'un clown mélancolique qui en avait assez de continuer à donner des baffes.

Je fermai les yeux et sentis quelque chose d'humide et tiède sur la figure. Je les ouvris et me trouvai face au regard de Rosita.

Qui a dit que les brebis étaient inexpressives ?

Un imbécile, sûrement.

Je me levai d'un bond, ouvris en grand la porte arrière et grimpai sur le toit du camion.

Qu'ils me tuent, mais qu'ils me tuent debout.

Qu'ils me regardent tomber, mais debout.

Alors je les vis. Derrière la Mercedes.

Ils arrivaient lentement, hérissés d'armes rudimentaires et de colère. Les habitants de Costanilla del Costado étaient sur le point de nous rejoindre. Seule la voiture noire s'interposait entre eux et nous, et pendant quelques secondes ils me firent plus peur que Terreur. Quel groupe aurait l'honneur de nous assassiner, les hommes de Zuruaga ou les paysans offensés par l'indiscrétion d'un devin rétroviseur ? J'optai pour les paysans offensés. Il n'y a rien de plus puissant que la haine des gens à qui l'on fait voir ce qu'ils sont vraiment.

Je m'assis sur le toit du camion, les pieds dans le vide, comme un gamin perché sur un mur pour voir un match sans payer l'entrée. Juanito apparut, sauta à terre, mit de l'ordre dans ses vêtements et fit le geste d'enlever sa perruque.

— Que faites-vous ?

— Je vais me rendre, Txema. C'est moi qu'ils veulent. Peut-être que comme ça, ils vous laisseront partir…

Je descendis et me postai à ses côtés.

— Je vais avec vous. Le suicide, en bonne compagnie, ce sera peut-être moins chiant. Mais gardez votre perruque, vous avez les cheveux en bataille et il est hors de question de mourir décoiffé, n'est-ce pas ?

Nous marchâmes vers la Mercedes comme deux cow-boys d'un de ces films qu'il aimait citer. Les quatre portes de la voiture noire étaient toujours fermées. Je pensai à Terreur et une de mes jambes flancha, mais je continuai à avancer, coude à coude avec Juanito et bêtement, je me sentis fier de lui. Nous nous arrêtâmes à cinq mètres et attendîmes. Je ne comprenais pas pourquoi ils ne descendaient pas jusqu'à ce que je perçoive le silence de la foule. Ceux de Zuruaga ne savaient pas quoi faire.

Le curé se sépara du groupe et avança de trois pas :

— Livrez-nous le devin et nous vous laisserons partir, cria-t-il. Vous êtes innocents.

— Comment le savez-vous ?

— C'est mon boulot. Je décide quelle est la brebis égarée et laquelle retourne au troupeau.

Je sentis un contact doux contre ma jambe. Rosita. En parlant de brebis.

— Où est le devin ? Le curé perdait patience.

Je levai le bras et indiquai la Mercedes aux vitres teintées :

— Là ! criai-je de toutes mes forces. Le devin est là !

Pendant dix secondes, rien ne bougea. C'était loupé. Puis un hurlement jaillit de la foule. Des douzaines d'hommes et de femmes bondirent sur la Mercedes. En quelques secondes, la voiture de Zuruaga se trouva recouverte par les villageois et je crus distinguer le curé sur le toit, frappant de son bâton et hurlant : "Tu n'aurais pas dû parler de mon cousin !"

— Ne courez pas, dis-je entre les dents à Juanito, marchez tranquillement derrière moi et n'attirez pas l'attention.

— Comme quand on se trouve nez à nez avec un loup dans la montagne ? me répondit-il dans un murmure.

— Quelque chose comme ça. Vous avez déjà affronté un loup ?

— Non. Mais j'ai vu ça dans un documentaire sur la 2. Tu crois que je ne regarde que de la fiction ?

Quand nous sentîmes dans notre dos l'arrière du camion, j'appelai Sosiris qui était caché sous un tapis au dessin usé. Il me tendit la boîte à bijoux en marqueterie dans lequel on entendait le bruit métallique des armes s'entrechoquant.

— Penses-tu que ce foutu camion va daigner démarrer ?, demandai-je.

— Depuis un moment, répondit-il vexé. Mais je n'ai pas voulu vous laisser en plan.

Le moteur de l'Avia résonna comme une musique céleste et pendant que nous nous éloignions, je vis voler dans les airs deux ou trois villageois, malmenés par Terreur. Mais ils étaient trop nombreux. Ils les tiendraient occupés pendant un bon moment.

— Si nous restions encore un peu, sûr que nous les verrions se transformer en vampires, ronchonna Juanito.

LE DUC DE NULLE PART

Sosiris avait préparé le café pendant que le roi se faisait plaisir en conduisant l'Avia et nous petit-déjeunâmes en marche. Nous avions roulé toute la nuit sur la même route, au milieu du même paysage. De temps en temps un poteau indicateur signalait un embranchement vers un autre village au nom absurde et le devin protestait s'il s'avérait que celui-ci était absent de son cahier parce qu'il devrait y retourner plus tard. Il était toujours indigné :

— Ces ploucs sont incroyables. On leur apporte la connaissance et voyez comme ils vous remercient. Mais je suis sûr que dans le prochain village ça se passera mieux...

— Il vaut mieux que nous nous séparions, Sosiris, l'interrompis-je. Comme gardes du corps, nous ne valons pas grand-chose et les types de la voiture noire ne vont jamais nous lâcher...

— S'ils survivent, dit en riant Juanito. Peut-être qu'eux aussi sont devenus des vampires...

— Vous voulez bien laisser la bouteille tranquille ? Ils survivront. Et sinon, d'autres viendront. Nous devons arriver à Madrid à n'importe quel prix...

— Il faut traverser une rivière, dit Sosiris, mais...

— Je sais. Vous ne vous souvenez pas de son nom. Ce n'est pas grave. Vous êtes en danger en restant avec nous, parce que maintenant, ils connaissent le camion. Partez dans la direction opposée dès que nous serons descendus.

Nous nous décidâmes pour un croisement pareil à n'importe lequel, mais plus loin se détachait un petit bois et à la lumière de l'aube tout semblait inoffensif. Sosiris nous prépara un sac de provisions. Quand nous nous séparâmes, il nous dit, ému :

— Vous allez me manquer. Et à Marlowe aussi.

Je tendis la main pour caresser le chat, qui sortit ses griffes :

— C'est bon. Faites attention à vous, Sosiris. Pourquoi n'arrêtez-vous pas de chercher un village qui est pareil à tous les autres et ne vous installez-vous pas quelque part ? Si vous ne vous mettez pas dans la merde à vouloir deviner le passé, c'est sûr que les gens vous accepteront.

— Ne croyez pas que je n'y ai pas pensé, très souvent même. Mais j'ai besoin de savoir qui j'étais pour décider qui je veux être.

— Eh bien ça, c'est foutrement profond, salua Juanito. Quand je serai de retour chez moi, je te ferai chercher et je te ferai nommer duc de Nulle Part...

Le devin ne comprit pas ce que voulait dire Juanito mais il sourit avec reconnaissance. Il accéléra et me dit :

— Fais attention à Rosita. Elle seule sait pourquoi elle t'a choisi, mais ne la perds pas, comme les autres.

Je m'aperçus alors que la petite brebis était descendue du camion et qu'elle se serrait contre ma jambe. Je lui caressai la tête pendant que l'Avia s'éloignait. Juanito se retint de rire et nous nous mîmes en marche vers le petit bois.

C'était un lac miniature, formé par les eaux tranquilles d'un ruisseau qui se perdait en méandres dans sa course. L'eau était limpide et il n'y avait pas un chat. Le soleil de midi était chaud et je n'hésitai pas. J'enlevai ma perruque et commençai à me déshabiller.

— Que fais-tu, Txema ?

— Je vais me baigner. Je veux bien me balader habillé en hippie, mais je ne veux pas puer comme un hippie.

— Bonne idée.

Il se déshabilla à son tour, tout en hésitant entre enlever ou garder sa perruque. L'eau était froide, mais ça nous éclaircit les idées. Je flottai les yeux fermés, pendant que Rosita veillait sur nos vêtements et les provisions. Puis je me lançai plusieurs fois dans la traversée à la nage du petit lac, jusqu'à épuisement, mais l'exercice me fit retrouver confiance en mes forces. Juanito proposa une bataille d'éclaboussures, mais je refusai.

Nous nous séchâmes avec une couverture que nous avait laissée le devin et le soleil fit le reste. En ouvrant le sac de provisions, j'eus une agréable surprise. Sosiris y avait glissé deux paquets de cigarettes d'une marque que je ne connaissais pas et qui me parut tombée du ciel. Juanito était pensif.

— Tu crois qu'ils nous ont trouvés à cause de mon coup de téléphone ?

— C'est possible.

— Donc j'ai encore gaffé...

— C'est possible.

— Je suis... je suis une charge pour toi, Txema. Sans moi, tu serais déjà à Madrid.

— Sans vous je serais mort devant la *Pensão Regina*, à Estoril. Et ne vous prenez pas la tête. Ils nous ont probablement trouvés par hasard, en sillonnant la région. Pour le moment, nous sommes vivants. Profitez-en. J'ai un ami, en réalité, une connaissance... c'est pareil. Il s'appelle Soldati. Un Argentin. Ce type a plusieurs devises dont une qu'il répète souvent : s'il y a de la misère, qu'elle ne se remarque pas.

— Il a raison ton ami. Que ça ne se remarque pas. Quand j'étais petit, j'avais un truc. Si j'avais envie de quelque chose, je le voulais de toutes mes forces, en fermant les yeux très fort... Et mon souhait finissait par se réaliser.

— Ça ne compte pas. Vous étiez un prince, non ?

— Ne sois pas idiot. Tu sais très bien à quoi je fais allusion. Et maintenant je veux... Il serra les paupières. Une voiture ! Une supervoiture pour que les méchants ne puissent pas nous attraper si nous recroisons leur route... Et toi, tu veux quoi, Txema ?

— Que vous me laissiez dormir un moment. C'est tout ce que je veux.

Je fermai les yeux et me confiai au silence.

Je souhaitais tant de choses et en même temps j'étais persuadé que je les méritais si peu, que ça ne valait pas la peine que j'y pense.

Juanito marcha vers la berge du ruisseau suivi de Rosita. Il se mit à faire des ricochets sur la surface de l'eau, comptant le nombre de fois où les galets rebondissaient avant de couler. J'eus envie de me joindre à eux, mais je me dis que c'était ridicule.

Je cherchai dans mon blouson le carnet d'Ainhoa et j'écrivis :

"Je voudrais que Claudia soit là."

C'est la phrase que je me répétais inlassablement parce que je savais que c'était impossible.

Je la rayai et écrivis :

"Je voudrais qu'Olivia soit là."

Est-ce que je n'utilisais pas Olivia comme une béquille, une image que je n'avais pas voulu voir de près, peut-être pour qu'elle continue à me paraître parfaite, comme Claudia ?

Je rayai aussi cette ligne et j'écrivis :

"Je voudrais désirer quelque chose, sans angoisse."

Je fermai le carnet, j'allumai une autre cigarette et m'absorbai dans la contemplation de la joie de Juanito qui racontait à Rosita que le dernier galet avait rebondi dix fois sur l'eau.

En réalité il n'avait rebondi que neuf fois.

Mais je ne dis rien.

LA DIFFÉRENCE ENTRE VOLER ET EXPROPRIER

Nous nous rhabillâmes et suivîmes le cours du ruisseau, en nous disant qu'il y avait des chances qu'il passe à proximité d'un village. Nous nous sentions propres et pleins d'énergie, capables de n'importe quelle prouesse. Mais je savais que cet élan durerait peu.

Nous l'aperçûmes à la sortie d'un tournant, en haut de la butte qui surplombait le ruisseau. Il était plus étincelant que le soleil. Il avait les cheveux longs et raides, d'une couleur acajou de celles qui naissent dans les meilleures maisons spécialisées et une moustache assortie. Et il portait un smoking blanc impeccable.

Nous nous approchâmes en faisant un détour. Il ne nous vit pas, parce qu'il avait les yeux au ciel, la tête penchée sur l'épaule comme s'il essayait d'écouter quelque chose. Il était debout devant un lutrin vide de partition, une baguette dans la main droite.

Il tapota trois fois le bord du lutrin avec sa baguette, demandant le silence.

Et il attendit.

Rien ne se passa.

Il répéta l'opération, avec le même résultat.

Il secoua sa chevelure et posa le lutrin un peu plus loin cherchant une autre position et recommença son manège.

Cachés derrière des arbustes, Juanito et moi le contemplions fascinés. Que faisait ce type au milieu de nulle part, habillé comme pour aller à la Scala de Milan ? Que cherchait-il ? Et surtout, comment était-il arrivé là ?

Cette dernière question, nous nous la posâmes ensemble en nous faufilant entre les buissons, Rosita assurant l'arrière-garde. En arrivant en bas de la colline, nous nous immobilisâmes, le souffle coupé : une voiture de maître et malgré ça absolument d'avant-garde était devant nous ; la portière du conducteur ouverte. Elle avait les vitres baissées, la clé sur le compteur. Trop facile, il devait y avoir un piège. Mais je ne pus retenir mon compagnon, qui tournait autour du bijou en répétant des données technologiques avec la ferveur d'un croyant :

— Rolls Royce Phantom EWB, moteur avant, 12 cylindres en V, 48 soupapes, accélération de 0 à 60 miles en 5,9 secondes, 150 miles à l'heure...

Moi-même, qui suis en général assez indifférent aux voitures, je tombai sous le charme de cette machine couleur cuivre qui semblait capable de rentrer de front dans un char et d'en sortir intacte. En passant devant le capot, j'eus l'impression que la figure argentée de femme ailée me faisait un clin d'œil. Je secouai la tête, offusqué :

— Ecoutez, quand vous aurez fini de vous prosterner devant cette voiture, nous partirons.

— Eh ! On pourrait demander au type en smoking de nous emmener...

— Ah non. Vous ne vouliez pas une voiture d'enfer, capable de flanquer une dérouillée à celle des méchants s'ils nous retrouvaient ? Souhait exaucé !

— Mais... ce serait du vol.

— Non. Voler, c'est ce que nous avons fait avec les vélos, l'autre jour. Là, il s'agit d'une Rolls : c'est une expropriation. En plus, nous en avons besoin pour assurer notre mission…

— Quelle mission ?

— Celle de sauver nos fesses. Venez, prenez le volant, vous avez l'air de connaître ces engins. Comme ça, ça aura tout d'une mission officielle.

Il hésita, mais sa passion pour les moteurs fut la plus forte. Je m'assis à côté de lui et quand mon dos entra en contact avec le dossier en cuir, je me sentis à l'abri de tout. Rosita se coucha à l'arrière. Je fus surpris de voir bouger le paysage. Je ne m'étais pas rendu compte que la voiture avait démarré, le moteur ne faisait aucun bruit. Juanito appuya sur l'accélérateur et il me sembla que nous flottions au-dessus du chemin, comme si au lieu d'un moteur de douze cylindres, nous étions soulevés par les ailes de la femme en argent debout à l'extrémité avant du capot. Mon compagnon était fou de joie et il me racontait des anecdotes concernant la marque prestigieuse, comme lorsque en mille neuf cent dix, les ingénieurs placèrent un penny sur la tranche, au-dessus du bouchon du radiateur d'une Rolls, qu'ils accélérèrent pendant deux minutes et que la pièce de monnaie ne bougea pas ; ou lorsqu'ils posèrent sur le coffre une feuille de papier et trois verres remplis d'encre à ras bord et qu'ils firent tourner le moteur à mille cinq cents tours pendant quatre minutes, sans qu'une seule goutte ne déborde. Son euphorie était contagieuse et je faillis avoir envie de rencontrer les sbires de Zuruaga.

Avec cette machine, nous serons à Madrid dans deux ou trois heures, pensai-je.

Si nous trouvons le chemin du retour.

Nous traversâmes une demi-douzaine de villages tous pareils, avec des clochers qui ressemblaient à celui de la photo de Sosiris, mais dont j'étais sûr qu'aucun n'était celui qu'il cherchait. Personne ne sut nous indiquer une direction claire et je commençais à en avoir marre des vagues références à une rivière dont le nom semblait avoir été effacé des mémoires. Nous nous arrêtâmes pour déjeuner dans un petit bois, sans quitter la voiture, et nous continuâmes notre route, à la recherche d'une sortie. J'avais peur de manquer d'essence, mais l'aiguille de l'indicateur ne bougeait pas et je pensai qu'elle était peut-être cassée, jusqu'à ce que je me souvienne de tout ce que nous avions parcouru avec l'Avia de Sosiris sans refaire le plein. Je décidai de ne plus penser à ça, et en ouvrant la boîte à gants, je fus étonné d'y trouver des billets de pays et d'époques divers. Je pris cent euros et cinq mille pesetas, ce qui me semblait un montant correct pour l'expropriation et qui ne choquerait pas Juanito.

A la nuit, nous nous arrêtâmes dans un village absurde de plus, Lodos del Lodazal, miraculeusement situé à un demi-kilomètre de la route. Il y avait peu de clients dans le bar et c'est à peine s'ils jetèrent un coup d'œil à la Rolls, comme s'ils la connaissaient ou qu'ils fussent habitués à voir des voitures comme celle-ci dans la région. Mais nous, au contraire, ils ne nous quittaient pas des yeux et je mangeai, une main dans ma poche, tenant fermement mon automatique. Au moment de payer je laissai les billets sur la table. Le serveur prit un billet bleu de cinq cents pesetas et me donna la monnaie. J'essayai d'engager la conversation, mais lorsque je lui demandai dans quelle commune autonome nous nous trouvions, il me regarda avec l'air de ne rien comprendre.

Juanito semblait mélancolique et je n'arrivai pas à le distraire. Depuis la fenêtre de la Rolls, dans la rue, Rosita la brebis me regardait comme si elle avait confiance en moi. Je me dis que quelque chose devait changer ou je deviendrais fou, perdu dans cette région interminable et monotone, dans laquelle tous les clochers se ressemblaient et où personne ne se souvenait du nom de la rivière qu'il fallait traverser.

Quelque chose devait se passer.

Je fermai très fort les yeux en pensant avec un fanatisme enfantin à ce que je souhaitais.

Lorsque je les ouvris, deux gardes civils portant tricorne et cape étaient en train de regarder la voiture. A côté d'eux, le type en smoking blanc, son lutrin sous le bras et la baguette à la main. Juanito aussi les avait vus :

— Qu'est-ce qu'on fait ?

— Préparez le .38, camarade. Mais ne faites rien avant que je ne vous le dise.

Le type au smoking nous regarda longuement depuis le trottoir et dit quelque chose aux gardes civils.

J'enlevai la sécurité de mon automatique.

Les uniformisés saluèrent et s'en furent d'un pas plus ou moins martial.

Il entra dans le bar, secouant sa chevelure acajou. Il s'approcha de notre table et dit :

— Vous avez pris ma voiture. Ne le niez pas, dit-il en regardant Juanito, je vous ai vu quand vous vous êtes mis au volant. Vous aviez l'air heureux.

Je sortis le pistolet de ma poche, mais le laissai caché sous la table.

— Si vous savez que nous vous l'avons volée, pourquoi ne l'avoir pas dit aux gardes civils ?

Il secoua sa chevelure et nous regarda avec dévotion :

— Ne le prenez pas mal, monsieur. Peu m'importe que vous ayez emprunté ma voiture, mais je ne peux pas y renoncer. Si vous en avez besoin, vous pouvez vous en servir, mais j'irai avec vous. Je n'ai pas de destination précise. Mais je dois vous poser une question très importante pour moi.

— Tire, dit Juanito, et je faillis lui obéir.

Le type au smoking passa sa main dans les cheveux, lissa son veston et dit :

— Pendant que vous rouliez dans la voiture, est-ce que l'un de vous, par hasard, n'aurait pas entendu une symphonie inoubliable ?

— Je suis Luis Cabo, déclara-t-il comme si ça expliquait tout.

Il salua, s'inclina avec élégance comme pour remercier des applaudissements qu'il était seul à entendre. En voyant que nous ne réagissions pas, il se mit à pleurer :

— Vous voyez ? C'est cela la réputation : éphémère, volatile, fugace. Il y a quelques années à peine, j'étais connu et aujourd'hui rien, rien de rien !

Il éclata en braillements lamentables qui remplirent tout le bar. Juanito m'envoya chercher un grand verre de cognac "pour notre ami" et me lança un regard de reproche, comme si le chagrin de l'autre était de ma faute. Cabo avala son verre et raconta son histoire :

Il était le fils d'un célèbre chef d'orchestre, mais il avait gagné sa propre notoriété en enregistrant des versions populaires des grands classiques à la fin des années 1980. Malgré l'argent gagné et le succès des ventes, il se sentait toujours frustré, parce que incapable de créer une œuvre mémorable. Il décida un jour de tout quitter pour consacrer les années qui suivraient à sillonner le pays pour y chercher l'inspiration.

— Je te comprends, déclara Juanito, nous aussi nous cherchons.

— Il s'est passé, poursuivit Cabo en faisant un sort à son troisième cognac, qu'il y a un an, au moment de Noël, j'étais dans ces parages avec ma voiture, un peu soûl, je l'admets, et je me suis perdu dans des petites routes secondaires. C'était le 24 décembre, j'écoutais mes disques en buvant du champagne et en roulant dans ces chemins de terre. Chaque fois qu'un disque se terminait, je le jetais par la fenêtre. Et puis quand j'ai eu jeté le dernier CD, j'ai remonté la vitre et je me suis mis à la recherche d'un précipice pour m'y jeter avec ma voiture et tout. Et alors c'est arrivé…

— Une lumière aveuglante et des petits hommes verts, c'est ça ? me moquai-je.

— Laisse-le raconter, bordel, ordonna le roi.

— Je ne sais pas si ça a commencé avec le bruit des bouteilles vides s'entrechoquant dans le coffre ou le son de la suspension tressautant dans les trous, ou celui de ma tête cognant contre le pare-brise… Tout s'est additionné, s'est ordonné jusqu'à créer en moi une mélodie sublime, quelque chose comme le bruissement des ailes d'un ange…

— Nom de Dieu, que c'est beau, dit Juanito. Il faudrait que ma reine puisse entendre ça…

— J'ai passé des heures à parcourir ces chemins inconnus et répétant cette symphonie dans ma tête. J'avais besoin de papier et de crayon pour la transcrire, la fixer pour toujours, mais je ne rencontrais pas âme qui vive. Alors, presque à minuit, quelque part dans cette région, j'ai trouvé un village perdu au milieu de nulle part. Il y avait une église au centre, avec un clocher et une femme tout en noir à la porte. J'ai baissé la vitre pour la prier de me prêter un crayon et quelques feuilles de papier. Mais les cloches se sont mises à sonner. Et elle est partie.

— La femme ?

— La symphonie ! Le murmure des ailes des anges. Elle est partie par la fenêtre. J'ai fait un demi-tour avec la voiture et je l'ai poursuivie, mais elle s'est perdue dans l'obscurité, entre ces collines. Depuis lors, j'erre par ici, les vitres baissées, dans l'espoir que la mélodie se décide à revenir…

L'histoire de Cabo était presque aussi ridicule que celle de Sosiris, et c'est pour cela que j'y ai cru. En plus, je craignais que les gardes civils ne changent d'idée et reviennent pour nous poser des questions. Je proposai que nous partions de là et le musicien accepta, à condition que nous roulions les vitres ouvertes. Juanito était fasciné par l'histoire de la mélodie fugitive et encore une fois je lui enviai cette capacité d'enthousiasme que j'avais perdue avant même d'avoir eu l'occasion d'en jouir. Il s'assit devant à côté de Cabo, et ils se mirent à deviser, à propos de la voiture et des disques du musicien que mon compagnon connaissait. J'étais resté en marge, avec la brebis Rosita et mes souvenirs non cicatrisés. Et je me disais que ce voyage sans destination connue, les vitres baissées laissant entrer l'air froid de décembre, était une première dans ma vie.

Et que ce n'était pas désagréable.

VOUS EST-IL ARRIVÉ DE TOUCHER LE CUL D'UNE ÉTOILE ?

Je me réveillai tenant Rosita dans mes bras et lorsque je voulus consulter l'heure à mon poignet, je me souvins que ma montre Corto Maltese avait disparu dans les flots en même temps que ma voiture, deux jours auparavant. Il me sembla que ça faisait vingt ans. Juanito conduisait pendant que Cabo, la tête hors de la voiture, se servait de ses oreilles comme d'antennes pour tenter de capter sa symphonie perdue.

Nous entrâmes dans un village dont je ne voulus pas lire le nom parce que je savais qu'encore une fois ce serait un nom absurde. Cabo indiqua le chemin au roi jusqu'à un hôtel. C'était un village plus grand que les autres mais lui aussi paraissait s'être figé dans les années 1960. Je pensais au fait que cette Espagne n'apparaissait jamais dans les documentaires à la télé, qu'à un peu plus de cent mètres des autoroutes et de la modernité galopante il y avait une autre Espagne qui avançait à petits pas, une Espagne à la traîne, comme moi.

Cabo proposa de chercher un hôtel là et quand je lui dis que nous n'avions pas d'argent, il s'offusqua :

— Vous êtes mes invités, et on n'en parle plus.

Il réveilla le propriétaire de l'hôtel, qui avait l'air de le connaître, et le vieux lui dit qu'il n'avait qu'une chambre double de disponible et qu'il nous faudrait la partager.

— C'est que le marché au bétail commence demain et le village est rempli d'étrangers, expliqua-t-il.

— C'est bon pour les affaires, non ? dis-je.

— Je ne suis pas sûr, répondit-il. Le progrès a ses bons côtés, mais on ne sait jamais ce qu'il va nous apporter. En plus, il nous arrive de ces bouffons…

Et il nous regardait, Juanito et moi.

Je lui demandai s'il avait vu passer des amis à moi et je décrivis Zuruaga et Terreur. Il reconnut immédiatement le géant.

— Oui, ils sont venus hier soir. Des gens chics, mais ils étaient bien amochés. Ils m'ont dit qu'ils avaient fait une mauvaise rencontre avec des chevelus…

La main du vieux glissa sous le comptoir et je fermai mon poing droit, prêt à le lui envoyer dans le nez avant qu'il ait le temps de sortir son arme. Mais Cabo sauva la situation avec une vivacité d'esprit que je n'aurais pas soupçonnée sous cette chevelure teinte :

— Oui. Ils ont été arrêtés tout près d'ici, dit-il en sortant des billets de sa poche. Des bandits, des voleurs à main armée. Ils ont aussi dévalisé mes amis, qui sont artistes comme moi…

Le vieux sortit sa main de dessous le comptoir et nous la tendit, tandis que de l'autre il s'empara de l'argent.

— Je me disais bien que je vous avais vus à la télé, s'excusa-t-il en s'adressant à Juanito.

Nous aidâmes Cabo à porter ses bagages et pour un peu, j'aurais pleuré d'émotion en voyant le contenu du coffre : des cartouches et des cartouches de cigarettes, des bouteilles de bourbon et de gin, une collection conséquente de délices d'importation en conserve, et les vêtements du musicien, plus appropriés à des réceptions et des banquets qu'à ce coin perdu.

La chambre était au rez-de-chaussée et à travers les fenêtres on voyait le village endormi. Pendant qu'ils s'installaient, je pris une douche et lavais mes vêtements couverts de boue. Cabo me prêta un smoking noir avec une chemise assortie, qui m'allaient comme s'ils avaient été taillés pour moi. Je lui rendis le nœud papillon et je me sentis plus à mon aise. Juanito examina le résultat :

— Tu as l'air d'un veuf, s'écria-t-il, ce qu'il regretta tout de suite. Oui, mais un veuf de luxe, hein ?

Je dus les convaincre de la nécessité de monter la garde dans la voiture. Terreur et les autres pouvaient revenir pendant que nous dormions. Cabo ne demanda pas d'explications et je soupçonnai Juanito d'avoir un peu trop parlé pendant le voyage. Je proposai de prendre la première garde parce que je ne voulais pas laisser Rosita seule toute la nuit dans la Rolls. Je remis ma perruque et lorsque je passai devant le comptoir, le vieux se mit à ronfler très fort.

Je ne lui faisais pas confiance.

Sans doute Zuruaga lui avait-il offert de l'argent pour qu'il l'avertisse s'il nous voyait apparaître dans le coin. Je me suis dit qu'il ne le ferait pas, il n'avait sûrement pas envie de déclencher une fusillade dans son hôtel.

Rosita me reçut joyeusement et je lui caressai le dos tout en cherchant à capter une radio. Toutes semblaient très lointaines, à part les radios en ondes courtes. Une ombre s'approcha. C'était Cabo. Il me demanda la clé, ouvrit le coffre et revint avec une bouteille de whisky de vingt ans d'âge à moitié pleine et deux verres. Il nous servit généreusement et nous trinquâmes. Je montrai la radio du menton.

— Elle est cassée, je crois, commenta-t-il. En tout cas, elle ne marche pas comme elle devrait...

— Il n'y a rien qui marche normalement, ici.

— Vous croyez ?

Je haussai les épaules.

— Si je vous demande comment revenir à Madrid, vous allez me répondre qu'il faut traverser une rivière dont vous avez oublié le nom. Ce n'est pas vrai ?

Il fit un geste vague de la tête et demanda :

— C'est si important que ça de revenir ?

— Ça dépend. Vous, par exemple, vous ne le voulez pas. Moi... je ne suis pas très sûr de le vouloir. Mais lui... – de la tête je signalai l'hôtel où dormait Juanito – je crois qu'il doit revenir.

— *Volver,* revenir. C'est un tango merveilleux. Je l'ai enregistré en quatre-vingt-sept, sur un rythme de mambo. En Argentine, on m'a déclaré *persona non grata.* Et pourtant j'y ai vendu presque un million de CD... Contradictoire, non ?

— Ne vous posez pas de questions, Cabo. Les Espagnols et les Argentins, nous sommes comme la chatte Flora...

— Comme qui ?

— Laissez. Parlez-moi de la femme.

— Quelle femme ?

— Celle qui vous tient enchaîné à cette région. Vous n'appartenez pas à tout ça, vous avez une supervoiture et de l'argent à ne savoir qu'en faire. Toutes choses qui feraient marcher même les pendules cassées. Elle est belle ?

Il soupira et s'appuya au dossier de son siège :

— Avez-vous déjà touché le cul d'une étoile ?

— De cinéma ?

— Non. Du ciel. Je suppose que vous sentiriez la même chose en la touchant. Je l'ai connue dans un de ces villages, peu de jours avant de perdre ma symphonie. C'est... je ne peux pas l'expliquer sans musique.

— Sifflez alors, si ça peut vous aider.

Il se mit à siffler, très doucement, et j'eus envie de pleurer, parce que la fumée de nos cigarettes dessina un visage de femme, le visage de Claudia mais celui d'Olivia aussi. Quand il s'arrêta, je soufflai sur la fumée, parce que ce moment de nostalgie n'était pas le mien, mais le sien.

— Vous comprenez, maintenant ? J'ai besoin de retrouver ma symphonie pour avoir quelque chose à lui offrir.

— Quelque chose de plus qu'une Rolls ?

— Quelque chose qui viendrait de moi. De moi complètement. Pour la perdre en la lui donnant.

Je remplis les verres et nous trinquâmes en pensant à des femmes différentes.

— J'imagine que mon camarade vous a tout raconté et, bien que ça n'ait pas l'air vrai, c'est la vérité. Ce n'est pas prudent que vous restiez avec nous, Cabo. Tout ça peut devenir très dangereux, vous comprenez ? Nous avons eu de la chance jusqu'ici, mais les choses peuvent s'aggraver...

— Pire que vivre comme un vagabond, à la poursuite d'une mélodie que je ne pourrais peut-être jamais retrouver ?

— Vous en avez besoin à ce point-là, de cette musique ? Le succès ne sert à rien une fois qu'on est mort...

Il alluma une cigarette et parla les yeux au ciel, l'oreille toujours attentive aux sons qui flottaient dans l'air et que lui seul pouvait percevoir :

— Je crois qu'à la place d'un pain, quand je suis né, c'est une baguette de chef que je tenais sous le bras. Mon père, ce grand musicien, était pauvre. Il l'a toujours été. La reconnaissance n'est arrivée que très tard et n'a jamais suffi à payer le loyer. Mais je voyais la façon dont les autres musiciens le regardaient, ceux qui gagnaient des fortunes et donnaient des concerts dans le monde entier. Il y avait dans leurs yeux une envie tiède, macérée, leurs voix étaient pleines de déférence obséquieuse quand ils s'adressaient à lui, alors que les costumes qu'ils portaient coûtaient plus que ce que mon père gagnait en plusieurs mois. Il ne se plaignait jamais : il était presque une gloire nationale, il était reconnu mondialement dans les milieux les plus prestigieux et il avait des trous dans ses semelles. Non. Mon père vivait tout cela très naturellement, parce qu'il avait la musique, c'était son amante, sa seule femme. Ma mère était sa compagne, la musique était sa femelle.

Le silence absorba une partie de l'histoire qui bruissait dans sa tête. Il continua :

— Depuis tout petit j'ai voulu faire comme lui mais en même temps connaître le succès qui lui avait manqué. J'ai étudié, je me suis appliqué et très vite, je pense grâce à son nom, j'ai eu des opportunités. Mais je savais qu'il me manquait ce qui le rendait différent. J'ai commencé à enregistrer des disques pour populariser les grands classiques et il ne m'a jamais rien dit, pas même quand j'ai sorti le Mozart sur rythme de salsa ou le Bach en *hip hop*. Il s'est retiré, il était très malade, et avec ce que je gagnais, j'ai pu lui offrir le luxe qu'il n'avait jamais connu. J'avais énormément d'argent, je passais régulièrement à la télé, je vendais des millions de disques, mais les musiciens ne m'ont jamais regardé comme ils le regardaient. Aucun. Pas même lui.

Je lui passai la bouteille et il but au goulot. Le froid n'était plus qu'un souvenir.

— Quand il était sur son lit de mort, je lui ai dit que j'en avais assez, que j'allais tout abandonner et que je n'enregistrerais ni ne dirigerais plus rien jusqu'à ce que je puisse composer une mélodie à moi, une mélodie qui ouvrirait ses cuisses à la musique… Il m'a serré la main et avec ses dernières forces, il m'a annoncé qu'avant de mourir, il me raconterait son secret, la clé de son art, une méthode si simple qu'elle me permettrait de les laisser tous bouche bée, quelque chose qu'il n'avait jamais dit à aucun musicien, bien que de nombreux grands maîtres lui aient offert des fortunes pour qu'il le leur révèle, quelque chose qui m'était passé par-dessus la tête pendant toutes ces années…

— Un discours un peu long pour un moribond.

— En effet. Il a poursuivi son préambule pendant presque dix minutes et il est mort avant de me transmettre un secret qui, avait-il dit, tenait en douze mots.

— Merde.

— Oui. Depuis lors, j'erre, je sillonne le pays dans ma voiture de luxe, déguisé comme si j'allais diriger le Philharmonique de Boston, alors qu'en réalité, je crois que je suis en train de purger une punition. Et croyez-moi si vous voulez, mais de tout ce que j'ai connu depuis des années, vous êtes tous les deux ce qui se rapproche le plus d'une famille. C'est pour cela que je ne partirai pas. Avec vous, au moins, je parle et même, par moments, j'arrive à effacer l'image de mon père, au moment où il a rendu son dernier soupir.

Il vida la bouteille d'un coup et dit :

— Il souriait. Ce salopard de fils de pute souriait.

QUI TOMBE EN 58
OÙ IL Y A LA MORT RECOMMENCE

Entre Cabo et moi, nous assurâmes tout le reste de la nuit les tours de garde de Juanito, qui dormit dans la chambre comme un roi. Le matin, le vieux de l'hôtel me salua obséquieusement quand il me vit entrer et s'empressa de m'annoncer qu'il disposerait dans la matinée de meilleures chambres, si nous voulions rester. Tout froissé qu'il fût, le smoking de Cabo en imposait, ce qui me fit réfléchir à l'impact que provoquent les vêtements de bonne qualité dans le critère des gens de qualité douteuse. Quand j'entrai dans la chambre, le lit était vide et Juanito chantait sous la douche l'une de ses versions de l'hymne national espagnol. Il était de bonne humeur et moi aussi. Pendant notre veille, Cabo s'était engagé à chercher avec nous le chemin de Madrid et cette foutue rivière sans nom. La matinée était radieuse et même le vieux de la réception s'était montré sympathique.

Trop sympathique.

J'enjambai la fenêtre qui donnait sur la rue latérale, fis le tour de l'hôtel en courant et entrai dans l'hôtel par la porte principale. Comme je m'en doutais, le vieux n'était pas à son comptoir, il écoutait derrière notre porte. Il ne m'entendit pas arriver, mais je suppose qu'il sentit violemment le coup de pied au cul qui le fit s'envoler dans le couloir. Je sautai sur lui et lui fermai la bouche de ma main :

— Tu les as appelés, pas vrai ? Quand les as-tu appelés ?

Le vieux secouait la tête mais il ne pouvait pas me répondre. Je le fis se remettre debout et le poussai dans la chambre. Juanito sortait de la douche enveloppé dans une serviette et tête nue.

A sa vue, le vieux ouvrit des yeux comme des soucoupes.

— Bon, celui-là m'a reconnu, dit le roi.

J'écartai légèrement ma main de sa bouche :

— C'était une perruque ! dit-il ahuri. Les hippies portent des perruques !

Il ne l'avait pas reconnu, mais je n'avais pas le temps de m'attarder sur cette donnée. Je le menaçai de mon poing fermé et il balbutia :

— Je les ai appelés il y a une demi-heure ! Ils m'ont offert de l'argent, j'ai hésité toute la nuit, parce que le musicien est un client... Sans compter qu'en plus, ici, les lignes sont catastrophiques...

Je bâillonnai le vieux avec un des foulards de soie de Cabo, et avec un autre foulard, je lui attachai les mains dans le dos. Nous le poussâmes dans l'armoire et fîmes nos bagages en quelques minutes. Je montrai la fenêtre à Juanito, il n'hésita pas une seconde et sauta dans la rue, pour recevoir les sacs que je lui jetai. Je sautai à mon tour et avançai le pistolet à la main. La Mercedes n'était pas en vue et Cabo ronflait doucement sur le siège arrière de la Rolls. Dans la lumière du matin, sa chevelure couleur acajou laissait voir quelques mèches grises et, si je ne le connaissais pas, je lui aurais donné quinze ans de plus. Il perdit ces trois lustres en ouvrant les yeux, prêt à continuer sa chasse à la symphonie perdue. Je le mis au courant de ce qui s'était passé, pendant que Juanito chargeait les sacs dans le coffre :

— Donc, nous vous serons très reconnaissants si vous nous aidez à nous tirer vite fait d'ici. Mais vous pouvez partir de votre côté : je vous ai dit que tout ça était dangereux.

Cabo s'étira sans donner le moindre signe d'inquiétude et échangea avec Juanito un signe de connivence qui m'agaça :

— Ecoutez, Cabo ! Je parle sérieusement. La plaie dans le creux de ma paume droite me lança. Ou est-ce que vous vous êtes mis d'accord avec le vieux pour nous livrer ?

Le musicien regarda Juanito par-dessus son épaule :

— Il dit souvent des conneries de ce genre ?

— Non. Seulement quand il s'inquiète pour moi. Il se fait trop de mouron, mais c'est un bon gars...

J'eus envie de les frapper tous les deux, mais le roi avait raison, du moins en partie : j'étais inquiet, oui, mais pour moi. Toute la confiance avec laquelle j'avais commencé la journée s'était évaporée quand je réalisai que Terreur arrivait. Juanito signala du menton la place du conducteur et demanda à Cabo :

— Je peux ?

— C'est un honneur que vous me faites, Majesté, répondit le musicien.

Je me jetai pratiquement sur le siège du copilote et même la présence de Rosita ne réussit pas à me rendre mon calme. Il fallait que nous sortions d'ici le plus vite possible, disparaître, nous éloigner de Terreur. Juanito chercha la sortie du village en zigzagant entre les trous et après quelques tournants, il ne nous restait plus qu'une dizaine de kilomètres de ligne droite pour déboucher sur la route secondaire que nous parcourions en vain depuis tant de jours. Mais qui nous permettrait de nous mettre à l'abri, au moins pour quelque temps.

Je dessinai mentalement la carte hallucinée de notre fuite, depuis que ma voiture avait sombré dans le barrage jusqu'à cette dernière échappée sans espoir. On aurait dit un démoniaque jeu de l'oie, dans lequel au lieu d'aller en prison quand les dés nous y envoyaient, nous irions directement au cimetière. Mais si nous réussissions à arriver à la route, nous aurions droit à un tour supplémentaire, nous pourrions jeter les dés encore une fois, *qui tombe en 58 où il y a la mort recommence.*

La silhouette sinistre de la Mercedes noire se profila au bout de la ligne droite.

Le chemin était étroit et sans échappatoire possible.

Rien qu'une frange de terre desséchée, juste assez large pour laisser passer deux petites voitures, et un fossé d'un mètre de profondeur de chaque côté qui empêchait la moindre manœuvre.

Je tremblais et je me détestai pour ça.

Juanito les vit lui aussi et freina. Il semblait plus affligé pour moi que pour ce qui pouvait arriver. La Mercedes s'arrêta, obstruant la seule sortie à cinq kilomètres de là.

— C'est la fin, dis-je à voix basse. Faites-moi plaisir, Juan : quand ils arriveront, tirez-moi dessus. Ne laissez pas Terreur me tuer, faites-le vous. C'est ce que ferait un ami...

Il s'enfonça confortablement dans le siège, ne me regarda pas pour ne pas voir couler mes larmes :

— Comment disait ton ami, déjà ? L'Argentin dont tu m'as parlé hier dans le ruisseau...

— Soldati ? S'il y a de la misère, qu'elle ne se remarque pas...

— Regarde autour de toi, Txema, dit-il en montrant l'intérieur de la Rolls. Tu as l'impression que c'est de la misère, tout ça ?

Il fit rugir le moteur, qui rugit sans bruit. Il passa la première et commença à rouler lentement en direction de la Mercedes, qui se mit en mouvement à son tour. Juanito plaça la voiture au milieu du chemin et fit des appels de phares, renvoyés par ceux d'en face. Il tourna la tête vers l'arrière, pour parler à Cabo :

— Tu aimes la musique, n'est-ce pas ?

— Plus que ma vie.

— Alors écoute cette symphonie...

Il accéléra à fond sans lever son pied gauche de l'embrayage. Le son était puissant mais lointain, comme un volcan qui se prépare à entrer en éruption.

Il accéléra encore plus fort et je regardai Cabo dans le rétroviseur. Au lieu de se plaindre de ce que Juanito faisait à sa voiture, il semblait en extase :

— Juste, très juste. *Do* majeur ?

Juan acquiesça d'un hochement de tête.

Cabo leva sa baguette, tapota trois fois sur le cuir du dossier et la maintint en l'air. Lorsqu'il balaya l'espace dans un geste ample, le roi lâcha l'embrayage et la Rolls bondit vers la mort annoncée sur le chemin de terre. Ceux de la Mercedes firent pareil et je me dis que c'était mieux comme ça, mourir de face et en bonne compagnie, mourir en tuant Terreur dans un choc frontal et définitif. Cabo dirigeait le concert de soupapes et pistons vers un *crescendo* final et la main de Juan ne tremblait pas sur le volant pendant qu'il appuyait à fond sur l'accélérateur et se servait comme d'une mire télescopique de la tête en argent de la dame ailée du capot. Une vague d'euphorie m'envahit et je m'accrochai au tableau de bord en fredonnant à grands cris la musique du moteur. La voiture noire ne s'écartait pas et fonçait elle aussi vers le désastre prévu pour dans quelques secondes, ce qui m'était maintenant égal. Je distinguais déjà la vitre teintée qui dissimulait le visage de nos ennemis, mais eux pouvaient voir les nôtres, féroces et joyeux, attendant le choc comme si c'était là notre seul destin.

— *Gran finale !* s'écria Juan.

Les gestes de Cabo avec sa baguette se firent de plus en plus frénétiques et puissants et la Rolls fit un nouveau bond vers le climax final. Une main armée jaillit de la fenêtre de la Mercedes, mais elle tremblait et n'arriva pas à tirer. J'éclatai d'un rire féroce un instant avant l'impact. Le conducteur de la voiture noire donna un violent coup de volant vers la droite et nous les vîmes s'envoler au ralenti par-dessus le fossé. A travers les fenêtres ouvertes, j'aperçus le geste de panique de Zuruaga au volant et les gesticulations désespérées de ses hommes. Seul Terreur avait l'air perplexe, les autres étaient terrifiés.

Juan rétrograda de plusieurs vitesses en arrivant sur la route, et même ainsi nous fîmes deux embardées avant de nous redresser et rouler droit dans la direction qu'indiquait la femme d'argent.

Tout en nous dirigeant vers un nouveau village au nom de blague, Cabo et moi nous mîmes à applaudir et à crier "Bravo ! Bravissimo !" Juan recevait les ovations avec tant d'humilité qu'il faillit percuter une vache.

QUAND LES CARTES NE SERVENT À RIEN

Pendant deux jours, nous traversâmes des rivières, et aucune n'était celle que nous voulions traverser. Nous ne restions dans les villages que le temps de poser quelques questions et nous retournions sur les chemins à la recherche de ponts. Nous dormions chacun notre tour, dans des endroits hors de vue, et toujours nos armes à la main. L'indicateur d'essence ne baissait pas et quand je demandai à Cabo s'il ne fallait pas envisager de faire le plein, il me répondit qu'il avait déjà été fait l'été dernier.

Mes compagnons s'inquiétaient pour moi, mais ils faisaient le maximum pour que je ne m'en aperçoive pas. Ils feignaient de me consulter pour toutes les décisions et les parcours, ils se débrouillaient pour que le moindre pas que nous fassions ait l'air de venir d'un de mes ordres.

Et j'étais terrifié.

Le moindre bruit, l'ombre d'un arbre dans l'obscurité, et même le contact de Rosita si je ne m'y attendais pas faisaient s'emballer mon cœur dans un galop sans frein. Nous cherchions le chemin du retour, mais je savais que pour moi il n'y avait pas de retour possible. Que Terreur, où qu'il fût, pouvait renifler ma peur et qu'il finirait par nous retrouver. Et que j'entraînerais mes camarades dans ma chute. L'idée que les hommes de Zuruaga étaient eux aussi perdus dans cette région bizarre, qu'eux aussi cherchaient en vain une rivière qui les conduirait, s'ils la traversaient, vers la normalité, n'était pas une consolation. Peut-être ne réussiraient-ils jamais à quitter cette contrée, mais Terreur me retrouverait parce qu'il devait me tuer et qu'il savait comment le faire.

Le deuxième jour, en fin de journée, pendant que Juan préparait la table pour notre dîner et qu'il me racontait des blagues nulles pour me dérider, j'allumai mon téléphone portable. De toute façon, ils finiraient bien par nous localiser. Les numéros des appels loupés défilèrent sur l'écran. Quelques-uns étaient identifiés par le nom du correspondant, un autre me parut familier et en cherchant sur mon agenda je vis qu'il s'agissait de Buster. Il avait appelé une fois par jour, ce qui voulait dire qu'il avait de mauvaises nouvelles. Si les problèmes avaient été réglés, il y aurait des hélicoptères survolant les collines à notre recherche.

Un numéro attira mon attention, bien que je ne le reconnusse pas. C'était un numéro que j'avais composé une fois seulement, quelques jours auparavant, quand je pensais encore pouvoir vaincre Terreur grâce à mon astuce et mon prétendu savoir-faire.

C'était le numéro de Zuruaga.

J'enlevai la batterie du mobile et je retournai à notre campement, où Cabo et Juan s'appliquaient à mettre en scène l'optimisme pour un spectateur déprimé. La gourde passait de main en main avec célérité, c'était la méthode qu'ils utilisaient pour me distraire, à ce qu'ils croyaient. Pour éviter d'allumer un feu qui aurait pu nous trahir, nous mangeâmes du pain et des charcuteries achetés dans une petite échoppe ainsi que le contenu de quelques boîtes du trésor de Cabo. Le musicien me semblait mélancolique et je me dis qu'il devait penser à la femme ou à la symphonie, qui pour lui ne devaient pas être bien différentes.

— Nous connaissons un type qui devine le passé, dis-je pour l'amuser.

— Sosiris ? Son don ne fonctionne pas avec moi. Je l'ai croisé plusieurs fois mais il n'y a rien à faire : il n'arrive même pas à me donner le nom du village où j'ai perdu ma musique.

— Et le nom de l'autre village, celui de la femme ?

— Non plus. Il m'a dit qu'il n'existe pas de carte qui puisse m'aider à retourner dans aucun des deux, que je dois me débrouiller seul pour les retrouver.

Juanito l'encouragea en lui demandant de nous raconter des anecdotes de ses concerts à travers le monde et je m'éloignai derrière les buissons. Comme ils me suivaient du regard, je pris dans la voiture un rouleau de papier hygiénique et ils retournèrent à leur bavardage. Rosita me suivait, mais quand je fus assez loin, je l'attachai à un arbre avec la corde que j'avais prise avec moi. Je ne voulais pas qu'elle me suive.

Je me mis à marcher puis à courir.

Je me perdis dans le noir et ne m'arrêtai pour reprendre mon souffle que lorsque je fus sûr qu'ils ne pourraient pas me retrouver. Il n'y avait aucune lumière autour de moi, et depuis des heures nous n'avions pas vu le moindre village ni la moindre maison isolée. Chaque ombre était une menace, mais il y en avait tellement que je cessai de m'inquiéter.

Je marchai lentement, mais à l'intérieur de moi je courais de toutes mes forces.

Je n'étais plus un homme freiné.

Je ne le serais plus jamais.

Je parlai seul et je pleurai pour tous mes morts, sans pudeur et sans retenue.

Je pensai à Juan, à Rosita, à Cabo et même au devin rétroviseur.

Je demandai pardon à grands cris à tous ceux dont je m'étais méfié, et je laissai sortir toute la colère que j'avais contre Claudia pour s'être laissé tuer.

Je grimpai sur la butte la plus haute de ce désert vert et jaune, teint en noir par la nuit, et j'allumai mon portable. Je composai le numéro que je connaissais par cœur, mais que je n'appelais qu'une fois par mois et quand on répondit, je dis :

— Allô, *aita*. Il est possible que je meure cette nuit et je t'appelais pour te dire adieu, pas pour te demander pardon de quoi que ce soit. Je sais que je n'ai pas été ce que tu aurais voulu, mais tu ne m'as jamais dit ce que tu voulais que je sois…

J'entendais sa respiration, mais il ne disait rien, il écoutait.

Je continuai à parler pendant un moment, sans faire allusion à ce qui s'était passé ces derniers jours ni aux emmerdements dans lesquels j'étais embourbé, de tout ce que je ne lui avais jamais dit depuis si longtemps.

Lorsque je me tus, il parla à son tour, d'une voix calme et lointaine, et se mit à me raconter ce qu'avaient été sa vie et la mienne. Nos versions ne coïncidaient pas, mais je soupçonnais que c'était toujours comme ça. Il me raconta des peines, des joies qui semblaient appartenir à d'autres, au père d'un autre, et aussi de rêves de voyages que je n'aurais jamais imaginés chez lui. Je compris que nous nous ressemblions plus que je ne le croyais, et qu'il aurait suffi d'un appel comme celui-ci, une nuit quelconque, au cours de toutes ces années passées, pour que s'écroulent les murs qui nous séparaient et que nous avions élevés entre nous petit à petit.

— Ne meurs pas maintenant que nous commençons à nous connaître, me demanda-t-il. Ne les laisse pas te tuer, imbécile.

— Oui, papa, répondis-je en fils obéissant.

Et je raccrochai.

Dommage, parce que encore une fois je désobéirais à mon père.

Une dernière fois.

Je continuai à marcher à la recherche d'une de ces petites routes secondaires dont je me souvenais mais je n'en trouvais aucune. J'étudiai les collines qui m'entouraient à la recherche d'un accident géographique identifiable et toutes me rappelaient des seins de femme allongée. Des seins imparfaits et réels, des seins moelleux entre lesquels s'endormir pour toujours. En escaladant une autre colline, j'aperçus la formation rocheuse. Elle n'était pas très élevée, mais elle se détachait au milieu de ce paysage de nichons géologiques : c'était une colonne presque phallique, un doigt de la terre accusateur pointé vers le ciel. Je marchai jusqu'à sa base et cherchai un numéro sur mon portable.

La voix me répondit sur un ton incrédule :

— Arregui ?

— Lui-même, Zurullos*. Tu cherches toujours la rivière qui vous sorte d'ici ? Ton chef, le Chasseur, doit être fou de rage contre toi, petit étron : tu n'es même pas bon à tuer un roi…

— Ecoute, Arregui, tu n'es pas en position de…

— La position, c'est le Chasseur qui t'y mettra quand il apprendra que le roi est sain et sauf, loin d'ici…

Il se tut et j'entendis des murmures. Zuruaga éclata d'un rire qui ressemblait à un croassement :

— Le roi ? On vient de le capturer, lui et le musicien ringard à la Rolls… Et même la brebis ! Les gars sont en train de préparer un feu pour la faire rôtir à la braise… Si tu en veux un morceau, je t'invite…

* "Etrons".

Je sentis mon sang se glacer dans mes veines et je perdis la voix pendant quelques secondes.

— Tu ne me crois pas, Arregui ? Si tu veux, je te passe le roi…

Une voix gutturale ampoulée se fait entendre :

— C'est pour la reine et moi un motif de satisfaction…

Une insulte se fit entendre et je me mis à rire :

— Connard ! éclata Zuruaga, loin du téléphone. C'est comme ça que tu prétends savoir l'imiter ?

— Ne te fatigue pas, Zurullos, dis-je. Je sais que tu essaies de gagner du temps pendant qu'ils localisent mon appel. Rappelle-toi qu'ici, toute ta technologie ne sert à rien. Mais ne sois pas malheureux, je t'attends ici, toi et tes sbires. Je suis au pied d'un rocher qui a l'air d'un doigt gigantesque accusant le ciel, au milieu de collines qui ressemblent à des nichons sans silicone. Si tu veux, on continue à parler jusqu'à ce que tu me trouves. Le temps que dure la batterie. Je t'attends là, Zurullos. Et amène Terreur, pour qu'on finisse ce qu'on a commencé à Madrid.

J'en avais marre de parler mais je ne coupai pas la communication. Je voulais qu'ils me trouvent, que Terreur vienne à moi une fois pour toutes, et que je meure en le tuant, si c'était possible. C'était un plan de merde, mais c'était mieux que continuer à fuir entre deux pleurnicheries.

Je fumai trois cigarettes à la suite.

J'étais sur le point d'allumer la quatrième quand le fracas déchira la nuit et que la balle fit jaillir une éruption de poussière à deux mètres de moi. Je partis en courant sans réfléchir, sous les balles qui me poursuivaient, toujours un peu trop tard, bien que la lueur de la lune m'éclairât parfaitement. C'était comme s'ils ne voulaient pas me tuer ou qu'ils étaient de très mauvais tireurs. Je me réfugiai entre deux buttes et les tirs étaient toujours là derrière moi. Je ne voulais pas mourir de cette façon, je voulais mourir de face, en en emportant un avec moi. Je devais me mettre à l'affût et attendre qu'ils s'approchent. Je trouvai une grotte pas très profonde et décidai d'attendre là.

Les tirs cessèrent et je repris mon souffle

Ils devaient être en train de m'encercler, mais ça m'était égal : le premier qui apparaîtrait partirait avec moi dans mon voyage au purgatoire des hommes tristes, au paradis gris des veufs. Je souhaitai que ce fût Terreur, parce que j'étais sûr que cette fois-ci ma main ne me trahirait pas.

Dans le silence de la nuit, seule s'entendait ma respiration.

Deux respirations.

Je sentis le froid du métal contre mon cou et une voix éraillée m'annonça :

— Retourne-toi et fais tes prières, parce que tu vas mourir, fasciste de merde.

DOUZE BALLES PAR JOUR

Il était plus vieux que le vent et avait l'air aussi solide. Les mains qui tenaient le fusil vétuste tremblaient, mais à cette distance il ne me louperait pas. Il m'observait en plissant les yeux et les cheveux longs de ma perruque l'intriguaient. Il n'avait sûrement jamais vu de hippie. Il recula jusqu'au fond de la grotte, qui était beaucoup plus profonde que ce que j'avais cru au début et dont les parois étaient tapissées de vieilles photos sépia, couvertures de magazines porteuses de consignes républicaines et un drapeau aux couleurs passées qui avaient jadis été rouge, jaune et violette.

Je gardai les mains en l'air, mais fermai mon poing gauche et criai :

— Vive la république !

Il hésita puis répondit :

— Vive !

Et nous nous embrassâmes. Il n'y avait pas grand-chose à enlacer dans ce squelette vêtu de haillons. Il abaissa son arme et m'invita à m'asseoir sur une pierre à côté d'un feu invisible de l'extérieur.

— Pardonne-moi, camarade, me dit-il. Mais c'est qu'avec tous ces coups de fusil j'ai cru que c'était l'ennemi qui attaquait par surprise. Et ces cheveux ?

— Mission confidentielle, improvisai-je en enlevant ma perruque. Nous organisons une offensive...

— Il était temps, bordel ! Tu verras quand je dirai ça à l'ennemi !

Et avec une agilité insoupçonnable, il traversa la grotte et se posta à l'entrée :

— Ce n'est pas prudent, l'avertis-je. Ils tiraient encore il y a un petit moment.

— J'ai compté les balles. Douze. Pour cette nuit, c'est fini – il mit ses mains en cornet et cria dans la nuit : Tu ne perds rien pour attendre, salopard !

Puis il revint, gloussant et fredonnant des petites chansons perdues tout en sortant des provisions d'un coffre : un pain bis et des restes de ce qui m'avait l'air d'être un lapin rôti.

— Tu dois avoir faim, camarade. Mange et après tu m'informeras.

— C'est vous qui devez m'informer. En plus, je ne sais pas si nous pouvons vous faire confiance…

A la lumière vacillante du feu de bois, je pus voir que son visage changeait de couleur :

— Si vous pouvez me faire confiance ? Nous, les Saravia, pas un seul jour nous n'avons cessé de combattre pour la République ! Tu m'entends ? Pas un seul jour ! Quand la propagande fasciste a convaincu tout le village que la guerre était perdue, est-ce que mon père s'est rendu ? Non ! Il est venu sur cette colline avec ma mère et moi, pour continuer le combat. Et l'ennemi, qu'est-ce qu'il a fait ? Il s'est installé sur la colline d'en face avec sa bonne femme et son bâtard, pour nous mettre en pièces ! Mais il n'y est pas arrivé. Est-ce que j'ai cessé de combattre quand mes parents sont devenus vieux et qu'ils sont morts ? Non ! Je suis resté ici et j'y resterai jusqu'à la victoire finale. Et aujourd'hui, on m'envoie de Madrid un freluquet avec une perruque de femme qui met en doute notre loyauté…

Je n'étais plus un homme freiné et je fus inondé de compassion pour ce squelette qui avait passé sa vie à regarder derrière lui. Le vieux se leva, dressa son maigre poitrail et s'écria, l'air martial :

— Il y a soixante-dix ans que nous nous battons, nous les Saravia, et si la République a besoin de nous, nous nous battrons encore soixante-dix ans !

Je compris mon erreur. Ce débris soutenu par l'orgueil n'était pas un vaincu. Il était invincible, les yeux fixés sur l'aube, bien que l'aube fût une hallucination prolongée et démentielle. Il n'avait connu ni la déroute ni les railleries, il avait grandi au fond d'une grotte dans laquelle le futur était possible, même si ce n'était qu'à l'intérieur de sa tête malade. Depuis que Juan et moi avions commencé à sillonner cette région, nous n'avions rencontré que des gens à moitié faits, indécis entre un hier qui ne finissait pas de disparaître et un avenir qui leur était étranger. Le vieux, lui, continuait à inventer un monde nouveau, comme il s'était inventé un ennemi jumeau et opposé, contre lequel se battre dans sa guerre sans rémission.

Je me dis que le bruit des tirs qui m'avaient mené ici semblait s'échapper d'un fusil préhistorique comme celui que brandissait Saravia plutôt que des armes automatiques de Zuruaga et des autres. Mais je chassai la pensée d'un geste de la main : je n'avais pas le temps de rentrer dans ces délires qui ne m'appartenaient pas et en plus j'avais perdu mon portable dans la course. Si Nemo avait dit la vérité, ils ne devraient pas être loin. Et pour comble, je leur avais donné toutes les indications pour arriver jusqu'à moi.

Saravia continuait à se trémousser dans un discours héroïque dont j'avais perdu la moitié et il tremblait si fort que je ne savais pas ce que je craignais le plus, qu'un coup de fusil lui échappe et me tue ou qu'il tombe raide mort d'un infarctus. Je le calmai d'un geste :

— Pardonne-moi, camarade. Je devais te mettre à l'épreuve. En plus... Je crains que l'ennemi n'ait reçu du renfort...

— Ce n'est pas grave : avec ton arrivée, nous avons doublé nos effectifs. Parce que tu es venu armé, n'est-ce pas ?

Je lui montrai mon automatique et il l'examina comme s'il s'agissait d'un objet extraterrestre :

— Quelle merveille ! Ils ne perdent pas leur temps à Madrid. Et nous non plus ne pouvons pas perdre le nôtre. S'il y a risque d'attaque, il faudra aller chercher des munitions…

— Qu'est-ce que ça veut dire, douze balles ?

— Ça veut dire qu'il faut se rationner, camarade. C'est le seul accord que j'aie pu signer avec l'ennemi, et il y a seulement quelques années. Douze balles pour chacun et par jour. Pas une de plus. Et le pauvre idiot a dépensé toutes les siennes en te tirant dessus !

— Alors, c'est bon, Saravia, argumentai-je en sentant que sa folie me contaminait. Si vous n'avez pas dépensé vos munitions, vous avez le dessus.

Il baissa la tête l'air confus :

— Putain, c'est que… ces foutus lapins sont de plus en plus rapides et celui qu'on est en train de manger n'arrêtait pas de sauter.

— Combien de balles vous reste-t-il ?

— Deux. Mais ça ne fait rien, parce que lui n'en a plus aucune et tu me couvriras !

Il se releva fièrement et je me dis que si je le suivais je pourrais au moins récupérer mon portable et l'éteindre. Il hésita avant de sortir :

— Tu as quel grade ? Parce que je suppose que tu devras assurer le commandement de la mission…

— Pas du tout. C'est vous qui commandez. C'est votre territoire. Et puis, je crois qu'à Madrid ils sont sur le point de vous nommer capitaine ou même plus…

— Quand le fasciste l'apprendra ! Sûr qu'il va en crever d'envie !

Nous cheminâmes collés aux ombres, sautant de buisson en buisson et le vieux humait l'air comme s'il pouvait sentir l'odeur de l'ennemi imaginaire. Je m'égratignais les mains contre les roches et chaque fois que Saravia s'élançait d'une position à une autre, il faisait s'élever une traînée de poussière qui m'aveuglait.

— Excusez-moi, capitaine, mais où diable allons-nous ? demandai-je un peu las de cette pantomime.

— A la poudrière. Tu es sûr que le facho t'a tiré dessus douze fois ?

— Non, mais ce n'est pas important, pas vrai ?

— Ça dépend de quel jour on est. Voyons... j'y suis allé lundi et mercredi ; lui, mardi et jeudi ; j'ai raté vendredi parce que je ne me suis pas réveillé à temps... Oh putain, aujourd'hui c'est samedi !

— Et alors ?

— Mais vous n'êtes au courant de rien à Madrid ? Il y a plus de vingt ans que nous avons signé un traité pour partager la poudrière. Comme lui non plus ne recevait pas de munitions, il n'y a pas eu d'autre remède... Un jour il va chercher ses douze balles et le jour suivant c'est moi. A la fin de la semaine on se repose, parce que aucun de nous deux n'est plus très fringant...

Cela me fit penser à la Guerre de Gila* et j'eus envie de rire. Mais Saravia prenait cette affaire très au sérieux et il étouffa un cri de triomphe quand nous débouchâmes au-dessus d'un ravin. A moitié dissimulé dans des buissons, j'aperçus le squelette d'un vieux camion militaire et une cabane montée avec des toiles pourries et couverte de branchages. De plus près, je vis les caisses de munitions qui faisaient comme un mur. La plupart étaient vides et le camion

* Miguel Gila, humoriste espagnol (1919-2001).

était si vétuste qu'il me fut impossible de reconnaître à quelle armée il avait appartenu. Saravia s'avança vers la construction précaire en chantonnant entre ses dents une de ses petites chansons et j'essayai de trouver un sens à tout ça. Il se mit à farfouiller à l'intérieur des caisses et à jurer.

— Que se passe-t-il, capitaine ?

— Il n'y a plus rien, bon Dieu, il n'y a plus rien ! Sûr que ce salopard a emporté plus que son dû…

— Et c'est qui que tu traites de salopard, rouge de merde ? demanda depuis l'obscurité une autre voix aussi éraillée que la sienne.

Je levai les yeux et pendant un instant je crus que Saravia avait changé de place sans que je m'en aperçoive. Il était aussi vieux que lui et son uniforme aussi usé et déteint que le sien. Saravia leva son fusil et pointa le canon tremblant dans sa direction :

— Toi, tricheur ! Tu as emporté des balles en trop !

— Pas du tout, vieux débris. C'est toi, vu que tu ne sais même plus compter.

Saravia grimpa jusqu'à son ennemi et j'eus peur qu'il ne se désintègre sous l'effort. Ils se tinrent bientôt face à face, à dix mètres l'un de l'autre, impossibles à différencier. Ils se tenaient en joue avec leur fusil et se tiraient dessus à coups de mots :

— Bien sûr que je sais compter, mais toi tu n'as pas de parole, fasciste de merde !

— Ça, tu ne me le répètes pas en face !

— Tu as raison, parce que, avec toi, on ne sait pas si on parle à une tête ou à un cul…

— Tu vas t'en rendre compte, pourriture de rouge !

— Et comment, si tu as utilisé tes douze balles, pauvre con ? Ou alors c'est que jeudi tu en aurais pris en plus ?

— Tu vois que tu ne sais pas compter, abruti. J'ai tiré juste dix balles sur celui-là, avant de me rendre compte que ce n'était pas toi !

Il leur restait deux balles chacun et il était entendu que je devais couvrir mon capitaine. Mais il valait mieux ne pas faire trop de bruit avec la bande de Zuruaga dans les parages.

— Saravia, dis-je.

— Quoi ? répondirent-ils ensemble.

Je les vis, éclairés par la lune, et j'eus du mal à savoir quel était *mon* Saravia.

— Vous êtes frères ? demandai-je incrédule.

— Moi, frère de ce fasciste ? Plutôt mourir !

— On n'a rien de frères ; cousins, oui, et basta, c'est assez de malheur d'avoir dans la famille des pourris de rouges comme celui-ci et son père !

— Ne prononce pas le nom de mon père, immonde facho ! Lui, c'était un vrai patriote, pas comme le tien qui est passé chez les rebelles.

Une main se posa sur mon épaule mais j'étais si étonné par la scène qui se déroulait sous mes yeux que je mis un moment à réagir. C'était Juan, Rosita dans ses bras et un doigt sur les lèvres pour me demander de ne pas broncher. Il me fit signe de nous en aller de là, mais je ne pouvais pas bouger. Au sommet de la butte, les vieux continuaient à s'insulter du haut de dizaines d'années de pratique. Un des Saravia, je crois que c'était le mien, épaula son fusil et l'autre l'imita. Ils appuyèrent en même temps sur la détente et les tirs jumeaux déchirèrent la nuit.

Quand le fracas s'éteignit, tous les deux étaient toujours debout, surpris.

— Salue pour moi oncle Jacinto, dit le Saravia républicain en visant à nouveau l'ennemi de son bras vacillant. Il me donnait toujours quelque chose pour ma fête.

— Et toi, oncle Paco, dit l'autre. C'était un rouge mais il m'emmenait à la pêche...

Ils tirèrent à nouveau. Ils étaient toujours debout.

Déconcertés, ils s'avancèrent l'un vers l'autre jusqu'à se trouver face à face et jetèrent leur fusil à terre. Ils s'apostrophèrent de leurs noms de baptême et de leurs petits noms d'enfants. Je crus qu'ils allaient tomber dans les bras l'un de l'autre, mais ils se mirent à se taper dessus. Juan me tira par la manche et nous nous éloignâmes. Il me mit quelque chose dans la main, c'était mon portable.

— Comment m'avez-vous trouvé ?

— Ce n'est pas moi, c'est elle, dit-il en montrant la brebis.

Alors que nous nous trouvions à découvert, je me retournai et les vis, se découpant dans la clarté lunaire, luttant de leurs maigres forces avec une haine qui ressemblait à de l'amour.

— Que regardes-tu ? demanda Juan.

— Ils me rappellent un film de Bertolucci.

Il éclata d'un rire moqueur.

— Ce n'est pas moi celui qui va trop au cinéma, Txema ? Mais il faut bien avouer que Monica Bellucci y est savoureuse. Je ne loupe aucun de ses films…

J'allais dire quelque chose, mais je compris qu'il me taquinait.

JE ME SUIS CASSÉ LA CHEVILLE SUR CE ROCHER

Nous cheminions dans l'obscurité et je me demandais si nous réussirions à arriver jusqu'au campement où nous attendaient Cabo et sa Rolls, mais Juan avait l'air de connaître le chemin par cœur. Je lui étais reconnaissant de ne pas faire allusion à mon escapade, bien que cela me valût d'écouter ses blagues pendant un quart d'heure.

Un quart d'heure.

C'est le temps que nous mîmes à repérer du haut d'une colline le petit bois sous lequel nous avions dîné.

Un quart d'heure et j'avais couru pendant des heures, sans doute en rond.

En nous approchant, nous vîmes que la Rolls avait disparu.

— Il a dû en avoir marre de chercher une rivière sans nom, dis-je. C'est ça, ou alors les types de Zuruaga l'ont capturé…

— Tu regardes toujours le verre à moitié vide, hein, Txema ? Peut-être que sa symphonie est passée par là pendant notre absence et qu'il est parti à sa suite.

Près d'un arbre, il y avait un gros tas sombre, et Juan s'en approcha :

— Tu vois ? Il nous a laissé des provisions et des cigarettes pour toi…

Je haussai les épaules et je lui répondis que s'il avait fait ça, c'était pour décharger sa conscience de nous avoir abandonnés au milieu du néant, mais en mon for intérieur j'espérais que le musicien eût trouvé l'une de ses deux femmes.

Nous marchions sans but précis, rattrapés par le rythme du temps capricieux de cette Espagne dans laquelle les aiguilles des horloges tournaient à l'envers. Une Espagne de *chotis*, dans laquelle tout arrivait dans l'espace d'une dalle*, s'arrêtait puis recommençait.

— J'ai une idée, dit Juan en posant Rosita sur le sol. Allez, ma jolie, on te suit…

— Mais où ?

— N'importe. Le problème, c'est bouger, ne pas abandonner, Txema. C'est toi qui me l'as appris.

— Vous m'embêtez. Je me suis vaincu tout seul et je ne me souviens même plus pourquoi.

— Ce n'est rien, ça. Et à propos, il vaudrait mieux que tu remettes ta perruque au cas où quelqu'un passerait par là et te reconnaîtrait. Nous voyageons incognito, tu te souviens ?

Je parcourus du regard cette modeste immensité vide, mais je remis ma perruque et nous suivîmes Rosita. Il restait presque deux heures avant le lever du soleil, si tant est que le soleil décidât de se lever.

Juan avait épuisé son répertoire de mauvaises blagues ou bien il avait été contaminé par mon apathie. Il marchait en silence et regardait de temps en temps derrière lui.

— Tu ne vas jamais te le pardonner, c'est ça ? prononça-t-il au bout d'un moment. Ce qui est arrivé à

* Le *chotis* (de l'anglais *scottish*) était une danse typique de Madrid, répétitive, qui se dansait face à face, à tout petits pas. On a coutume de dire que les bons danseurs ne sortaient pas du périmètre d'une dalle.

Claudia… fait partie de toi, comme ta façon de marcher, comme tes cheveux.

— Les cheveux tombent avec le temps…

— Mais pas la culpabilité, non. Même si tu la coupes à ras, elle repousse.

— Et vous, comment savez-vous tout ça ?

Il ne répondit pas, perdu dans des souvenirs gélatineux. J'évoquai l'image de deux frères jouant à être des hommes, une faute d'attention, un coup de fusil et la fin. Plus d'un demi-siècle plus tard, les gens parlaient toujours de cet événement, tissaient des versions diverses, pétrissant la gélatine d'autrui. Il ne pouvait l'ignorer et je pensai que ce serait un poids de plus, la loi de la gravité des autres, la tendance à juger sans questionner, comme une façon de se vacciner contre sa propre culpabilité.

Pour sortir d'un marécage il n'y a rien de mieux que de s'enfoncer dans un autre marécage. Aussi, je lui demandai la raison pour laquelle on cherchait à le tuer.

— Je n'en ai pas la moindre idée…

— C'est ça… Et je vais le croire.

— C'est la vérité. Tu vois, on s'habitue à l'idée qu'il y a toujours quelqu'un qui en veut à sa vie. Ça va de pair avec ma fonction et ça n'a rien à voir avec moi mais avec la vision que les autres ont de moi. Rappelle-toi Lennon, si…

— S'il vous voyait maintenant avec l'allure que vous avez, il vous embaucherait tout de suite, ne serait-ce que pour porter sa guitare, plaisantai-je, et c'était rare. Je ne plaisantais jamais.

— Rigole si tu veux. S'il était vivant, Lennon aurait deux ans de moins que moi. Et je ne sais pas pourquoi ce Zuruaga, ou celui qui est derrière lui, veut me tuer. J'y ai beaucoup pensé et je ne vois aucune raison à cette persécution acharnée.

— Moi oui : vous avez dû lui raconter une de vos blagues...

— Va te faire foutre, me répondit-il. A propos, tu connais celle du perroquet et du pompier ?

Le jour se levait lorsque dans un tournant nous aperçûmes la Rolls, la porte côté conducteur ouverte et le moteur tournant au ralenti. Aucune trace de Cabo. J'éteignis le moteur, mis la clé dans ma poche et suivis Juan qui me faisait signe vingt mètres plus loin. Il avait une expression à la fois ravie et attentive.

En arrivant près de lui, je vis le lac qui s'étendait, recouvrant la vallée.

Une forme aiguë pointait hors de l'eau.

L'extrémité d'un clocher.

Ce n'était pourtant pas cette vision qui charmait mon compagnon, mais la blanche silhouette de Luis Cabo, avec son smoking blanc que le soleil levant teignait de rose. Il paraissait flotter à dix centimètres du sol et avait la tête penchée sur le côté, comme s'il était à l'écoute de sons imperceptibles. Lorsque nous arrivâmes près de lui, il nous regarda un moment, puis ses yeux se posèrent à nouveau sur la surface ondulante de l'eau.

— C'est ici, murmura-t-il. C'est ici que j'ai perdu ma symphonie, quand les cloches se sont mises à sonner. Je ne comprends pas, toute cette eau... il n'y avait pas d'eau.

— Ce n'est peut-être pas le même clocher, dis-je.

— Si. C'est le même clocher. Je le reconnaîtrais entre mille.

Moi je trouvais qu'il ressemblait à tous ceux que j'avais croisés ces derniers jours.

— La musique est revenue ? demanda Juan.

— Oui. Elle est arrivée en volant au ras du sol et m'a attendu, elle m'a laissé la suivre jusqu'ici.

— Et où est-elle maintenant ?

— Elle est partie. Encore une fois.

Je le trouvais plus perplexe que triste et quand je le lui demandai, il me répondit qu'en voyant ce clocher il s'était souvenu d'un autre village, celui où il avait connu la femme à laquelle il voulait dédier toute sa musique.

— C'est bizarre, tu sais, me dit-il. Au lieu de me mettre à chercher ma musique comme un fou, j'ai souhaité que ce village soit son village à elle... Je crois que la symphonie s'en est rendu compte et que c'est pour cela qu'elle est repartie. Et maintenant, je sais que je ne les retrouverai jamais. Aucune des deux.

Juan lui posa la main sur l'épaule et lui murmura des paroles de consolation.

Je me sentais inutile et je cherchai en vain des mots pour lui redonner de l'espoir.

Alors un gémissement de bête agonisante nous fit sursauter. C'était comme si toutes les peines du monde se trouvaient réunies dans un éclat de rire amer, une lamentation pleine d'une joie creuse, le râle d'un nouveau-né destiné à vivre pour toujours dans les contrées de la tristesse.

Sosiris le Ruthilant passa près de nous, Marlowe posté sur son épaule droite, et se mit à examiner les rochers qui bordaient la berge. Il parlait au lac, lui posait des questions et formulait des accusations. Il partageait ses conclusions avec le chat, qui souriait comme sourient les chats quand ils cessent d'être des voyous de gouttières pour devenir des notaires de balcons. Je m'approchai du devin qui tarda à me reconnaître puis me saisit par la manche et m'entraîna dans une excursion à travers son passé perdu :

— Sur ce rocher, tu vois, c'est là que je me suis cassé la cheville quand j'avais dix ans. Et sous cette roche en surplomb, ma cousine Lucia m'a permis de toucher son sein droit le jour de mes seize ans… Et là-bas, entre ces arbres, de l'autre côté, un après-midi de printemps j'ai volé un premier baiser à celle qui allait devenir ma femme. C'est mon village ! Tu comprends ?

Il sortit de sa poche la vieille photo et me la tendit, en se mettant devant le clocher pour reproduire l'image jaunie sur laquelle il était beaucoup plus jeune mais déjà triste.

— Tu vois ? C'est le même clocher, le même !

— Si tu le dis… Et l'eau ?

Il baissa la tête :

— Ça aussi, je m'en souviens. Je m'en souviens maintenant. J'étais le maire du village, il y a presque vingt ans, et lorsque nous avons appris qu'il allait disparaître sous les eaux d'un barrage, les habitants ont signé une pétition pour s'y opposer et m'ont envoyé à Madrid pour que je la remette au ministère. Mais j'ai été attaqué près d'ici, j'ai perdu la mémoire, et le reste, tu connais…

Il se mit à pleurer et je n'arrivais pas à le consoler. Cabo s'approcha, sanglotant lui aussi, et le prit dans ses bras. Rosita la brebis grimpait une côte, j'eus peur qu'elle ne s'échappe mais je n'osai pas les laisser seuls.

— Je ne comprends pas, disait le musicien. Il y a un an, ce n'était pas encore inondé.

— Tu sais ce que c'est, la bureaucratie, dit Juan qui était très pâle. Il regardait le lac comme s'il voyait un fantôme. Je le pris à part et il me demanda :

— Ne dis rien, je t'en prie, Txema. Garde le secret…

— Quel secret ?

— Je connais cet endroit. Je le connais bien. Ce barrage, l'année dernière, c'est moi qui l'ai inauguré.

Pour ne pas éclater de rire, je m'éloignai à la recherche de Rosita qui avait disparu de l'autre côté de la colline. Juan vint avec moi et en arrivant au sommet, nous faillîmes tomber à la renverse. Le roi fut le premier à réagir :

— Venez ! cria-t-il aux deux autres.

Cabo et Sosiris grimpèrent sans enthousiasme, mais en arrivant à côté de nous, le musicien s'écria :

— C'est le village où je l'ai connue !

— C'est le même que le mien, dit le devin.

Je le comparai avec la photo et il était pareil à tous les autres villages.

Mais eux descendirent en courant le long de la pente en riant comme s'ils étaient redevenus des enfants.

LA PUERTA DEL SOL ÉTAIT FERMÉE

Ils s'enfoncèrent dans les rues du village endormi bras dessus, bras dessous, se soutenant mutuellement. Ils s'arrêtaient à chaque réverbère, chaque coin de rue, le devin pour comparer ce qu'il avait sous les yeux avec ses souvenirs noyés sous les eaux, de l'autre côté de la colline ; le musicien, les yeux mi-clos, comme s'il avait surtout fréquenté ces lieux pendant la nuit. Juan et moi les suivions, un mètre derrière, attentifs aux réactions de nos amis et conscients du peu d'intérêt qu'ils éveillaient chez les villageois qui ne nous quittaient pas des yeux, Juan et moi. Nous arrivâmes sur la place, devant la récurrente église clonique et son clocher à répétition, qui étaient pour eux uniques au monde. Un groupe d'habitants oisifs nous observait et je me demandai avec inquiétude si les gens du coin se souviendraient de Sosiris après toutes ces années d'absence. Alors, un des vieux, le visage creusé de rides et le béret vissé sur la tête, attrapa un gamin qui passait par là et lui dit sans la moindre émotion :

— Va dire à la Manuela que son mari est revenu, ordonna-t-il. Et qu'il y a avec lui le musicien fou et deux autres chevelus.

Sosiris continuait à grommeler que ce n'était pas possible que ce fût son village et que pourtant ça l'était, et

Cabo regardait furtivement entre les gens assemblés, cherchant ou craignant de trouver un visage réel. Quelques-uns des gens du village s'approchèrent pour saluer le maire comme s'il revenait après quinze jours de voyage, et je découvris alors que le nom de baptême du devin était Manuel.

— Pour quelqu'un qui a disparu depuis vingt ans, vous n'avez pas l'air tellement surpris de le revoir, dis-je au vieux au béret.

— Surpris pourquoi ? Nous savions bien que tôt ou tard il reviendrait. Manuel n'a jamais été un rapide.

Une femme brune et rondelette arriva précédée de son beau sourire et escortée de deux grands garçons et d'une jeune fille mince et sombre. Les trois avaient dans leurs yeux la marque de la lointaine tristesse de leur père, mais la jeune fille sourit et ce fut un sourire lumineux, éclairé par la lumière héritée de sa mère. C'était une combinaison irrésistible, ce chagrin sans motifs apparents tapi derrière les pupilles, et ce bonheur sans freins s'épanouissant sur ses lèvres. J'entendis une plainte en *la* mineur à côté de moi et je compris le dilemme de Cabo : cette fille était elle aussi une symphonie, et la dévêtir sonnerait comme le bruissement des ailes d'un ange.

Une volée de petits mômes entre quatre et quinze ans arriva en courant et se jeta sur Sosiris/Manuel en criant : "Papa ! Papa !" Manuela les laissa faire deux minutes puis les repoussa de quelques petites tapes tendres en réclamant sa place aux côtés de son mari. Elle l'embrassa avec une joie débordante destinée au public et lui demanda s'il lui avait rapporté la carte postale de la Puerta del Sol qu'elle lui avait demandée. Le Ruthilant mentait très mal et il lui expliqua que lorsqu'il était arrivé, la Puerta del Sol était fermée. Il me jeta un coup d'œil en quête de soutien et je confirmai d'un hochement de tête.

Cabo était inquiet, il ne savait pas s'il devait partir en courant ou s'il devait marcher vers la jeune fille. Les yeux des villageois étaient fixés sur lui beaucoup plus que sur leur maire perdu et je me suis dit que plusieurs d'entre eux auraient bien voulu lui flanquer une volée, pour le punir de ses escapades nocturnes auprès de la symphonique fille de Manuel. Mais Sosiris, encore bouleversé et plein de questions, lui posa la main sur l'épaule en nous signalant du menton et affirma que nous étions ses amis, que c'était grâce à nous qu'il avait pu revenir à la maison. Ce qui fit disparaître l'hostilité latente. Un instant plus tard, nous buvions du vin à la taverne du village, au milieu de la population.

Quelqu'un dit à Juan que son visage lui disait quelque chose et lui demanda s'il passait des fois à la télé.

Le roi répondit que oui, mais qu'on ne lui laissait animer qu'une seule émission par an.

— C'est que dans ce pays, si tu n'as pas de piston… se plaignit-il.

Je profitai d'un aparté pour demander à Sosiris s'il était vrai qu'il avait perdu son pouvoir. Il me fit un clin d'œil et embrassa du regard sa nombreuse famille :

— Il y a vingt ans que je suis parti, me répondit-il à voix basse, et j'ai six enfants de moins de quinze ans. Pour rien au monde je ne voudrais deviner le passé. Tu n'es pas d'accord ?

Pendant le repas, tumultueux, quelques mystères furent éclaircis. Deux semaines après le départ de Manuel, un ingénieur important en costume cravate arriva au village. Il leur annonça que le gouvernement allait construire dans les parages immédiats un “village moderne et solide”. Les gens se méfièrent et expliquèrent qu'ils ne voulaient pas en entendre parler, que leur maire était parti à Madrid pour régler cette affaire, et que si cela se révélait nécessaire il irait jusqu'à voir le roi en personne pour éviter que l'on inondât leur village. Mais comme il tardait à revenir, ils décidèrent de le reconstruire, pierre après pierre, là où il se trouvait présentement. Sur l'emplacement d'origine ne restait que l'église, parce que le curé avait dit que ce serait un sacrilège que de la démonter, bien que les communistes du village aient assuré que c'étaient des histoires, juste pour se gaver avec les collectes et construire un nouveau temple.

Je demandai au vieux au béret à quel moment ils avaient fini le déménagement et il me répondit deux ans après le départ du maire.

— Et puis on a eu dix-sept ans de sécheresse, jusqu'à l'année dernière et ils sont arrivés et ont inondé le vieux village.

De façon confuse, ils rendaient Manuel responsable de l'ajournement de la mise en eau du barrage et ils se sentaient fiers de sa gestion du problème. Ils n'avaient pas, pendant tout ce temps, élu un nouveau maire, et lorsque quelque fonctionnaire de Madrid débarquait pour superviser le scrutin, ils organisaient de fausses élections et c'était immanquablement l'idiot du village qui arrivait en tête. Je remarquai qu'à chaque allusion à la capitale chacun pointait le nez dans une direction différente.

Un des vieux lui demanda comment était le roi en personne et je me lançai au secours de l'ex-devin, qui ne voulait pas ruiner sa légende en révélant son errance amnésique :

— Grand, dis-je. Le roi est très grand.

— Et il aime raconter des blagues idiotes, ajouta Juan.

Des hommes s'en furent à la recherche des voitures qui étaient restées au bord du lac et d'autres nous accompagnèrent jusqu'à la maison de Sosiris et nous obligèrent à faire la sieste comme si nous étions des bébés, parce que cette nuit était la nuit de Noël et qu'il fallait la célébrer. Moi, je me disais que c'était dans plus d'une semaine, mais Manuel, avec une autorité de maire revenu, décréta que nous étions le 24 décembre et qu'on n'en parlait plus.

Sa femme examinait Cabo avec un mélange d'ironie et de sévérité, et la jeune fille musicale évitait de rester près de lui, mais se tenait toujours dans sa ligne de mire, sans le regarder directement. Quand nous nous retrouvâmes tous les trois seuls dans la chambre des plus petits enfants, je lui demandai :

— Que vas-tu faire, maintenant que tu as retrouvé l'une de tes deux mélodies ?

— Elle est ravissante, n'est-ce pas ? Et quand elle gémit, il n'y manque pas une octave. Il baissa les yeux et ses cheveux acajou lui cachèrent le visage. Mais je ne sais pas quoi faire, parce que si je reste, je n'ai rien à lui offrir…

— Tu as une Rolls magnifique, intervint Juan les yeux fermés. Et tu l'as, elle, qui est folle de toi, Cabo. Tu connais bien la musique, mais pour ce qui est des femmes, tu es un imbécile. Comme celui-là.

Il me désigna d'un geste de la tête et se retourna dans son lit :

— Et laissez-moi dormir, bordel, parce que cette nuit c'est le 24 décembre et demain c'est Noël.

Dix secondes plus tard il ronflait si fort qu'il faisait flotter les posters du Muppet Show et la photo de l'équipe du Real Madrid 1988 qui étaient accrochés aux murs de la chambre. Rosita me léchait la main et je m'endormis en observant le sourire timide de Butragueño et en pensant à Aguirre, l'homme qui n'avait jamais marqué un but de sa vie.

UNE BANDE D'AIGLES VOLANT À CONTRE-COURANT

Le dîner fut abondant et joyeux. Nous célébrâmes la nuit de Noël à la mairie, presque tout le village était présent. La femme de Manuel, qui ne connaissait peut-être pas les rituels du protocole mais bien ceux de la vie, installa le musicien en face de sa fille, et à côté de la jeune fille un garçon qui la dévorait des yeux. Pour distraire Cabo de sa souffrance, je demandai à la petite comment elle s'appelait et elle me répondit, agacée d'avance :

— Sissi.

— Comme l'impératrice du film, dit galamment le garçon qu'elle foudroya immédiatement de sa haine.

— Sissi c'est comme un *si* soutenu, osa Cabo. C'est curieux ce que les paroles disent même sans le vouloir...

— Ça dépend, lui répondit la petite. Il y a des gens qui n'en ont pas, de parole.

— Voilà qui est envoyé, commenta Juan en levant son verre dans ma direction pour la cinquième fois.

Nous bûmes beaucoup et la joie née du retour du maire s'effilocha petit à petit, comme ça arrive dans tous les villages. On but à la santé de Manuel, à la santé du roi qui avait retardé l'inondation pendant tant d'années, et même à la santé de l'idiot du village qui boudait parce qu'il ne serait plus le Premier aux fêtes paroissiales, mais qui se consola quand Manuel lui promit qu'il pourrait continuer à porter l'écharpe et le bâton de commandement dans les processions.

Cabo se tenait seul dans son coin, l'oreille attentive à une symphonie fuyante et les yeux fixés sur Sissi, qu'il semblait perdre peu à peu devant les avances niaises mais sincères du garçon.

Il soupira et s'avoua vaincu sur les deux fronts. Le regard absent et sur les lèvres un demi-sourire de convenance, il était bien loin de la vallée. Puis il se mit à tapoter doucement avec sa fourchette sur son assiette, dans un rythme distrait qui prit corps lentement. Un des vieux reprit le rythme en faisant s'entrechoquer deux verres, et le curé fit de même en frappant avec son crucifix sur une bouteille de vin. Sosiris introduisit les graves en tambourinant sur la table et j'improvisai des cymbales avec deux couvercles de casserole. Peu à peu, nous nous trouvâmes enveloppés dans la magie d'une mélodie cristalline que Cabo dirigeait debout sur une chaise, se servant d'une patte de poulet comme baguette. La musique impossible prit de l'ampleur, exécutée sur des instruments improbables, mais même ainsi c'était ce que j'ai entendu de plus beau. Sissi monta sur la table et dansa sur cet air inédit avec une sensualité telle que je compris le dilemme de Cabo : elle et la symphonie étaient presque une et même entité. L'idiot du village suivait le rythme en tapant sa bite sur le bord de la table et Juan frottait l'un contre l'autre son .38 et mon automatique, produisant au moment exact un son moyen qui semblait avoir été écrit sur une portée immémoriale. Je ne me rappelle pas combien de temps ça dura, mais je me souviens du bonheur de Cabo, sa mèche dansante, la moustache parsemée de notes, tandis qu'il indiquait des pauses et des staccatos vers un grand final que personne ne désirait. Nous pleurâmes une enfance retrouvée, des premières amours, des rêves comme des hautbois. Jusqu'au refrain que je chantai à voix haute et sans pudeur, répétant *claudiaoliviaclaudiaoliviaclaudiaolivia,* et qui rajoutait des notes à une musique qui nous rendait meilleurs.

Quand ça s'arrêta, après une explosion de sons et d'espoirs dont le souvenir me serre encore le cœur, Cabo n'eut pas besoin de nous dire que c'était elle, la musique qu'il avait perdue dans les chemins, parce que tous nous sentions que nous aussi avions perdu quelque chose comme ça dans nos propres sentiers vacillants.

Le compositeur embrassa Sissi sur la bouche et lui jura qu'il reviendrait la chercher. Il descendit de la table, nous serra dans ses bras et dit qu'il partait tout de suite pour diffuser la bonne nouvelle de la naissance d'une musique qui guérissait les tourments de l'âme.

Nous sortîmes pour lui dire au revoir et Cabo salua plusieurs fois avant d'entrer dans sa voiture, sans cesser de fredonner sa mélodie parfaite. Sissi lui envoyait des baisers, le musicien baissa la vitre de la Rolls pour lui jurer :

— Je reviendrai, mon amour.

Et c'est alors que ça arriva.

Comme un vent à l'envers.

Comme si quelque chose effaçait, l'un après l'autre, tous les baisers imprimés sur notre peau.

Une bande d'aigles volant en arrière.

La fuite de la beauté et la raison pour recommencer à la rechercher.

La mélodie s'était enfuie par la vitre baissée.

Nous dûmes nous mettre à trois pour sortir Cabo de la voiture.

Il était rigide et couvrait son père d'injures, en cinq langues différentes au moins. Et dans chacune, l'injure sonnait comme une question.

Il fallut le faire boire jusqu'à ce qu'il sombre et Sissi l'emmena sans rien dire jusqu'à sa chambre.

— Si ma petite n'arrive pas à rendre la joie à sa baguette, personne n'y arrivera, murmura la mère un peu soûle.

Et le curé, qui était toujours sous le charme du concert, dit :

— Amen.

UN TEMPS POUR SE BATTRE
ET UN TEMPS POUR COURIR

— C'est vrai, vous ne voulez pas que je vous conduise un peu plus loin ? demanda Cabo. Nous pouvons poursuivre la route ensemble…

Derrière ses cernes profonds pointait la tristesse familiale de la descendance de Manuel/Sosiris, bien que son sourire fût aussi lumineux que celui de Sissi. J'enviais le musicien : lui, au moins, avait l'un de ses rêves à portée de main et il pouvait, quand il le voulait, partir à la recherche de l'autre. Moi, je ne cherchai qu'une rivière sans nom pour retourner au désarroi de ma maison.

— Ça ne vaut pas la peine, dis-je. Vous voulez rester avec elle et j'ai l'idée que la musique qui naît entre ses cuisses n'est pas moins émouvante que l'autre symphonie. Et puis, qui a dit : si elle est revenue une fois, elle peut revenir une autre fois ?

— Qu'est-ce que tu fais désuet, Txema, me reprocha Juan. Demande à la petite de venir avec toi chercher la symphonie, Cabo, et tu verras qu'elle viendra en courant. Elle doit mourir d'envie de quitter ce coin perdu… Si j'avais dix ans de moins…

— Vous auriez soixante et quelques années, l'interrompis-je en prenant Rosita dans mes bras. Le plus sensé aurait été de la laisser au village, au lieu de la traîner dans notre fuite sans destination précise, mais il y avait des jours que je ne faisais rien de sensé.

Le musicien me tendit une liasse de billets dans laquelle se mélangeaient des euros et des pesetas, et je me dis qu'il n'était pas très sûr que nous trouvions la sortie. Pourtant il hésitait entre la tentation de la route et celle qui l'attendait au village de Sosiris, à quelques kilomètres de là.

— Faites ce que vous voulez, Cabo, mais arrêtez de fuir, parce qu'on finit toujours par revenir là où on ne vous attend pas. Je sais ce que je dis.

Il nous fit un signe d'adieu et la Rolls s'éloigna sans un bruit.

— Il va me manquer, avouai-je.

— A moi aussi, et sa sacrée voiture, dit Juan. Je plaisante. On y va, camarade ?

— Les seuls vrais camarades sont les couilles, toujours ensemble et jamais fâchées.

— Ah, elle est très bonne, celle-là ! La prochaine fois que je verrai Chávez dans un sommet, je la lui raconterai.

Une nouvelle fois nous nous retrouvions en pleine nuit sans savoir dans quelle direction aller. La peau de mon crâne me démangeait. J'enlevai ma perruque et la mis dans ma poche. Juan m'adressa un regard sévère et proposa que nous fassions de l'auto-stop. Je ne protestai pas. Nous nous réchauffâmes à l'intérieur avec une liqueur rustique et sucrée que nous avait donnée la femme de Manuel et à l'extérieur avec de grosses couvertures tissées à la main que nous mîmes sur nos épaules. Rosita apportait une chaleur en plus que je cédai à Juan pour continuer à me sentir plus jeune et plus fort que lui. Nous avions l'air de montagnes ambulantes, à la recherche d'un paysage nouveau qui ne cessait de s'éloigner.

Quand les phares apparurent dans un tournant, je mis en pratique la méthode enfantine de mon compagnon : je fermai les yeux et souhaitai très fort que dans cette voiture se trouvât quelqu'un qui pût nous conduire vers la sortie, vers la rivière ou n'importe quoi, quelqu'un qui serait étranger à ce coin arriéré. Mon souhait ne se réalisa qu'à moitié, parce que les passagers de la Mercedes noire et quelque peu cabossée de Zuruaga ne savaient pas non plus comment sortir de là et étaient aussi étrangers que nous.

Ils accélérèrent en nous voyant. Nous quittâmes le chemin et nous nous mîmes à courir à travers champ.

La lune se cacha derrière des nuages mais ils nous suivirent, même quand nous pénétrâmes dans un défilé étroit entre les falaises qui arrachèrent des étincelles aux flancs de la Mercedes. Et quand le passage devint si étroit qu'il leur fut impossible d'avancer ni d'ouvrir les portières, une explosion fit voler le pare-brise teinté en éclats et je compris que pas même la montagne n'arriverait à arrêter Terreur.

Mais mes jambes ne tremblaient pas.

Ça c'était avant quand j'étais un homme bloqué qui faisait semblant de n'avoir peur de rien.

Je m'arrêtai dans l'obscurité et visai avec mon arme à hauteur de ma taille. Je tirai et j'entendis une plainte qui ne venait pas de Terreur mais me remplit d'euphorie.

Puis une pluie de balles s'abattit sur nous, et si Juan n'avait été là pour me jeter à terre, j'aurais été criblé.

— Tu es fou, Txema ? cria-t-il. Il y a un temps pour se battre et un temps pour courir...

— Alors courons ! criai-je à mon tour.

Et nous courûmes en zigzag, échappant fortuitement aux balles. La lune se montra un moment derrière les nuages et en regardant derrière moi, la dernière chose que je vis fut la silhouette puissante de Terreur coincée dans le trou du pare-brise dont il essayait de se dégager.

Puis nous tombâmes dans le ravin.

Nous roulâmes au milieu des bêlements de Rosita et des jurons de Juan, jusqu'à arriver au fond. Je crois que les couvertures amortirent notre chute, mais nous n'avions pas le temps de le vérifier. Il fallait fuir et devant nous s'élevait une autre falaise aussi abrupte que celle que nous venions de descendre de si mauvaise façon. Nous n'étions pas en condition d'escalader, nous poursuivîmes donc notre fuite dans la boue, entre les deux murailles rocheuses et dans l'obscurité. Ils ne pourraient pas se remettre en marche avant un moment et il fallait trouver une issue, une côte moins escarpée qui nous permettrait de sortir de l'autre côté et de nous perdre dans la montagne. Je décidai que si nous y parvenions, si nous arrivions à nous extirper de ce bordel, je cesserais d'être un veuf inconsolé, enchaîné à mes tristes souvenirs. Je ne serais plus englué dans le passé, regrettant mes anciennes erreurs, sans me donner l'occasion d'en commettre de nouvelles. Je ne recommencerais plus à vivre le regard tourné vers le passé, parce que ça ne me convenait pas encore, je n'en avais ni l'âge ni la disposition…

— Txema, dit Juan. Regarde derrière.

— Non. Plus jamais.

— Tu dois le faire.

— J'ai dit non.

— Bon, alors cours !

Un rugissement jailli de la terre s'approchait de nous à une vitesse trompeuse, comme tranquillement. Sans rien comprendre, je courus derrière le roi en pataugeant dans la boue. Ce bruit ne pouvait pas venir de Terreur, me dis-je. Je me retournai, les pieds dans la boue, quand la lune s'échappa de derrière les nuages et je pus voir arriver la masse d'eau, encaissée dans le canyon, prête à nous engloutir. Elle me souleva comme un fétu de paille et m'envoya en l'air, mais je ne lâchai pas Rosita la brebis. L'eau formait des tourbillons et des forces contraires soulevèrent Juan à quelques mètres de hauteur puis le lâchèrent. Il disparut dans les flots et je plongeai à sa recherche, mais la violence des vagues me projeta à nouveau en l'air et je pus apercevoir sa tête éclairée par la lueur de la lune. La masse d'eau nous emportait à une vitesse vertigineuse entre les falaises et nous nous maintenions difficilement à flot.

Peu à peu elle calma sa fureur, s'installa dans un rythme régulier et nous approcha du bord de la falaise. J'aidai Juan à grimper dans la boue et nous nous laissâmes tomber, épuisés. Lorsque je retrouvai mon souffle, je tendis la main et je touchai quelque chose de rond, caché dans la boue oubliée par l'eau à son passage. Je saisis l'objet, le nettoyai dans l'eau qui jouait à l'innocente sur le bord, et je l'étudiai à la lumière de la lune.

C'était ma montre Corto Maltese.

Celle qui avait disparu avec ma voiture dans le barrage de la rivière Piedras depuis une éternité, quand j'étais encore un homme bloqué et que je vivais en regardant vers le passé.

Je l'approchai de mon oreille, elle marchait. Je la frottai contre mes vêtements pour la sécher et me la mis au poignet : Juan me regardait avec étonnement.

— Comment n'avez-vous pas perdu votre perruque dans cette foutue crue ? lui demandai-je.

— Je la tenais avec la main, répondit-il. Nous sommes incognito ou nous ne sommes pas incognito ?

Je pris ma propre perruque, ruisselante, dans ma poche et me la posai sur la tête.

Nous nous mîmes à rire, heureux d'être en vie et si à ce moment il m'avait proposé une bataille d'eau, j'aurais accepté. Rosita, curieuse comme toujours, grimpa jusqu'en haut du coteau et nous la suivîmes.

— Putain !!! s'exclama Juan.

— Ça alors…

Nous regardâmes derrière nous le lit de la rivière qui quelques instants auparavant n'était qu'un creux recouvert de boue dans le fond d'un ravin. L'eau suivait son cours comme s'il en avait toujours été ainsi.

— Alors c'est elle cette foutue rivière du diable, conclut Juan.

Nous nous retournâmes et là, un peu au-delà de la colline, à moins de cent mètres, s'étendait une route nationale tout illuminée.

Un immense panneau indiquait "Madrid" et la distance en kilomètres, que je ne pus voir clairement parce que je pleurais et riais en même temps.

La route était remplie de camions et de cars arrêtés.

Et les camions étaient remplis de moutons.

— Je t'avais bien dit qu'il fallait suivre Rosita, me lança mon compagnon.

C'est une manifestation d'éleveurs de moutons qui vont à Madrid pour protester contre je ne sais quelles directives européennes. Je me demande encore comment Juan a réussi à les convaincre que nous faisons partie du groupe. Il leur a dit que nous étions de petits paysans et que des "forces de la répression" nous ont attaqués, les mêmes qui ont volé notre camion et presque tous nos moutons. Il s'est introduit entre les manifestants brandissant Rosita comme preuve et quelques-uns d'entre eux nous ont proposé de nous ramener à la maison. Mais Juan a sauvé la situation en assurant que rien ne nous ferait abandonner, que nous irions à Madrid avec eux, fût-ce avec un seul mouton, et qu'"il vaut mieux mourir debout que vivre à genoux", ou quelque chose dans ce genre. Je n'ai pas eu besoin de lui demander où il avait entendu ça puisque je savais que c'était dans un film sur Che Guevara.

Ils nous ont fait de la place dans la partie arrière d'un camion plein de moutons et nous ont donné des couvertures sèches.

Quand nous nous sommes éloignés, il m'a demandé :

— Tu ne veux pas te renseigner sur le nom de la rivière ?

— Pour quoi faire ? C'est évident qu'elle a un nom différent pour chacun.

Et j'ai fait semblant de vouloir dormir.

En réalité je n'ai cessé de penser à ce qui nous attendait quand nous arriverions à Madrid, à tous les problèmes que me rappelle une plaie dans le creux de ma main droite, et à la promesse de ne plus jamais regarder vers le passé, dont j'ignore si je pourrai la tenir.

La chaleur de Rosita dans mon dos est rassurante maintenant que le jour se lève et que je reviens.

Je reviens vers le danger et je le sais.

Mais Terreur ne revient pas avec moi.

Peut-être vais-je le rencontrer à Madrid.

Mais je ne suis plus un homme bloqué.

Et si Terreur croise mon chemin, je l'affronterai…

III

Con dinero o sin dinero
hago siempre lo que quiero
y mi palabra es la ley.
No tengo ni trono ni reina
ni nadie que me comprenda
pero sigo siendo el rey.

JOSÉ ALFREDO JIMÉNEZ, *El Rey.*

Avec ou sans argent
je ne fais que ce que je veux
et ma parole fait la loi.
Je n'ai ni trône ni reine
et personne ne me comprend
mais je suis toujours le roi.

JOSÉ ALFREDO JIMÉNEZ, *Le Roi.*

QUAND LES CANARDS TIRENT SUR LES FUSILS

Arregui savoure chaque *churro* comme s'il s'agissait d'un mets rare. Au bout du comptoir, deux gros irascibles débattent à grands cris de l'intérêt qu'aurait pour le Barcelone, à la fin du championnat de Ligue, le titre honorifique de Champion de l'Hiver. Il écoute la discussion comme si c'était le comble de l'intellectualité. Même le bruit des machines à sous, qui d'habitude lui donne des envies de fracasser les appareils et leurs obsessionnels utilisateurs, sonne à son oreille comme une musique céleste.

Avec des années de retard, Arregui s'assume comme un homme de la ville.

De cela il est sûr.

Pas du reste.

Depuis qu'il a foulé à nouveau l'asphalte de Madrid, il y a un peu plus d'une demi-heure, Arregui a décidé de penser à tout ce qui lui arrive à la troisième personne. Peut-être parce qu'il ne sait plus trop qui il est, maintenant qu'il est de retour.

A ses côtés, Numéro Un profite au maximum de son déguisement de hippie éleveur et partage des *carajillos** avec les leaders de la manifestation. Au-delà de la gare, la queue des cars et des camions occupe

* Cafés-cognac.

presque un kilomètre et les moutons s'impatientent. Apparemment, nous sommes en plein dans la saison des manifestations et il y en a au moins quatre qui attendent pour remonter l'avenue d'Atocha en direction de la Puerta del Sol.

Juan, enflammé, propose à ses “compagnons”, au cas où le ministère ne leur accorde rien, d'aller directement présenter leurs revendications au palais de la Zarzuela ; et il éclate de rire en imitant, Rosita dans ses bras, le roi recevant les manifestants et leur tenant des propos dignes de Carmen Sevilla* à ses petits moutons.

Arregui en profite pour faire quelque chose qu'il doit faire et que le roi ne doit pas voir.

Avec un savoir-faire acquis au cours de ses années dans la police et perfectionné grâce aux leçons particulières de Legrand, il subtilise les portables de deux “compagnons” et descend tranquillement aux toilettes.

Il ferme la porte des cabinets, baisse le couvercle des W.-C. et s'assied. Il feuillette son agenda trempé. Quelques-uns des numéros sont effacés mais les plus importants sont là, plus ou moins lisibles. Et puis, depuis qu'il a décidé de tout voir à la troisième personne, il sent qu'il retrouve son efficacité et qu'il pourrait se souvenir sans problème des numéros de téléphone dont il a besoin. L'idée de se servir de deux portables différents est une précaution qui ne lui serait pas venue à l'esprit il y a seulement vingt-quatre heures, quand il errait, perdu, entre clochers et villages arriérés.

Il a poursuivi de nombreux fugitifs, et, s'il en a attrapé beaucoup, c'est qu'il a appris à penser comme quelqu'un qui fuit.

* Chanteuse d'opérette espagnole longtemps associée à Luis Mariano.

Confondre les pistes. Planifier toujours les deux prochaines étapes, au cas où ceux qui le suivent devinent l'une d'elles.

Ne pas penser à Claudia.

Ni à Olivia.

Le premier appel est obligatoire, protocolaire, sûrement inutile et il le sait.

Mais il doit le passer.

La voix qui lui répond n'est pas celle du ministre et Arregui se borne à ordonner :

— *Le Mécano de la "General"*. Trois minutes – et il raccroche.

Il ouvre le petit carnet d'Ainhoa, dont l'épaisse couverture en papier mâché avec son dessin en spirale est gonflée d'eau. Il cherche un stylo-bille dans la poche de son blouson et il écrit :

"Il n'est plus une proie. Il est maintenant un chasseur."

Il pense que cette phrase est pontifiante et qu'en plus c'est un lieu commun, de ceux qui exaspèrent le commissaire Montalbano, le héros de ces romans qu'il a tant de fois lus et relus, sans doute parce que le policier sicilien est un homme enfermé comme il l'était lui. Et puis dans cette histoire il y a un chasseur : *le* Chasseur. Et même si Arregui sait qu'il a peu de chance de jamais en connaître la véritable identité, il se refuse à la moindre ressemblance avec lui.

Il raye la phrase et écrit en dessous :

"Il est l'heure que les canards commencent à tirer sur les fusils."

C'est une phrase absurde mais elle exprime bien son état d'esprit, en plus de lui rappeler l'homme qu'il doit localiser si l'appel au ministre aboutit comme il espère.

Arregui est fatigué d'être une proie, et si on ne lui donne pas les garanties qu'il attend, il inversera les rôles. Il ignore combien d'hommes envoyés par Zuruaga et le Chasseur sont à leurs trousses, ni combien de flics sont à leurs ordres, mais il est sûr d'une chose : ils sont là, autour d'eux.

Il sourit et pense que si tout ça ne finit pas très vite, il finira par raconter des blagues aussi nulles que celles de Numéro Un.

Il compose un numéro.

C'est la voix de Buster qui répond maintenant :

— Gustavo ? A la bonne heure ! Il y a des heures que j'essaie de te joindre sur l'autre numéro…

— J'ai changé de portable, ministre. Pourquoi m'appelais-tu ?

— Comment pourquoi ? Pour que vous reveniez. L'affaire est réglée…

— Sûr ?

— Oui. Dans la discrétion, mais nous avons neutralisé les individus qui étaient impliqués dans cette histoire de fous. Des nostalgiques des temps d'avant, tu vois…

— Qui était à la tête ?

— Eh bien… Tu comprendras que c'est une information que je ne peux…

— Tu ne le sais pas encore…

— Non. Mais nous le saurons bientôt, Txema. Maintenant, il faut que tu le ramènes, ça devient urgent ! Les médias se doutent de quelque chose et on commence à parler d'une maladie grave…

— Plus grave que la mort ? Parce que c'est ce qui attend Numéro Un si tu te trompes, Buster.

— Je le protégerai. Il baisse la voix pour lui faire le cadeau d'une information confidentielle. Je crois que tout cela vient de Zuruaga, bien que nous n'ayons pas de preuves précises. Et comme il a quitté le pays…

— Quand ça ?

— Il y a deux jours. Cela a été confirmé.

— Alors c'est la confirmation qu'il a un frère jumeau, parce que, il y a moins de six heures il nous tirait dessus dans les collines, Buster.

— C'est égal. Tu nous le ramènes, Gustavo. C'est un ordre.

— Houla, j'ai peur, je me pisse dessus ! Heureusement, je suis assis sur des cabinets….

— Je regrette, Txema, mais je suis sur les nerfs. Il doit enregistrer son discours de Noël pour la télé, et s'il ne le fait pas, tout sera découvert…

— Noël c'est dans une semaine.

— Le discours est enregistré quatre ou cinq jours avant. Tu ne le savais pas ?

— Non. Mais dans ce cas, on pourrait faire un montage avec les discours des années précédentes. Au fond, il dit toujours la même chose… Ecoute, Buster, si tu pouvais choisir, tu serais quoi, canard ou fusil ?

— Qu'est-ce que tu racontes ?

— Rien. Tu auras bientôt de nos nouvelles. Ne lâche pas ton portable, je peux avoir besoin de te contacter. Et calme-toi, nous sommes déjà à Madrid.

— Comment ?

Arregui enlève la batterie du portable sans couper la communication et il regarde l'heure sur sa montre Corto Maltese. Il ne veut pas laisser Juan seul trop longtemps. La crue qui les a ramenés sur la terre ferme a pu faire pareil avec la bande de Zuruaga. La manifestation des éleveurs de moutons a été un bon camouflage pour regagner la ville, mais à partir de maintenant ce ne sera pas difficile de les localiser.

Ne serait-ce que par l'odeur, se dit-il, et il rêve d'une bonne douche.

Il décide de continuer à croire en l'honnêteté de Buster, bien qu'il doute de son efficacité.

Ramener Numéro Un maintenant équivaudrait à le condamner à mort.

Non, pas maintenant.

Ils le laisseraient enregistrer son discours et quand le pays serait parti en vacances de Noël, il subirait un de ces accidents dont il est coutumier, mais cette fois ce serait un accident mortel. Ou quelque chose dans ce genre.

Buster ne pourrait pas le protéger parce qu'il ne sait pas encore s'il est un canard ou un fusil.

Juan est une marchandise précieuse, convoitée par des gens qui possèdent tout, mais ont besoin de le tuer. Pourquoi ? Peut-être pour ne pas tout perdre.

Juan est le joyau de la couronne pour ceux qui manipulent les fils de Zuruaga et compagnie. Et où cacher un joyau pour qu'il soit en sécurité ?

Dans une chambre forte.

Arregui connaît un type qui en a une.

Ou tout au moins qui en avait une il n'y a pas très longtemps.

Avec Soldati on ne sait jamais.

MOI, À VOTRE PLACE, JE NE LE FERAIS PAS

Pendant qu'il compose le second numéro sur l'autre mobile volé, il pense que c'est une erreur de faire confiance à l'Argentin. Une voix puissante répond :

— Allooooo ?

— S'il y a de la misère… dit Arregui.

— … qu'elle ne se remarque pas, complète l'autre. C'est bon. Tu connais le code secret, mais ça ne veut rien dire. T'es qui ?

— Un qui peut te faire un nez tout neuf.

— Un nez tout neuf ? Chemi…

— Pas de noms, coupe Arregui. Pas de noms, s'il te plaît.

Il ne pense pas que ceux qui les suivent aient intercepté le numéro de téléphone de Soldati. Il y a plus d'un an qu'il n'est pas entré en contact avec l'Argentin. Mais on ne sait jamais.

— Je comprends. Qu'est-ce que je peux faire pour toi ?

— Tu as toujours la même affaire ?

— Bien sûr. Je t'ai déjà dit la dernière fois qu'on s'est vus que j'en avais assez des coups merdiques. Ça nous convient bien, et Octavio me tient les rênes serrées…

Arregui se souvient de l'associé de Soldati, un petit homme d'apparence quelconque qu'il a toujours trouvé sympathique. Mais il n'y a pas de temps à perdre :

— J'ai besoin d'une planque. Dans ton local. Quelques jours. Pour moi et pour un ami. C'est possible ?

— La question ne se pose même pas, idiot. A quelle heure ?

— Dans vingt minutes.

— Vous venez en voiture ?

— Non. En manif. Et il est possible que nous soyons suivis.

— Ouah ! Pas grave. Tu me laisses m'occuper de ça. Et je vous sortirai de là sans attirer l'attention. Vous venez déguisés, j'imagine. Je te connais, petit rigolo… Pas grave : quand tu me verras, approche-toi et je me charge du reste.

Arregui raccroche, éteint le mobile et enlève la batterie. Il récupère les deux cartes SIM. Il ne rendra pas les portables à leurs propriétaires, parce qu'ils seront localisés dès qu'ils les allumeront. Mais quand même, c'est Noël et il ne veut pas les priver d'appeler leurs êtres chers. Il retourne au bar et glisse les cartes dans les poches correspondantes. Quand ils les installeront dans d'autres portables, ils pourront souhaiter de bonnes fêtes de Noël à des gens qu'ils détestent toute l'année mais qui leur manquent en décembre.

Il faut y aller, se dit Arregui.

— Il faut y aller ! crie Juan, secondé par un bêlement de Rosita.

Arregui profite du brouhaha pour prendre Numéro Un à part, l'éloigner des éleveurs qui sortent dans la rue prêts à se battre contre les autres manifestants pour savoir lesquels vont protester les premiers.

— Suivez-moi discrètement, ordonne-t-il. Il faut partir d'ici.

— Et laisser les gars tout seuls ?

— Personne n'est vraiment seul s'il a au moins une brebis. Et ils en ont des milliers. Vous voyez ces flics là-bas ? Au coin de la rue. Ils ne nous perdent pas de vue et ils sont passés deux fois devant le bar pendant que vous haranguiez les masses pour monter à l'assaut du palais d'Hiver...

Il dit ça pour inquiéter Juan et faire en sorte qu'il lui obéisse, mais c'est la réalité : ces deux flics les regardent attentivement, comme si on leur avait donné leur description. Ils échangent trois mots puis se dirigent vers eux.

— Quand nous serons au milieu de la manifestation, baissez la tête, dit-il à Juan.

— Ce n'est pas le moment de baisser la tête, camarade, mais celui de combattre pour...

Il le pousse dans la foule et lui tord le poignet pour l'obliger à se pencher. Juan pousse un gémissement mais le suit dans leur avancée. Arregui calcule la distance qui les sépare du local de Soldati, dans le quartier de Huertas. A peine quelques centaines de mètres, qui seront de trop s'il y a dans le coin d'autres policiers corrompus prêts à les identifier. La seule chose à faire est de se mêler à la foule et sortir du côté opposé.

C'est une bonne idée, se dit-il.

Si bonne que l'un des flics l'a eue de son côté et apparaît là où on l'attend le moins, leur coupe la route, saisit Juan par le poignet et pointe son arme réglementaire sur la poitrine d'Arregui.

— Répression ! crie un des jeunes éleveurs qui étaient avec eux dans le bar, en se jetant sur le policier qui le frappe à la tête avec son pistolet. L'éleveur tombe et Arregui se sent coupable, car c'est l'un des deux types auxquels il a pris le portable. Mais le reste des "compagnons" se lance sur les infortunés représentants de l'ordre pendant que deux hippies et un bébé brebis courent dans la direction opposée, en remontant l'avenue d'Atocha, jusqu'à se réfugier au sein d'une colonne qui avance lentement au rythme des tambours et derrière une profusion de pancartes. Ils ne sont pas nombreux, mais assez pour que les deux hommes puissent se cacher dans leur groupe le temps de récupérer leur souffle. Ils regardent derrière eux et découvrent la petite bataille qui s'est déclenchée au début de la rue. Des policiers en uniforme courent, matraque à la main, pour se joindre à la fête. Juan cache Rosita dans son blouson, baisse la tête et demande tout en avançant avec la colonne :

— Ils nous attendaient, n'est-ce pas, Txema ? Et ils ont failli nous coincer à cause de moi. S'ils connaissent nos déguisements maintenant, il vaudrait mieux enlever nos perruques…

— Moi, à votre place, je ne le ferais pas, murmure Arregui à son oreille en regardant les banderoles et les drapeaux qui les entourent. Nous sommes en plein dans une manif' républicaine.

LES JEUNES PÉLONISTES

Il est impossible de ne pas reconnaître Numéro Un, quand autour de lui ondulent des douzaines de banderoles avec des caricatures et des montages photographiques de son visage. La perruque à *dreads* et les vêtements crottés sont un piètre déguisement face à une telle profusion de portraits. Et c'est encore plus facile pour ceux qui, sur les trottoirs, regardent passer la manifestation, parce que la distance leur donne plus de perspective. Quel groupe dans le public sera le premier à découvrir l'évidente ressemblance entre le roi, contre lequel s'égosillent les manifestants, et ce hippie grotesque portant un agneau dont la tête surgit dans l'échancrure du blouson : ceux qui saluent timidement la marche sans pour autant avoir l'intention de la rejoindre, ceux qui insultent les républicains et leur crient d'aller travailler, ou ceux qui se bornent à les regarder passer comme s'il s'agissait d'un défilé de carnaval.

Pire : soit parce qu'il n'a pas perdu au cours de ces derniers jours l'acuité de l'observateur professionnel, soit parce qu'il s'est mis au fur et à mesure de sa fuite dans la peau de l'homme traqué, Arregui croit détecter au sein du public des têtes de policiers en civil. Il essaie de calmer le fuyard qu'il porte en lui, mais le résultat n'est en rien rassurant : au moins quatre des têtes qu'il a soupçonnées d'appartenir à des flics de la police secrète en font vraiment partie. Ou en faisaient partie à l'époque où Arregui était policier, et à cette époque ils s'étaient révélés parfaitement *achetables*. Ou plutôt *vendables*. Deux d'entre eux portaient sur leur nez la marque de son poing irascible. Et ça ne s'oublie pas.

La colonne passe devant l'immeuble où Arregui a son agence et tout ce luxe, qui lui était il y a quelques jours encore indifférent, lui paraît maintenant si lointain qu'il en a la nostalgie. La rue de León, où Juan et lui devront quitter la manifestation pour rejoindre le restaurant de Soldati, est encore loin. Ce sera le moment le plus dangereux, mais l'Argentin lui a dit qu'il s'arrangerait pour les faire sortir discrètement. Le mieux serait de chercher la partie la plus dense de la colonne qui remonte Atocha, de s'y fondre pour compliquer la tâche d'éventuels espions, et de prier pour que l'idée de Soldati fonctionne. Il se retourne pour donner des instructions à Juan, mais celui-ci n'est plus là, il est quelques mètres devant, bras dessus, bras dessous avec un groupe de jeunes porteurs eux aussi de dreads, et sa voix ample surplombe le chœur qui chante avec enthousiasme :

— Nous voulons un p'tit chalet comme celui du prinçounet ! Nous voulons un p'tit chalet comme celui du prinçounet !

Arregui se réjouit de raconter tout ça à la troisième personne, parce que le changement de narrateur transforme en humour ce qui relèverait de l'exaspération dans le premier cas. Il hausse les épaules, rattrape le petit groupe, prend le bras de Juan, et chante avec les punks, les skins et un vétéran courageux qui remontent l'avenue entre les drapeaux tricolores*. Son

* Le drapeau de la République espagnole était rouge, jaune et violet.

compagnon l'accueille avec émotion et ne se rend compte qu'au bout d'un moment que le mot d'ordre a changé :

— Juan Carlos de Bourbon, au boulot comme un péon !

Il sourit, regarde Txema et continue en criant avec les autres.

A droite, ils laissent derrière eux la Costanilla de los Desamparados* et Arregui se dit que ce ne serait pas une mauvaise rue pour vivre, compte tenu de ce qu'il a vécu ces derniers jours. Dans deux pâtés de maisons, ils seront rue de León, et Atocha devient plus étroite un peu avant d'y arriver. Ce sera la seule opportunité pour eux de pouvoir quitter la manifestation, si tant est que Soldati arrive à temps. Arregui regrette d'avoir mis sa propre vie et celle de son client entre les mains de quelqu'un d'aussi peu fiable que l'Argentin. Car il préfère penser à Juan dans ces termes. Il doit le protéger mais par pour ce qu'il représente ni pour ce qu'ils ont partagé, simplement parce qu'il est son client et lui un détective. C'est plus facile comme ça.

Tout en reprenant en chœur un mot d'ordre à propos de la reine Sofia et de la *Ley d'Extranjería***, il se répète qu'il a eu tort de faire confiance à un type qui, lorsqu'il l'a connu, il y a quelques années, distribuait des cartes de visite sur lesquelles il se présentait comme révolutionnaire et homme d'affaires. Raúl Soldati avait passé de nombreuses années au Maroc avec l'intention de faire la révolution ou de s'enrichir – "ce qui viendrait en premier", disait-il – et à Madrid il avait monté plusieurs affaires inclassables dont Arregui n'avait jamais pu déterminer si elles étaient

* La "petite montée des Abandonnés".

** Loi qui régit le statut des étrangers.

légales ou non. Claudia l'aimait bien. Depuis quelque temps, il semblait s'être rangé en s'étant associé avec le discret Octavio Rincón. Ensemble, ils avaient créé, dans le quartier de Huertas, *Le Caméleón*, une sorte de pub-restaurant qui d'après Soldati était l'"expression ludogastronomique de la mondialisation". Un concept qui se réduisait à une autre de ses combines : une carte qui changeait de langue chaque semaine, comme la décoration, la musique et même le menu, selon la nationalité majoritaire des étrangers logés dans les hôtels alentour, dont les réceptionnistes recevaient de l'ex-guérillero une consistante gratification afin de le tenir informé.

— Tous ces Galiciens d'ici n'ont rien compris, expliquait Soldati. Ils dépensent des fortunes pour ouvrir des bars typiques espagnols, avec une décoration de *tablados flamencos* et c'est à qui attirera les touristes. Nous, nous leur donnons ce que recherche tout voyageur : ce qu'il a à la maison. Ou presque.

Soldati affirme être un ex-*montonero** recherché par les militaires et ayant fui l'Argentine en 1978. Arregui avait en son temps pu confirmer la véracité d'une partie de cette version. Mais à l'époque, Soldati, âgé alors d'à peine vingt ans, était recherché aussi dans son pays pour plusieurs arnaques loufoques. En résumé : le plus probable est qu'il les plante, trop occupé à escroquer des touristes allemands ou des britanniques.

Depuis la rue Amor de Dios, qu'ils sont sur le point de laisser derrière eux, arrivent le roulement d'une grosse caisse et un refrain différent. Arregui se hausse et aperçoit un drapeau argentin et la chevelure grisonnante de Soldati en tête d'un groupe formé par une trentaine de personnes. Déconcertés, les républicains

* *Montoneros* : organisation politico-militaire argentine, péroniste, qui pratiqua la lutte armée (1970-1979).

se taisent alors qu'un mégaphone amplifie la voix puissante de l'Argentin, qui, secondé par d'autres voix plus aiguës et incertaines, reprend en chœur :

— Les jeunes péronistes, tous ensemble nous vaincrons et toujours nous chanterons : Vive Perón, vive Perón !

Arregui croit entendre prononcer "Pelón" au lieu de "Perón", et si c'est là la discrète tactique de Soldati pour les faire sortir de la manifestation sans que leurs éventuels poursuiveurs les repèrent, son client et lui sont mal barrés. Et il craint en plus que l'affaire ne finisse en massacre parce que certains des skins interprètent l'arrivée de la petite manif blanc-et-bleu comme une provocation. C'est alors que Soldati se met à crier :

— La République argentine avec la République espagnole ! Le socialisme ou la mort ! Lénine et Perón, une seule révolution !

Et il se jette dans les bras d'un punk au visage peint en tricolore.

Des applaudissements et des vivats éclatent pendant que le groupe de Soldati se mêle à la colonne et le drapeau argentin ondule bien haut, pour qu'Arregui puisse le voir. Le détective prend Juan par l'épaule et ils avancent en chantant quelque chose à propos de jeter les Bourbons aux lions, jusqu'à arriver à la hauteur du groupe de l'Argentin. Et là, ils se rendent compte que tous ces fervents péronistes qui suivent leur leader sont japonais. Il s'approche de Soldati et celui-ci le regarde comme s'il ne l'avait jamais vu mais lui fait un petit clin d'œil. Il regarde rapidement Juan et continue à chanter, puis sursaute et l'observe plus attentivement. Arregui lui fait un signe indéchiffrable que l'autre déchiffre, tout en sortant d'un sac, sans cesser de haranguer ses "masses" nippones, deux drapeaux argentins qu'il lui tend. Arregui comprend et s'enroule dans l'un des deux, à la façon d'une cape de super-héros *tanguero* et demande à Juan de faire pareil. Rue León, Soldati tourne à droite et le troupeau de Japonais le suit, augmenté d'un détective déconcerté et d'un roi enveloppé dans un drapeau qui n'est pas le sien. Applaudissements républicains et vivats à l'Argentine, tandis que quelques flics en tenue essaient de traverser et sont retenus par les tricolores. Une bagarre se déclenche que perdent bientôt les policiers corrompus par l'argent du Chasseur. Tout en marchant, Arregui confie à Soldati :

— Je ne savais pas qu'il y avait tant de péronistes au Japon...

— Et moi je ne savais pas que tu allais m'amener le roi. Ce n'est pas bien ça, Chemita. Si tu m'avais prévenu, j'aurais acheté un papier hygiénique de meilleure qualité pour les toilettes...

— Comment les as-tu convaincus de te prêter main-forte ? demande Arregui en signalant les joyeux Japonais qui photographient chaque édifice sans cesser d'avancer.

— Main-forte mon cul. Chacun a payé sa place. Avec cette histoire de crise, il faut bien se débrouiller, non ? Donc nous organisons des visites guidées dans le Madrid historique et d'autres conneries de ce genre. Quand tu m'as téléphoné, Octavio était en train de les promener place de Santa Ana et il leur expliquait que c'est là qu'avait commencé la révolte contre les Français. L'histoire de Manuela Malasaña et tout ça. Alors je l'ai appelé sur son portable et nous leur avons proposé de participer, moyennant un léger supplément, à une procession typique de la semaine sainte. Ah, maintenant j'y pense, attends-moi là... :

Soldati file en direction d'un des Japonais, vêtu d'un kimono noir et or. Quand il se retourne, Arregui reconnaît Octavio Rincón, l'associé de l'Argentin :

— N'oublie pas de leur compter le supplément, Octavio. Et dis-leur que cette soirée est la dernière, demain on ferme pour travaux.

Rincón acquiesce et salue le détective d'un geste. Soldati explique :

— C'est que demain nous avons un groupe important d'hommes d'affaires mexicains et il faut changer toute la décoration. Vous allez bien nous donner un coup de main. De la tête il signale le roi. Et lui, on peut le faire bosser ?

— Bien sûr, répond Arregui, plus occupé à regarder derrière lui pour vérifier qu'ils ne sont pas suivis. Personne.

Soldati le prend par la manche et il fait pareil avec Juan. En arrivant rue Prado, ils bifurquent et s'arrêtent devant un local dont l'enseigne est écrite en caractères japonais. Il ouvre rapidement la porte et les pousse à l'intérieur. Il allume les lumières et dit dans un soupir :

— Ouf. Heureusement qu'ils s'en vont, les Chinois. J'en avais plein les couilles du poisson cru. Pardonnez mon langage, Majesté, s'excuse-t-il auprès de Numéro Un.

— Je m'appelle Juan. Et je vous remercie de nous accueillir.

Soldati les conduit à travers la salle dont les murs sont recouverts de posters japonais tout en expliquant à Juan ce qu'Arregui sait déjà : auparavant cet endroit abritait l'agence d'une banque qui a fait faillite. Quand ils ont acheté le local, ils ont laissé les vitres blindées et toutes les autres mesures de sécurité :

— On ne sait jamais, le monde d'aujourd'hui est très compétitif et on se fait beaucoup d'ennemis, tu me comprends, Juan ?

— Tu me dis ça à moi…

Ils descendent l'escalier et l'Argentin raconte que, de tout ce qui faisait partie du passé bancaire de l'endroit, un seul élément était resté mais que ça avait été une plaie d'essayer de le faire enlever :

— On parle de la crise, mais en fait c'est que les gens ne veulent pas travailler. Tu sais combien de milliers de kilos d'acier il y a ici ? On les donnait... Mais même en cadeau on n'a trouvé personne pour les démonter et les emporter, tu me comprends ?

Et il montre le bureau en bas de l'escalier. La moitié de l'étage inférieur a été transformée en réserve. L'autre moitié est une chambre blindée de la taille d'un studio à la Puerta del Sol, et avec plus de confort. Rosita inspecte l'endroit, qui semble lui convenir, car elle se couche à côté d'un canapé.

— Reposez-vous un petit moment, vous avez l'air complètement escagassés, conseille Soldati. Après vous me raconterez. Et puis cette nuit il y a du boulot. Tu as beaucoup voyagé, n'est-ce pas, Juan ?

— Oui, pas mal. Le travail. Tu vois. Pourquoi ?

— Comme ça. Tu as dû participer à beaucoup de banquets, je veux dire...

— Oui. Beaucoup, répond-il, sous le regard ironique d'Arregui.

— Et le Japon ? Tu es allé au Japon ?

— Oui. En 1980, je crois. Pourquoi ?

— Pour rien. Laisse tomber. En fait j'ai réussi à avoir sous le manteau des *fugu,* tu vois, ce poisson en forme de globe que les Japonais paient à prix d'or. Je n'ai pas encore osé le servir, parce que Octavio dit que c'est un poison violent si on ne sait pas le préparer... Dormez bien, les gars. Je ferme la porte, mais vous pouvez l'ouvrir de l'intérieur avec la combinaison. Je crois que c'est 1945, mais je ne sais pas si Octavio ne l'a pas changée. Reposez-vous bien. Vous savez : s'il y a de la misère...

— ... qu'elle ne se remarque pas, complète Arregui automatiquement.

Le chenu sort et de l'extérieur il ferme l'épaisse porte blindée. L'air conditionné se met en marche. Arregui pense encore une fois qu'il a fait une erreur en demandant de l'aide à Soldati, mais Juan s'est déjà laissé tomber sur un canapé.

— Il est sympa ton ami, dit-il entre deux bâillements. On m'a parlé du *fugu* au Japon, il y a très longtemps. On m'a dit aussi comment il fallait faire pour enlever les toxines, je crois. Si mon souvenir est bon, ce soir nous mangerons comme des princes, Txema.

Et il s'endort, le drapeau argentin en guise de drap, tout en marmonnant, entre ses premiers ronflements, quelques accords de la Marche péroniste.

VOCATION À L'OSMOSE

Máximo Legrand et Mariana sortent rue Atocha à l'heure exacte indiquée sur la plaque d'Arregui Investigations, comme étant celle de la fermeture des bureaux. Aucun des deux ne remarque l'homme qui arrive du bas de la côte. Un touriste de plus dans les alentours du musée Reina Sofía, avec ses cheveux jaune paille, son sac à dos dans lequel dissimuler – mal – un équipement photographique, et ses vêtements aux couleurs désassorties. Seul un touriste porterait ce pantalon marron avec un pull vert vif et un blouson rouge.

Legrand et la secrétaire de l'agence montent la rue en bavardant avec animation mais de façon un peu trop formelle. Ils croient donner le change mais comme tous les amants du monde leurs gestes tendres retenus à mi-chemin et leurs regards brûlants les trahissent.

Le blond aux cheveux de paille les laisse s'éloigner une centaine de mètres puis se met à les suivre sans hâte. Il sait où ils vont : chez Mariana, rue Argumosa, dans le cœur multicolore de Lavapiés. Sauf s'ils décident de s'arrêter pour se peloter dans la pénombre d'une de ces *tascas* transformées en maisons de thé pour répondre aux goûts des nouveaux habitants du quartier.

A la hauteur de la station de métro Antón Martín, ils tournent à gauche et le blond aux cheveux de paille sait qu'il a vu juste. A Torrecilla del Leal, il les voit marcher au milieu de la rue main dans la main.

Máximo est ridicule, pense Arregui sous sa perruque jaune. Et il admet une certaine touche d'envie dans son jugement. Il a dormi quatre heures puis, après s'être douché et avoir revêtu – pour la dernière fois, il se l'est juré – le déguisement minable de hippie, il est sorti de la chambre blindée de Soldati, en laissant un mot à côté de l'oreiller de Juan. La combinaison pour ouvrir la porte était bien 1945. Il ne pouvait pas se tromper. C'est l'année de l'accession au pouvoir de Perón et Soldati est trop vieux pour changer ses habitudes.

Pas si vieux, se dit Arregui.

L'Argentin a dû fêter ses cinquante ans cette année, puisqu'il a cinq ou six ans de plus que lui. *Pas si vieux,* se dit-il, et il décide qu'il serait temps de recommencer à célébrer ses anniversaires à lui. *Si j'arrive au prochain.*

Pendant que l'heureux petit couple se condamne à prolonger le trajet menant au lit de Mariana, avec cette prédisposition à la souffrance que cultivent tous les amoureux, Arregui pense à tout ce qu'il a fait depuis qu'il a quitté *Le Caméléon d'Osaka,* dont l'enseigne est en train d'être modifiée pour devenir, à partir de demain, *Le Caméléon Zapatiste.*

Le détective connaît bien et depuis longtemps la rue León et les adjacentes, remplies de magasins de déguisements et d'accessoires de théâtre. Peut-être est-ce pour cette raison qu'au lieu de se rendre chez un de ses fournisseurs habituels, il est entré dans un établissement inconnu et a fait ce qu'il fallait pour ressembler à un touriste aux cheveux de paille. Il a complété sa tenue dans une boutique chinoise et s'est changé dans les toilettes du bar du coin de la rue rempli de groupes célébrant l'imminente fête de Noël.

En sortant dans la rue, il était un autre. Il était devenu ce touriste un peu perdu qui suit le couple en essayant de ne pas attirer l'attention. Mais avant il avait testé son déguisement dans les magasins où il avait coutume de se fournir, et on ne l'avait pas reconnu. Il avait dépensé une partie de l'argent de Cabo en achetant tout ce dont il aurait besoin s'il fallait inventer d'autres personnages pour lui et pour Juan. On ne sait jamais.

Legrand et Mariana tournent dans la rue Zurita puis continuent rue de la Fe, et Arregui se dit que tout ce détour est absurde, et qu'ils auraient mieux fait de passer derrière le Centre d'art Reina Sofía. Mais Mariana aime respirer l'air de Lavapiés et son associé, c'est évident, aime respirer ce que Mariana respire.

Rue du Doctor Piga, ils passent devant *Fotos y Tapas* et résistent à la tentation de rentrer prendre un verre en admirant sur les murs les photos que Miguel Pérez Prado, le patron des lieux, a accumulées au cours d'une vingtaine d'années de passion photographique. Mais la passion est plus forte que la soif et l'art. Ils pressent le pas vers la rue Argumosa. Arregui les voit entrer dans l'immeuble de Mariana, et quand lui-même pénètre dans un centre d'appels sur le trottoir en face, il peut vérifier que la passion lui promet un bon moment d'attente. En attendant l'ascenseur, son associé et sa secrétaire s'embrassent dans la pénombre avec une évidente vocation à l'osmose.

Arregui est entré dans le centre d'appels sans y réfléchir, mais il se rend compte que depuis l'un des ordinateurs de la première rangée il peut contrôler les entrées et sorties de l'immeuble et les fenêtres de l'appartement de Mariana, au premier étage. Il demande un ordinateur et s'installe pour attendre. Il ouvre la page Google, introduit le nom de Zuruaga et navigue de lien en lien en s'attardant sur les aspects les plus frivoles de la vie de son persécuteur : sa mégalomanie de constructeur d'empires reconverti en promoteur immobilier de quartiers et d'urbanisations, son grand projet de construire une ville au milieu de nulle part et qui porterait son nom, et sa passion pour les voitures, les plus chères surtout. Voitures anciennes, de collection, et flamboyantes voitures de luxe, auprès desquelles Zuruaga, qui d'habitude évite les photos, pose comme s'il s'agissait de blondes de papier glacé, de rousses destinées exclusivement aux potentats, ou de brunes aux cheveux aile-de-corbeau et à l'entrejambe albinos. Zuruaga traite ses voitures comme si c'étaient les femmes d'un harem exceptionnel, mais Arregui soupçonne qu'il ne doit pas s'en servir souvent, il a besoin de les avoir à proximité pour se souvenir qu'il est le chef, mais tu n'es pas le chef, le chef c'est le Chasseur, qui a peut-être lui-même un chef. La rage grandit en lui et le détective la repousse en naviguant sur Internet de page en page, tout en se répétant qu'il ne doit pas le faire, que ce n'est ni cohérent ni à propos, qu'Olivia n'a sûrement pas répondu à son message. Il entre dans le chat et elle n'est pas là. Après avoir interrogé les habitués, il apprend qu'Olivia ne se montre pas depuis plusieurs jours et qu'ils rendent Coriolis responsable de cette disparition.

Il se dit que son adresse e-mail n'a pas pu être piratée, une adresse qu'il a créée sous un faux nom il y a des mois, avant même que ne commence cette histoire folle. Et que s'il est sur écoute, ils connaissent l'existence d'Olivia, et qu'il ne faudrait pas la compromettre en consultant sa messagerie. Avant que la logique ne démontre la faiblesse de ce raisonnement, il ouvre la messagerie de Coriolis, sans cesser de surveiller les fenêtres de Mariana. Celle qui correspond apparemment au salon est toujours éclairée puis s'éteint et quelques secondes plus tard une faible lueur apparaît à la fenêtre de ce qui doit être la chambre à coucher. Bien qu'elle ne porte plus de *dreads,* Mariana est toujours écolo et il n'est pas question de dépenser de l'énergie électrique alors qu'une autre énergie, toujours renouvelable, commence à l'illuminer de l'intérieur.

Un message d'Olivia. Deux jours après celui qu'il lui a envoyé en quittant Madrid. Et plusieurs autres encore, tous les deux jours. Le plus récent date d'hier. Olivia s'y montre inquiète pour Coriolis ; elle lui rappelle qu'il ne doit pas se sentir obligé de répondre à une offre à laquelle il ne peut ni ne veut, évidemment, répondre mais le prie de lui écrire, s'il te plaît, au moins un message d'adieu.

Les doigts maladroits, Arregui commence à taper une explication confuse quand, à l'extrême droite de l'écran apparaît la petite fenêtre de Messenger qui annonce qu'Olivia est connectée.

OLIVIA : tu es là ?

CORIOLIS : je suis là. Et, heureusement toi aussi tu es là.

OLIVIA : je croyais que ma réponse à ta proposition t'avait fait peur...

CORIOLIS : je ne l'ai pas encore lue. Trop long à t'expliquer.

OLIVIA : j'ai tout mon temps.

Alors Arregui explique.

Sans faire allusion au roi ni à ce qui s'est passé ces derniers jours, parce que ce n'est pas ce qui importe.

Sans révéler sa véritable identité, parce que par moments il doute qu'elle le soit.

Sans lui raconter son histoire ni son métier.

Il lui explique qu'il était enfermé en lui-même, il lui parle de Claudia et de sa culpabilité, de sa peur qu'il ne lui plaise pas, de tout ce qu'il a tu pendant ces mois de sexe virtuel. Il ne lui raconte pas qu'il a espionné son appartement et sa vie, parce qu'il veut bien être sincère mais pas se suicider.

On aura le temps pour ça, s'il y a du temps, pense-t-il.

Et Olivia le laisse s'épancher, elle n'intervient que pour aider parfois les mots de Coriolis à sortir. La façon qu'il a de lui parler lui rappelle la conversation téléphonique qu'il a eue avec son père, depuis le haut d'une colline du bout du monde et entouré de montagnes qui ressemblaient à des seins non siliconés.

OLIVIA : moi aussi j'ai peur de ne pas te plaire quand tu me connaîtras. Mais il n'y a qu'une façon pour nous de le savoir...

CORIOLIS : maintenant ce n'est pas possible... Mais on se verra bientôt.

OLIVIA : j'attends ce jour avec impatience. Et en attendant, écris-moi, maintenant que tu peux le faire...

CORIOLIS : je te le promets. Demain. A la même heure.

OLIVIA : je t'attends. Je n'ai jamais cessé de t'attendre.

En lui disant au revoir, il calcule qu'ils ont passé une heure sur le chat. Suffisamment de temps pour que les autres aient pu le localiser. Mais rien ne se passe. Sauf s'ils sont en train de l'attendre dehors, sur la terrasse d'un des bars avoisinants. Même si on est en décembre, à Argumosa il y a toujours une terrasse bondée de gens qui discutent de cinéma, de théâtre ou de nouveaux courants picturaux.

La fenêtre de la chambre à coucher de Mariana est toujours doucement éclairée et Arregui ressent une fierté masculine et solidaire en pensant à la vitalité érotique de son associé. Même s'il l'a trahi. Il faut faire quelque chose et vite. Il n'aime pas laisser Numéro Un seul aussi longtemps. Il regarde l'écran de son voisin d'ordinateur, un garçon grand aux cheveux noirs et longs. Il lui reste dix minutes de connexion.

Il se dirige vers la caisse, paie et passe un petit moment à comparer les téléphones mobiles en vente. Il choisit le moins cher, il ne lui reste pas grand-chose de l'argent de Cabo et il vaut mieux éviter d'aller en retirer. Pendant qu'il met le portable en fonction, il voit que le grand chevelu se lève, salue et sort sur le trottoir. C'est le moment qu'attendait Arregui. Il se poste à la porte en faisant semblant d'essayer son nouveau portable et observe la rue. Sur la terrasse la plus proche, deux personnes seulement ont prêté attention à la sortie du type aux cheveux longs, qui s'assied à une table libre et demande un café. L'un est un gros, en costume cravate, l'air inquiet, installé à une table au bord du trottoir. L'autre, un type d'une trentaine d'années en jeans et blouson noir, le cheveu ras, est assis le dos à un arbre. Arregui sort et prend une table d'où il peut les surveiller. Aucun des deux ne le remarque. Ils regardent alternativement la fenêtre de Mariana et le type aux cheveux longs, qui est en train de finir son café. Le détective demande un verre de rioja et le paie quand on le lui apporte. Le gros sort son portable et compose un numéro. Arregui lit sur ses lèvres qu'il décrit quelqu'un et demande des instructions. Il raccroche, échange un coup d'œil avec Poil Ras et se lance à la suite du chevelu. Il est évident qu'ils l'ont pris pour lui quand il porte ce déguisement de hippie qu'il n'endossera plus jamais. Et il est évident également, que celui qui est derrière tout ça utilise des seconds couteaux pour faire le boulot. Essayer de suivre un chevelu dans Lavapiés, c'est comme essayer de reconnaître un Chinois à Pékin.

Le type à la coupe de *marine,* il s'en souvient maintenant, marchait devant lui, quand il suivait Max et Mariana.

Il suivait Legrand, se dit Arregui.

Ou peut-être le protégeait-il. De moi.

La lumière de la chambre de Mariana s'éteint, celle du salon s'allume. Dix minutes plus tard Máximo Legrand sort, souriant béatement, et remonte la rue Argumosa, le pas léger de l'homme comblé. Poil Ras s'énerve parce qu'il n'a pas payé d'avance sa consommation et craint de laisser s'échapper son gibier.

Il sort en courant derrière Legrand.

Débutants, se dit Arregui qui part derrière lui.

SI TU PRENDS DES CÉRÉALES AU PETIT-DÉJEUNER

Legrand arrive à la rue Magdalena d'un pas vif et le blond aux cheveux de paille pense qu'il va faire comme d'habitude : retourner à l'agence pour avancer son travail.

Mais on ne fait pas ça quand on est amoureux.

Ni quand on t'a payé une fortune pour trahir ton meilleur ami, se dit-il.

Legrand continue jusqu'au *Café Central* et Poil Ras rentre derrière lui. Arregui pense qu'il devrait changer de déguisement, mais il n'a plus le temps. Il se contente de retourner son blouson réversible, qui n'est plus rouge à présent mais gris et se coiffe d'un ridicule chapeau de pluie qu'il sort de son sac à dos. Il entre. Le novice ne le voit pas quand il s'assied à une table éloignée. Il n'a d'yeux que pour Legrand qui, assis au comptoir, savoure un grand cognac et sourit à son reflet dans le miroir.

Il est encore tôt, mais il y a déjà beaucoup de monde au *Café Central*. Dans une heure, Javier Krahe joue et les inconditionnels veulent s'assurer d'avoir une bonne place.

Le blond aux cheveux de paille demande un Four Roses avec deux glaçons et se demande comment agir avec Máximo. Il doit se décider vite et retourner auprès de Juan. Le local de Soldati n'est qu'à une centaine de mètres et Arregui sent qu'à nouveau à Madrid, il se déplace dans un espace réduit comme dans la région du bout du monde. L'arrivée du bourbon le surprend mais plus encore le regard entre ironie et complicité de la serveuse. Il en découvre la raison quand, levant son verre, il découvre dessous un bout de papier. Même plié et à l'envers il reconnaît l'en-tête d'Arregui Investigations. Poil Ras ne s'est rendu compte de rien.

Le mot dit :

"Arrête de faire le con et va aux toilettes dans trois minutes. Je te rejoins. Max"

Donc il l'a reconnu. Legrand est toujours en forme et Arregui s'en réjouit. Même s'il a cédé aux millions de Zuruaga. Il finit son verre et marche vers les escaliers, suivi du regard par la serveuse. Poil Ras baye aux corneilles. En arrivant aux toilettes, Arregui s'assure qu'il n'y a personne, entre dans un box et ferme la porte. Il baisse le couvercle et s'accroupit sur la cuvette, en priant pour que celle-ci supporte son poids. Si quelqu'un arrive, il ne verra pas ses pieds et il pourra compter sur quelques secondes d'avantage. Il enlève la sécurité de son arme qu'il place dans la poche extérieure et ouverte de son sac à dos.

La porte s'ouvre et des pas légers se font entendre.

Il entend le bruit que fait quelqu'un qui urine et soupire un long moment.

Une fermeture Eclair qui remonte et l'eau du lavabo qui coule.

— Allez sors, on n'a pas toute la nuit, Txema.

Arregui sort et Legrand le serre dans ses bras.

Soulagement d'un ami ou façon de me tromper ? se demande-t-il.

Il répond à l'embrassade, s'écarte, le regarde dans les yeux :

— Quelqu'un a mis un GPS dans ma voiture. Ou deux.

— Je sais. Nemo me l'a dit. Et il m'a dit aussi que tu étais à Lisbonne, avec un mec qui ressemblait trait pour trait au roi…

— Et comment a-t-il su que j'étais à Lisbonne ?

— Il a dû suivre ta trace sur la vidéoconférence, qu'est-ce que j'en sais, moi. Toujours est-il que le lendemain, un type élégant et bien élevé est arrivé au bureau, il voulait te parler pour nous proposer un boulot. Je lui ai dit que tu étais parti en vacances, que je ne savais pas où ni quand tu comptais revenir. Et que je ne pouvais pas te joindre. Et c'était vrai : je t'ai appelé des dizaines de fois et ton portable était toujours éteint. Le type l'a bien pris et il m'a laissé une carte. Nemo l'a pisté, il appartient à un grand groupe d'affaires, de ceux dont on ne sait jamais qui est en haut de la pyramide.

— Quelque chose à voir avec Zuruaga ?

— *A priori* non. Un type comme ça aime bien se vanter d'avoir le pouvoir, ce n'est pas le genre à servir dans l'ombre. Mariana a découvert des connexions et tu avais raison : Zuruaga n'est pas le chef. Mais on ne sait pas qui est le chef. Et pourtant, en matière de réseaux financiers, Mariana est une bête…

— Comme dans d'autres domaines, j'imagine…

— Tu es dégueulasse, Txema, dit Legrand en rougissant. Cette fois-ci, c'est sérieux pour moi… En plus, je me suis vraiment fait du souci pour toi.

— Je t'ai vu très affligé cet après-midi, main dans la main avec elle dans Lavapiés…

— C'est que le type élégant est revenu aujourd'hui, mais plus nerveux que la dernière fois ! Il n'a pas eu l'air de me croire quand je lui ai dit que je n'avais pas de nouvelles de toi et il m'a dit que, d'après ses renseignements, tu étais de retour à Madrid. C'est pour ça que j'étais content, parce que ça voulait dire que tu étais vivant ! Depuis que j'ai su l'histoire du GPS, je n'ai pas pu dormir ni même baiser, Txema. Heureusement, Mariana est compréhensive et aujourd'hui…

— Quelqu'un a mis un GPS dans ma voiture, Max. Et ça ne pouvait être que quelqu'un de proche.

Legrand descend de son nuage, interprète le regard de son associé et se met en colère :

— Et tout ce temps-là, tu as cru que c'était moi ? C'est pour ça que tu ne m'as pas téléphoné pour me demander de l'aide ? Il le regarde avec tristesse et paraît sincère. Tu es malade, Txema. Depuis que Claudia est morte, tu culpabilises et tu t'apitoies sur ton sort à t'en rendre malade. Comme flic tu aurais fini par te foutre en l'air, tu étais trop mal. Pourquoi crois-tu que je t'ai proposé de monter cette agence ? Pour m'occuper de toi, imbécile ! Je pensais que je m'occuperais du boulot quotidien pour que tu puisses jouer les justiciers puisque c'est ça que tu aimes. Et tu l'as fait, mais de temps en temps seulement. Le reste du temps, tu es resté assis dans ta merde en te plaignant que ça puait. Ça ne m'a pas gêné, mais là… Je ne crois pas que je pourrai te le pardonner, Txema.

Arregui l'enlace, ému.

— Pardonne-moi d'avoir douté de toi. J'étais bloqué, Max.

— Et maintenant ?

— Maintenant je ne sais plus qui je suis.

Legrand hoche la tête. Peut-être n'entend-il pas, mais il comprend :

— Qu'est-ce qu'on fait ? Le type qui me suit va sans doute monter d'un moment à l'autre. Si tu veux, on le secoue jusqu'à ce qu'il crache…

— Non, Máximo. Je t'ai laissé hors de tout ça parce que je me méfiais, mais maintenant je ne veux pas que tu coures de risque. Ni toi, ni Mariana. Sauf si elle…

— Je suis amoureux, mais je ne suis pas con, Txema. Avec Nemo, j'ai enquêté sur ses comptes et elle est en dehors de ça.

— Je te crois. Encore une fois, pardonne-moi. Tu peux faire quelque chose pour moi. Occupe-les. Promène-toi d'un côté et de l'autre, change tout le temps de direction au dernier moment, mais sans qu'ils se doutent que tu le fais exprès. Il leur restera ainsi moins de temps pour me courir derrière. Est-ce que tu as la carte que t'a laissée l'élégant ?

— Tiens. Sur le verso, il y a le nom du groupe auquel appartient le consortium du client.

Arregui lit les sigles notés de l'ondulante écriture de Mariana, qui lui rappellent vaguement quelque chose, comme ceux de toutes les entreprises qui marquent le rythme de l'économie du pays.

— Tu ne veux pas me dire où tu es, Txema ?

— Non, Max. Mais ce n'est pas que je me méfie de toi. Si je te mets au courant et qu'ils s'énervent pour de bon, ils sauront que tu le sais et ils te tortureront pour que tu craches le morceau. Pour le moment, ils font travailler des rigolos, mais s'ils envoient de vrais professionnels, ça sera une autre paire de manches... Tu as de l'argent ? Je ne veux pas me servir de ma carte bleue.

— Prends la mienne. Lundi j'irai à la banque et j'alimenterai le compte pour que tu puisses prendre ce dont tu as besoin. Note mon code...

— 1975 ? demande Arregui en souriant.

Bien que Legrand soit né en 1968 et qu'il ait à peine connu la dictature, il a toujours été un antifranquiste pur et dur. Parfois, quand il a un peu trop bu, il rend Franco responsable de la fuite de son père marseillais. Et il n'oublie jamais de célébrer la date du 29 novembre.

— Bien sûr, mon salaud. 1975. Et maintenant je m'en vais, sinon mon ange gardien va débarquer et je serai obligé de le tabasser. Il va bien ?

— Qui ? Numéro Un ? Il s'amuse comme un enfant. Une menace de mort sur la tête, ça rajeunit n'importe qui…

— Fais attention à toi, Txema. S'il te plaît.

— Je le ferai.

— Ah oui, un certain José Maria Aguirre n'a pas arrêté de téléphoner à l'agence pour savoir quand tu serais de retour. Il est mêlé à tout ça ?

— Non, Max. C'est juste un brave type qui n'a pas marqué un seul but de toute sa vie.

Legrand sort des toilettes et Arregui rentre dans un box, ferme la porte et s'assied sur la cuvette des cabinets pour fumer une cigarette.

Des pas se font entendre et il regarde par-dessus la porte.

Ce n'est pas Poil Ras mais un des serveurs du *Central*, qui occupe le compartiment voisin.

Il a été idiot de se méfier de Máximo.

Tout ce que lui a raconté son associé le rassure.

Tout colle.

Tout colle à la perfection.

C'est exactement ce qu'il lui aurait dit s'il l'avait trahi.

Il ouvre sa main droite et approche lentement la braise de sa cigarette de la plaie presque cicatrisée.

Il l'appuie et étouffe un gémissement de douleur.

— J'avais le même problème, compatit le serveur depuis l'autre côté de la paroi. Mais si tu prends chaque matin des céréales au petit-déjeuner, tu verras que tu ça te fera bien caguer.

Et il tire la chasse.

S'ILS FERMENT L'AFFAIRE DU ROI…

L'enseigne du *Caméléon d'Osaka* brille pour la dernière fois, mais le local reste fermé. Les vitres blindées de l'ancienne agence bancaire sont peintes en noir et il est impossible de voir à l'intérieur. Arregui a suivi les instructions de Soldati et il a téléphoné pour avertir qu'il frapperait à la porte les six coups qui tenteraient de reproduire la séquence de *s'il-y a-de-la-mi-sère.*

La porte s'ouvre et une main l'attire à l'intérieur.

La première chose qu'il aperçoit, c'est l'œil rond du canon scié d'un fusil pointé sur sa tête pendant que la porte se referme.

La première chose qu'il entend, c'est la pression de l'index sur la détente, si stridente qu'elle couvre la voix de Soldati demandant :

— Où est Chemita, putain de fils de pute ? Parle ou je te maquille pour l'éternité…

— C'est moi, Raúl, explique Arregui qui craint que l'Argentin ne reconnaisse pas sa voix, devenue subitement suraiguë. C'est moi.

Soldati le fixe et sans baisser son fusil, lui enlève les lunettes et la perruque. Il soupire :

— Chemita, tu continues tes conneries de déguisements ? Ecoute voir, tu es un grand garçon, maintenant… Allez, entre entre, on t'attendait.

— Auparavant il faut que je te demande deux choses. La première, c'est que tu ne fasses aucun commentaire.

— D'accord. Et la deuxième ?

Arregui lui tend la liste de ce dont il a besoin et se sent gêné. Pendant des années, il a recommandé à l'ex-guérillero de s'éloigner de ses anciens amis et maintenant il lui demande de les contacter pour une mission absurde dont il ignore comment elle finira. L'Argentin lit la liste tout en rangeant son fusil dans un compartiment secret du comptoir impossible à trouver hors une fouille approfondie et professionnelle. Il réfléchit quelques instants et demande :

— Ça veut dire que l'information et le matériel, tu en as besoin pour hier, c'est bien ça ?

— C'est ça. Et qu'ils ne puissent pas te suivre jusqu'ici après l'action. C'est fondamental.

— C'est bon. Si c'était facile, ce n'est pas à moi que tu l'aurais demandé. Après dîner, je passerai quelques coups de fil et tu auras tout cette nuit. Mais maintenant, allons-y, il se fait tard…

— Mais ce n'est pas l'heure d'ouvrir ? Il est presque neuf heures et demie.

— Ils attendront. Je les ai dressés, les Nippons, et ils n'arrivent jamais avant dix heures et demie, dit Soldati en se dirigeant vers la cuisine. En plus, ici, le repas est pour celui qui le prépare. D'abord nous mangeons nous, les clients c'est après.

Dans la vaste cuisine et derrière le piano central, Octavio et Juan ressemblent à deux cuistots pour rire sur le point de présenter un numéro comique. Chacun d'eux est enveloppé dans un grand tablier immaculé et porte sur la tête une toque de chef très peu crédible. Mais leurs gestes sont ceux d'une paire d'experts culinaires sur le point de gagner un prix international. On devine entre eux la complicité de qui a partagé fourneaux et confidences. Une présence contre sa jambe gauche lui fait baisser le regard et rencontrer les yeux humides de Rosita la brebis. Il lui caresse la tête.

— Ce Juanito est un phénomène, *che*, estime Soldati. Je lui ai dit que s'ils ferment son affaire de roi, il a un boulot ici. Comme assistant d'Octavio. Comme ça on pourra faire un autre petit voyage en Finlande, hein, Rincón ?

Il se tourne vers Arregui et lui dit en aparté de sa voix tonitruante :

— C'est qu'Octavio adore les Scandinaves…

Les cuisiniers reviennent en portant un plat rempli de poisson en tranches. Ça sent bon et Arregui meurt de faim, mais quelque chose dans la façon dont les autres regardent le plat le retient. Soldati applaudit :

— Je vous l'ai dit : un phénomène. Juan s'est rappelé comment on enlève le poison des *fugu* et ce soir, non seulement on va manger comme des riches, mais on va se remplir aux as avec les Japonais… !

— Vous êtes fous ? s'écrie le détective. C'est très dangereux, Juan ! Vous n'avez jamais préparé ça avant.

— Oui, mais un ministre japonais m'a raconté comment il fallait faire, il y a une trentaine d'années. Et je ne pense pas qu'un ministre raconte des mensonges, conclut Numéro Un en portant à sa bouche un morceau de poisson avant que l'autre n'ait pu l'en empêcher.

Ils retiennent leur souffle pendant que Juanito mâche avec une expression d'extase.

Arregui se lance, prend un morceau entre ses doigts et le met dans sa bouche.

La saveur est exquise, mais il ne ressent pas le plaisir presque sexuel que, dit-on, on éprouve en goûtant un *fugu* libéré de ses toxines. Ce qui signifie qu'ils vont mourir tous les deux dans des spasmes dans quelques secondes.

— Oh fan de pute ! Soldati met sa main dans sa poche et en retire un rouleau de billets, en compte six de cinquante euros et les tend à Juan. Tu m'as fait perdre trois cents euros, Chemita ! J'ai parié avec le roi que pour rien au monde tu ne goûterais le faux *fugu* et il m'a assuré que si lui en mangeait, tu ferais pareil... C'est de la daurade, Chema. La daurade la plus chère du monde, pour moi...

Tous rient de la plaisanterie, sauf Arregui qui a envie d'aller chercher le fusil dans sa cachette et de faire un royal massacre. Mais ses amitiés de toujours sont en quarantaine et il se refuse à renoncer aux nouvelles. En plus, ils l'ont bien eu. Il éclate de rire. Tout en savourant le délicieux dîner, Soldati lui confie que les poissons mortels sont congelés et préparés pour que l'un des Japonais les ramène dans leur pays d'origine.

Cette nuit, le restaurant fera le plein.

Avalant sa dernière gorgée de vin, Arregui se rend compte d'une anomalie :

— Et les serveurs ? Parce que s'il y a tellement de clients...

— Je leur ai donné congé, répond Soldati. Ce sont des bons garçons, mais je ne les connais pas vraiment, et je me suis dit que ce serait plus prudent, le temps que vous êtes là...

— Mais qui va assurer le service ? demande le détective.

Un grand sourire aux lèvres, Soldati lui montre deux kimonos noir et or, d'une taille respectable.

UN SERVEUR GACHUPIN*
HABILLÉ EN JAPONAIS

Vêtus de noir et or jusqu'aux chevilles, le visage barbouillé de blanc et des kilos d'ombre noire pour donner à leurs yeux une apparence oblique, Arregui et Juan ressemblent à deux exclus du casting d'*Adieu ma concubine*. Et pour rajouter à la confusion chinoise dans un décor qui aurait dû être japonais, Soldati a insisté pour les affubler de moustaches à la Fu Mandchou, de perruques noires tressées en catogan jusqu'au milieu du dos et de bonnets pointus, ce que le détective n'a accepté que parce qu'il est d'accord pour tout ce qui compliquerait son identification.

La prudence voudrait que Juan reste caché dans la cuisine tant qu'il y a des clients, mais le roi a insisté pour servir au moins une table parmi celles qui auraient choisi un des plats qu'il a cuisinés.

Et il fallait que ce soit précisément cette table, la seule occupée par deux couples d'Occidentaux dans un *Caméléon* rempli de fils du Soleil-Levant. Les quatre moyennement blonds, justifiant qu'Arregui prie pour qu'ils soient originaires de n'importe quel pays dans lequel les pièces de monnaie ne sont pas frappées de la tête de Juan. Les quatre observent le grand serveur si courtois qui avance à petits pas de *geisho* pour

* Se dit au Mexique des émigrés espagnols.

apporter les plats et leur fait des révérences. Juan est complètement investi dans son rôle de Nippon, mais les habitudes de tant de décennies de vie monarchique sont plus fortes et quand l'un des presque blonds lui rend son salut, il répond avec le léger signe de tête protocolaire royal, serre la main du client étonné et offre son profil officiel destiné aux photographes de la Maison royale, qui, pour une fois, ne sont pas là où ils devraient être.

S'il vous plaît, faites qu'ils soient russes ou quelque chose de ce genre, se dit Arregui.

— Sévillans, informe Juan rigolard en passant près de lui. Et calme-toi ou tu vas te faire un ulcère. Je vais dans la cuisine. Tu savais qu'Octavio assiste tous les jours à quatre cours de cuisine de différents pays ? Et qu'il change tous les trois mois de nationalité culinaire ? Cet homme est un prodige, un prodige. Je vais voir si je peux apprendre quelque chose, pendant que nous sommes là.

Arregui lui est reconnaissant de ne pas l'avoir interrogé sur ses activités de l'après-midi. Il préfère le laisser en marge de ce qu'il va faire dans quelques heures et en plus il doit servir les desserts. Les joyeux Japonais sont arrivés en troupeau il y a deux heures, et l'un d'eux, qui l'a reconnu malgré le maquillage, n'a cessé de l'apostropher toute la soirée aux cris de "Pelón, Pelón, qu'est-ce que tu es gland". Au vu de l'assurance qu'il dégage, il en déduit que ce client est le riche acheteur des *fugu* de Soldati. Il ne lui souhaite pas une mort horrible, juste une chiasse inoubliable.

Les lumières baissent, le volume de la musique augmente et une boule à facettes tournoie en projetant des éclats de lumière. Depuis la cabine du disc-jockey, à côté du comptoir, l'Argentin programme une sélection de pop et de rock japonais que les commensaux applaudissent à tour de bras. Soldati et

Arregui déplacent des tables et le centre de la salle se transforme en piste de danse. L'éclairage de l'entrée a changé aussi, et le comptoir est à présent le sanctuaire d'un bar dans lequel l'Argentin prépare des cocktails multicolores pour sa jaune clientèle. Arregui se réfugie dans ce coin, pour éviter de penser à ce qu'il doit faire au petit matin et en même temps il a hâte que le moment arrive de le faire.

Il y a une heure et demie, un livreur trop vrai pour être réellement un livreur de boissons alcoolisées est arrivé avec trois cartons que Soldati a reçus comme s'ils contenaient des bouteilles de nitroglycérine mal emballées. Après les avoir descendus à la cave et renvoyé le faux livreur, l'Argentin est remonté avec une chemise cartonnée qu'il a donnée au détective ainsi qu'un petit Beretta calibre 25 extrait de la poche de son smoking. "C'est que j'ai vraiment l'air d'un con en kimono, tu vois. Et il faut bien que quelqu'un ici soit vêtu correctement, Chemita..." Le petit pistolet repose maintenant sur l'avant-bras droit du détective, fixé à la peau par du ruban adhésif et dissimulé par la large manche du kimono. Il ne pèse presque rien et on dirait une miniature par rapport à l'automatique d'Arregui trop visible. Bien que le Beretta soit l'arme préférée de James Bond dans les premiers romans, Arregui sait qu'il s'enraye facilement et qu'il n'a pas beaucoup de portée. Mais à courte distance, il peut tuer.

Une personne normale, peut-être. En ce qui concerne Terreur, il ne réussirait avec ça qu'à lui trouer le lobe de l'oreille si par hasard il décidait de porter des boucles d'oreilles.

Mais Arregui sait que si Terreur arrive, il n'essaiera pas de l'arrêter avec ce petit pistolet mais avec la force de sa haine.

Et avec le fusil à canon scié, à tout hasard, se dit-il.

La chemise cartonnée contient tout ce qu'il voulait savoir, ce qui n'est pas sur Internet ou qu'il ne pourrait trouver qu'avec l'aide de Nemo. Et il ne veut pas faire appel au garçon sans savoir si c'est lui qui l'a vendu à Zuruaga. Existe-t-il quelqu'un de plus qualifié pour lui coller des dispositifs d'espionnage électronique ? Non. La brûlure dans la paume de sa main pulse comme un cœur malheureux. Il se sert un bourbon avec deux glaçons.

Les deux couples de presque blonds paient et s'en vont, mais avant que la porte ne se referme un homme seul entre et le détective répète mentalement les gestes vérifiés dans les toilettes qu'il devra effectuer s'il s'agit d'un visiteur hostile : lever le coude droit comme pour un bras d'honneur, afin que la manche du kimono se replie, saisir le Beretta, enlever la sécurité. Tirer. A la tête.

Le nouvel arrivant est un type de taille moyenne aux cheveux châtains parsemés de fils blancs. La grosse moustache le désigne aux yeux d'Arregui comme un Mexicain arrivé un jour avant la conversion aztèque du *Caméléon*, mais Octavio le salue d'un familier "Oh, Paco Ignacio" et Soldati se réjouit de son arrivée mais a l'air tendu.

— Paco, Paquito ! s'exclame-t-il depuis le centre de la salle. C'est ma nuit et je te préviens pour que tu ne te plaignes pas après.

— Si tu le dis, Raúl, répond le Mexicain.

Il a l'air calme, mais Arregui le soupçonne, sans aucun doute, d'être de ces types qui font exploser les choses autour d'eux. Il tend la main au détective costumé en Japonais et se présente :

— Taibo.

— Popeye, se baptise Arregui. Il a failli dire "Claudio", mais l'échange sur le chat avec Olivia danse encore dans sa tête et plus bas aussi. Que voulez-vous boire ?

— Un Coca, mais Soldati me l'apportera.

La porte s'ouvre et une jeune fille grande et blonde entre, le genre dont le regard devrait luire d'une douceur languide, mais dont les yeux pétillent. Avant qu'Arregui puisse ouvrir la bouche, Octavio Rincón arrive, très élégant dans un costume noir bien coupé, et la salue :

— Hello, Inge. On y va ?

Elle répond quelque chose en suédois ou une autre langue nordique, se penche légèrement et l'embrasse sur la bouche. Rincón la prend par la taille et ils s'en vont. Taibo et Arregui échangent un regard.

L'Argentin sort du frigo un sac noir dans lequel tintinnabulent des petites bouteilles et prépare un grand verre étroit. Il prend sur un plateau en acier inoxydable une demi-rondelle de citron avec une pince et se prépare à la laisser tomber dans le verre quand le regard ironique de Taibo arrête son geste :

— Si tu crois que ça va t'aider…

Soldati marmonne et jette le citron dans un seau à ses pieds. Il s'accroupit derrière le comptoir pour cacher ce qu'il va faire et sort du sac une bouteille qu'Arregui reconnaît du coin de l'œil comme étant une bouteille de Coca-Cola. Toujours accroupi, il l'ouvre et tâtonne à l'aveuglette sur le comptoir à la recherche du verre. Le détective le lui approche et l'observe verser dans le verre le liquide brun puis remettre la petite bouteille dans le sac. Alors Soldati se redresse, une expression de défi sur le visage :

— Combien ?

— Ce que tu veux, répond Taibo. Trois cents comme d'habitude ?

— C'est bon. Mais tu vas perdre et je ne veux pas profiter…

Taibo porte le verre à la bouche et avale une gorgée, en laissant son regard errer dans la salle les yeux mi-clos. Il a l'air distrait et Arregui pense que la tête du Mexicain lui dit quelque chose, mais rien à voir avec le casier Zuruaga. Ce n'est pas un casier policier, c'est autre chose. Le nom aussi lui est familier, mais il laisse pour plus tard sa recherche d'identification, intrigué par l'expectative de Soldati suspendu à la réponse de Taibo qui s'amuse du suspens.

— Alors ?

— Soldati, Soldati, ce foutu stratagème est nul, même pour toi. Tu croyais qu'en remplissant la salle de Japonais, tu allais me tromper ? Ce Coca est russe ! Mis en bouteille à Saint-Petersbourg, dans l'usine inaugurée en 1996, si je ne me trompe...

Grommelant des jurons, l'Argentin sort une liasse de billets, en extrait six de cinquante et les laisse tomber sur le comptoir. Avant que Taibo puisse les prendre, Soldati plante sa main dessus d'un coup sonore :

— On double ou rien.

— Allez...

Il répète l'opération, mais caché derrière le comptoir, il ouvre deux petites bouteilles de Coca différentes et remplit la moitié d'un verre propre en mélangeant le contenu des deux. Il se relève et pose le breuvage devant Taibo, qui boit, les yeux mi-clos, et éclate de rire :

— Tu essayes de m'avoir, Raúl : la moitié est le même Coca russe d'avant, et l'autre moitié, c'est un Coca mis en bouteille à Séville, à l'usine de La Rinconada...

L'Argentin compte les billets en proférant des malédictions et les jette sur le comptoir avant de partir, furibond, vers l'autre extrémité de la salle. A mi-chemin, il se ravise, revient et donne à Taibo une accolade d'ours en s'écriant :

— Tu es un grand, Paquito ! Demain, la revanche, hein ? Il y aura plein de tes compatriotes. Maintenant je me tire, tu connais le dicton : malheureux au jeu... Et il y a là-bas une petite Japonaise qui ne me quitte pas des yeux...

Il change la musique sur l'ordinateur et un tango éclate, un tango de traîne-savate, de fange et de ruelles. En dansant, il s'approche d'une table et une seconde plus tard, une Nipponne de belle allure soupire entre ses bras, suivant tant bien que mal les pas de cette danse de séduction. Taibo et Arregui le suivent du regard.

— Quel personnage, ce Soldati, pense le détective à voix haute.

— Parfois, je me demande si nous ne sommes pas tous des personnages, ajoute le Mexicain. Je suis venu ici la première fois quand le *Caméléon* de l'Altiplano venait d'ouvrir, et je ne me souviens plus comment cette histoire de Coca-Cola a commencé. Mais toujours est-il que je dois passer ici chaque soir quand je suis à Madrid, pour parier. Et il est si obsédé par l'envie de gagner que si je le laissais faire, il serait capable de jouer son restaurant…

— Vous venez souvent à Madrid ?

— C'est-à-dire, chaque fois que j'arrive dans cette ville, je sens que je m'en éloigne ; à peine je descends de l'avion que j'ai la sensation ingrate d'assister à des adieux…

— J'ai lu ces mots il y a quelque temps dans un roman. C'est un détective mexicain comme vous qui les prononçait, avec un nom imprononçable au sud de Rioja… Je crois qu'il portait un bandeau sur l'œil.

— Vous vous y connaissez beaucoup en livres pour un serveur *gachupin* déguisé en Japonais…

— Et vous, vous avez l'air très fort en paris, Taibo. Vous êtes joueur professionnel ?

— Quelque chose comme ça, mais pire. Je suis auteur de romans policiers, répond-il en levant son verre. Mais il vaut mieux les écrire que les vivre, vous ne croyez pas ?

— J'en suis persuadé, dit Arregui.

Et ils trinquent.

IL N'Y A PAS DE PLOUC SANS JAUNE

Il a fait semblant de dormir pendant une heure et en a passé une autre dans la salle de bains de la chambre blindée, vérifiant l'équipement et les informations. Après s'être changé, il regarde l'heure et sort. Juan dort entre ses ronflements rythmés, Rosita dans ses bras. Arregui laisse un mot sur son oreiller, tape la combinaison de la porte blindée et avance sur la pointe des pieds vers la cave. Il monte l'escalier sans faire le moindre bruit et traverse la salle, mais s'arrête net lorsqu'il entend une voix endormie :

— Le mot de passe.

Ça vient d'une silhouette dans laquelle il tarde à reconnaître Soldati assis sur un rocking-chair. Il allume une lampe latérale, à la gauche de l'Argentin, et jaillissant de la silhouette, l'excroissance que fait le fusil sous la couverture ressemble à une énorme érection.

— J'y vais seul, Raúl.

— Tu vas à la mort si tu y vas seul, Chemita.

— C'est pour ça que je vais seul. Et puis tu ne sais pas ce que je veux faire.

— Tu me prends pour un con ? Avec ce que tu m'as demandé de te trouver et ce que nous a raconté Juancito, c'est assez clair. Et comment vas-tu y aller, en taxi ?

— Putain, je n'y avais pas pensé. Laisse-moi ta voiture.

— Même pas en rêve. Je te conduis, si tu veux, mais comme disait mon grand-père, dans la pampa, on ne prête pas ce qu'on monte…

— Il avait des chevaux, ton grand-père ?

— Non. Mais beaucoup de petites amies. Et il ne me laissait pas les approcher !

— Même si tu as décidé de te fourrer dans ce pétrin, il n'y a pas d'équipement pour toi, Soldati. Et ce n'est pas prudent de laisser Juan seul en bas.

L'Argentin repousse la couverture. Il est vêtu d'un bleu de travail identique à celui que porte Arregui. Sur le tissu bleu délavé des deux, sur la poche gauche supérieure, un monogramme doré en forme de Z. Soldati rit :

— Ay, Chemita. J'ai compris de quoi il s'agissait et j'en ai demandé un pour moi aussi. Octavio est revenu il y a une heure et bien qu'il n'ait pas une allure de superchampion, sois certain que le roi sera bien protégé. La Suédoise est restée avec ses démangeaisons mais il va falloir qu'elle attende encore un petit peu…

— Tant qu'il la paye…

— Tu crois que ces poupées sont des putes qui le suivent pour du pèze ? Pas du tout ! Elles se refilent les coordonnées d'Octavio quand elles rentrent dans leur pays, et celle qui se pointe à Madrid vient le voir à peine arrivée…

Arregui hausse les épaules, il sait qu'il ne réussira pas à convaincre l'Argentin.

— Merci, Raúl. Je regrette que tu aies loupé ta nuit avec la Japonaise.

— Le monde est plein de Japonaises, Chema, répond Soldati en ramassant le matériel et en ouvrant la porte. Tu ne savais pas qu'il y en a plus de mille millions ?

Vu d'en haut, Ciudad Zuruaga s'étend de part et d'autre d'un tracé représentant un Z parfait, mais à ras de l'asphalte la ville ressemble juste à un magma d'immeubles que quelqu'un aurait laissé tomber au milieu du néant. A une dizaine de kilomètres de Madrid, Iñaki Zuruaga a élevé un monument à sa gloire qui n'est pas encore tout à fait terminé. D'après ses informations, seuls vingt pour cent des logements se sont vendus et une bonne partie d'entre eux à des employés de Zuruaga. Il a donné son nom à l'avenue principale, au jardin d'enfants et à l'école. Au centre d'un rond-point s'élève une statue de Zuruaga à laquelle un artiste bienveillant ou bien payé a concédé un air imposant absent sur le modèle original. On est dimanche, il ne fait pas encore jour et Ciudad Zuruaga ressemble au fantasme d'un rêve de grandeur. Il n'y a personne en vue. C'est peut-être pour ça que nul ne prête attention aux deux hommes portant le casque et l'uniforme de l'entreprise, qui traversent le squelette de ce qui sera, un jour, un nouveau quartier de logements. Personne ne s'étonne de les voir pousser chacun une brouette et de repasser un moment plus tard chargés de cartons recouverts d'étiquettes écrites en différentes langues.

Iñaki Zuruaga ne vit pas dans la ville qui porte son nom, bien qu'il se soit fait construire un manoir au bout le plus éloigné d'une branche du Z. Ainsi, pour que sa méga-urbanisation puisse faire l'objet d'un de ces reportages à la télé qui le décrivent comme un nouveau riche excentrique qui ne se montre jamais mais aime exhiber ses réalisations, il garde là son trésor le plus précieux : sa collection de voitures anciennes et de bolides parmi les plus chers qu'on puisse acheter avec de l'argent. Ils reposent ensemble dans un immense hangar atelier, surveillés par un garde qui cache une arme entre les plis de son ventre. Les jours ouvrables, l'endroit est plein de mécaniciens qui polissent les carrosseries et règlent les moteurs de ses merveilles, mais aujourd'hui tout n'est que silence et quiétude. Tout sauf le grincement de deux brouettes poussées par des ouvriers qui s'approchent du hangar.

— Stop, ordonne mollement le gros, pour dire qu'il respecte les consignes.

Les deux ouvriers hochent la tête en avançant. Ils portent des protège-oreilles blancs et bougent les épaules au rythme de musiques évidemment opposées. A la hauteur du garde, le plus grand des deux hommes lui tend un bon de livraison rose avec un en-tête représentant une énorme Z. Trop grand aussi le grand Z plaqué or qui se balance sur le poitrail du garde, comme celui qui s'étale sur toute la façade du hangar. Arregui pense que si l'on avait élevé une église dans cet endroit, en haut du clocher, à la place de la croix, il y aurait sûrement un Z. Sans savoir pourquoi, il pense à Sosiris, mais il suit son idée et dit :

—Des pièces de rechange. Pour la Ferrari jaune. Des mécaniciens italiens arrivent à midi.

Le gros est embarrassé, parce que tout ça est illégal, mais en bas du bon de livraison il y a la signature qu'il n'a pas souvent eu l'occasion de voir. Pas de doute : c'est bien la signature de Zuruaga. Il se retourne et commence à manipuler la fermeture du grand portail coulissant.

L'autre ouvrier, celui aux cheveux gris, commente :

— C'est que les Ferrari ne sont plus comme avant, tu as vu ? Maintenant ils les fabriquent avec plein de petits machins en plastique et des conneries électroniques, mais au moindre cahot elles tombent en morceaux, elles...

Le gros se retourne en souriant en reconnaissant l'accent :

— Oh, mec, toi tu dois être Sosa, l'Uruguayen...

Soldati lui envoie un coup de poing dans le menton qui le met K.-O. et, avant qu'il ne touche le sol, lui redonne un coup avec la crosse de son fusil à canon scié.

— Pourquoi tu as fait ça, il était en train de nous ouvrir la porte ? proteste Arregui en traînant le garde à l'intérieur du hangar.

— Ce putain de gros m'a traité d'Uruguayen ! se plaint Soldati comme un enfant boudeur. Argentin ! Je suis argentin !

Ils attachent le garde et le bâillonnent. Ils lui bandent les yeux pour qu'il ne puisse pas les reconnaître, bien que le détective ait modifié ses traits de telle sorte qu'un portrait-robot serait inutile. Ils allument la lumière et restent le souffle coupé. Des dizaines de voitures resplendissantes et futuristes rivalisent de beauté – et perdent – avec autant de voitures anciennes qui semblent tout juste sorties de l'usine. Arregui sent vaciller sa détermination et se dit qu'il a bien fait de ne pas avoir amené Juan : Numéro Un ne l'aurait jamais laissé exécuter sa mission.

Ils avancent entre les voitures, respirant des odeurs de cuir et de métal.

— Ce que tu as dit au gros, qu'il y avait une Ferrari jaune, ça n'était pas dans les indications, Chemita.

— Non. Mais un péquenot avec du pognon comme Zuruaga est condamné à en avoir une. Il n'y a pas de taxi sans radio, ni de péquenot sans jaune, répond-il en signalant une Ferrari jaune.

Ils ouvrent les cartons recouverts de fausses étiquettes et se mettent à l'ouvrage. Ils collent des petites quantités d'un matériau à la consistance argileuse sur les flancs des voitures et Soldati installe les détonateurs. Arregui se félicite d'avoir amené l'Argentin. Ses propres connaissances en explosifs sont rudimentaires et sans lui il aurait mis beaucoup plus de temps à arriver à ses fins. Soldati semble rajeunir en préparant la pétarade et il chantonne entre ses dents quelque chose qui ressemble parfois à *L'Internationale* et parfois à une milonga de *compadritos**.

Quand ils ont fini le boulot, une voiture sur trois est prête. Une brève discussion surgit parce que l'ex-guérillero voudrait sauver du désastre une Rolls qu'il aimerait garder pour lui.

— Non, Raúl, ce n'est pas une voiture pour toi, explique le détective. C'est peut-être la meilleure du monde, mais elle laisse s'échapper les symphonies.

Arregui sort le premier. Le ciel est maintenant clair, mais tout dort encore à Ciudad Zuruaga. Ils hissent le garde dans une brouette et le déposent dans un immeuble en construction, à deux cents mètres du hangar.

Soldati manipule une commande à distance et pointe la petite antenne sur le hangar des voitures, mais Arregui l'arrête et court jusqu'au portail. Il sort deux minutes plus tard avec quelque chose dans la main, une bombe aérosol avec laquelle l'ex-policier trace des X par-dessus les Z qu'il rencontre sur sa route.

— Qu'est-ce que c'est que ces conneries, Chema ? lui demande Soldati quand il revient. Tu ne vois pas qu'il ne restera plus rien quand ça explosera ?

— Tu as raison, Soldati. Va chercher ta voiture, je surveille.

En revenant avec sa Chevrolet, l'Argentin aperçoit ce qu'a fait son copain. Il sourit et murmure : "C'est vraiment un gamin." Arregui court jusqu'à la voiture, monte. Soldati manœuvre la voiture en direction de la sortie de Ciudad Zuruaga et baisse les vitres.

* Se dit, en Argentine, de garçons qui imitent Carlos Gardel par leur façon de s'habiller et leur attitude.

Il tend la commande à Arregui :

— A toi l'honneur, Chemita.

Le détective appuie sur un bouton rouge et pendant quelques secondes rien ne se produit.

Puis tout explose, et explose encore. Ils démarrent sur les chapeaux de roues, Arregui contemple la destruction qu'il a provoquée et ça ne le rend pas heureux.

Il regarde encore et sourit.

La seule chose encore debout est le fronton blanc du mur qui entourait le hangar, sur lequel se détache, en noir, un gigantesque A.

Les canards ont commencé à tirer sur les fusils.

UNE POUPÉE CHOCHONA*

Madrid s'étire encore sous sa couette, mais eux n'ont pas chômé de la matinée. D'abord, enlever les plaques d'immatriculation de la Chevrolet dans le parking de Soldati, et les remplacer par les plaques d'origine. Puis, le transport des restes du matériel utilisé dans l'Opération "Prends-toi ça dans la tronche, Zuruaga" (nom que lui a donné l'Argentin), jusqu'au *Caméléon*, où ils les ont répartis entre divers sacs-poubelles qui voyageront, par l'intermédiaire du service de voirie, jusqu'à une décharge municipale. Puis, sa transformation en pastiche de Zuruaga qui ne tromperait pas un familier du personnage, mais facilement un garçon avec qui l'arrogant constructeur n'a communiqué que par téléphone. Laisser un autre mot à côté de Juan qui ronfle toujours placidement et prier pour qu'il ne se réveille pas subitement, et que, ne le reconnaissant évidemment pas, sa royale main ne s'empare du flingue caché sous l'oreiller. Rosita l'a contemplé quelques secondes puis s'est replongée dans ses rêves sans loups.

Puis, quand il ne manquait plus que de convaincre Soldati qu'il ferait seul le reste du boulot, la constatation qu'il n'avait pas la tenue adéquate. Et c'est dimanche.

* La poupée Chochona est une poupée de tombola inventée dans les années 1980 par un forain célèbre.

— Ce n'est pas un drame, dit l'Argentin. Celui qui a de l'argent fait ce qu'il veut.

Et c'est ce qu'ils ont fait, après un petit-déjeuner pantagruélique imposé par Raúl dans un bar de Santa Ana. Au cours duquel il lui a rappelé l'existence du Corte Inglés et il lui a proposé de l'argent, mais Arregui a fait tournoyer entre ses doigts la carte Visa Gold de Legrand.

Ainsi, pendant que la ville s'éveillait, ils ont parcouru tous les distributeurs du coin, prenant dans chacun le maximum autorisé. Devant l'avant-dernier, avenue Alcalá, deux gamins habillés comme pour faire peur à Eminem dans une rue quelconque de Detroit se sont approchés à pas de félins, prêts à leur sauter dessus comme des panthères… et sont partis en courant comme des souris quand Soldati a entrouvert son manteau et leur a montré le fusil à canon scié. "C'est n'importe quoi, ce coin, *brother*!" s'est exclamé l'un d'eux sans s'arrêter de courir.

Et maintenant, devant le miroir de la cabine d'essayage, *on a l'air de deux gangsters chanceux,* se dit-il pendant que la vendeuse fait son addition et chantonne, toute joyeuse.

Un nouveau travestissement mais à l'intérieur le vide de toujours, rempli de questions. Les miroirs lui renvoient l'image d'un autre, celui qu'il sera pendant quelques heures. Ça fonctionnera peut-être, tout dépend si Nemo a traité avec Zuruaga personnellement ou par l'intermédiaire d'un de ses sicaires. Arregui, transformé en nouveau riche avec une petite tendance au surpoids, lisse sa fausse moustache et calcule la somme qu'il va dépenser sur le compte de Legrand pour cette pantomime.

La vendeuse du Corte Inglés sourit, parce que l'arrivée d'un client de cette trempe, un dimanche, à une heure aussi matinale, n'entrait pas dans ses prévisions.

Quand elle l'a vu arriver, à peine ouvertes les portes principales, il avait déjà cette expression arrogante d'homme de pouvoir qui aurait perdu sa valise entre deux avions. Ses vêtements étaient de bonne qualité, mais sans plus, ce qu'on porte pour voyager confortablement. Elle avait prévu de lui vendre de quoi se changer en urgence pour une réunion d'affaires le lundi matin. Mais pas *ça*. Sa commission sera juteuse. Un costume trois pièces de la marque la plus coûteuse, des souliers italiens, une chemise qui ne devrait pas être aussi chère et pourtant, une cravate en soie et, cerise sur le gâteau, le manteau anglais d'un prix exorbitant. Quand l'homme lui demande si au rayon joaillerie il pourra trouver des boutons de manchette et quelques autres petits accessoires en or, la vendeuse pousse un gémissement de plaisir.

Soldati, qui arrivait déjà bien habillé de chez lui (bien que son manteau très élégant ait déjà au moins cinq ans, se sera dit la vendeuse), s'approche en arborant un borsalino qui vaut deux fois le salaire minimum. Arregui le regarde et apprécie. Il lui doit ça et beaucoup plus, et il se dit, avec une ironie amère, que si la trahison vient de son associé, il aura largement entamé ses trente deniers.

Deuxième essai, vain, pour persuader Soldati : celui-ci l'accompagnera, où qu'il aille, au moins jusqu'à l'heure du déjeuner. Ce qui soulage Arregui, parce que le coup du hangar aux voitures a été un jeu d'enfants. Le vrai danger commence maintenant.

Puerta del Sol, ils trouvent la porte fermée, l'astrologue est absente. Arregui insère la batterie dans son nouveau téléphone portable, allume l'appareil et compose le numéro de la ligne privée de Nemo. Celui-ci répond immédiatement, il ne le laisse pas parler et dit, de sa meilleure imitation de la voix stridente et autoritaire du Zurullos :

— Je suis Iñaki Zuruaga.

— Je sais qui vous êtes, répond Nemo d'une voix maussade. (Trahir pour de l'argent est une chose, le faire avec plaisir en est une autre.) J'ai quelque chose pour vous. Venez dans une demi-heure. Seul.

— Je viendrai comme je l'entends, morveux. – C'est ce qu'aurait répondu le Zurullos.

— Si vous ne venez pas seul, je ne traite pas. Vous venez seul. Dans une demi-heure. Et il raccroche.

Le portable brûle dans la paume brûlée de la main d'Arregui. Malgré ses mauvaises manières, il est évident que le garçon est au parfum. Un parfum qui pue. Il n'a pas donné l'adresse, parce qu'il sait que Zuruaga la connaît.

Soldati devine son malaise, il le prend par le coude, le conduit jusqu'au garage où il range sa Chevrolet et l'assied comme si c'était un grand-père revenant des funérailles d'un autre grand-père dix ans plus jeune. Ce n'est qu'en sortant sur la rue Atocha qu'Arregui récupère et lui demande de s'arrêter. Il enlève la batterie du portable sans l'éteindre et lui demande de descendre jusqu'à Argumosa. Il veut vérifier quelque chose. Dans la rue principale du nouveau Lavapiés les cafés sont encore fermés, mais l'amour est toujours de garde à la fenêtre de la chambre de Mariana. Et de garde lui aussi, bien que titubant du sommeil des injustes, Poil Ras l'apprenti ne leur jette pas même un coup d'œil quand ils passent tout près de lui.

Ils surveillent toujours Máximo. Ou ils assurent sa protection. Contre moi.

— A Vallecas, Raúl. Je te dirai.

Toute précaution est insuffisante. Arregui arrête un taxi à la hauteur du stade du Rayo Vallecano et ordonne à Soldati de l'attendre là. Il passe devant l'immeuble de Nemo où il ne repère aucun signe de planque. Sauf s'ils m'attendent à l'intérieur. Il retourne rue Teresa Rivero et le chauffeur de taxi ne pose pas de question quand il lui demande de le laisser près de la Chevrolet. Il doit se dire qu'il a affaire à un mari potentiellement ou sûrement cocu, quelque chose à raconter plus tard au bistrot.

Ils retournent sur leurs pas et Arregui se pose la pire des questions : que fera-t-il quand il sera chez Nemo ? Il sait qu'il est probable que la mère du garçon ne soit pas là. Elle prend deux samedis par mois pour elle et ne revient à la maison que le dimanche après-midi. Nemo a toujours soupçonné des escapades avec des amants dont il n'a jamais rien voulu savoir. Arregui oui. La plupart du temps, la jeune femme rageuse au cul dansant se retrouve au petit matin avec une amie dans une discothèque du centre, après avoir refusé les avances ou les compliments débiles des dragueurs ; elles prennent un petit-déjeuner dans une *churreria* puis elles vont chez la copine pour se raconter leurs solitudes respectives. Avant, quand il était un homme bloqué, Arregui consacrait son temps libre à suivre ses collaborateurs et ses proches, pour les protéger d'éventuels dangers, pour les sauver le cas échéant, puisqu'il n'avait pas pu sauver Claudia.

Maintenant qu'il se méfie de tout le monde, ces informations lui laissent dans la bouche un goût de yaourt périmé. Un yaourt de mousse et de citron.

— Attends-moi là. Si tu entends des tirs, retourne au *Caméléon* et emmène le roi. Emmène-le loin. Promis, Raúl ?

— Je te le jure, Chemita, répond l'Argentin, en posant son index sur sa bouche dans un baiser plein de dévotion. Je te le jure sur la Vierge de Luján.

— Je croyais que les révolutionnaires étaient athées…

— Oui. Mais quand je suis dans la merde, je me sens mieux dans la peau d'un homme d'affaires…

Arregui sourit parce qu'il devine que Soldati fait le clown, un clown apeuré, pour lui faire oublier sa propre peur. Il appuie sur la sonnette de l'appartement de Nemo et annonce, quand on répond :

— Zuruaga.

— Montez, répond laconiquement le garçon et on entend le grésillement de la porte qui s'ouvre.

L'ascenseur ne marche pas, et tout en grimpant les cinq étages à pied, le détective revit la montée d'autres escaliers, il y a quelques semaines, l'obscurité au sein de laquelle l'attendait Terreur. Il enlève la sécurité du Beretta et le glisse derrière dans le col de son costume, contre sa nuque. Il faudra qu'il se déplace avec précaution s'il ne veut pas qu'une balle s'échappe et lui explose le cul. Il arme aussi son automatique et le met dans la poche gauche de son manteau. En arrivant sur le palier de Nemo, il constate que la lumière est allumée et que la porte est entrouverte. Il la pousse, entre et essaye de repérer la position des embusqués. Une voix derrière lui ordonne :

— Haut les mains.

Les trucs les plus vieux sont toujours les plus efficaces.

Nemo était caché derrière la porte. Nemo et un fusil presque aussi antique que celui dont se servaient le capitaine Saravia et son cousin pour prolonger leur guerre interminable.

— Tourne-toi doucement, ordonne Nemo d'une voix qui chevrote.

Arregui n'a jamais été aussi près de la mort, pas même avec Terreur. Parce que le doigt du gamin tremble et se crispe sur la détente, et qu'à cette distance il est impossible de rater une cible, même avec un fusil de fête foraine, *et un petit chien en peluche et une poupée Chochona,* les pensées ne sont jamais profondes quand on se trouve face à un fusil chargé brandi par une main tremblante ; il regrette de ne pas s'être arrêté avant dans un cybercafé pour envoyer un mail à Olivia.

— Mets tes mains sur la nuque, dit Nemo. Obéir à cette injonction serait l'occasion de prendre le dessus, mais pas avec le gamin, je refuse de lui tirer dessus, mon fils pourrait avoir son âge si j'avais été capable de faire un fils. Mais le regard de Nemo ne vacille pas comme ses mains, il est décidé et il le fera, *un salaud a écrit ça quelque part,* se dit Arregui tandis que ses doigts se serrent sur le Beretta, le font glisser délicatement, atteignent la détente : *me laisser tomber sur ma droite et tirer en même temps, calculer la déviation et par pitié par pitié que la balle le touche à la jambe, mais pas le tuer, non pas le tuer.*

— Qu'est-ce que tu as fait à Arregui, espèce d'enfant de putain ? demande en sanglotant le garçon sur le point de tirer. Qu'est-ce que tu as fait à mon ami flic, salaud ?

— C'est moi. Je suis Arregui, croit avoir dit le détective en question, mais il se rend compte que sa voix n'est pas sortie de sa gorge. Et ne sortira pas à temps.

Il ferme les yeux laisse tomber le Beretta. Il ne tirera pas sur Nemo.

— Attention, petit con, c'est dangereux ces trucs-là, dit une voix connue.

Il ouvre les yeux, Soldati est là, d'une main il a attrapé Nemo par le cou, pendant que de l'autre il dévie l'arme. Le gamin se débat furieusement, pleure pour son ami disparu. Arregui arrache sa perruque et lui dit :

— Je ne suis pas mort, Nemo. Pas encore.

Le petit lâche son fusil, se jette sur sa poitrine et ils pleurent, ils pleurent comme un enfant perdu et un homme qui ne s'est pas encore trouvé, ils pleurent tous les deux puis finissent par se calmer, se séparent un peu gênés et Nemo dit :

— Si tu racontes ça à quelqu'un, je t'éclate les couilles pour de bon.

Le reste est le récit de ce qui s'est passé en l'absence d'Arregui : le hacker lui raconte ses essais infructueux pour tenter de le localiser, ses contacts avec Legrand qui se faisait lui aussi du souci, tout ce qu'il a réussi à réunir comme informations sur Zuruaga, qui n'auront pas servi à grand-chose. Persuadé qu'ils l'avaient tué, il ne lui restait plus qu'à le venger. Oui, et puis pendant quelques jours après le départ d'Arregui, il y a eu une paire de blaireaux zonant dans le quartier, "un gros en costume, l'air de se chier dessus tout le temps et un jeune qui a dû voir trop de films américains", mais il y a un bon bout de temps qu'il ne les voit plus. Le garçon a vérifié que son téléphone n'était pas sur écoute et l'explication technique est si compliquée qu'il doit avoir raison. Nemo est heureux que le flic soit vivant, il pourra ainsi respecter sa promesse de dîner avec sa mère la nuit de Noël. Arregui change de sujet :

— Comment tu t'en sors avec les caméras vidéo ?

— Mortel. Je crois que c'est pour ça qu'ils ne m'ont pas encore viré du lycée.

Il lui parle de ce qui vient de lui arriver, lui laisse de l'argent pour louer ce dont il aura besoin et ils créent des mots de passe pour pouvoir communiquer sans problème. En lui disant au revoir, Nemo lui demande :

— La photo t'a été utile ?

— Quelle photo ?

— Celle dont le traitement m'a pris trois jours sans sortir de ma chambre. Tu n'as pas consulté tes mails tout ce temps-là ?

Arregui ne répond pas. Il n'a regardé que le courrier électronique de Coriolis.

Nemo allume son ordinateur, cherche et ouvre un fichier :

— Cette photo, flic. Bon, toutes ces photos.

Il y a plusieurs versions de la même image, avec des différences dans les cheveux, le menton et autres détails. Mais toutes représentent Zuruaga, avec vingt ans de moins. Et une seule est le Zurullos. Il la signale du doigt. La photo en noir et blanc de sa mémoire est à présent nette et les souvenirs commencent à se connecter. Deux minutes plus tard, il a entre les mains une impression de la photo qu'il a choisie. Il ne manque qu'un détail pour que tout colle.

— Allons, Soldati. Tu dois bien savoir où trouver un sex-shop ouvert un dimanche. Un sex-shop avec des cabines pour voir des films porno.

— Allez. Mais avant on s'arrête dans un bureau de tabac pour faire de la monnaie. Et je te dis tout de suite, je ne veux pas entendre parler de zoophilie, tu m'entends, hein ? Et en parlant de femmes, je ne comprends pas comment des types peuvent se taper des chiennes, des juments, des poules…

— Des brebis, complète Nemo.

— Ça c'est autre chose, tu vois. J'ai toujours pensé que les brebis étaient des séductrices. Sauf Rosita, bien sûr.

L'IMPORTANT N'EST PAS DE GAGNER

La fille est jeune et mince. Le Rimmel de ses yeux a coulé et elle a des cheveux courts et blonds. Sa peau est très blanche, mais il est impossible de déterminer si c'est une vraie blonde, elle a la chatte épilée au poil près. Son corps étroit ondule entre quatre nègres gigantesques dans toutes leurs proportions, mais qui ne semblent pourtant pas lui suffire : la fille exige plus et plus et pendant un moment Arregui se dit qu'elle ne joue pas, qu'elle se laisse juste aller. Jusqu'à ce qu'un regard droit dans l'œil de la caméra casse le charme. Ce n'est pas l'expression orgasmique habituelle imprimée sur le visage de l'actrice avec la paire de billes d'un regard bovin. Elle est tellement vraie que le détective se dit qu'elle joue, qu'elle jouera toujours pour un public d'une seule personne, pour elle. C'est le secret de la fille mince qui porte des socquettes et des baskets blanches, qui accueille enthousiaste la relève, quatre zoulous et leurs lances entre les jambes. Elle joue si bien qu'on y croit. Si elle interprétait des personnages dramatiques, elle se serait sûrement suicidée avant d'arriver à vingt ans. Elle s'est peut-être distinguée sans effort dans des théâtres de province du Minnesota ou autres bleds, elle a peut-être rêvé de Hollywood, et en découvrant que pour que les portes s'ouvrent il lui fallait écarter les jambes, elle aura choisi de devenir la jeune reine du hard plutôt que de se fier aux éternelles promesses d'engagement au théâtre qui l'auraient menée jusqu'à la quarantaine et quoi après.

Comme toujours, les associations fonctionnent en roue libre et c'est ce que le détective veut bien croire et peu importe pourquoi, *Sherlock Holmes ne trouvait-il pas son inspiration grâce à des substances illicites et à des violons ?* Il n'y a rien en commun entre la petite blonde et le Zurullos de la photo qu'il tient dans la main, à part une volonté infinie et féroce. Cette détermination à être différent.

Alors tout s'éclaire dans son cerveau, la photo qu'il tient se superpose exactement à celle qui danse dans sa mémoire, entre un titre de presse dans une typographie qui ne s'utilise plus aujourd'hui, le texte en caractères gras du chapeau, la description de l'événement avec les expressions journalistiques de rigueur, et même la date en tête de *El País*, édition andalouse.

Tout.

Jusqu'à la photo de la femme au visage rond et au regard droit dans l'encadré à côté de celle qui montre un Zuruaga vingt ans plus jeune, quand il ne portait pas encore ce nom et venait de mourir en héros.

Se rendre le lendemain dans une banque de données, pour comparer ce qui est imprimé au fond de sa mémoire avec l'exemplaire sur papier ou le fichier informatique, ne servirait qu'à confirmer ce qu'il est fier d'avoir trouvé par lui-même. Arregui sait ce que Zuruaga a réussi à cacher pendant tant d'années, ce qui aurait continué à ne pas se savoir s'il n'était pas entré dans son bureau flanqué de son gorille, des billets de banque à la main, comme un étron plaqué or.

Ce qu'il ignore, c'est la raison pour laquelle il veut la mort du roi. Il est évident qu'il obéit aux ordres du

Chasseur, mais il y a quand même quelque chose de personnel dans sa détermination.

Il ouvre, sort de la cabine en claquant la porte. Soldati sort de celle d'à côté et implore :

— Attends un peu, Chema, je ne veux pas louper la fin de mon film…

— Je te la raconte, Raúl : l'assassin, c'est le temps. Toutes, c'est le temps qui les tue.

Arregui sort fumer une cigarette sur le trottoir en attendant son ami. Le long de l'avenue Fuencarral, les voitures avancent au pas de l'homme, comme le cortège funèbre d'une innocence qui n'est pas la sienne.

Il manque presque sept heures avant le rendez-vous virtuel avec Olivia mais il ne peut pas attendre. C'est dimanche et elle est sûrement chez elle, enroulée dans un peignoir qui l'enlace, qui la serre à la taille sous la pression quotidienne de l'attente. Arregui parie sur le hasard, l'amour c'est la coïncidence et non pas une formule chimique quelconque. Près de lui, sur un autre ordinateur, Soldati suit sur Internet les malheurs du Lanús, son équipe de foot préférée, en championnat d'Argentine, et il semble que les nouvelles ne soient pas bonnes. En parlant de nouvelles, il réitère le pacte d'éviter, à tout prix, la moindre information sur leur présence à Ciudad Z : "On regardera à la télé", a-t-il répété pour la cinquième fois. Là, Arregui met en jeu ce qui lui reste d'enfance : il restera connecté pendant une heure, écrivant à Olivia un long mail qu'il effacera sans l'envoyer. Si au bout de ce temps elle se connecte et le convoque, leur histoire aura une chance d'exister. Sinon, il la laissera en marge de sa vie, à l'abri de lui et de ce qui le poursuit.

Quinze minutes se sont écoulées et à droite de l'écran l'icône d'Olivia devient verte. Elle est disponible et elle sait que lui aussi. Elle se moque un peu de son impatience mais avoue qu'elle s'est connectée toutes les demi-heures dans l'espoir qu'il fasse de même. Tandis qu'à sa droite Soldati râle contre les directives et les joueurs de son équipe préférée, Olivia et Coriolis échangent les mots rituels de la séduction, cet art qui les a rapprochés pendant des mois, le même qui les sépare. Puis d'un coup, elle interrompt le jeu, se livre pour la première fois et se dépouille de son masque. Ce n'est plus Olivia mais Alicia (bien qu'elle n'ait pas révélé son nom) qui parle et se dévoile. Alicia qui lui raconte ses échecs en amour, son mariage raté, son angoisse de la solitude chaque fois qu'elle entraîne un amant occasionnel dans son lit et qu'une fois les feux d'artifice éteints, elle se demande ce qui se célébrait puisqu'il n'y a rien à célébrer. Coriolis l'aide à poursuivre et Arregui l'admire un peu plus, parce que Olivia et Alicia, la même peau qu'il n'a pas encore caressée, lui racontent la vérité qu'il connaît, et qui s'encastre pièce après pièce dans le puzzle honteux de son espionnage. Elles ne mentent pas, ne font pas de compromis : elles lui font simplement l'offrande de la vérité, ce que lui ne peut pas encore offrir parce que sa vérité à lui n'est qu'un paquet de questions. Coriolis pourrait mentir ou inventer des raisons pour expliquer son absence, Arregui se veut sincère et ça lui est impossible.

Elle ne demande rien et c'est pour ça qu'il voudrait lui donner tout. Mais il ne possède que des promesses dont il ne sait pas s'il pourra les tenir. Il a promis à Juan qu'il serait sauf pour le réveillon de fin d'année, à Nemo qu'il boirait le champagne avec sa mère. Et il est probable qu'il n'arrivera pas en vie à l'heure du repas de fête, pour apprendre au journal télévisé que le gros lot de Noël a été gagné dans un village du Levante, que les millions ont été partagés entre des dizaines de villageois et que le buraliste heureux paraîtra à l'écran comme s'il était le concessionnaire de la chance. Olivia, sur le chat, lui reproche son silence, et il répond avec une troisième promesse : si elle le veut, ils feront connaissance la nuit des Rois, ils laisseront tomber les masques électroniques et les pseudonymes, pour se voir et se décider, pour enfin commencer à se toucher en vrai.

S'ils se plaisent.

"Nous nous plairons", a-t-elle écrit sans laisser de place au moindre doute. Le reste est un interminable au revoir dans lequel aucun des deux ne veut être le premier à couper la communication, de nouveau adolescents, deux niais.

Et c'est une expression béate, d'imbécile heureux, qui reste sur son visage quand ils se quittent, qu'il ferme la page et s'appuie sur le dossier de son siège. Le même bonheur benêt qu'il perçoit sur le visage de Soldati quand il regarde à sa droite. Est-ce qu'il a lu par-dessus son épaule ? Impossible : des panneaux de bois séparent les ordinateurs.

— On a gagné, Chemita. On a gagné. Lanús quatre, Lorenzo zéro !

— Vous avez gagné le championnat ?

— Non, on n'a rien fait en ouverture. C'était une partie amicale. Mais quatre à zéro ! Toi aussi tu as l'air de quelqu'un qui a marqué des buts, *che*...

— Je n'ai pas encore joué mon match, Soldati. Et je ne sais pas si je vais être sélectionné.

— Ah, tu recommences avec ton air de tango, Chemita. Rappelle-toi que le plus important ce n'est pas de gagner, c'est de faire perdre l'autre...

Arregui pense que dans le match de la nuit des Rois, s'il arrive à le jouer, il n'y aura pas égalité, il y aura deux vainqueurs.

Il prend l'Argentin par l'épaule et ils partent tous les deux en chantant et en criant l'hymne du Lanús.

UN DÎNER LÉGER

Au *Caméléon* ce n'est pas une tempête de questions qui les attend mais un ouragan de saveurs. Après avoir préparé les mets pour la nuit mexicaine, Octavio et Juan ont disputé sans rivalité un Trivial gastronomique particulier dans lequel le premier a élaboré des plats dégustés par le deuxième lors de ses voyages officiels, à partir seulement d'un fragment du nom, d'une saveur prédominante, voire d'une couleur. Le résultat est un échantillonnage impressionnant de plats du monde entier, que Soldati dévore et auxquels Arregui ne peut faire justice. Il déguste en imagination et par anticipation son propre menu, s'il arrive vivant à la nuit des Rois : en entrée, la menthe du cou d'Olivia quand il l'enlacera pour la première fois ; en premier plat, les sels de son sexe macérés dans des baisers ; en second, la saveur spéciale de sa nuque quand il la mordra tout en la pénétrant par-derrière, non pas pour faire semblant, en ne voyant pas son visage, qu'elle est Claudia, mais pour admettre et célébrer qu'elle ne l'est pas. Et en dessert, peut-être reprendront-ils tout le menu.

Soldati se montre pointilleux, comme un garçon qui a fait des bêtises, qui sait qu'il sera découvert et se vexe par avance :

— Tout ça est très joli, mais si on a une inspection et qu'on trouve Rosita en train de se promener dans la cuisine, ils nous enlèveront la licence, ils nous l'enlèveront… Et ça, ça ne t'inquiète pas, Rincón ?

— Ça m'inquiéterait… si on avait une licence, Soldati.

Juan évite de questionner Arregui du regard, tandis que l'Argentin zappe frénétiquement sur la télé de la cuisine, en adressant des clins d'œil au détective et en répétant les mimiques qu'impose la dissimulation, si par hasard apparaissait sur l'écran quelque référence à leur aventure du matin. "S'il y a quelque chose, fais comme si de rien n'était", lui a-t-il dit il y a un moment.

Mais quand l'image vue du ciel de Ciudad Z laisse la place à un plan moyen du hangar en flammes, c'est Soldati lui-même qui ne peut contenir sa joie et se met à sauter à travers la cuisine en envoyant en direction de la télé de festifs bras d'honneur :

— Tiens, tiens, prends ça, Zuruaga ! Ooooééééééoéoéoééééé ! ! !

Arregui prend la télécommande et augmente le volume. Une voix *off* commente l'étrange attentat qui a eu lieu ce matin à Ciudad Z, apparemment perpétré par un commando néo-anarchiste si l'on en croit la prolifération de A peints sur le lieu, bien que soit absent le cercle caractéristique entourant la lettre. D'après l'envoyé spécial sur place qui parle sur fond d'incendie et semble craindre une nouvelle explosion, aucune perte humaine n'est à déplorer, mais les dégâts matériels sont importants : trente-huit automobiles anciennes et modernes ont volé en l'air ou ne sont plus que cendres… Arregui change de chaîne en évitant le regard de Juan, qui tout d'un coup le regarde depuis l'écran dans un enregistrement d'archives. Le présentateur commente le silence de la Maison royale autour de la santé du roi, et répète que, selon les sources officielles, celui-ci ne souffre que d'une grippe sévère qui ne l'empêchera pas de s'adresser au pays dans son traditionnel message de Noël. Puis un rappel des nouvelles de la journée : le gros lot de Noël a été gagné dans un village du Levante, les millions ont été partagés entre des dizaines de villageois et le buraliste heureux apparaît à l'écran comme s'il était le concessionnaire de la chance. Une information de dernière minute laisse la place à un nouveau scénario : un deuxième attentat s'est produit il y a seulement quelques minutes près de Madrid, dans le village de Pozuelo de Alarcón, où une villa inhabitée a explosé. Arregui reconnaît dans ces ruines les restes de son église, de la cathédrale élevée en l'honneur de Claudia. Rien n'est resté debout, plus trace des rosiers ni des souvenirs préfabriqués. Respectant les recommandations de son ancien métier, la villa était très bien assurée, y compris contre les attentats terroristes, mais il ne la fera pas reconstruire.

C'est juste, se dit-il, tandis que la caméra montre un morceau du mur qui entoure le jardin de la maison, le seul qui a échappé à l'explosion, sur lequel on peut distinguer une sorte de N peint à l'aérosol, et le journaliste annonce que d'après le ministère de l'Intérieur, il n'y aurait pas de rapport entre les deux événements.

Arregui sourit en imaginant que le sicaire de Zuruaga va se faire engueuler pour n'avoir pas été foutu de tracer un Z reconnaissable.

— Pourquoi ne m'as-tu pas emmené avec toi ? murmure Juan.

— Parce que vous ne m'auriez pas laissé faire.

— Tu as raison. Toutes ces voitures... J'aurais adoré voir la tête de ce salopard !

Après le repas, la sieste impossible dans la chambre blindée.

Malgré sa fatigue, Arregui flotte dans un état de bonheur et il n'en a pas l'habitude. Sans s'en apercevoir, il se met à parler avec Juan d'Olivia et d'Alicia, de cette romance cybernétique et de l'espionnage honteux de leur vie à toutes les deux, de son incapacité à les aborder, de la fin de son veuvage vocationnel et de la nuit des Rois comme une raison d'arriver vivant à la nouvelle année.

— Tu y arriveras, Txema. J'en suis sûr. Il faut juste que tu t'aimes un peu plus, parce que si tu avances dans la vie en pensant que tu es une merde, qu'auras-tu à offrir à cette fille ? Une merde.

Arregui veut protester mais il admet que l'évidence du propos royal a frappé juste et il s'endort pour rêver d'Olivia et d'un monde où il arriverait à mieux se connaître et peut-être à s'aimer.

Nuit mexicaine au *Caméléon Zapatiste.* Un Japonais qui aurait loupé son avion ou aurait décidé de prolonger son séjour et serait retourné au restaurant pour y passer une nouvelle soirée pseudo-nipponne, jurerait s'être trompé d'endroit. Affiches de boissons rafraîchissantes du pays qui en consomme les plus grandes quantités au monde, portraits de Villa et Zapata, pochettes de disques de José Alfredo, Vicente Fernández et Aceves Mejías décorent les murs de leurs couleurs vives. Comme toujours, Soldati a pensé à chaque détail. Et comme toujours, Octavio a travaillé comme une bête de somme pour tout réaliser.

Mais si quelque chose donne de la crédibilité à la transformation aztèque, ce sont les deux grands serveurs habillés en musiciens de mariachis, avec leurs grosses moustaches noires et leurs immenses chapeaux typiques. Sous celui d'Arregui est caché le Beretta auquel il a enlevé la sécurité. Son besoin de résoudre cette affaire au plus vite est devenu une urgence tant il est obsédé par l'idée d'arriver au 5 janvier et à la promesse faite à Olivia. Mais il n'oublie pas qu'il a détruit la collection d'automobiles de Zuruaga et que quelqu'un, dans son entourage, a caché un ou deux GPS dans sa propre voiture.

Les Mexicains arrivent et se montrent enchantés de l'ambiance. Les rues avoisinantes, bien que ce soit dimanche, sont remplies de gens qui profitent de ces jours d'avant Noël pour faire la fête ensemble : camarades de travail, de gymnase, de quartier, d'enfance se donnent rendez-vous pour dîner et boire, comme une répétition des traditionnelles réunions familiales du réveillon.

Taibo est arrivé tôt, et après avoir pris six cents euros à Soldati grâce à deux Coca embouteillés dans les usines de Auburndale (Floride) et Punjab (Pakistan), il s'est assis à la table qui lui était réservée. Quelques-uns de ses compatriotes semblent le reconnaître et Arregui les divise mentalement en deux groupes : ceux qui se donnent des coups de coude en apercevant l'écrivain et ceux qui le regardent avec indifférence. Ces derniers, croit comprendre le détective, sont les plus riches, ceux qui parlent d'argent à tout bout de champ et s'efforcent de paraître des hommes du monde.

Octavio, lui aussi habillé en mariachi, s'approche de la table de Taibo et lui tend le menu. L'autre l'étudie, plat après plat, et approuve :

— Comme vous dites ici, tu as sacrément trimé, Rincón. Il faut juste vérifier que tu ne les as pas loupés à la cuisine… Je vais manger quelque chose de léger. Pour commencer, trois *tacos campechanos* de *maciza* avec *chicharron,* accompagné de riz blanc et de bouillon. Puis quelques *frijoles charros,* des *tacos de carnitas,* guacamole et sauce mexicaine. Pour finir des *chamorros al pastor* avec ananas, oignons et coriandre. La sauce à part, s'il te plaît. En dessert, sapotille à la mandarine. Et à boire, n'importe quoi, parce que je ne crois pas que tu aies…

— *Chaparrita* d'ananas ou Loulou de groseille ? propose Octavio en souriant.

— Tu vas me faire pleurer, Octavio.

Arregui sert et surveille l'entrée. Chaque fois que quelqu'un entre dans la salle, il porte la main à son chapeau, soit pour saluer, soit pour tâter le Beretta, selon qui arrive. Il voit que Rincón regarde Taibo avec inquiétude, dans l'attente de son verdict, bien que les autres convives ne cessent de louer la qualité du repas. Comme le font les Espagnols qui sont rentrés à la recherche de quelque chose de différent. Mais pour Octavio c'est le jugement de l'écrivain qui compte. Celui-ci, son repas *léger* terminé, demande à parler au chef. Son expression est sévère, indéchiffrable mais sans promesse. Quand Octavio arrive à sa table, il se lève et prend le cuisinier dans ses bras :

— Je te félicite ! Je n'ai mangé aussi bien qu'au Bajío de Azcapotzalco !

La nuit s'écoule lentement et Arregui se dit que rien d'exceptionnel n'arrivera ce soir, qu'il pourra même jouir de cette paix domestique et de son imposture de serveur mariachi, que cette période de Noël a quelque chose de spécial, ne serait-ce que le désir de tous de se montrer meilleurs en ce mois de décembre. Il se dit que la porte qui s'ouvre à cet instant précis ne laissera entrer aucun danger à ajouter à sa collection. Son souhait paraît s'accomplir parce que ce ne sont pas un groupe de sbires de Zuruaga, ni des policiers achetés avec son fric et son or qui entrent. Juste quatre femmes dans la trentaine, des femmes habituées à sortir de temps en temps, ce qui se remarque à leur façon de s'habiller, elles n'ont pas l'air d'arriver d'un mariage comme celles qui ne se hasardent à sortir la nuit qu'en période de fêtes de fin d'année.

Les maquillages et les coiffures ne crient pas “c’est ma dernière chance” à chaque homme qui les regarde et ils sont nombreux.

Tout est normal.

Sauf que la quatrième femme à entrer est Olivia.

JOSÉ ALFREDO SE TROMPE

— Elles sont jolies les gonzesses, *che*. Tu veux que je m'en occupe ? demande Soldati bien sanglé dans son smoking.

Arregui le repousse d'une main et avance vers le groupe, qui attend près du comptoir. Il a les jambes tremblantes comme la nuit à Estoril, mais la peur est différente et presque agréable. Alicia s'avance et demande la réservation pour quatre à son nom. Il vérifie dans le livre et les conduit jusqu'à l'autre côté de la salle. Il est évident qu'elles ont déjà un peu bu, à en juger par les petits rires et par le commentaire que fait l'une d'elles à propos du "beau petit cul du serveur". Ce n'est pas Olivia mais une rousse excitée aux cheveux très courts et aux longues mains, affairée à être terriblement heureuse. Les yeux d'Alicia, ou d'Olivia, c'est pareil, l'étudient subrepticement, il craint pendant quelques instants qu'elle l'ait reconnu, mais se rassure très vite en se souvenant que pour reconnaître quelqu'un il faut commencer par le connaître. Et pour ça il manque deux semaines. Il bénit le hasard et le maudit en même temps : elle l'observe avec un intérêt qui n'est pas fortuit. Il se tire d'embarras en prenant la commande et lorsqu'il revient avec les boissons, la rousse attaque à fond et le complimente pour son costume typique.

— Je peux toucher le tissu ? demande-t-elle en battant des paupières d'un air ingénu.

— Bb-bien sûr.

La rousse touche le veston, l'entrouvre et appuie la paume de sa main sur le ventre d'Arregui.

— C'est bien ce que je vous avais dit, les filles : dur comme un roc !

Il rougit et Alicia rappelle les autres à l'ordre d'une façon si autoritaire qu'elles la charrient en chœur :

— Tu le veux pour toi ! Tu le veux pour toi !

Arregui s'éloigne du petit groupe, mais pas du regard d'Alicia qui le suit et se détourne. Il ne peut éviter ce regard et même quand il tourne le dos, il lui semble voir ses yeux.

— C'est elle, n'est-ce pas ? C'est ton Olivia… dit Juan à côté de lui.

— Comment le savez-vous ?

— Parce que tu as le même regard idiot que cet après-midi quand tu es resté presque une heure et demie à me parler d'elle, Txema. C'est comme ça que je le sais.

— De tous les endroits de Madrid, il fallait qu'elles viennent précisément dans celui-ci…

— Madrid n'est pas si grand qu'on croit quand deux personnes doivent se rencontrer. Tu vas lui dire qui tu es ?

— Absolument pas.

Un plan d'urgence : laisser à Juan la table des filles pour qu'il s'en occupe et rester à l'écart. Juan accepte en le traitant de "dégonflé". Peu après, il le voit se diriger vers la table d'Alicia avec un plateau, offrir aux filles des petits verres de tequila et le signaler. Elle lève son miniverre et trinque de loin avec lui.

Heureusement, la salle est pleine et l'activité intense fait passer rapidement le temps. Une fois les desserts servis, elles partiront continuer ailleurs leur fiesta et il pourra alors affronter un danger moindre, comme par exemple Terreur, et une demi-douzaine de gaillards de sa taille.

Mais les lampes s'éteignent et la boule à facettes fragmente la lumière en milliers d'éclats qui partent dans toutes les directions, mais illuminent toujours les yeux d'Alicia.

A quel moment les tables ont-elles été retirées ? Pourquoi ne lui ont-ils pas demandé son aide pour le faire ? Qui s'occupe de la musique qui passe des *rancheras* si Soldati danse collé-serré avec la rousse qui ne se plaint pas bien au contraire, qu'Octavio fait de même avec une blonde Suédoise qui le dépasse de trente centimètres et que Juan boit, derrière le comptoir, et lui montre Rosita qui porte un minuscule chapeau mexicain sur sa tête laineuse ?

La réponse est simple : DJ Taibo mixe des chansons en buvant les sodas de trois bouteilles différentes. Depuis une des tables mexicaines, un grand type élégant se dirige vers Alicia pour l'inviter à danser, mais trébuche sur le pied de Soldati qui s'excuse de sa maladresse, retient le type en lui demandant s'ils ne se sont pas déjà rencontrés à Buenos Aires et de la main fait signe à Arregui de profiter du champ libre.

Il le fait. Alicia semble flotter jusqu'à lui et lorsqu'ils arrivent au centre de la piste, elle reprend son souffle. Arregui remercie en son for intérieur les rituels de l'ère post-Claudia : l'une de ses thérapies a consisté à suivre pendant presque deux ans des cours de danse de salon. Il le faisait dans un centre vicinal éloigné de la ville pour réduire le risque de rencontrer quelque connaissance. La plupart des élèves du cours, des personnes du troisième âge, l'appelaient "le gamin". Mais il suivit les cours avec profit, et lui qui n'avait jamais amené Claudia danser, s'entraînait avec de coquettes grands-mères qui riaient de son trouble. Alicia ne rit pas, elle sourit en constatant le savoir-faire de son partenaire, pendant que dans le haut-parleur José Alfredo se trompe en déclarant :

yo lo que quiero es que vuelva,
que vuelva conmigo la que se fue.

Et Arregui se dit pour la première fois sans que cela paraisse un blasphème ou un antidote contre le chagrin, que non, il ne veut pas que revienne celle qui est partie.

— Tu n'es pas mexicain, affirme Alicia.

— Je le suis de temps en temps.

Depuis le micro, Taibo dédie la chanson suivante à "mon ami Popeye et à sa partenaire" et les premières notes de *Amaneci en tus brazos** se font entendre.

— On t'appelle Popeye ? C'est drôle. Moi, il m'arrive de m'appeler Olivia.

— Mais l'Olivia de la BD n'a pas tes courbes.

— Et toi, tu n'as pas l'air d'avoir besoin d'épinards, poursuit-elle en caressant son épaule, puis en se rétractant. Mais je m'appelle Alicia. Toi, s'il te plaît, appelle-moi Alicia.

Arregui danse avec Alicia et avec ses propres contradictions. Il a envie de casser la gueule à ce Popeye, qui profite de la situation, et à Coriolis pour ne s'être pas décidé plus tôt. Sa plus grande crainte, que la chimie ne fonctionne pas entre eux, s'est dissipée : *ici, il y a suffisamment de chimie pour attribuer plusieurs prix Nobel,* se dit-il, *mais avec ce salaud de serveur déguisé en mariachi, pas avec Coriolis l'absent.* Des *rancheras,* Taibo est passé aux boléros et le contact se fait plus proche bien que réservé encore. Alicia n'est pas comme la rousse qui s'est collée à Soldati comme une arapède à son rocher. Mais elle se rapproche.

* *Je me suis réveillé dans tes bras,* chanson du grand auteur-compositeur mexicain José Alfredo Jiménez.

Que Coriolis aille se faire foutre, se dit Arregui, *qu'il aille se faire foutre ce couard.*

Et il la serre un peu plus contre lui.

Le temps s'écoule, à leur grand dam. Peu de paroles mais des regards éloquents. De temps en temps, l'un ou l'autre ouvre la bouche pour une confession, mais les phrases se transforment en sourires ou en échos de la chanson qui passe, et plus encore quand Manzanero chante :

Hace falta que te diga
*que me muero por tener algo contigo**.

Et Arregui ne peut retenir un sourire quand le chanteur arrive, sur le point de défaillir, au morceau où il explique :

... ya no sé,
con qué inocente excusa,
*pasar por tu casa***.

Et il se voit lui-même, dans la voiture, près de son immeuble, avec sur les genoux son ordinateur brûlant de passion.

La musique ne vient plus des haut-parleurs, mais du petit piano devant lequel Octavio Rincón fait courir ses doigts, sous les yeux de la blonde renversée sur l'instrument, laissant voir un mètre de jambes.

Soldati s'écarte de la rousse, prend un micro et chante :

Acaricia mi ensueño,
el suave murmullo de tu suspirar,

* "Il faut que je te dise / que je meurs d'envie de vivre quelque chose avec toi."

** "... je ne sais plus / avec quelle innocente excuse / passer devant chez toi."

como ríe la vida,
*si tus ojos negros me quieren mirar**.*

Les yeux d'Alicia ne sont pas noirs mais clairs, changeants. Et il ne sait pas comment danser sur cette chanson qui les transporte, mais ils dansent, leurs bouches de plus en plus proches, comme un ralenti qui leur fait savourer l'attente. Comme dans les films d'amour. Et comme dans ces foutus films, au moment où leurs lèvres sont sur le point de se toucher, la chanson se termine au milieu des applaudissements et stoppe leur élan.

Soldati demande quelque chose à l'oreille du pianiste, qui le regarde l'air étonné mais acquiesce, et le rythme deux par quatre d'un tango de caniveau rampe sur le plancher de bois de ce qui a été un jour une agence bancaire. La puissante voix de l'Argentin remplit la salle d'une gouaille faubourienne, et quelque part de l'autre côté du monde la lune rougit, parce que chaque fois que quelqu'un chante un tango de cette façon, elle croit que c'est pour elle :

¡Decí, por Dios, que me has dao...,
que estoy cambiado!
*¡No sé más quién soy**...!*

Arregui étire ses fausses moustaches dans un vrai grand sourire : il n'a pris que quelques cours de tango dans son école de danse de salon, mais une des grands-mères du centre social qui avait vécu une jeunesse mouvementée à Buenos Aires lui a enseigné cette danse de faubourg mieux que dix professeurs. Il fait signe à Alicia, qui répond timidement, il enlève

* "Le doux murmure de tes soupirs / caresse mes rêves, / comme la vie sourit / quand tes yeux noirs veulent me regarder."
** "Dis-moi, je t'en conjure, que m'as-tu fait... / pour que je change ainsi ! / Je ne sais plus qui je suis... !"

son chapeau et récupère d'un geste vif le Beretta qui va atterrir dans sa poche. Il lance le chapeau comme un ovni aztèque que Taibo attrape au vol, pendant qu'il conduit la jeune fille dans les méandres enchevêtrés des pas circulaires du tango, qui a quelque chose de sexe et de lutte horizontale.

El malevaje extrañao,
me mira sin comprender ;
me ve perdiendo el cartel
de guapo que ayer
*brillaba en la acción**.

Deux couples mexicains qui ont des rudiments de tango les suivent, d'autres font les clowns en imitant les pas du tandem Popeye-Alicia, qui sont à présent les maîtres de la piste. Elle suit les initiatives de l'homme et se coule dans la danse, sans revendications féministes ; elle rougit sous les applaudissements de l'entourage, qui a formé un cercle autour d'eux et trois tangos provocants s'enchaînent à la suite. Et bientôt ce n'est plus la voix de Soldati que l'on entend mais celle de Carlos Gardel sur un disque, parce que Soldati virevolte maintenant sur la piste avec sa rousse collée à sa peau, sous les applaudissements redoublés.

Que s'est-il passé ensuite ?

Qu'est devenu ce moment hors du temps, car sur la montre Corto Maltese les secondes avancent au rythme d'une autre musique ?

Arregui sait que le temps a passé, qu'ils n'ont pas arrêté de danser, qu'il y a moins de lumière qu'avant et

* "La canaille étonnée / me regarde sans comprendre ; / il me voit perdre ma réputation / de bravache qui hier encore / brillait dans l'action."

que la salle est vide. Presque vide. Dans la semi-obscurité, à la porte, des silhouettes familières lui font signe et il ne pense pas à chercher son Beretta parce que ça l'obligerait à lâcher la taille d'Alicia. Une main touche doucement son épaule, il tourne la tête et voit Soldati, son manteau sur les épaules et trois verres à la main. Ils trinquent, elle et lui, sans se lâcher et se souhaitent un joyeux Noël bien que ce ne soit pas encore Noël. L'Argentin murmure à l'oreille du détective :

— Je te laisse trois heures de musique programmées, j'espère que tu ne seras pas con au point de ne les utiliser que pour danser et rien d'autre. Je ferme avec ma clé, vous pouvez ouvrir de l'intérieur, tu vois ? Nous emmenons Juancito avec nous dans un bar mexicain que Taibo connaît et ne te fais pas de soucis pour sa sécurité, "Pampita" vient avec moi, dit-il en entrouvrant son manteau pour laisser voir le fusil à canon scié.

Arregui acquiesce à tout, il a hâte de retourner dans la bulle où n'existent qu'Alicia et lui, même s'il ne sait toujours pas qui est lui.

Ils sont totalement seuls et ne voient pas de différence.

Mais il y en a une.

Ils se laissent aller au baiser qu'ils ont attendu toute la nuit et que d'autres baisers viennent suivre. Ils n'arrêtent pas de danser mais leurs corps n'attendent plus, il sent grandir une érection et s'écarte un peu. Elle le devine, se rapproche doucement et se serre contre lui. Dans cette harmonie rare qui ne se produit peut-être que deux nuits dans une vie, il reconnaît la voix qui arrive des haut-parleurs, celle de Vicente Fernández qui lui rappelle son enfance brumeuse quand son *aita* tuait la nostalgie pour sa compagne disparue en écoutant les *rancheras* et les boléros qui les avaient réunis. Et Fernández chante, d'une voix qui les berce :

… nos estorbó la ropa,
dejamos que las prendas se cayeran.
La noche estaba fría porque nevaba
pero de nuestro amor se hacía una hoguera.*

Ils se déshabillent sans cesser de danser, et plus tard, pendant très longtemps, ils se demanderont comment ils y sont arrivés. Elle enlève ses chaussures et elle est alors complètement nue. Elle est bien plus petite que lui, l'érection d'Arregui joue contre son nombril comme une entrée impossible et ils sourient. Elle entoure son cou de ses bras et il comprend. Fernández aussi :

… yo me enredé en tus brazos,
dejé que a tu manera me quisieras,
la noche estaba fria pero nosostros
*hicimos del invierno primavera**.*

Les mains sous les fesses d'Alicia, il la soulève de façon à ce que ses jambes entourent sa taille. Ils dansent toujours et leurs corps s'emboîtent, il entre en Alicia au rythme de la *ranchera* qui s'arrête, mais que suit une autre et encore une autre. Dans la tête d'Arregui, une voix lui dit qu'il n'a peut-être plus l'âge de ces acrobaties, mais Popeye l'envoie au diable et continue à danser avec elle et en elle.

* "… les vêtements nous gênaient, / nous les avons laissés tomber. / La nuit était froide, il neigeait, / mais un feu naissait de notre amour.
** "… je me suis lové dans tes bras, / je t'ai laissée m'aimer à ta façon, / la nuit était froide mais / nous avons fait de l'hiver un printemps."

Et ainsi, animal étrange, ils descendent les escaliers au risque de glisser et de se briser la nuque, mais sans se séparer, parce que se séparer maintenant serait rompre la magie de la danse. Elle l'aide à garder l'équilibre en laissant glisser sa main sur la rampe de l'escalier. Au moment d'entrer dans la chambre blindée, il se souvient que Juan et Arregui l'ont transformée en bauge pour célibataires, avec des chaussettes et des vêtements éparpillés partout. Mais en arrivant devant la porte en acier ouverte, il perçoit entre les cheveux d'Alicia que tout est propre et en ordre et des dizaines de bougies rouges qui éclairent la pièce et dont les petites flammes leur clignent de l'œil. Arregui ne peut réprimer le mot "salauds", prononcé avec affection, puis ils se laissent tomber sur le lit, pour continuer leur danse amoureuse, le temps que dure la musique.

Elle est partie et le jour se lève. La lumière du taxi lui rappelle la cheminée d'un bateau qui l'emmènerait vers un hémisphère lointain. Dans la tête d'Arregui dansent les derniers mots échangés, après qu'ils se sont rhabillés, quand il lui a demandé s'il la reverrait et qu'elle lui a dit non. Jamais plus. Il lui a demandé si elle était mariée, et elle a répondu : "Je suis libre, tu m'as plu dès que je t'ai vu en entrant dans le restaurant, mais il y a des nuits inoubliables qu'il vaut mieux ne pas chercher à revivre." Il a souhaité qu'une chanson se fasse entendre qui lui indiquerait le chemin, mais il n'y avait plus que leur respiration, encore haletante. Quand le taxi s'est arrêté au coin de la rue, elle lui a dit qu'elle avait lu dans un livre que les chemins ne sont qu'un aller simple, et il a voulu crier que lui aussi avait lu le même livre, construire entre eux un pont de papier et d'encre, mais Alicia, maintenant Olivia, lui a dit :

— Je me souviendrai de cette nuit toute ma vie, mais je crois que je suis amoureuse d'un homme que je n'ai jamais vu, et qui sera mon cadeau des Rois.

— Tu lui parleras de moi ?

— Non. Ce sera notre secret.

Elle lui a tendu ses lèvres pour un baiser et elle est montée dans le taxi.

Et Arregui, *alias* Popeye, *alias* Coriolis, se sent le cocu le plus heureux de l'univers.

IL Y A TOUJOURS UN POURCENTAGE À DÉDUIRE

Le commissaire Bermúdez sort de chez lui avec une heure de retard, mais n'importe quel voisin peut jurer qu'il n'a pas pris sa journée car il est habillé comme pour aller au travail. Un costume marron verdâtre, ou vert marronnasse, selon comment on le regarde.

En réalité, il possède six costumes identiques pour les jours ouvrables et le seul changement dans son habillement policier se trouve dans le choix de ses cravates. Sa femme et ses filles s'en occupent, avec de l'humour et un zeste de malice, mais impossible d'imaginer le courageux qui oserait faire des observations moqueuses sur ses cravates où apparaissent Donald Duck et ses amis ou sur l'effet psychédélique de celles qui épuisent l'éventail de couleurs du magasin de peinture le plus complet du quartier.

Au bistrot d'en face, personne.

La mauvaise humeur de Bermúdez est légendaire dans le café où il est apprécié malgré ses colères chaque fois que l'Atlético perd un match à la dernière minute. Mais ce matin il a l'air accablé, il arrive la tête basse et le volume de sa voix est presque normal. Quelque chose est arrivé au commissaire Bermúdez, Pacorro pour ses voisins les plus anciens, qui évitent le moindre commentaire. Les autres, les clients de passage qui fréquentent le bar entre l'une et autre visite aux boutiques qui reprennent les franchises des grands magasins du centre à cette extrémité de la rue Alcalá, ceux-là ne voient qu'un homme taciturne habillé d'un costume marron verdâtre.

Ou vert marronnasse.

Parmi eux, un type d'âge indéterminé plutôt du mauvais côté de la cinquantaine, vêtu d'un jean bon marché et d'un blouson bleu de mauvaise qualité. La vendeuse du Corte Inglés de la Puerta del Sol ne reconnaîtrait pas en cet homme le riche client qui, le dimanche matin précédent, choisissait ce qu'il y avait de mieux sans demander les prix. Mais c'est le même homme, une sorte de Zuruaga devenu pauvre, ne portant de l'or que sur le maigre bain de l'alliance qui entoure son annulaire. Arregui est décidé à ne pas se débarrasser des déguisements, parce qu'il ne sait pas combien de temps va durer ce jeu de cache-cache dans lequel il aspire à être découvert. Mais Bermúdez ne le découvre pas. Il lui jette un vague coup d'œil, sans conséquence. Bermudez est plongé dans ses pensées et ce qui se passe à l'extérieur ne l'intéresse pas. Seul son chagrin lui importe.

Il a mauvaise conscience, se dit Arregui.

La culpabilité le mord aux mollets, parce que de tous ceux qui le trahiraient, Paco est le seul qui pourrait l'attendrir. Bermúdez est un policier un peu fruste à la main leste, mais dans la mesure où son beau-frère le connaît, et il le connaît bien, il n'est pas corruptible. Que fera-t-il quand il aura recueilli l'ultime preuve, quand il aura confondu, jugé et condamné pour trahison le mari de sa sœur, le père d'Ainhoa ? Il ajourne la sentence et se borne à étudier l'homme à côté de lui sans réveiller sa curiosité. Précaution inutile : si on avait servi au commissaire une tasse de vinaigre au lieu de son grand café au lait habituel, il aurait fait la même tête en la buvant, une tête d'amertume avec deux cuillerées de larmes mal ravalées.

Il regarde sa montre, plusieurs fois, et Arregui prie un dieu auquel il n'a jamais cru pour que Paco ne soit pas dans l'attente d'une réunion avec Zuruaga et ses sicaires, qu'il ne fasse rien qui confirme ses derniers doutes. Arregui n'a pas dormi pour ne pas se priver de l'odeur d'Olivia, mais ce bonheur de cocu bêtifiant de tout à l'heure semble appartenir à l'histoire de quelqu'un d'autre, celle d'un serveur appelé Popeye.

Le commissaire paie et sort du café. Il marche sur le trottoir de la rue Alcalá, passe devant l'entrée du métro Ciudad Lineal, mais ne descend pas les escaliers. L'explication simpliste d'une panne de voiture ne suffit pas à justifier ce retard dans son horaire habituel : Bermúdez aurait fait appel à l'un de ses collaborateurs pour qu'on passe le chercher chez lui, "et en vitesse".

Il entre dans une agence de voyages comme quelqu'un qui se rendrait à des obsèques où il ne serait pas le bienvenu, l'homme au blouson bleu sur ses talons. Lequel se distrait en feuilletant des catalogues avec la maigre illusion de s'offrir un voyage, n'importe lequel, pendant que Bermúdez s'assied devant le bureau d'une femme à la coiffure bétonnée de laque et au sourire aussi souple. Ils parlent à voix basse et le regard de la femme se fait aussi rigide que ses cheveux.

— Ce n'est pas possible, commissaire, le voyage est payé et je ne pense pas qu'ils vous rendent l'intégralité de ce que vous avez payé ; en plus, on ne va pas tous les jours aux Caraïbes et si nous annulons l'opération vous perdrez une bonne partie de la somme. Pourquoi ne réfléchissez-vous pas encore un peu ? Je pense que…

Le coup de poing que Bermúdez donne sur la table fait voler des croisières en Méditerranée et des vacances sous le soleil de Cuba, mélangées à d'accessibles *septjoursseptnuits* en Tunisie, l'Afrique domestiquée.

— Je n'en ai rien à foutre de ce que vous pensez. On annule le voyage et c'est tout.

— Si c'est pour le coût, nous pouvons vous offrir un financement intéressant, commissaire...

— Vous n'allez rien m'offrir du tout – Bermúdez ravale un sanglot. Vous ne comprenez rien, mademoiselle. Vous pouvez me rendre mon beau-frère ? Je ne crois pas, le salaud a toujours voyagé à sa façon, mademoiselle, c'était un foutu salopard, un fieffé emmerdeur, mais c'était mon emmerdeur à moi, vous comprenez ? Je ne crois pas que dans vos catalogues de merde, il y ait des voyages organisés pour rejoindre mon beau-frère là où il est à présent...

La femme murmure quelques machinales paroles de consolation et se résigne à lui rendre son argent "bien qu'il faille déduire un pourcentage lié aux frais de dossier qui..."

— Avec vous, il y a toujours un pourcentage à déduire, bordel, grogne Bermúdez en reniflant.

Il se lève, se dirige vers la sortie et claque la porte derrière lui. Il ne voit pas l'homme au blouson bleu, devant le présentoir des catalogues, qui renifle lui aussi.

Arregui voudrait arracher son déguisement, courir derrière Paco, le serrer dans ses bras à l'étouffer et lui demander pardon.

Mais il n'arrive pas à bouger.

Lentement, il prend une cigarette dans la poche de son blouson et l'allume.

La femme lui ordonne d'une voix exaspérée d'éteindre sa cigarette et Arregui s'exécute. Sans cesser de la regarder, il ouvre la main et écrase le bout incandescent dans le creux de la paume. Le sourire bétonné de la femme disparaît, elle ouvre un tiroir et feint de chercher quelque chose, comme si elle y avait rangé un sourire de rechange.

Quand Arregui sort dans la rue, Bermúdez est en train de monter dans un taxi. La sensation de vide qu'il éprouve est si profonde que les battements de son cœur sont comme un tambour dans sa poitrine. Il retourne dans le bar de tout à l'heure, commande un double bourbon avec deux glaçons et demande au serveur s'il a de la gélatine. Il n'en a pas.

Arregui se hait de s'être méfié de Paco, il se hait et c'est tout.

Il voudrait écrire quelque chose qui serait une réparation mais ne lui viennent en tête que des bribes de poèmes étrangers. Il prend le carnet d'Ainhoa, déformé par les eaux d'une rivière sans nom, il passe le doigt sur le relief gonflé du dessin en spirale. Le papier mâché a séché et présente une bosse durcie. Il observe le carnet pendant un moment, comme s'il le voyait pour la première fois, et sourit amèrement.

Il ouvre une page blanche et écrit :

"Ce qui te tue, ce n'est pas la trahison mais la méfiance."

Et il referme le carnet.

LE CANARD FÉROCE

Le fugitif se sait chair d'hologramme, code déchiffré, puzzle de deux pièces avec les instructions au dos. Qui le regarderait à contre-jour pendant un moment devinerait facilement son prochain pas, l'erreur à venir.

Arregui se sent transparent comme du verre.

Incassable peut-être, mais du verre.

Il est un gibier féroce à la recherche des fusils sur lesquels tirer, un canard avec des griffes de panthère.

Un canard menteur.

Il doit cacher à ses amis les différentes étapes du plan qu'il improvise au fur et à mesure sur la marche à suivre. Au cours des vingt années où il a été fusil, il a appris qu'il n'y a qu'une chose que l'on ne peut pas prévoir : c'est l'imprévisible.

Il est midi au *Caméléon Zapatiste* fermé au public mais ouvert à une activité ponctuelle qui a transformé le lieu en quelque chose d'autre, on ne sait pas très bien quoi. En tout cas, ce n'est plus, et ce ne sera sans doute plus jamais le dancing où Alicia et lui ont cru inventer la nuit précédente la danse la plus ancienne du monde. Le cyclorama portable, qui cache une partie de la salle et l'habille d'un gris neutre, encadre le fauteuil aristocratique et la petite table voisine elle-même recouverte d'une noble patine, et les réduit à la condition de meubles qu'on aurait oubliés à la fin d'un déménagement. Le désordre de câbles et de réflecteurs accentue la sensation d'un chaos contrôlé à grand-peine, et les deux caméras vidéo dirigées vers le fauteuil vide ont l'air ridiculement petites, bien trop insignifiantes pour absorber l'énorme mensonge qu'elles vont bientôt filmer. Mais s'il baisse les yeux et regarde l'ensemble depuis les petits moniteurs placés devant Nemo, c'est une autre image que voit Arregui, familière, presque rassurante, quelque chose à regarder du coin de l'œil tout en dînant tranquillement et en se demandant pourquoi, chaque année, à la même date, on ressert du chou rouge, comme une vengeance pourpre.

Le garçon assure encore une fois qu'on ne remarquera pas la différence, qu'il n'a agrandi le fond que de cinq pour cent, juste ce qu'il faut pour que personne n'aperçoive la zone reconstituée de l'image et, bon Dieu, quand est-ce qu'on commence. Arregui crie le nom de l'acteur principal de cette comédie, qui depuis le sous-sol répond "j'arrive, j'arrive" et plus bas sollicite Soldati "sers-moi encore un *margarita*, Raúl, s'il te plaît, pour m'éclaircir la voix".

Quand celui-ci arrive en haut de l'escalier, il s'agit bien de l'homme qui a partagé des semaines folles avec Arregui et en même temps, c'est un autre, celui de toujours. Le costume trois pièces sombre, le cheveu rare bien coiffé, le visage grave. Il s'assied sur la chaise haute, le dos droit, il fixe la caméra dont la lumière rouge est allumée et dit :

— Ceci est un message de paix et de concorde à l'attention d'Iñaki Zuruaga.

Il exécute un solennel et puissant bras d'honneur et s'écrie :

— Tiens, tiens et tiens !

Octavio, Soldati et Nemo éclatent de rire, mais Arregui calme tout le monde :

— C'est sérieux, Juan ! Si vous pensez que vous ne pouvez pas le faire sans vos assistants, il vaut mieux...

— Tu es un rabat-joie, Arregui. Bien sûr que je peux le faire. Il y a plus de trente ans que je le fais. Tu crois vraiment que j'ai besoin de quelqu'un pour m'écrire ce discours ?

Arregui se mord les lèvres et baisse les yeux sur le moniteur. Le roi reprend son attitude institutionnelle et Nemo commence le compte à rebours à partir de cinq. A zéro, quelques secondes se passent et Juan commence à parler, salue les spectateurs et reconnaît que pour lui et pour sa famille c'est un motif d'orgueil et de satisfaction de s'adresser à tous les Espagnols en cette date si particulière.

Arregui s'échappe.

Son esprit s'échappe.

Il est loin dans le temps, assis à une table de Noël avec son *aita*, qui laissait la télé allumée sur le discours du roi et s'asseyait le dos à l'écran, juste pour mâcher, en même temps que sa côtelette, des insultes routinières. Juan a fini ses salutations habituelles et le premier changement de caméra se met en place pour le début du discours. Il démarre en parlant d'une année complexe mais pleine de réussite où nous, les Espagnols, avons...

Arregui s'échappe à nouveau, plus proche dans le temps, jusqu'à son dernier dîner de Noël avec Claudia chez une de ses tantes qui au dessert leur avait avoué, toute rougissante, avoir eu dans sa jeunesse des fantasmes sexuels avec l'homme qui apparaissait à la télé pour des vœux de fin d'année. Quelque chose le fait revenir à la réalité, quelque chose d'inhabituel dans le discours convenu :

— Nous vivons préoccupés par l'avenir, dit Juan, mais le regard tourné vers le passé. Et deviner le passé ne sert à rien. Je sais pourquoi je dis cela. Des temps difficiles s'approchent et nous devons nous tenir prêts à les affronter. Imaginez que vous restiez seuls, sans argent et loin de tout. Que vous erriez dans une Espagne dans laquelle tous les villages se ressemblent, à la recherche d'un clocher. Mais pas n'importe quel clocher : vous cherchez le vôtre, les autres ne vous intéressent pas. Que le seul chemin pour rentrer chez vous passe par la traversée d'une rivière dont tout le monde a oublié le nom. Quand vous serez ainsi, perdus et sans cartes, ne désespérez pas : il vous suffit d'avoir un sandwich au jambon et un ami à vos côtés pour trouver la sortie. Bien qu'un bon .38 ne soit pas à négliger, mais l'important c'est l'ami, parce que s'il n'y a pas d'ami, avec qui allez-vous partager votre sandwich ?

Arregui fait des gestes à Soldati. Il veut savoir combien de *margaritas* Juan a avalés pour s'éclaircir la voix, et l'Argentin déplie peu à peu tous les doigts d'une main et prépare l'autre. Mais Juan est lancé et Arregui le laisse poursuivre :

— Chacun d'entre nous porte en lui la plus belle des symphonies, mais souvent, nous croyons que si nous baissons les vitres de la voiture elle nous échappera. C'est une erreur ; il faut rouler les vitres ouvertes pour entendre les symphonies des autres. Et si la voiture est une Rolls Royce, c'est encore mieux. Mais une bicyclette peut convenir aussi, même si c'est une bicyclette vo… empruntée. Ces dernières semaines, nombre d'entre vous se sont inquiétés pour ma santé et je veux vous rassurer : j'étais en de bonnes mains, entouré de véritables amis, de ceux qui se fichent que vous racontiez des blagues nulles et qui vous disent les choses en face, des amis qui vous accueillent sans hésitation, et qui n'hésitent pas non plus à vous faire faire la vaisselle…

Arregui se dit que si ce discours est transmis sur toutes les chaînes du pays, des douzaines de journalistes politiques se casseront les méninges pour interpréter le message du roi. Et il sourit en imaginant les titres résultants de ces interprétations. Juan parle depuis déjà un long moment et il a décroché mais au ton de la voix il comprend qu'il est sur le point de conclure.

— Il y a des gens qui ne m'aiment pas, s'adresse le roi à la caméra qui le cadre alors dans un plan court à hauteur des épaules. Des gens qui ces derniers jours se sont réjouis à l'idée que je ne reviendrais pas m'adresser à vous comme aujourd'hui. Je veux que ces gens sachent que je ne leur tiens pas rigueur.

Nemo se retient de rire en voyant la main royale, hors cadre, le majeur tendu et raide.

Le roi retourne maintenant aux lieux communs des messages annuels pour terminer, et ajoute en corollaire :

— Et n'oubliez pas, s'il vous plaît, ce qu'un sage qui n'est pas conscient de l'être m'a dit un jour : s'il y a de la misère, qu'elle ne se remarque pas. Joyeux Noël.

Il demeure immobile et lorsque les lumières rouges s'éteignent et que Nemo crie "Coupez", les applaudissements éclatent. Rosita saute sur les genoux de Juan et Soldati le prend dans ses bras :

— Grandiose, Juancito ! Tu as été parfait, vieux... Quoique, tu aurais pu en profiter pour faire une petite pub pour *Le Caméléon*, puisque tu étais...

Du regard, Nemo interroge le détective et Arregui hoche la tête en signe d'accord. Pendant qu'Octavio dresse la table pour le déjeuner, le garçon convertit l'enregistrement en un format digital au nom bizarre et l'envoie par Internet vers un serveur lointain à travers un réseau de liens complexe qui rendront impossible d'en remonter la piste jusqu'à l'origine. Puis il envoie sur le courrier électronique du ministre un message court contenant les codes secrets permettant d'ouvrir l'enregistrement du message royal qui devra être diffusé le 24 décembre, accompagné du salut personnel d'Arregui. Tous s'asseyent autour de la table, sauf lui qui veut visionner encore une fois le message. Une petite lumière clignote dans sa tête et il veut s'assurer que ce détail qu'il n'a pas encore identifié ne mette pas son plan en péril.

Dès le deuxième essai, il le découvre et ça le fait sourire.

Il bloque l'image en souriant.

Il éteint les machines et s'assied à la table du banquet, sans cesser de sourire.

Si ce qu'il a en tête marche, Buster n'aura pas besoin d'utiliser cet enregistrement.

Sauf si Juan insiste.

Et dans ce cas, les spectateurs attentifs se demanderont avec étonnement ce que pouvait bien faire un cendrier publicitaire de la bière Mahou sur la petite table installée devant le roi pendant le message de Noël.

Lorsque vient l'heure de vérité, le canard féroce doit s'écarter du groupe.

Pour chasser.

Ou pour être chassé.

Dans *Le Caméléon* vide, Arregui savoure son bourbon. Il ne reste aucune trace du plateau improvisé ni du banquet d'il y a un moment. Avec une silencieuse efficacité, Octavio a dirigé l'opération nettoyage et même Soldati a dû s'y mettre.

Ils viennent de sortir.

Tous.

Chacun avec un mensonge en guise de cadeau d'adieu.

A Nemo, il a redit que le trente et un au soir, à neuf heures et demie, il serait à la porte de son appartement, il lui a même filé quelques billets pour qu'il achète des roses pour sa mère et qu'il les lui donne de sa part.

— Des roses rouges, a-t-il insisté. Aussi rouges que ta mère.

— N'exagère pas quand même, flic. D'ici que je doive t'appeler "papa".

A Juan, il a enlevé quinze ans en l'habillant en routier prospère mais avec l'esprit nomade intact et lui a laissé entendre qu'il avait besoin de rester seul là pendant quelques heures car il souhaitait revivre l'expérience romantique de la nuit dernière.

— Tu y es allé fort, dit le roi d'un air malicieux. Et moi qui croyais que tu étais lent pour ces choses-là...

Avec Soldati, il a suffi d'explorer sa tendance à la conspiration, en lui faisant croire que lui seul connaissait le véritable objectif de cette excursion :

— Une fois que Nemo aura rendu le matériel, emmène Juan faire un tour en ville, fais durer pendant deux heures, et puis tu l'accompagnes à la Zarzuela, lui a-t-il ordonné. Bon Dieu, il n'est pas en sécurité ici et je ne suis pas sûr de pouvoir le protéger. Je ne vais pas avec vous, parce que je ne veux pas qu'il se doute de quelque chose, tu comprends, Raúl ?

— Bien sûr, Chemita. Ce... une petite chose : est-ce que tu crois que si je propose à Juancito de nommer *Le Caméléon* fournisseur officiel du palais, il sera d'accord ?

— Sûr, Soldati.

Avec Octavio Rincón, par contre, inutile de raconter des histoires. Il l'a regardé de son regard qui a pu autrefois être doux et a demandé :

— C'est dangereux, Arregui ? Ce que tu penses faire en nous éloignant d'ici, c'est dangereux ?

— Si tu fais allusion au lieu, je crois que je vous ai déjà assez compromis en vous demandant de nous cacher, Octavio. Quand vous reviendrez, arrêtez la voiture avant d'arriver et assurez-vous que l'enseigne sur la rue est allumée. Ce sera le signal que vous pouvez rentrer, qu'il n'y a pas de danger. Si elle est éteinte, barrez-vous et ne revenez pas avant un bon moment. Et fais attention à Soldati, Rincón. Tous les deux, nous savons que c'est un chic type, mais qu'il lui arrive de faire n'importe quoi. Tu sais ce qu'il m'a raconté l'autre jour ? Que lorsqu'il t'a rencontré à Marrakech, tu étais accompagné d'un hippie qui était Carlos Gardel, lequel n'était pas mort ! Comme ce sacré Elvis qui n'est pas mort lui non plus !

Octavio Rincón, le seul homme raisonnable qui ait croisé sa route depuis des années, l'a regardé très sérieusement et a répondu :

— Qu'est-ce qui t'étonne, Arregui ? Bien sûr que c'était Gardel ! Chaque fois qu'il passe à Madrid incognito, il reste quelques jours avec nous. Quant à Elvis, il l'a amené quelques fois avec lui, mais nous avons dû le foutre dehors, parce que quand il boit trop, il devient insupportable.

Tout ça fait partie du présent et du passé. Comme les petits cubes de glace dans le bourbon. Arregui prend une de ces décisions qu'on est presque certain de ne pouvoir appliquer. S'il sort vivant de cette histoire, il jettera par-dessus bord des années de fidélité au Four Roses et il se mettra au Jim Beam.

Sacré changement, se dit-il. C'est que contre toute logique, il ne renonce pas à croire qu'il y aura une nouvelle année pour lui, une nuit des Rois avec Olivia, un cadeau* qui ne sera pas le charbon des souvenirs coupables.

Il met la batterie dans son téléphone portable, l'allume et compose un numéro :

— C'est moi, déclare-t-il quand on décroche. N'essaie pas de localiser mon appel. Je te dirai où je suis, mais viens seul. Dans une demi-heure. Tu me dois ça. Après, si tu veux, donne l'information à celui qui t'a acheté. Mais avant, tu viens, et seul.

Il donne deux fois de suite l'adresse du *Caméléon* et raccroche.

* En Espagne, ce n'est pas le père Noël qui apporte les cadeaux mais les Rois mages, le 6 janvier. Les enfants qui n'ont pas été sages reçoivent un morceau de charbon.

Il récupère le fusil à canon scié dans sa cachette et le pose sur une étagère au-dessus du comptoir, après avoir entouré le canon d'une guirlande de Noël, rouge et scintillante, qu'il laisse pendre au milieu des autres.

Ce n'est pas un stratagème fantastique, mais si celui qu'il attend le trahit à nouveau et ne vient pas seul, il en aura besoin. Il lui suffira de tirer sur la troisième guirlande et de se laisser tomber derrière le comptoir, pour réapparaître avec le fusil rugissant un mortel chant de Noël.

Cacher le Beretta contre sa nuque lui fait toujours aussi peur, mais c'est indispensable, comme de fixer son automatique avec du ruban adhésif sous la table la plus proche et dissimuler le .38 de Juan sous la rampe de l'escalier, si son plan foire et qu'ils décident de l'emmener dans la cave pour l'exécuter. Mais Arregui a besoin de ces artifices médiocres pour continuer à croire qu'il aura l'occasion de changer de marque de bourbon et d'expliquer – comment ? – à Olivia que Coriolis est aussi le faux serveur de la nuit dernière. Le souvenir se fait sentir dans son sexe et ses jambes fatiguées par l'effort récent. Il se sent faible. Et se dit que son plan de canard féroce est un plan de merde et lui un imbécile de colvert qui n'aspire qu'à continuer à nager dans sa mare de tristesse, mais sans se mouiller, tel un canard du jardin du Retiro ou de n'importe où, un canard blindé d'un plumage imperméable à l'eau et aux sentiments. D'un seul coup, Arregui sent que tout est une erreur, que l'appel qu'il vient de passer ne servira qu'à apporter le malheur à ses amis qui risquent de tout perdre. Même Juan ne sera pas à l'abri dans son palais, mais au moins Buster fera ce qu'il pourra pour assurer sa protection.

Arregui ne peut plus le faire.

Arregui a plus besoin de savoir que de vivre.

Il a besoin de savoir qui.

Et de savoir pourquoi.

Il a lancé la pièce en l'air sans choisir ni pile ni face.

L'homme qui l'a trahi le trahira encore et au lieu de venir seul pour lui apporter la réponse qu'il attend, il amènera avec lui Terreur et la mort. Ou pas. S'il le connaît bien, il doit lui rester quelques bribes de remords, juste assez pour accéder à son dernier désir : une conversation en tête à tête avant de faire appel au peloton d'exécution.

Comme un canard superstitieux, il se sert un autre verre, mais cette fois-ci c'est du Jim Beam. Il veut mourir avec le goût qu'auraient eu les verres du futur, s'il y avait eu un futur pour lui.

La porte s'ouvre et Arregui s'étonne de découvrir qu'à cet instant final, il n'arrive pas à se souvenir du visage de Claudia ni de la sensation douce de la peau d'Olivia.

A cet instant précis, Arregui pense à son père et à ce jour où il l'avait amené, à l'âge de sept ans, faire de l'escalade et où, surpris par la nuit, ils avaient dû dormir sous l'orage. Dans l'obscurité, ils entendaient les hululements des loups et l'enfant tremblait de peur. Le père aussi, mais il l'avait serré dans ses bras et lui avait dit :

— Laisse-les s'approcher, Txema. Laisse-les prendre confiance, et ce soir nous aurons du loup pour le dîner.

La porte s'ouvre en grand et dans l'embrasure se détache la silhouette de celui qui l'a trahi.

Seul.

Il n'y a personne derrière lui.

Cela dit, ils peuvent se trouver à quelques mètres de distance ou en train d'attendre dans une voiture, les armes à la main.

Mais pour le moment ils ne sont pas là.

— Salut, Txema, dit tête baissée son cher Judas.

— Salut, commissaire Bermúdez, répond Arregui. Bienvenue au *Caméléon*, le meilleur restaurant de Madrid. Le filet de loup, vous le voulez saignant ou à point ?

Bermúdez examine la paume de ses mains, comme s'il pouvait y trouver les mots qui lui manquent.

— Je suis venu seul.

— Pourquoi, Paco ?

— Pour l'argent, Txema. Et parce que j'avais peur. Aussi parce que j'avais peur. Tu ne sais pas ce que c'est que d'avoir peur, mon vieux…

— Si je te disais…

— Non : c'est moi qui vais te dire tout. Il est arrivé dans mon bureau. A la préfecture de police. Il m'a offert beaucoup d'argent, il m'a dit que tu ne courrais aucun risque, qu'il avait juste besoin de localiser un de tes clients et que tu n'avais pas voulu collaborer. J'ai hésité, Txema. Si je n'avais pas hésité, tout aurait été différent. Mais j'ai hésité et ce Zuruaga a commencé à sortir des liasses de billets. Des billets tout neufs, Txema. Ils voulaient juste savoir où trouver ton client pour conclure une affaire. C'est ce qu'a dit Zuruaga. Qu'il t'avait offert des millions et que tu l'avais envoyé chier. Je l'ai cru : c'est tout à fait ton style. Mais j'ai hésité et c'était foutu. Quand as-tu compris que c'était moi ?

— Ce matin, Paco. Quand j'étais sur le point de t'écrire une note, presque une lettre d'amour.

Arregui montre le petit carnet d'Ainhoa, sa couverture bossue et racornie, il l'ouvre et suit du doigt le mince circuit électrique qu'occultait le dessin de papier mâché.

— Tu comprends ? C'est ça qui m'a fait peur, Txema. Quand Zuruaga est venu me voir, il m'a donné ce carnet qui dissimulait un GPS dans sa couverture, pour que je te le remette de la part d'Ainhoa. Il avait tout préparé, jusqu'à l'imitation de l'écriture de ma fille, Txema ! Il savait tout sur ma famille et j'ai eu peur. Et il me disait qu'ils ne te feraient rien… Et moi, je me suis dit que je te donnerais la moitié de l'argent, quand tout serait fini !

— Putain, Paco, au bout de tout ça il faudra en plus que je te remercie ! Ce que je ne comprends pas c'est pourquoi, si j'avais ce carnet sur moi tout le temps, ils ne m'ont pas trouvé plus facilement…

— Ils m'ont dit que tu te trouvais dans une région où il y avait des interférences, ou quelque chose comme ça. Et d'après ce que je vois, le carnet a été détrempé. Le GPS a dû être abîmé.

Bermúdez baisse la tête, il attend.

Arregui devrait se réjouir de son malaise, mais ce n'est pas le cas.

— Pourquoi es-tu venu seul ?

— Parce que je ne marche plus avec eux. Hier, j'ai appris l'histoire de l'échange de tir à Lepe et je suis allé voir le ministre. Quand il m'a dit que tu avais disparu, j'ai compris qu'ils m'avaient utilisé. Ce matin, je suis allé voir Zuruaga, mais il n'a pas voulu me recevoir. J'ai donc été à la banque, j'ai pris l'argent jusqu'au dernier billet et j'ai tout mis dans un sac-poubelle que j'ai laissé à la porte de son bureau. Ensuite j'ai erré de bar en bar, jusqu'à ton coup de fil de tout à l'heure.

Ils se regardent. Arregui lève la main jusqu'à l'étagère au-dessus du comptoir et prend une bouteille de Jim Beam. Il en remplit deux verres.

— Si tu bois depuis tout ce temps, un verre de plus ne te tuera pas.

Ils boivent sans trinquer.

Bermúdez finit par lever les yeux et cherche le regard de son beau-frère.

— Et maintenant ?

Arregui regarde sa montre.

— Maintenant rien. Nous allons continuer à boire comme deux beaux-frères qui s'entendent jusqu'à ce que je sois si bourré que j'aie l'impression que tout cela n'est qu'un putain de cauchemar, Paco. Le client qui intéresse tant Zuruaga sera bientôt hors de portée et quant à moi, qu'ils viennent : nous aurons du loup pour le dîner.

— Ne parle pas comme ça, Txema. On dirait que tu es devenu fou...

— C'est peut-être le cas, je suis peut-être fou, je vais peut-être te tirer dessus pendant que tu bois ton verre, ou peut-être te laisser partir, pour que tu décides. Il est encore temps, Paco. Si tu leur dis où je suis et que tu ne dis pas que mon client est hors d'atteinte, sûr qu'ils te rendront le pognon et qu'ils laisseront ta famille tranquille.

— Avant d'aller voir Zuruaga, j'ai envoyé Ana et les filles chez ton père au village. Elles seront à l'abri là-bas. Ce vieux est solide comme un roc.

— Mais tu ne peux pas les laisser là-bas éternellement, Bermúdez. Je te demande seulement d'attendre encore une heure, après tu feras ce qui te semblera le mieux. Après tout, si tu analyses ce qui s'est passé, tu t'es mis dans ce foutoir à cause de moi, alors si tu me livres je ne pourrai pas t'en vouloir...

Bermúdez frappe le comptoir avec une rage alcoolique :

— Ah non ! Là, je ne marche pas !

— Tu ne marches pas où ?

— Parce que je n'accepte pas que tu te fasses encore une fois passer pour une victime, mon bonhomme.

J'en ai plein le cul de tes airs de martyr : tu traverses la vie en cassant des gueules pour un oui pour un non, mais en même temps tu te sens coupable de tout, peut-être même de la mort du Christ. Grandis une putain de fois pour toutes, Txema, grandis ! On a tué ta fiancée, tu as été incapable de la protéger ? D'accord ! Mais arrête de te sentir coupable, ou alors aie les couilles de te tirer une balle et n'en parlons plus.

— Tu me parles de couilles, Paco, toi qui as une charnière sur le ventre à force de faire des courbettes devant Super ?

La colère et le bourbon brouillent tout, même ce mouvement symétrique de chaque côté du comptoir qui voit Arregui empoigner le Beretta qu'il cachait dans son col, contre sa nuque, et Bermúdez faire de même avec une arme identique cachée dans sa manche. Ils se visent l'un l'autre en titubant avec leurs petits calibres, les comparent et sourient tristement, sans cesser de se viser.

— Il y a des années que nous aurions dû faire ça, mais avec des bons gros Magnum, dit le commissaire. Ce n'est pas du sérieux avec ces petits pistolets. Si petits…

— Ça doit être l'âge, Paco. Tu sais bien que tout rapetisse. Alors, on prive les bourreaux de leur boulot ?

— Avec ça ? On serait encore à se tirer des ballounettes aux Rois.

Bermúdez baisse son arme.

— Décide-toi, Txema. Appelle ton ami le ministre et livre-moi, ou laisse-moi partir.

Le détective lâche le Beretta, remplit à nouveau les verres. Ils boivent sans dire un mot.

Le policier consulte sa montre et met son manteau.

— Autre chose : arrête de te mentir et de mentir au monde. Je préférerais encore que tu me flingues plutôt que de t'entendre dire encore que Claudia a été tuée alors que tu étais en train de sauver le roi. Le roi, c'était à midi et l'assassinat de ta fiancée a eu lieu en début de soirée. Ce qui s'est passé, c'est que tu avais tellement peur de ne pas arriver à lui pardonner que tu n'es pas allé à votre rendez-vous et que tu es resté à boire avec moi au *Malone* jusqu'au petit matin. Nous avons appris ce qui s'était passé quand je suis passé à la préfecture de police avant de te raccompagner chez toi, soûl comme une vache…

Arregui hoquette, lève la main vers les décorations de Noël qui pendent de l'étagère au-dessus du comptoir et tire sur une guirlande, mais seule une bouteille de Jim Beam tombe.

Bermúdez le regarde en secouant la tête :

— Une heure, as-tu dit. Tu peux compter sur moi. Après, je ferai ce que je dois faire. Mais ne viens pas me dire que c'est ta faute, Txema. Je t'ai trahi, et que ça m'arrive à nouveau ou pas, c'est mon problème. Ça te plaît de te prendre pour un détective de roman policier, Txema, le héros. Tu l'es peut-être. Mais nous, les autres personnages, nous avons nous aussi le droit de merder. Joyeux Noël.

Et il s'en va.

Je regarde la porte. Les deux portes. Par moments je vois tout en double et tout bouge. Après le départ de Paco, j'ai versé le contenu de mon verre dans l'évier, je l'ai lavé consciencieusement, je l'ai rempli de deux glaçons et d'une généreuse dose de Four Roses.

Je suis trop vieux pour changer d'habitudes, me dis-je.

Et je me suis dit aussi que c'était l'heure de recommencer à penser à ce qui m'arrive à la première personne, même si ça me fait souffrir un peu plus.

C'est que cet Arregui commençait à me sortir par les trous de nez.

Quel connard.

Et menteur, en plus.

Perdre cinq années de sa vie à se raconter des histoires, à transformer en fatalité et en héroïsme ce qui en réalité n'était que pure lâcheté.

Un imbécile, cet Arregui.

Je n'aurais jamais fait ça.

Tout vendu qu'il est, son beau-frère est dans le vrai : Arregui est un type insupportable, qui se prend pour un parangon de moralité et en même temps pour le pire des hommes.

Péché d'orgueil.

Péché capital.

Péché de la capitale.

Je ris de mon mauvais jeu de mots et me sers un autre bourbon.

Paco dit vrai et se trompe.

J'ai été lourd en jouant à me croire meilleur que les autres, peut-être pour pouvoir me sentir responsable dans mon coin de ce que je n'aurais jamais admis en public. Pauvre canard de foire, petit canard dans sa flaque, trop lâche pour migrer vers une autre peine.

Mais cette fois-ci, oui, je suis coupable.

De tout.

Juan, qui s'était enfui seul à la recherche d'un enfant sur une plage du passé, était à l'abri jusqu'à ce que je croise son chemin. Octavio et Soldati avaient une petite affaire prospère, Legrand était enfin tombé amoureux et mon beau-frère préparait son ascension entre petites colères contrôlées et démonstrations d'obéissance destinées à Super. Nemo et sa mère se défient dans leur joute familiale où l'un s'applique à vouloir être adulte tandis que l'autre s'obstine à être jeune et Olivia avait un amant infaillible sur écran, une illusion construite sur des uns et des zéros, un amour binaire mais tranquille. Même le Zurullos avait atteint la félicité, convaincu qu'il avait transformé la merde en or.

Et je suis arrivé, comme Fidel dans la chanson, et j'ai tout arrêté.

J'ai cru que j'étais plus fort que tout le monde, plus pur que tout le monde, un héros de BD doté de douteux superpouvoirs.

Je devrais me faire faire un costume collant avec une cape assortie.

Noir, bien sûr.

Et les lettres S et V en doré sur la poitrine.

Super-Veuf.

Originaire de la planète Triston, qui n'a pas explosé ni volé en éclats.

Qui s'est juste défaite petit à petit entre des larmes de gélatine, jusqu'à disparaître complètement.

Je me demande si je me suis soûlé malgré moi ou pour être sûr de me faire tuer pour de bon cette fois-ci.

Tout bouge, même ma montre en plastique, mais j'arrive à arrêter les aiguilles pendant un petit moment. Mon heure de grâce est passée.

L'heure est passée et ils vont venir me chercher.

Paco doit mettre à l'abri sa famille qui est aussi la mienne.

Le Zurullos doit fermer le cercle ouvert par ses chefs, quels qu'ils soient.

La Terreur doit s'alimenter.

Carte du jour : Canard féroce au bourbon. Garni de petits morceaux de loup.

Parce que au moins deux d'entre eux m'accompagneront.

Je pose le Beretta sur ma tête et je cherche en titubant un bonnet de père Noël parmi les décorations.

Je l'enfile.

Ha Ha Ha.

Il n'y a plus de Four Roses, Soldati, qu'est-ce que c'est que ce boui-boui ? J'exige à grands cris qu'on m'apporte le cahier de réclamations mais personne ne me répond et je me contente du fusil à canon scié. Je l'appuie sur le comptoir et je vise la porte en chantonnant un *villancico* qui ressemble à un tango triste. Je commence avec les paroles de *Campana sobre campana,* mais je continue en reprenant celles, amères, que j'ai crues pendant des années être de Discépolo sur les disques que mon père écoutait quand j'étais un enfant déjà triste, qui n'étaient pas en fait de Discépolo mais de Cátulo Castillo, comme me l'avait expliqué mon père la seule fois où nous en avions parlé.

"Tous les héros ont leur musique", m'avait dit Juan il y a des siècles, sur une route portugaise. Celle-ci est celle de Super-Veuf.

— *"La araña que salvaste te picó, ¿qué vas a hacer?,* je chantonne, *y el hombre que ayudaste te hizo mal, ¡dale nomás! Y todo el carnaval, gritando pisoteó la mano fraternal que Dios te dio*."*

Les paroles m'échappent et reviennent par fragments alors que de l'autre côté de la porte des voix irritées se font entendre.

— *"Quisiste con ternura, y el amor te devoró de atrás hasta el riñón. Se rieron de tu abrazo y ahí nomás te hundieron con rencor todo el arpón**."*

Peu importe ce qui arrivera quand ils rentreront, mais il faut que je me rappelle comment finit la chanson,

* "L'araignée que tu as sauvée t'a piqué, que vas-tu faire ? Et l'homme que tu as aidé t'a fait du mal. Et la foule du carnaval en hurlant a piétiné la main fraternelle que Dieu t'a donnée."

** "Tu as aimé avec tendresse, et l'amour t'a déchiré jusqu'aux entrailles. Ils ont ri de ta délicatesse et t'ont poignardé jusqu'à la garde."

parce que c'est là que se trouve la réponse à la question que je me pose depuis toujours.

— *"Amargo desencuentro, porque ves que es al revés... Creíste en la honradez y en la moral... ¡que estupidez**!"*

Les voix sont toujours là et la porte s'ouvre, j'ai à peine le temps de chanter en hurlant :

— *"Por eso en tu total fracaso de vivir****..."*

Je lève le fusil et je vise à hauteur de la poitrine du premier qui apparaîtra. Tout bouge et j'appuie sur la détente mais le fusil s'enraye et je tombe, vaincu peut-être par l'alcool mais plus encore par la fatigue immense d'être moi, pendant qu'avec le peu de voix qui me reste je murmure, en perdant connaissance, la strophe finale du tango qui parle de ma vie :

— *"... ni el tiro final te va a salir****."

* "Amer rendez-vous manqué, tu vois tout à l'envers. Tu as cru à l'honneur et à la morale, quelle bêtise !"

** "Et pour cela, dans le ratage de ta vie..."

*** "... tu ne réussiras même pas ton dernier tir."

POUR UNE MAUVAISE PLAISANTERIE

Ce n'est pas vrai que le néant est vide. Ce qui se passe, c'est qu'ici tout est très loin. Mais ça se rapproche. Ça se rapproche en roulant. Les voix nerveuses, les vibrations qui font flotter mon corps et le transportent, jusqu'à la lumière et une musique au loin qui sera, peut-être, le point final de ma dernière chanson, ce vigoureux *tchan tchan* qui clôture tout tango. Mais ce n'est pas un tango que j'entends, si loin d'ici, du néant, bien que les paroles, que je ne distingue pas mais que je reconnais, parlent elles aussi de sang, d'amour et d'abandon.

Une langue tiède lèche mon visage.

Que ce ne soit pas celle de Zuruaga, par pitié.

J'ouvre les yeux.

C'est Rosita, la brebis.

En arrière-plan, j'aperçois le visage de mes amis qui flottent, sans corps, comme un présentoir d'émotions diverses : compréhension affligée chez Octavio, optimisme douteux chez Soldati, soulagement agacé chez Juan.

C'est lui qui toussote et demande aux autres de nous laisser seuls, s'il vous plaît.

Même Rosita obéit. Je ne veux pas de sermon et je ferme les yeux. Juan soupire et s'éloigne. Je l'entends fouiller à la recherche de quelque chose dans la réserve. Ce qui veut dire que je suis dans la chambre blindée et que la lourde porte est ouverte. Je reconnais la musique au loin : c'est une *ranchera* mexicaine. La mort rôde en liberté dans le quartier mais *Le Caméléon Zapatiste* se prépare à recevoir ses prochains clients.

Juan revient et se poste près de moi.

J'ouvre les yeux.

Trop tard.

Deux couvercles de casserole, énormes, font office de cymbales de l'enfer et se frappent l'une contre l'autre au-dessus de ma tête. Je ne meurs pas, mais presque.

— A quoi joues-tu ? demande le roi. Je me suis senti comme toi maintenant quand j'ai compris ce que tu tramais, Txema. Et je ne veux pas parler de la grossièreté qui consistait à me renvoyer chez moi sans me consulter, ce que Soldati a eu du mal à dissimuler et que je n'ai pas eu de mal à lui faire avouer... Que pensais-tu faire, affronter seul Zuruaga et sa bande en te soûlant auparavant pour leur donner l'avantage ?

— Je ne comprends pas. J'ai dit à Rincón que si l'enseigne était éteinte, il ne fallait pas rentrer, ça voulait dire qu'il y avait du danger...

— C'est bien pour cela que nous sommes rentrés, espèce d'idiot, parce qu'il y avait du danger !

— Est-ce que vous pouvez crier un peu moins fort, s'il vous plaît ?

— A vos ordres, monseigneur. C'est bien ce que tu es, Txema. Tu sais quelque chose ? Je fais mon travail de roi, parce que c'est ce que le destin m'a attribué, une histoire de famille. Mais toi, tu te crois le roi, le roi des policiers honorables, des détectives justiciers, des hommes tristes. Et comme il y a quelques semaines tu t'es pissé dessus de trouille devant un gorille monstrueux, tu es capable de faire n'importe quoi pour te prouver que tu n'as pas changé, toi qui, comme le répète la *ranchera* que Soldati fait passer pour la cinquième fois, te crois toujours le roi.

On dirait qu'aujourd'hui tout le monde a une vérité à dire à mon propos. Des vérités de merde.

— C'est bon, Juan : je suis le roi des cons, mais il aurait mieux valu que vous restiez dans votre palais. Tout est dangereux ici… Et ne me demandez pas pourquoi, je ne le dirai pas… D'accord, d'accord, je vous le dirai mais arrêtez de taper ces couvercles de casserole ! J'ai découvert qui m'avait trahi…

— Et je suppose que tu ne me diras pas son nom…

— Non. Je lui ai donné un rendez-vous en tête à tête ici et je l'ai laissé choisir entre tout oublier ou courir tout raconter à Zuruaga. Il m'a déjà trahi une fois, donc…

— Eh bien moi, je dirais qu'il n'a pas recommencé, Txema. Cela fait presque trois heures que nous t'avons trouvé ici au bord du coma éthylique. Ils auraient eu largement le temps de venir, non ? En plus, tu as raison : il faut maintenant que je retourne à la maison. Mais je le ferai demain. Soldati n'a pas pu prévenir les serveurs et nous n'allons pas le laisser tomber après ce qu'il a fait pour nous…

J'accepte d'un geste de la main. On ne discute pas avec un homme armé de cymbales aussi considérables. Il me tend une tasse de café et mon costume de mariachi.

— Si cela ne te fait rien, je prendrai ma douche d'abord, me dit-il aimablement. Comme ça, tu vas avoir un peu plus de temps pour te réveiller. Et s'il ne reste pas d'eau chaude, tant pis pour toi.

Le café me ranime. J'ai dans la tête la phrase d'Alexandre Dumas : *"La femme est comme une bonne tasse de café : la première fois qu'on en prend, cela empêche de dormir."* Je n'ai goûté d'Olivia qu'une gorgée, mais je veux plus, je veux toutes les tasses qu'elle voudra me donner. Je pense à ça pendant que Juan me laisse la place dans la douche et l'eau me lave plutôt mieux que la sueur de la biture récente. Je pense à elle si fort que j'ai une érection qui me rappelle que malgré tout ce qui est arrivé, je suis vivant. Mais je ne peux pas sortir avec ou je devrais supporter les moqueries de Juan toute la soirée. L'eau froide tempère mes élans mais pas mes pensées, et je me sens coupable de rêver à demain, alors que mon travail n'est pas terminé. Mon client est toujours en danger et je n'ai rien pu faire encore pour le sauver.

Juan est habillé en mariachi de pied en cape. Il fait mine d'être encore fâché, mais je sens qu'il est content que je sois rétabli. Je m'habille.

— Ce n'est pas terminé, lui dis-je. Nous avons pu arriver au-dessus de Zuruaga, et je suis sûr maintenant qu'il n'est pas le chef. On veut vous tuer, Juan...

— Je sais. Mais que puis-je faire ? Il y a des jours et des jours que je retourne tout cela dans ma tête et je ne trouve aucune raison pour qu'on veuille me tuer... Tu es sûr que ce ne sont pas les républicains ?

— Ne plaisantez pas, Majesté. A mon avis, ça n'a rien de politique, ça sent plutôt les affaires. Vous côtoyez des gens pourris de pognon. Et vous savez trop de choses sur trop de monde...

Il ajuste ses moustaches mexicaines et éclate de rire :

— Je ne sais rien de rien, Txema. Mais je suis entouré d'imbéciles qui pensent le contraire. Chaque puissant pense que l'autre m'a confié quelque chose, ils me parlent tout le temps à demi-mot, par allusions, tu comprends ? Je les laisse croire, parce que je ne peux pas avouer que je n'ai pas la moindre putain d'idée de ce dont ils me parlent, et tout le monde est content. Ce n'est pas la peine de raconter quoi que ce soit à un homme qui sait tout. Et cela me convient que ce soit ainsi.

Je décide de le croire. J'enfile mon pantalon de *charro* qui me rappelle fugitivement la chaleur d'Alicia collée contre moi. Le roi continue à parler tout en se pomponnant :

— Il n'y a rien de plus angoissé qu'un potentat, Txema. Tu peux me croire. Il y a quelques semaines, peu avant de m'échapper, j'ai invité un groupe d'amis à dîner à la maison, des hommes d'affaires de haute volée, tu vois. Au dessert, j'ai eu envie de les emmerder un peu. Je leur ai dit que j'étais en train d'écrire mes mémoires et que je les publierais sous un faux nom lorsque je me retirerais. Et j'y racontais tout, mais absolument tout ce que je savais. Tu aurais dû voir leurs têtes ! L'un s'est étranglé en buvant son Vega Sicilia, l'autre a eu un étourdissement, et un autre encore a failli se chier dessus de terreur. Ha ha ha ! Nous avons dû suspendre la réunion faute de *quorum*.

La révélation me saisit avec une telle force que je fais un saut en arrière et me colle ma moustache sur le front :

— J'avais raison : ils veulent vous tuer à cause d'une mauvaise plaisanterie !

— Qu'est-ce que tu dis là, Txema ? Ce sont peut-être des imbéciles mais ce sont mes amis, mes compagnons de...

— Vous avez déjà oublié, Juan ? Les seuls vrais compagnons sont les couilles. Réfléchissez : lequel d'entre eux aurait le plus à perdre si vous racontiez tout ?

— Je t'ai déjà dit que je n'en sais rien, nom de Dieu !

— Mais eux croient que oui, que vous savez tout. Vous venez de dire que quelques-uns ont eu l'air terrifiés. Est-ce qu'il y en a eu un qui a ri de votre blague ?

— Oui, un. Il n'arrêtait pas de se marrer. Tu as dû entendre parler de lui. C'est le...

— Ne me dites rien ! Et ce type, il a du pouvoir, suffisamment de pouvoir pour avoir pu monter ce bordel ?

— Je suppose que oui. Mais c'est mon ami. Nous allons souvent à la chasse ensemble... C'est un fou de chasse et il m'invite très souvent à...

Le Chasseur. Aussi simple que ça. Aussi limpide.

— Eh bien, à votre place, je veillerais à ne pas être dans sa ligne de mire la prochaine fois. Attendez...

Je cherche dans les poches de mon blouson la carte que m'a remise Legrand. Celle de l'homme d'affaires élégant et courtois qui voulait nous engager.

Je la tends à Juan :

— Cet ami a quelque chose à voir avec ce groupe ?

— C'est possible, mais je n'en suis pas sûr. Ce mec est partout...

Je reprends la carte, je la retourne, lui montre les sigles que Mariana y a notés, celle du conglomérat auquel appartient l'autre entreprise. Juan lit et pâlit :

— Il est le président de ce consortium, mais...

— Mais rien, Juan ! Votre petite plaisanterie peut nous coûter la vie, alors cessez d'avoir l'air effondré et faites quelque chose...

— Mais quoi ?

— C'est votre ami, n'est-ce pas ? J'imagine que vous connaissez son numéro de téléphone par cœur, ou que vous avez un moyen de le joindre tout de suite...

Juan est vaincu, on dirait un boxeur K.-O :

— Je connais son numéro. Par cœur. C'est... mon ami.

— Alors appelez-le tout de suite et faites semblant. Ne faites aucune allusion à ce qui s'est passé ces derniers jours ni à la traque que nous subissons. Dites que vous avez été souffrant et rigolez ensemble de la peur que votre plaisanterie à propos de vos mémoires a provoquée chez les autres… Vous comprenez ? Mais faites en sorte qu'il soit bien clair, très très clair, que vous n'écrirez jamais ce livre. Je ne sais pas, demandez-lui, au titre de votre amitié si proche, de rassurer vos amis… Un échange banal, mais de façon qu'il capte le message et qu'il sache que vous avez compris la leçon…

— Mais… c'est comme si je lui demandais de me pardonner d'être vivant…

— C'est bien de ça qu'il s'agit, roi. C'est bien de ça qu'il s'agit. Et de ma vie aussi, en passant.

Je mets la batterie dans le portable et le lui tends :

— Appelez d'ici. Si ça foire, nous ne mangerons pas de bûche…

Je le laisse, le portable à la main et une expression de stupéfaction sur le visage, je sors de la chambre blindée et m'assieds sur les marches de l'escalier. Là-haut dans la salle, Soldati repasse le disque de la *ranchera* de José Alfredo Jiménez, et je la fredonne en même temps, comme si elle parlait de moi. D'ici j'entends Juan saluer son ami et commencer une conversation sur un ton tranquille. Je n'entends pas les mots qu'il prononce mais je n'en ai pas besoin : il a l'air de bien s'en sortir. Reste à savoir si ça va marcher.

Je finis de m'habiller. C'est peut-être ma dernière nuit, mais je tiens à être un mariachi élégant. Au bout d'un moment un autre musicien mexicain, grand et bien bâti, l'air désorienté, sort de la chambre et s'assied sur les marches à côté de moi :

— Il a beaucoup ri. Il m'a dit qu'à aucun moment il n'avait cru à ce que je racontais, et que "quel rigolo vous faites, Majesté". Il a dit qu'il se chargerait de faire savoir aux autres qu'il s'agissait d'une plaisanterie, que je soigne bien ma grippe car les rechutes sont très mauvaises. Et il en a profité pour me souhaiter de bonnes fêtes, à moi et à toute la famille.

Juan prend ma cigarette et tire une bouffée.

Il la jette par terre, l'écrase avec sa botte et dit à voix basse :

— Il m'a dit aussi que je pouvais rentrer chez moi.

Nous devrions fêter ça mais ce match nul a un goût de défaite.

Je pose ma main sur son épaule :

— L'important, c'est que l'affaire soit réglée, Juan. Vous aurez tout votre temps plus tard pour régler vos comptes avec votre petit camarade. Quand le calme sera revenu, vous raconterez tout ça au ministre et lui s'en occupera... Et maintenant allons dîner, parce que les clients ne vont pas tarder à arriver et si nous avons du retard, Soldati nous le déduira de notre salaire.

Nous rions à gorge déployée comme des enfants qui auraient appuyé sur la sonnette de l'enfer et s'en seraient sortis indemnes.

Match nul ou non, nous sommes vivants. Et bras dessus, bras dessous, nous montons pour aller annoncer la bonne nouvelle aux autres, en chantant à tue-tête *"con dinero o sin dinero**...". Une fois en haut, nous sommes surpris par l'expression sévère de Soldati, et par la peine infinie qui assombrit le visage d'Octavio Rincón.

C'est pour ça qu'en tournant la tête nous ne sommes pas étonnés de rencontrer le sourire de loup de Zuruaga et le bloc impavide de Terreur, un pistolet dans chaque main.

Et je suis tout aussi peu surpris d'apercevoir derrière eux, surveillant les arrières, le fusil à canon scié de Soldati entre les mains, mon beau-frère le commissaire Francisco Bermúdez, *alias* Pacorro.

Alias Judas.

* "Avec ou sans argent".

On n'est jamais préparé.
Même si on sait que ça doit arriver.
Qu'elle arrivera un jour et nous dévorera d'un seul coup de dent.
Parce que quand elle vient une fois, elle revient toujours.
La Peur, Terreur.
Moi, Terreur m'attendait le dos appuyé à la porte du *Caméléon*, avec ses yeux lourds et un certain brillant que j'interprète ou que j'imagine : il jouit de ce moment. Pendant des jours, j'ai tenu son chef sur les nerfs et celui-ci a dû le lui faire payer, masse faite pour recevoir les insultes de celui qui la paye, molosse obéissant et fidèle à son maître, montagne prête à m'écraser. Je devrais me sentir coupable, puisque c'est une habitude chez moi : si je m'étais laissé tuer dans le couloir de mon immeuble, il y a quelques semaines, mes amis ne seraient pas sur le point de subir le même sort que moi.
On n'est pas habitué.
Et au fur et à mesure que les années passent et qu'elle n'arrive pas, on croit que c'est fini.
Qu'elle ne s'attaquera qu'aux autres.
Qu'on est vacciné.
On est mal habitué.
On sait qu'ils tombent.
Qu'on frappe et qu'ils tombent.
Mais lui n'est pas tombé sous mes coups les plus puissants, ou peut-être mes coups ne sont pas puissants, peut-être qu'à bientôt quarante-cinq ans, le déclin se fait sentir et qu'il ne me restera même plus de temps pour me lamenter. Ce sera dans un moment : savoir que je vais rouler sous les coups et finir aplati dans le fond de l'abîme, et tout ça en même temps.
Quelle meilleure bande sonore que *El Rey**, qui passe en boucle la voix de Vicente Fernández pendant que

* Les paroles de cette chanson, *Le Roi*, sont en exergue et traduites au début de chacune des trois parties.

Zuruaga sourit d'un sourire qu'il croit être sarcastique mais qui me fait penser au rictus d'une hyène. Terreur, sans s'en apercevoir, suit le rythme avec son pied.

Yo sé bien que estoy afuera,
pero el día que yo me muera,
vas a tener que llorar.
Llorar y llorar. Llorar y llorar.

— Très approprié, Arregui, dit Zuruaga. Bien que, d'après ce que je sais, il n'y aura pas grand monde pour vous pleurer. Votre beau-frère a bien réfléchi et il m'a appelé tout à l'heure pour me dire où vous étiez. Sage décision, commissaire.

Paco ne baisse pas les yeux, mais il n'a pas l'air de me voir et la voix de Fernández s'associe aux mots de Jiménez pour me donner l'avant-dernier coup bas :

Dirás que no me quisiste,
pero vas a estar muy triste
y así te vas a quedar.

Combien de temps durera le chagrin d'Olivia quand elle ne me verra pas venir à notre rendez-vous de la nuit de Rois ?

Quant à Claudia, si j'étais croyant, je serais heureux de savoir que nous allons nous retrouver très vite, mais je ne le crois ni ne le souhaite.

J'ai aimé Claudia, beaucoup.

Mais plus maintenant.

Zuruaga éclate d'un rire bref et dur quand Vicente Fernández répète qu'il est toujours le roi. Il montre Juan du doigt et se remet à rire.

— Laisse-le, Zurullos, lui dis-je. Va-t'en maintenant, tant qu'il est encore temps…

— Ça ne marche plus, Arregui. Tu n'en sais pas autant que tu as voulu me laisser croire.

— Je sais que ton vrai nom est Marcial Cifuentes, que tu es né à Almeria, qu'on t'a surnommé El Zurullos en référence au métier de ton père, vidangeur de fosses septiques, creuseur de puits perdus, toujours enfoui dans la merde d'autrui. Je continue ou tu t'en vas ?

Una piedra en el camino
me enseñó que mi destino
era rodar y rodar.
Rodar y rodar.
Rodar y rodar.

Zuruaga devient écarlate mais résiste.

— Continue, continue. De toute façon, aucun de vous ne survivra pour le raconter…

— Oui, mais j'ai pris la précaution de laisser l'information chez un notaire pour qu'il la rende publique s'il m'arrive quelque chose.

— Ce n'est pas ton genre. Et en plus, ça m'est égal. Je sais que le ministère de l'Intérieur est en train d'enquêter sur moi, par ta faute, ce qui fait que je vais devoir disparaître. Finis ton histoire, si tu veux, avant que j'en finisse avec la tienne définitivement…

Después me dijo un arriero
que no hay que llegar primero,
pero hay que saber llegar.

— Il ne reste pas grand-chose à dire. Un jeune ambitieux qui s'engage dans la lutte syndicale pour oublier d'où il vient. Marcial Cifuntes devient un important dirigeant andalou, mais pour les gens il reste El Zurullos. Et ça ne lui plaît pas. Une grève nationale, il y a vingt ans, pour laquelle des fonds solidaires sont récoltés dans tout le pays et un hold-up au cours duquel des types encagoulés s'emparent de ces millions, tuent et mettent le feu aux corps de l'héroïque Cifuentes et de sa compagne qui résistaient. Fallait-il vraiment tuer ta femme, Zurullos ?

— La salope le méritait. Elle ne voulait pas participer au coup et en plus elle me trompait. Le corps carbonisé qui a été retrouvé était celui de son amant. Le reste, si tu veux, je le raconte moi.

J'allume une cigarette et Terreur ne bronche pas. Quelque chose va mal.

Con dinero y sin dinero,
hago siempre lo que quiero
y mi palabra es la ley.

C'est ce que déclare la chanson et Zuruaga a l'air de croire à ce qu'il raconte :

— Je suis parti au Brésil où j'ai subi une petite opération de chirurgie esthétique...

— Eh bien ils t'ont raté : tu as la même tête de nœud qu'à ta naissance...

— ... et de là en Argentine, où avec tout mon pognon il ne m'a pas été difficile de m'acheter une nouvelle identité pour revenir en Espagne et me lancer dans des affaires juteuses. En quelques années tout le monde me mangeait dans la main... Sauf lui.

Il montre Juan, juste au moment où la chanson répète : *"pero sigo siendo el rey"*, s'arrête et reprend :

— Il se foutait que je sois l'entrepreneur le plus prospère du pays, celui qui avait le mieux réussi. Il ne m'a jamais invité à une réception au palais !

J'ai envie de rire, mais je vois les trois yeux de Paco fixés sur moi.

L'un d'eux est le fusil à canon scié et il a la même expression que ceux de son visage.

Soldati est sur le point de tenter une action. Qui sait combien d'armes il a cachées dans son restaurant.

J'essaye de lui faire comprendre du regard qu'il attende.

La voix de Juan me fait sursauter :

— C'est bon, Zuruaga ou quel que soit ton nom, dit-il d'un ton ennuyé. Tu crois que c'est moi qui fais la liste des invités, imbécile ? Et puis, tu peux te casser maintenant.

— Quoi ???

— C'est bien ça. Je vais prendre ce Bic et je vais écrire un nom et un numéro de téléphone. Tu vas les lire et puis tu vas t'en aller par où tu es venu. C'est compris ?

Sans attendre de réponse, il écrit quelque chose sur un papier et me le tend. Je le donne à Zuruaga :

— Comme tu vois, nous avons parlé, ton chef et moi, et l'opération est annulée. Appelle-le si tu veux. Allez, appelle ton chef, Zurullos…

Zuruaga commence à sautiller de rage :

— J'ai dit que c'était moi le chef ! Je suis le chef !

— D'accord, d'accord, petit bonhomme, le console Juan depuis l'endroit où il se tient. Mais il y a un autre chef au-dessus de toi qui a dit que c'était fini. Tu comprends ?

— Ce que je comprends c'est qu'à vous deux vous m'avez compliqué la vie. Mais j'ai suffisamment d'argent pour recommencer ailleurs. Commissaire ! Si vous savez ce que vous devez faire, tirez sur le roi à la tête. Non ! Attendez : avant, je ferai un geste : toi, ordonne-t-il à Terreur. Tire d'abord sur Arregui. Et que ça dure. Après nous nous occuperons des autres.

Terreur est un demeuré ou pas loin.

Il ne raisonne pas.

Il ne pense pas.

Il obéit.

Il lève ses deux pistolets et je peux calculer quelles parties de mon corps il vise. Ça risque de durer. Mais de toutes les façons, ça cessera à un moment donné.

Terreur est un gigantesque fusil qui se moque des canards féroces.

Terreur n'a pas peur, ce serait redondant.

Terreur se croit immortel et me vise, pendant que la *ranchera* me rappelle que je n'ai ni trône ni reine, ni quoi que ce soit qui me comprenne, et Terreur non plus ne comprend pas pourquoi il meurt, pourquoi sa tête explose quand le fusil de Soldati, empoigné par Paco, se décharge sur sa tempe.

Zuruaga porte sa main à sa poche, mais c'est trop tard, c'est trop tard pour lui.

Il s'envole sous l'impact de mon premier coup de mon poing gauche, et avant qu'il ne retombe c'est mon poing droit qui le cueille à la mâchoire. Il ne touche pas le sol, parce que je n'arrête pas de le frapper pendant que Vicente Fernández joue sa voix dans le final. Lorsque El Zurullos tombe enfin au sol, je continue à le frapper, pour Claudia, pour nous tous, pour la plaie dans ma main droite, pour la terreur que Terreur a fait naître chez moi. Je frappe jusqu'à ce que la main de Juan se pose sur mon épaule et m'arrête. Fernández, dans un hululement inégalable, me confirme depuis le disque que je suis malade de tristesse, du mauvais côté de la quarantaine et plein de doutes sur ma vie, que je suis maudit et bien maudit, mais :

... pero sigo siendo el reeeeey.

Le disque, à force de répétitions, est maintenant rayé et continue à ânonner la même phrase, encore et encore. Je me retourne et je vois que Soldati et Rincón ont des armes à la main, j'ignore à quel moment ils les ont trouvées et où.

Zuruaga demande, stupéfait et la bouche pleine de sang :

— Mais pourquoi, Arregui ? Tu n'es même pas royaliste. Pourquoi ?

— Pour une fourmi, je lui réponds.

Les articulations de mes mains me font mal et une absence pèse à mon poignet. Au troisième coup de poing, ma montre en plastique a cédé comme les heures qui se perdent, et au sixième le bracelet a craqué et a été projeté à plusieurs mètres de distance.

Juan le ramasse et me le tend.

Le verre est cassé mais Corto Maltese a toujours l'air de se moquer de quelqu'un qui n'est pas moi. Je tends la montre à Juan et nous nous regardons en pensant sans doute à une rivière qui n'a de l'eau que lorsqu'on a gagné le droit de la traverser.

Le roi s'accroupit à côté de Zuruaga, lui enlève du poignet la Rollex en or de la taille d'un cendrier et la piétine avec le talon de sa botte de mariachi, en répétant :

— Mon ami te dit que tu n'es pas le chef, pauvre con, mon ami te dit que tu n'es pas le chef...

Puis il lui balance un léger coup de pied, presque paternel, dans les côtes et s'approche de nous. Bermúdez tient toujours le fusil de Soldati dans un angle équivoque, mais ne baisse pas les yeux. Juan lève l'aiguille, change de sillon et monte le volume :

— Je suppose que vous avez à parler tous les deux, dit-il.

Et il s'éloigne vers les autres.

Miguel Aceves Mejía, je crois, commence à chanter :

Y tu que te creías
el rey de todo el mundo,
y tu que nunca fuiste
*capaz de perdonar**...

* "Et toi qui te croyais / le roi du monde entier, / et toi qui n'as jamais été / capable de pardonner."

ON N'EST PAS DES PÉDÉS

— Pourquoi, Paco ?

— Parce que après avoir bu deux litres de café, je me suis dit qu'il fallait que je fasse quelque chose. Ton client était à l'abri, tu m'avais dit. Mais pas nous. Tu n'y arriverais pas seul contre tous, et tu n'aurais pas accepté mon aide après ce… j'ai donc téléphoné à Zuruaga et je lui ai dit que je t'avais retrouvé, mais qu'il fallait faire très vite, avant que tu changes de cachette. Si je gagnais sa confiance, nous pourrions le surprendre, mais je devais être convaincant…

— Tu l'as été. Même moi, j'y ai cru. Mais tu risquais gros. Il aurait pu arriver avec un bataillon d'hommes de main…

— C'était peu probable. Ce matin quand je suis allé lui rendre l'argent, j'ai eu l'impression qu'ils étaient en train de déménager son bureau et il y avait très peu de gens, tu sais, les rats quittent le navire quand le bateau prend l'eau. Ce qui compte c'est que ça a marché, non ?

Une vague de reconnaissance m'envahit, mais derrière l'écume il y a le ressac fétide. Peut-être que tout s'est passé comme il le dit, ou peut-être a-t-il décidé de me trahir à nouveau pour acheter la sécurité de sa famille, et qu'au dernier moment en comprenant que Zuruaga était tombé en disgrâce, il a changé de camp.

Je ne le saurai jamais avec une certitude absolue mais j'en ai assez de me brûler le creux de la main.

Je choisis de le croire et je le serre dans mes bras si fort qu'il s'émeut et qu'une larme lui échappe.

Moi, il m'en échappe deux, mais je les essuie sur son épaule :

— Allez, Txema, tout est fini. Et arrête de me serrer dans tes bras, putain ! Tu connais ma devise : pas trop de câlineries, on n'est pas des pédés…

Je le prends par le bras et l'amène devant Juan, debout au centre de la salle :

— Voici mon beau-frère, le commissaire Francisco Bermúdez. Il s'est infiltré dans l'organisation de Zuruaga pour pouvoir venir à notre secours. Nous l'avions planifié ensemble.

Juan me regarde et ses yeux disent qu'il croira ce que je voudrai croire. Il lui tend la main :

— Merci beaucoup, commissaire. Vous nous avez sauvé la vie.

— Je n'ai fait que mon devoir, Majesté, répond Paco au garde-à-vous. Vous pourrez toujours compter sur moi.

— Puisque vous le dites… Je ne voudrais pas que ces amis, qui m'ont beaucoup aidé, soient mêlés à une affaire si moche. Un mort dans un établissement commercial, vous le savez, ce n'est pas une bonne publicité pour un restaurant…

— Je peux arranger ça, Monseigneur. Si ces messieurs veulent bien m'aider…

Recette pour se défaire du corps d'une baleine assassine, d'une orque assassinée : on enveloppe l'énorme morceau de viande, qui fait à présent plus pitié que peur, dans plusieurs nappes blanches sans étiquettes qui pourraient en révéler l'origine, pour absorber le sang ; on l'entoure de plusieurs tours d'une solide ficelle et on l'enroule dans des sacs-poubelles de taille industrielle. On refuse la proposition de Soldati qui recommande de le couper en plusieurs morceaux pour faciliter l'opération. On recouvre feu Terreur de plusieurs mètres de toile cirée achetée chez le Chinois le plus proche (l'idéal est la toile cirée noire, pour être en accord avec les circonstances, mais si celle qui se présente est imprimée de fleurs multicolores, eh bien tant pis, comme dit Soldati, "le pognon c'est pas les chiens qui le chient"), on assure le tout à l'aide de plusieurs rouleaux de gros ruban adhésif et on charge la viande dans la camionnette dont dispose tout restaurant. On aère le cadavre en le sortant dans la rue, après avoir vérifié qu'il n'y a pas de curieux dans les alentours, on l'introduit dans une Mercedes noire aux vitres teintées (une Mercedes neuve, pas celle qui était complètement cabossée), après avoir incliné au maximum le siège du passager. On branche la climatisation au maximum pour que ça ne commence pas à puer avant l'heure et on ferme à clé.

En revenant au restaurant pour chercher la garniture (purée de Zuruaga/Cifuentes), il est recommandé d'attendre un petit moment, car celle-ci est en train de dicter au roi, d'une voix calme et précise, une série de noms ("mais ne dites pas, s'il vous plaît, que c'est moi qui vous l'ai dit, ou ma vie ne vaudra pas un clou, Majesté"). Ajouter un clou à la garniture ? Non. Mais en tout cas la coiffer d'une longue et sale perruque de hippie et lui couvrir les épaules d'une couverture, pour qu'en sortant dans la rue, personne ne se rende compte que ses mains sont attachées derrière le dos. L'asseoir sur le siège arrière, près de la tête enveloppée de toile cirée de la baleine morte, lui attacher aussi les pieds, au cas où. L'étape suivante consistera à chercher un endroit en dehors de la ville, peut-être un terrain vague, et faire appel à un homme de confiance pour parachever l'opération. Paco jure, à tout hasard, n'avoir jamais fait ce genre de chose, mais il a tant de fois eu l'occasion de s'y trouver confronté qu'il affirme qu'il n'y aura pas de problème. Quant à la garniture, elle sera incarcérée pour tentative d'assassinat sur la personne d'un commissaire de police, plus tout le reste. Mais pas un mot concernant le roi.

— Rends-moi un service, Txema. Quand je serai parti, appelle chez ton père et rassure ta sœur. Dis-lui qu'elle revienne. Je lui ai téléphoné quand j'étais soûl et désespéré et je lui ai dit un tas de conneries. Tu viens dîner avec nous à Noël ?

— Je ne peux pas, Paco. Je suis déjà pris. Mais on se reverra.

Pendant que Soldati et Octavio nettoient le sol avec l'aide de Juan, j'appelle chez mon père. Ma sœur est furieuse, alors je lui dis que son mari est un héros.

— C'est ça, c'est ça. Mais il m'a raconté je ne sais quoi à propos de trahison, et si je découvre qu'il m'a trompée, je lui coupe les couilles…

Elle me passe mon père. Le silence habituel. Des deux côtés de la ligne.

— Je vois que tu ne t'es pas fait tuer, fils.

— Non, *aita*. Ce n'est pas encore pour cette fois.

— Ce que j'entends derrière toi, ce ne sont pas des *rancheras* mexicaines ?

— Oui. J'en écoute souvent en ce moment. Tu aimais bien ça, je crois…

— Moi c'est normal, je suis vieux, Txema. Mais toi, tu es encore en âge d'aimer plutôt le rock'n roll. Tu ne vas jamais changer ?

— On dirait que non, *aita*. On dirait que non.

— Viens me voir bientôt, couillon. Tu me manques. Et merci de ne pas t'être fait tuer.

Il raccroche.

— Moi aussi, tu me manques, *aita*, dis-je à personne.

La brigade de nettoyage a tout laissé impeccable. Je regarde l'horloge et il est presque l'heure d'ouvrir *Le Caméléon Zapatiste*. Mais Soldati annonce qu'aujourd'hui on ne travaille pas.

— Il nous faut respecter un jour de deuil, Chemita. Pour le défunt. Serait-ce que tu n'as pas de cœur ?

— Alors le mieux serait de raccompagner Juan à la maison. Sa famille…

— Pas encore, interrompt le roi. Avant nous avons une mission importante à terminer. La plus importante de toutes les missions.

LES DEUX ÉTAIENT GRECS

Les voisins nous regardent d'un air ahuri avant de passer leur chemin. Mais après tout, c'est Noël et tout peut arriver, c'est ce que disent les films américains que les télés passent à l'heure du dîner devant les tables de toutes les maisons du quartier déjà décorées pour Noël. Taibo m'assure :

— Sois tranquille. Tu vas voir que ça va bien se passer, mon frère.

Tout à l'heure, Soldati m'a recommandé de ne pas dire au Mexicain qui était Juan en réalité "parce que je crois qu'il est bien de gauche, bien rouge, comme ils disent ici, et qui sait si ça ne va pas l'agacer". Mais quelque chose me dit qu'un type qui est capable de reconnaître les Coca-Cola du monde entier ne va pas se laisser embobiner par une fausse moustache et un costume de mariachi. Il est certain que son costume lui va comme sur mesure. Quant à l'Argentin, il n'a pas voulu renoncer à son smoking, mais il porte un immense chapeau de *charro* pour ne pas détonner. Rosita, un collier de chien autour du cou, ne lâche pas le roi d'une semelle.

Soldati gratte sur sa guitare et démarre de sa voix puissante, suivi de Taibo, qui ne gagnerait pas sa vie en chantant mais qui réussit à ce que ça n'ait pas l'air d'un tango. Octavio, Juan et moi, nous suivons comme nous pouvons, bien que Rincón réussisse à sortir de son petit instrument portatif quelques accords surprenants :

Este amor apasionado,
anda todo alborotado, por volver.
Voy camino a la locura
Y aunque todo me tortura, sé querer.*

Plusieurs fenêtres s'éclairent dans l'immeuble, mais celle qui m'intéresse reste éteinte. La bouteille de tequila passe de main en main et cette sérénade improvisée ne me semble pas absurde, mais au contraire la chose la plus raisonnable que j'aie faite depuis longtemps. Je bois et je joins ma voix à celle de mes camarades :

Y volver, volver volver,
a tus brazos otra vez,
llegaré hasta donde estés,
yo sé perder, yo sé perder,
*quiero volver, volver, volver**.*

La fenêtre d'Olivia s'éclaire. Alicia se découpe comme une silhouette dont mes doigts gardent le souvenir presque douloureux. Nous chantons et continuons à chanter. Elle lève une main et me fait signe. La chanson se termine et je souffle à Soldati le thème suivant. Il dit que ce n'est pas celui qui convient, mais j'ai mes raisons et nous nous lançons :

Sabes mejor que nadie que me fallaste,
que lo que prometiste se te olvidó.
*Sabes a ciencia cierta que me engañaste***...*

* "Cet amour passion / meurt d'envie de revenir. / Je suis sur le chemin de la folie / et bien que tout ne soit que torture, je sais aimer."
** "Et revenir, revenir, revenir dans tes bras à nouveau / je viendrai là où tu es, / je sais perdre, je veux revenir."
*** "Tu sais mieux que quiconque que tu m'as manqué / que tu as oublié ce que tu m'avais promis. / Tu sais bien que tu m'as trompé..."

Ni Olivia ni Alicia ne sauront jamais qu'elles partagent cette sérénade avec une absente qui commence cette nuit à s'éloigner, que le refrain de Pedro Infante me rappellera toujours l'excellent roman du Cubain Lorenzo Lunar et qu'il sera à partir de maintenant ma prière à Claudia :

Que allá en el otro mundo,
en vez de infierno encuentres gloria,
y que una nube de tu memoria me borre a mí.*

Un voisin menace d'appeler la police. Mais il reste du temps pour la dernière chanson, proposée par Soldati et approuvée par Taibo. Hier soir, quand elle est passée au *Caméléon*, je n'avais d'ouïe que pour les yeux d'Alicia, mais les paroles me reviennent opportunes :

Amanecí otra vez entre tus brazos
y desperté llorando de alegría.
Me cobijé la cara con tus manos,
*Para seguirte amando todavía**.*

Olivia se penche un peu plus à sa fenêtre, elle cueille une fleur dans une jardinière et me la lance avec un baiser. Je découvre que les autres ne chantent plus, que je suis seul à chanter et tant pis, parce que je dis ce que j'ai à dire :

Te depertaste tú, casi dormida,
y me querías decir no sé que cosa.
Pero callé tu boca con mil besos
*y así pasaron muchas, muchas horas***.*

* "Que là-bas dans l'au-delà / à la place de l'enfer tu trouveras la gloire, / et qu'un nuage de ta mémoire m'effacera."

** Je me suis réveillé un nouveau matin entre tes bras, / le bonheur faisait couler les larmes de mes yeux. / J'ai enfoui mon visage dans le creux de tes mains / pour m'oublier à t'aimer encore et encore.

*** A ton tour, tu as ouvert les yeux, et encore toute endormie, / tu as voulu me dire je ne sais quoi. / Mais j'ai fermé ta bouche de mille baisers / et les heures et les heures se sont écoulées.

Elle applaudit, enthousiaste, et une sirène de police se fait entendre. Il faut y aller.

— C'est du racisme ! râle Soldati. Si on chantait des *villancicos* à la con, sûr qu'ils nous inviteraient à dîner, mais comme ce sont des chansons sud-américaines...

Je le tire par la manche pour lui rappeler qu'il manque quelque chose :

— Quel idiot, j'ai failli oublier !

Il met ses mains en cornet autour de sa bouche et crie de toutes ses forces :

— Cette sérénade est dédiée à Olivia de la part d'Héraclite !

Nous partons en courant avant l'arrivée des flics, et je crie :

— Coriolis, imbécile, c'était Coriolis, pas Héraclite !

— *Ma si* c'est la même chose, Chemita. Ils étaient grecs tous les deux, non ?

Il est neuf heures du matin ce 24 décembre. Confirmé par la montre du tableau de bord de la voiture de Soldati. La mienne, celle de Corto Maltese, se contente de sourire. Juan et moi avons quitté les autres après une nuit de joyeuse beuverie. Je ne me souviens pas du nombre de bars dans lesquels nous avons été, mais je me souviens que notre costume de mariachi et nos chansons nous ont valu de nombreuses invitations à boire à l'œil. Dans un bar design, le patron a voulu nous engager, mais nous lui avons dit que c'était notre dernière prestation. Alors il nous a offert une bonne somme pour Rosita, parce qu'il considérait que c'était le détail kitsch qui manquait à son établissement. Juan a voulu lui casser la gueule mais Octavio a calmé tout le monde.

Je crois que nous avons fini la provision de tequila de Madrid. Nous avons tous beaucoup bu. Sauf Taibo, qui a passé la nuit à goûter des Coca-Cola, et dans un pub du quartier de Salamanca il a gagné la décapotable d'un fils de famille tombé très bas et l'a immédiatement perdue avec Soldati à cause d'un Coca qu'il a prétendu avoir été embouteillé à Esplugues de Llobregat et qui venait en fait de Fuenlabrada.

— Vous l'avez laissé gagner, pas vrai ? lui ai-je demandé pendant que l'Argentin fêtait sa victoire.

— On a tous le droit de gagner un jour, Popeye, m'a-t-il répondu.

Soldati a eu pitié du fils de famille et lui a rendu la voiture rouge, mais auparavant il s'est fait photographier devant avec Taibo admettant sa défaite.

Tout ça est un passé récent et brumeux.

Maintenant nous sommes seuls Juan, Rosita et moi, près de la Zarzuela.

— Juan, j'ai pensé...

— Bienheureux toi qui y arrives. Moi, je crois que ma tête va exploser. Foutue tequila...

— Le coup d'Olivia arrivant comme par hasard l'autre soir au *Caméléon*... Drôle de coïncidence, vous ne trouvez pas ?

— Je te l'ai dit, Madrid n'est pas si grand...

— Arrêtez. Comment avez-vous fait ?

— Ne te fâche pas, d'accord ? Tu m'as parlé d'elle avec tant d'enthousiasme, je me suis dit que jamais tu ne te déciderais. Alors j'ai appelé Maxi et...

— Maxi ? Maxime Legrand, mon associé ? Et comment le connaissez-vous ? Ne me dites pas que c'est un habitué des réceptions royales...

Il baisse la tête et me raconte :

— Ne l'accable pas. C'était il y a trois ans. Je m'inquiétais pour toi, je savais qu'ils finiraient par te virer de la police et j'ai voulu t'aider. J'ai cherché qui était pour toi un véritable ami et j'ai organisé une rencontre. Il m'a parlé de l'agence et je lui ai dit que je vous donnerais un coup de main, en la recommandant ici et là... Nous nous parlons tous les trois mois pour savoir comment tu vas. Ce type t'aime beaucoup, Txema...

— Et pourquoi, s'il m'aime tellement, s'est-il acoquiné avec Nemo, l'autre traître, pour vous donner les coordonnées d'Olivia... Comment l'a-t-il convaincue d'aller au *Caméléon* ?

— D'abord j'ai parlé avec Soldati et Rincón, et nous lui avons téléphoné pour lui dire qu'elle avait gagné une tombola sur Internet et que le prix était un dîner pour quatre, le soir même.

Je voudrais me fâcher mais je ne peux pas. Les traîtres. Tous des traîtres appliqués à me sortir de ma tristesse. La plaie dans le creux de ma main droite me semble maintenant une vieille blessure d'une guerre dont je ne me souviens plus.

Juan change de sujet :

— Il faudrait appeler le ministre, pour le prévenir que je rentre, tu ne crois pas ?

— A cette heure-ci. Ça serait salaud, Juan. On va le faire ! Mais, vous ne voulez pas appeler votre femme avant ? Elle doit se faire beaucoup de souci...

— Mais non, je lui ai téléphoné tous les jours depuis que nous sommes à Madrid.

— Comment ?

— Quand tu sortais, je me déguisais, j'allais en métro jusqu'à l'autre bout de la ville et je l'appelais depuis une cabine. Différente à chaque fois, hein ?

Je hoche la tête et à l'intérieur il y a une autre tête, pleine de tequila. Je compose le numéro de Buster.

— Gustavo ? Qu'est-ce qui s'est passé ? Ton beau-frère m'a contacté et m'a dit que tu m'expliquerais tout, mais Numéro Un n'a toujours pas reparu et...

— Il est en train d'arriver chez lui, Buster. Tout semble en ordre, mais garde les antennes branchées et fais attention à lui, parce que s'il lui arrive quelque chose, tu vas comprendre ce que c'est qu'un canard féroce. Il va te donner quelques noms qui te seront utiles. Je te le passe.

Juan branche le mains-libres pour que j'écoute la conversation.

— Joyeux Noël, ministre.

— Majesté ? Vous allez bien ?

— Je vais foutrement bien ! Je vous raconterai… ce que je peux vous raconter. Je reviens à la maison, mais avant je passe prendre un petit-déjeuner dans un café à côté.

— S'il vous plaît, Majesté, revenez tout de suite. N'oubliez pas qui vous êtes et n'oubliez pas que l'Espagne a besoin de vous.

— Vous croyez vraiment que l'Espagne a besoin de moi ? répond Juan et il me regarde avec un petit sourire.

— Bien sûr, monsieur, l'Espagne a besoin de vous.

— Eh bien, que l'Espagne aille se faire foutre, crions-nous en rigolant avant de raccrocher.

Je conduis lentement jusqu'aux abords de la Zarzuela.

— Emmenez Rosita avec vous, Juan. Je suis sûr que votre jardin est plus grand que le mien…

— Tu es vraiment un salaud, Txema ! Merci. Pour tout. Vraiment. Et si un jour tu as besoin de moi…

— Que Paco ne soit pas inquiété. Rien de plus. Et que vous fassiez attention à vous. Et assez de médailles et de conneries, d'accord ?

— Comme tu voudras, Txema.

Il me serre dans ses bras, ému, et descend de la voiture. Il prend Rosita et coiffe son chapeau mexicain. Les gardes à l'entrée le regardent s'approcher l'air ahuri et lèvent leur arme. Mais Juan marche vers eux, vêtu en mariachi, un agneau sous le bras. Il n'a plus rien à voir avec l'homme que j'ai trouvé il y a quelques semaines sur une plage d'Estoril, il n'a plus rien d'un vieillard regardant son passé.

Les gardes crient quelque chose mais lui crie aussi et ils se mettent au garde-à-vous.

Il enlève son chapeau devant l'entrée du palais et le lance en l'air.

Il entre.

Sans un regard derrière lui.

Je démarre et je me dirige vers le centre. Chaque mètre qui m'éloigne de Juan teint d'irréalité ce qui s'est passé ces derniers jours. Si un jour je me lançais dans un de ces romans que je menace depuis quelque temps d'écrire, je pourrais raconter toute cette histoire et personne n'y croirait. Cela aurait un ton de farce dans laquelle pourtant ont été tués Terreur, un policier proche du ministre et peut-être un faux marin qui s'en est allé à la recherche d'une certaine Laura.

Le soleil se lève avec éclat et je devrais me sentir soulagé mais je n'y arrive pas.

Zuruaga est tombé.

Mais ce n'était pas le chef.

Le Chasseur est intouchable et même si je passe le reste de ma vie à le poursuivre, je ne l'approcherai jamais assez pour lui casser le nez, pour devenir à mon tour Terreur, un homme porteur de peurs. Un refrain d'une chanson de Silvio Rodriguez me revient en mémoire, une chanson de l'époque où Buster était un révolutionnaire aux airs spartiates et moi un infiltré sans conviction entre des étudiants qui n'avaient pas envie de changer le monde :

*Porque la impunidad me carcome los huesos**.

Je ne sais pas pourquoi je suis rentré dans la police, mais je sais pourquoi je suis devenu détective.

A cause des livres.

* "Parce que l'impunité me ronge les os."

Mais je n'ai pas été à la hauteur de mes lectures.

A ma place, Marlowe aurait insisté pour coincer le Chasseur sans hésiter à recevoir des coups et des gnons avec son entêtement de berger qui croit en la justice mais pas en ceux qui en ont la charge.

A ma place, Belascoarán Shayne se serait servi du pistolet de son père pour donner à la mort du Chasseur quelque chose de digne, un deuil au petit matin.

Moi je me suis contenté de chanter des *rancheras* avec mes amis sous la fenêtre de la femme à qui je ne sais si je pardonnerai un jour qu'elle m'ait aimé avant de savoir que j'étais moi.

J'allume la radio et je cherche une musique qui irait avec ce qui se tourne dans ma tête, mais je ne tombe que sur des infos de dernière minute qui rendent compte d'un accident d'avion dans lequel serait mort le célèbre homme d'affaires…

Le Chasseur n'était pas le chef.

Il y a toujours un chef au-dessus du chef.

Il y a toujours un perchoir plus haut dans le poulailler.

Je suppose qu'il devait tenter de s'enfuir, mais il n'a pas été assez rapide.

Il était habitué à être un fusil de luxe et n'a pas eu le temps d'apprendre à être un canard.

Peut-être s'est-il cru suffisamment fort pour concevoir une telle folie, assassiner le roi.

Sans consulter. Sans prudence.

Et les imprudences se paient. C'est ce que dit la Direction générale de la circulation.

J'éteins la radio parce que je suis à nouveau de bonne humeur.

Je cherche une cigarette dans la poche de mon gilet noir et doré, et je touche quelque chose de métallique, une plaque ronde.

Je la sors et la regarde à contre-jour.

C'est la médaille de toujours.

La foutue médaille à cause de laquelle je me suis foutu dans ce merdier.

Je souris.

— Bon Dieu…

Et je m'éloigne en chantant joyeusement une *ranchera* triste.

Mon bureau est toujours le même. Les bureaux n'ont pas de sentiments.

J'ai besoin de silence, après tant de chansons. Il est presque midi et les autres bureaux de l'immeuble ont fermé ou sont sur le point de le faire. Le 24 décembre n'est un jour ouvrable que sur le papier. En pratique, tout le monde prépare les festivités du soir avec des heures d'avance. Mariana a pris sa journée et Legrand aussi. Ils doivent être ensemble mais je pense que c'est une heure décente pour appeler. Max écoute mes excuses et le résumé succinct des événements et bien qu'il ait l'air content que tout se soit bien terminé et que je sois de retour, d'autres joies le réclament. Je leur souhaite à tous les deux un joyeux Noël et je raccroche.

Que fais-je ici ?

Il n'y a rien à faire de particulier et personne ne m'attend.

Je pourrais prendre ma voiture et rouler jusqu'au village, mais je suis encore à fleur de peau et je ne veux pas que l'*aita* me voie comme ça.

Je pourrais aller rendre visite à Octavio et Soldati, mais je dois les laisser retourner à leur vie normale.

Taibo est reparti au Mexique et quant à Olivia ou Alicia, ce n'est pas encore le jour des Rois et j'ai encore beaucoup d'hésitations. Je ne sais pas si j'irai à notre rendez-vous, parce que j'ai peur d'abîmer avec mes malheurs la perfection d'une nuit unique.

Je suis ici pour des raisons inavouables.

Quelque chose qu'on préfère faire sans témoins.

La porte de la réception s'ouvre et lorsque je m'approche pour dire au client importun qu'Arregui Investigations sera fermé jusqu'au sept janvier, je me trouve nez à nez avec un fantôme.

Couvert de coups, de sang et la gueule à peine reconnaissable, arborant malgré tout un sourire édenté.

Seules deux ou trois en or ont résisté.

Il a à la main un pistolet réglementaire.

Zuruaga.

Ou Cifuentes.

Mais la rage avec laquelle il me regarde est celle du Zurullos.

Je recule et il avance.

— Mon beau-frère…

— Non, Arregui. Ton beau-frère ne t'a plus trahi et pourtant je lui ai proposé une montagne de pognon. Mais ce borné n'a rien voulu savoir. C'est important de savoir pourtant, Arregui. Très important.

Il m'a poussé dans mon bureau, le même scénario au cours duquel nous nous sommes vus pour la première fois, quand j'étais encore un homme enchaîné et lui un étron plaqué or. Il repousse la porte qui ne se referme pas complètement.

— Par exemple, savoir que l'homme de confiance auquel vous avez fait appel pour l'aider à se défaire du corps était en fait un de mes hommes.

Il dit *mes* comme s'il parlait d'une paire de chaussures dont regorgerait son armoire.

— Et pour que tu voies que je ne suis pas rancunier, bien que je sois là pour te tuer, je te dirai qu'il n'est rien arrivé de grave à Bermúdez. L'autre flic a hésité un moment avant de tirer et Bermúdez a sorti de je ne sais où un petit pistolet ridicule et a tué mon homme. Il a réussi à s'enfuir, bien que j'aie vidé sur lui tout mon chargeur, mais comme tu m'as niqué un œil…

Je ne l'écoute pas.

Je ne peux pas.

Dans l'espace laissé par la porte entrouverte de mon bureau, derrière le Zurullos, je vois un homme entrer dans le hall et je prie pour que ce soit Paco. J'essaie de gagner du temps et de couvrir ses pas en parlant fort.

— Et au lieu de fuir le pays, tu es venu jusqu'ici pour me tuer, Zuruaga ?

— Ça t'étonne ? Tu penses peut-être que la vengeance ne concerne que l'honneur et que je n'en ai pas…

— Ce que je sais, c'est que ça ne s'achète pas…

Ce n'est pas Paco.

Ce n'est pas un policier.

Personne qui puisse me tirer d'affaire.

Je le vois avancer confiant et je l'ai reconnu parce que j'avais vu sa tête sur la photo du dossier envoyé par ses employeurs.

José Maria Aguirre.

L'homme qui n'a jamais marqué un but de toute sa vie.

— Je ne suis pas fou, Arregui. Je sais que je ne réussirai pas à quitter le pays. Si la police ne me coince pas, mes ex-chefs le feront. Tu es content ? Je sais que le Chasseur est tombé, et s'ils n'ont pas eu de scrupules en ce qui le concerne, ils me liquideront sans hésitation. Tu avais raison, ce n'était pas moi le chef, mais c'est moi qui vais te tuer…

Aguirre ne peut voir que moi, Zuruaga est caché par le battant de la porte à moitié ouverte. Ou à moitié fermée. Il m'aperçoit et me fait un petit signe amical. Il sort d'un sac en papier un vieux ballon de foot et me montre de loin une grosse signature inscrite sur le cuir. Il fait un pas et découvre alors Zuruaga, de dos, qui pointe son arme sur moi. Je prie le ciel qu'il fasse demi-tour et s'en aille, qu'il ne doive pas sa mort au fait que nous ayons presque le même nom.

Il est encore temps. Zuruaga délire, mais il ne va pas tarder à tirer et s'il le découvre, Aguirre est un homme mort.

Un homme bon, mais mort.

Un homme bon et mort, avec femme et enfant.

— Je te pardonne, symboliquement, presque tout, Arregui, sauf la destruction de la Ferrari jaune. Ça jamais...

Aguirre comprend la situation mais ne part pas.

Il calcule l'espace qu'il y a entre la porte entrouverte et le mur et la distance depuis l'endroit où il se trouve. Il est fou. Ça ne marchera jamais. C'est trop étroit. Et l'angle pratiquement impossible. Sans compter que cet homme n'a jamais marqué un but de toute sa vie.

— Adieu, Arregui. Adieu et que tu pourrisses...

Aguirre aspire profondément.

Le Zurullos vise soigneusement.

L'autre aussi.

Il tire.

Il tire.

Le ballon pénètre à travers l'espace laissé par la porte comme un coup de canon et dévie la main armée. Ma main à moi est une arme qui frappe Zuruaga et continuerait à le frapper si je ne devais pas féliciter un as du foot. Je désarme le Zurullos et je lui mets aux poignets mes vieilles menottes réglementaires. J'ouvre la porte et l'homme entre :

— José Maria Aguirre, je suppose.

— Vous supposez bien.

— Quand vous en aurez assez de travailler dans un bureau, je vous engage... Merci, c'était un but d'enfer.

Il rougit, reprend le ballon et me le tend :

— C'est moi qui venais vous remercier. Vous m'avez tiré d'une sale affaire, ce n'était pas mon genre cette histoire de voler des paquets de copies. Voilà, ça c'est pour vous. Il y a la signature de Butragueño.

Je lui rends le ballon.

— Donnez-le à votre fils, Aguirre. Pour qu'il n'oublie pas que son père était un grand...

— Pourquoi vous ne vous roulez pas une pelle, se moque Zuruaga depuis le sol où mon presque homonyme et moi lui envoyons deux bons coups de pied. Celui d'Aguirre fait plus mal.

— Alors, venez dîner avec nous ce soir, propose-t-il. Et n'inventez pas d'excuses, Blanes m'a dit que vous êtes toujours seul à Noël.

— Ce serait un honneur, mais il vaut mieux laisser ça pour une autre occasion. Ce n'est pas une excuse. Je passe la soirée avec une amie.

Nous nous souhaitons de bonnes fêtes et il s'en va. Un homme qui n'avait jamais marqué un but de toute sa vie vient de marquer le but de ma vie.

Je ferme la porte d'entrée à clé, je flanque un coup de pied au Zurullos en passant. Je compose le numéro du ministre et je lui demande d'envoyer des hommes le chercher. Et qu'il n'oublie pas de recommander Bermúdez pour une promotion immédiate. Il répond qu'il étudiera la question.

— Il n'y a rien à étudier, Buster. Si tu as des doutes, j'appelle mon ami...

Je traîne Zuruaga jusqu'à la réception et je le laisse par terre le dos à la porte. Il ne peut pas voir ce que je fais et ils l'emporteront bientôt.

Je monte l'intensité des lumières du bureau.

Je prends dans mon manteau le petit Tupperware plein de miettes de pain trempées dans de l'eau et du miel, et je les dépose sans me presser, le long des plinthes.

Je n'ai pas menti à Aguirre.

Ce soir je passerai la soirée de Noël avec une amie.

Dans le cas où une fourmi se montre.

Madrid, 2008.

REMERCIEMENTS

Troisième roman et retour obligé de quelques personnages rencontrés dans les deux précédents. C'est le signe que je m'attache comme mes lecteurs aux êtres de papier qui peuplent mes récits. Arregui, personnage secondaire dans Nager sans se mouiller, *est devenu ici le protagoniste principal, avec promesses d'avenir ; et Octavio et Soldati, dont on a fait connaissance dans* Aller simple, *sont comme ces amis dont on aime avoir des nouvelles de temps en temps.*

Ceux qui connaissent ce métier m'ont prévenu que le premier roman est primordial dans la carrière d'un auteur.

Puis ils m'ont dit que le second est le plus important, parce que c'est celui qui nous consacre romanciers.

Et plus tard ils m'ont assuré que le troisième est déterminant.

Ils avaient raison dans les trois cas, nous nous reverrons donc à mon quatrième roman.

Mais en attendant,

Merci

A Paco Ignácio Taibo II. La relecture de la série des Belascoarán, toujours source d'inspiration, m'a aidé à trouver la couleur que je cherchais pour mon propre détective mélancolique. Et pour sa participation – à son insu – dans cette histoire.

A Marina Taibo pour sa complicité.

A Juan Carlos Ier d'Espagne, "Juanito" dans le livre, pour la bonne humeur avec laquelle il a pris connaissance de son rôle dans le roman, et pour me l'avoir fait savoir, avec une royale discrétion.

A Danielle Schramm, qui en les traduisant, cajole chacun de mes mots.

A mon agente, Anne-Marie Vallat, complice précieuse dans cette nouvelle étape de ma carrière.

Et à mes lecteurs français qui se sont emparés de mes histoires et m'accompagnent dans mon voyage. Grâce à eux, ma peur de "Terreur" est bien plus supportable.

Casa Tirso, Madrid 2011.

TABLE

I

II

III